Was tust du, wenn du deiner großen Liebe wieder begegnest?

Genau das passiert Hugh Purvis – wohlverheiratet und korrekt. Er trifft Laura, seine große Liebe von einst. Gleichzeitig verliebt sich seine Tochter in eine Frau, und Sohn Colin interessiert sich mehr für eine Chorsängerin mit Dreadlocks als für eine schillernde Karriere als Pianist. Und schon fliegt Hughs Frau Barbara alles, was sie im Leben für sicher hielt, um die Ohren. Dagegen hilft nur eine radikale Renovierung: Barbara kauft spontan eine baufällige Mühle und möbelt nicht nur das Gemäuer, sondern auch den grantigen Exbesitzer auf – mit erstaunlichen Folgen für den ganzen Purvis-Clan …

Kate Saunders verlor als Teenager ihr Herz ans Theater, wo sie aber lieber hinter als auf der Bühne stand. Als Journalistin und Rezensentin schreibt sie u. a. für die »Sunday Times« und »Cosmopolitan«, ist als Jurorin tätig und arbeitet für das Radio. Sie ist begeisterte Londonerin.

Weitere Bücher der Autorin:
›Liebe im Spiel‹
›Es soll Liebe sein‹
›Liebe macht lustig‹

Weitere Informationen, auch zu E-Book-Ausgaben, finden Sie bei www.fischerverlage.de

Kate Saunders

Es Klingt nach Liebe

Roman

Aus dem Englischen von Annette Hahn

FISCHER Taschenbuch

Erschienen bei FISCHER Taschenbuch,
Frankfurt am Main, März 2013

Der englische Originaltitel lautet ›Spring Sonata‹
Für die deutschsprachige Ausgabe:

Druck und Bindung: GGP Media GmbH, Pößneck
Printed in Germany
ISBN 978-3-596-18563-4

Für Cordelia

Ein romantisches Vorspiel
(1979)

In der Stille des Nachmittags ging Hugh zum Bauernhaus hinunter. Die Reihen der Rebstöcke erstreckten sich in alle Richtungen, so weit das Auge reichte. Er ging den üblichen Weg entlang und nahm alle vertrauten Dinge ein letztes Mal wahr – die saftigen, prall herabhängenden Weintrauben, das tiefe, kräftige Blau des Himmels, die vor Früchten strotzenden Brombeersträucher, die verwitterten roten Dachziegel des Bauernhauses, die man hie und da durch das Blattwerk der Bäume schimmern sah.

Wie versprochen, wartete Laura auf ihn. Sie stand auf dem Gartenweg und blickte ihm entgegen. Hugh ließ sie keinen Moment aus den Augen, denn er wusste, dass er sich ihr Bild für alle Zeiten ins Gedächtnis brennen musste. Ihr ausgebleichtes blaues Baumwollkleid. Ihre nackten braunen Beine. Ihr wildes, widerspenstiges dunkles Haar, das sie aus dem Gesicht gekämmt und zusammengebunden hatte. Ihre Schönheit faszinierte ihn. Der Gang zu ihr war viel zu weit und doch nicht weit genug und jetzt schon schwer vor Nostalgie. Er würde sich immer deutlich daran erinnern, so wie er sich an das erste Mal erinnerte, als er sie sah: durch die Reben schreitend wie Persephone, die sich – vom Ehemann in der Unterwelt gefangen – nach ihrer Heimat sehnt.

Lauras dunkle Augen schwammen vor Tränen. Sie weinte, ohne einen Laut, ohne sich zu rühren. Hugh bemühte sich sehr, nicht auch zu weinen. Er wusste jetzt, was ein gebrochenes Herz bedeutete. Sich hinzulegen und mit ihr zu sterben, wie Romeo und Julia, wäre einfacher als das hier.
Er blieb vor ihr stehen, und sie sahen einander an.
»Es ist Zeit«, sagte er.
»Ja.«
»Ich kann das nicht, Laura … Es reißt mich mitten entzwei.«
»Es tut mir so leid, Hughie …«
»Ich weiß, ich weiß.«
»Ich liebe dich so sehr … so sehr …«
Sie schluchzte, und Hugh nahm sie ein letztes Mal in die Arme. Sie lehnte den Kopf an seine Schulter. Ihre Tränen durchnässten sein T-Shirt.
»Ich liebe dich und werde dich immer lieben«, sagte er. »Immer. Ich werde nie aufhören, an dich zu denken … dich zu begehren …«
»Ich kann ihn nicht verlassen«, klagte Laura. »Er liebt mich, auch wenn er so tut, als täte er es nicht … und er braucht mich.«
»*Ich* brauche dich.«
»Aber …«
»Ich weiß! Du musst es nicht noch einmal sagen.« Hugh wusste, dass er Laura nicht so sehr brauchte wie ihr Ehemann; sie hatten das schon hundertmal besprochen. »Ich verstehe.«
»Ach, Hughie. Ich habe ihn nie so geliebt, wie ich dich liebe … und ich habe viel zu viel Zeit damit vergeudet, mir zu wünschen, dass alles anders wäre. Denn dann würde ich dir bis ans Ende der Welt folgen.«

Hinten auf der Straße hupte ein Auto. Die Liebenden küssten sich und weinten und berührten einander mit wilden, fahrigen Bewegungen. Wieder und wieder flüsterten sie den Namen des anderen, weil sie sich nicht dazu durchringen konnten, Lebewohl zu sagen.

Wo wir das Feuer entzündet
Zur Sommerzeit
Aus Ast und Zweig
Am schroffen Meereshang
Steig' ich hinauf
Durch des Winters Schlamm
Suche und find'
Den verlassenen Ort
Sofort.

Thomas Hardy, *Where the picnic was*

Kapitel 1

Eine einsame, zusammengekrümmte Gestalt wartete an der Bushaltestelle, ohne Schutz vor dem Wind, der von Norden über die Ebene der Fens wehte. Barbara hielt den Wagen an und ließ auf der Beifahrerseite das Fenster herunter.

»Helen! Was machst du denn hier, um Himmels willen?«

»Also, ich …«

»Ich habe dir doch gesagt, dass du mich anrufen sollst, wenn du eine Mitfahrgelegenheit brauchst.«

»Das war eine ganz spontane Idee. Ich will dich nicht als Taxi missbrauchen.«

»Ach, Unsinn. Willst du nach Cambridge? Steig sofort ein, bevor wir beide noch erfrieren.« Barbara lehnte sich über den Sitz und stieß die Tür auf, um jeden weiteren Protest zu verhindern.

Helen lächelte. »Lieb von dir!« Sie kletterte in den Range Rover. »Oh, schön warm!«

»Ja, heute ist es mächtig kalt, nicht?« Barbara lenkte den warmen, surrenden Wagen auf die Landstraße, die an flachen braunen Feldern vorbei nach Cambridge führte. Sie mochte Helen und freute sich über ihre Gesellschaft.

»Eigentlich mag ich die Kälte. Sie passt zur Jahreszeit.« Helen zog ihre schafledernen Handschuhe aus und lockerte

den kläglich selbstgestrickten Schal. »Ohne knisternden Frost ist es kein richtiges Weihnachten.«
Barbara sah ihre Freundin und Nachbarin von der Seite an und dachte, wie so oft, wie schade es war, dass Helen nicht mehr aus sich machte. Sie war dreiundfünfzig, nur zwei Jahre älter als Barbara, doch der Unterschied zwischen ihnen tat fast schon weh. Nachdem sie von Tony verlassen worden war, hatte Helen einfach aufgehört, sich Mühe zu geben. Ihr hellbraunes Haar war von grauen Strähnen durchzogen. Ihre hübschen, freundlichen blauen Augen waren von Falten umgeben und ihre Zähne vergilbt von den Zigaretten, die sie unablässig bei der Arbeit rauchte. Sie trug Tonys alten Dufflecoat (den er damals mitsamt seiner Frau im Cobb Cottage zurückgelassen hatte) und kein Fitzelchen Make-up.
Für Frauen ihres Alters war gute Pflege das A und O. Barbara pflegte ihre straffe, frauliche Figur durch beständige Diät und Bewegung in Form von langen Spaziergängen mit den Hunden. Einmal im Monat ließ sie ihre dichten Locken schneiden und nachfärben. Ihr hübsches, herzförmiges Gesicht hatte von Natur aus wenig Falten, doch sie verließ das Haus nie ohne Lippenstift und eine kräftige Schicht Make-up.
Allerdings, rief Barbara sich ins Gedächtnis, lebte Helen von der Hand in den Mund. Sie war freiberufliche Illustratorin und zeichnete vornehmlich Schritt-für-Schritt-Anleitungen für den Zusammenbau von Regalen oder das Einführen von Tampons. Für teure Kosmetika hatte sie einfach kein Geld übrig.
Vielleicht sollte ich ihr zu Weihnachten einen Verwöhntag im Wellness-Center schenken, dachte Barbara. Es musste etwas Nettes sein, da sie sich weigerte, für den Entwurf der

wunderbaren Weihnachtseinladung Geld zu nehmen, und sie würde nie einen anderen Mann finden, solange sie wie Struwwelpeter herumlief. Die Leute mochten sagen, was sie wollten – Barbara war überzeugt, dass Helen einen neuen Mann brauchte.

»Wann bekommst du den Wagen zurück?«, erkundigte sie sich.

»Morgen Nachmittag«, erwiderte Helen. »Aber ich musste heute unbedingt noch nach Cambridge, um dringend etwas einzukaufen.«

»Tja, wie gut, dass ich vorbeikam. Diesen Weg bin ich nur gefahren, weil ich Jeff einen Hackfleisch-Kartoffel-Auflauf gebracht habe.«

»Du meine Güte, du bringst ihm immer noch Essen?«

»Ja, natürlich«, sagte Barbara. »Einmal pro Woche braucht er eine anständige Mahlzeit, der Arme. Und ich habe ihm eine Einladung zur Party gegeben, obwohl ich kaum glaube, dass er kommt.« Jeff, der momentan in einem Wohnwagen auf dem Grundstück seiner verfallenen Wassermühle lebte, war eines von Barbaras Langzeit-Wohltätigkeits-Projekten. Er hatte einst einen recht wichtigen Posten im Außenministerium gehabt, doch seit dem Tod seiner Frau war er merklich verkommen. Glückliche und begüterte Menschen hatten die Pflicht, ihm Gutes zu tun. »Es ist wichtig für ihn, sich nicht ausgeschlossen zu fühlen, findest du nicht? Er muss am gesellschaftlichen Leben teilnehmen.«

»Ja«, entgegnete Helen skeptisch. Ihre Mundwinkel zuckten, ein kleiner Tick, der sich hin und wieder zeigte. »Aber es ist schon fast drei Jahre her, dass Olivia starb. Wenn er wirklich an allem teilnehmen wollte, meinst du nicht, er würde es längst tun?«

»Er trauert noch.«

Helens Mundwinkel zuckten erneut. »Mir hat er mal gesagt, er sei froh, sie los zu sein.«
»So redet er eben.«
»Wie ein elender Mistkerl, meinst du?«
»Er liebt Musik«, sagte Barbara freundlich, aber bestimmt. »Ich hoffe, das wird ihn aus dem Haus locken.« Es gab mal eine Zeit, in der sie überlegt hatte, ob sie Helen und Jeff verkuppeln könnte – zwei einsame, herzensgute Menschen mittleren Alters, die in der Ehelotterie verloren hatten. Jetzt sah sie ein, dass es nicht in Frage kam. Helen hatte die spröde Selbstgenügsamkeit einer alten Jungfer angenommen, und Jeff ähnelte mehr und mehr einem menschenverachtenden Stachelschwein. Es war eine fortwährende Herausforderung, Menschen zu helfen, die sich selbst nicht helfen konnten oder wollten.
»Ach, übrigens«, sagte Helen, »du findest es sicher furchtbar dreist, aber könnte ich noch zwei weitere Gäste zu deiner Party mitbringen? Meine Cousine und ihre Tochter kommen über Weihnachten zu Besuch. Daher auch der dringende Einkauf.«
»Aber sicher, natürlich«, sagte Barbara. Sie fuhren gerade durch das Örtchen Fen Ditton, und Barbara hupte übermütig, als sie Becca Player-Ricks, eine wichtige Stütze des Chors, aus dem Postamt treten sah. »Du weißt doch, was Hugh immer sagt – je mehr, desto besser.«
Wäre es nicht Helen gewesen, hätte sie sich vielleicht geärgert, dass nun zwei weitere Frauen mittleren Alters ihre Party bevölkerten – warum gab es davon nur so viele? Doch in dieser Jahreszeit war es gut, auch andere mit der Wärme ihres Kaminfeuers zu erfreuen. Und es war gut, dass die arme alte Helen Weihnachten nicht wieder allein verbrachte.
»Das ist sehr lieb von dir«, sagte Helen. »Ich glaube, sie pas-

sen gut dazu. Laura ist etwa in meinem Alter und Delphine ungefähr ein Jahr älter als eure Sarah.«

»Tod oder Scheidung?«, hätte Barbara am liebsten gefragt. Doch das gehörte sich nicht. Man musste sich höflich herantasten. »Delphine? Sind sie aus Frankreich?«

»Lauras Mann war Franzose. Er ist verstorben.«

»Ach, die Arme.« Also Tod. »Was war es?«

»Ich bin nicht ganz sicher, woran er gestorben ist, aber er hatte Multiple Sklerose.«

»Wie schrecklich.« Sie fuhren an einer Kirche vorbei, und Barbara fühlte sich gezwungen, der Pastorin zuzuhupen, obwohl die Frau für ihren Geschmack ein wenig zu modern predigte und kein Ohr für Musik hatte. »Ich nehme an, sie hat ihn jahrelang gepflegt. Es muss sehr schwer sein, plötzlich allein zurückzubleiben.«

»Wir stehen uns nicht besonders nahe«, sagte Helen. »Jedenfalls nicht mehr seit unserer Jugend. Nach Mutters Beerdigung im letzten Jahr haben wir angefangen zu telefonieren. Wenn man in unser Alter kommt, erkennt man nach und nach, dass einem nur eine bestimmte Anzahl an Menschen zugeteilt ist, und dann sucht man wieder Kontakt zu denen, die man aus den Augen verloren hat. Wir haben vorgestern Abend telefoniert, und plötzlich ertappte ich mich selbst dabei, wie ich sie einlud. Ich muss gestehen, dass mich der Gedanke an die Weihnachtsgans ziemlich nervös macht. Ich habe so was seit Jahren nicht mehr zubereitet.«

»Ich kann dir mein Rezept für die Füllung geben – Apfel und Armagnac … absolut köstlich. Und das Fett nimmst du natürlich für die Röstkartoffeln.«

»Ja, natürlich«, sagte Helen mit wiederum zuckenden Mundwinkeln. »Und natürlich gibt es danach einen Pudding von Purvis.«

»Ganz genau«, sagte Barbara, und beide lachten.
Barbara fuhr durch eine Reihe von Ortschaften, in denen sie einigen Bekannten fröhlich zuhupte und -winkte. Sie klagte über den Küchen- und Geschenkemarathon, weil das jeder tat, doch insgeheim liebte sie es. Ihre Weihnachtspartys waren im ganzen Umkreis berühmt. Sie achtete auf die Details, auf Zwischentöne. Es war erstaunlich, wie viele Menschen dachten, diese Dinge geschähen einfach durch Zauberei. Wenn andere Frauen nach ihrem Geheimnis fragten, sagte sie immer: »Schlicht und ergreifend harte Arbeit.« Die kommende Weihnachtsparty hatte sie in besonders großem Stil geplant. Nach den Lasten und Mühen des letzten Jahres konnten sie alle eine Aufmunterung gebrauchen.
Es sprach für Helen, dass sie sie nicht mit Fragen zu Sarah bombardierte. Barbara brachte inzwischen ohne große Probleme den Satz zustande: »Meine Tochter hatte einen Nervenzusammenbruch und gönnt sich zu Hause ein paar Monate Ruhe«, aber sie schämte sich noch immer. Sarah – der letzte Mensch auf der Welt, um den man sich Sorgen gemacht hatte! Letzten Sommer hatte sie in einem exzellenten Streichquartett die zweite Geige gespielt. Ihre Tournee führte durch ganz Europa, und die Pinnwand in der Küche hing voller Postkarten aus Stuttgart, Salzburg, Genua, Lucca und Monte Carlo. Barbara hatte gern mit dem Glück und Erfolg ihrer talentierten Tochter geprahlt.
Plötzlich – aus heiterem Himmel – kam der schreckliche Anruf aus dem Britischen Konsulat, und man forderte sie auf, Sarah aus einem Krankenhaus in Aix-en-Provence abzuholen. Was war so ein »Nervenzusammenbruch« eigentlich? Sie und Hugh waren sofort hingeflogen und hatten Sarah in stummer Verzweiflung erstarrt vorgefunden, ein Zustand, der bis zum heutigen Tag mehr oder weniger angehalten

hatte. Sie schloss sich in ihrem Zimmer ein. Sie weigerte sich, Geige zu spielen, obwohl der nettere der beiden Psychiater im Addenbrooke-Krankenhaus Barbara zugestimmt hatte, dass es vielleicht genau das Richtige für Sarah wäre, um wieder zu sich zu finden.

Der französische Arzt hatte Hugh eine eigenartige Geschichte erzählt – dass Sarah versucht habe, ein anderes Mädchen aus einem Hotelfenster zu stoßen. Als ob die vernünftige Sarah so etwas tun würde! Ein Missverständnis, ganz offensichtlich! Sie waren sich einig gewesen, die Sache keinem der englischen Ärzte gegenüber zu erwähnen. Barbaras persönliche Meinung war, dass Sarah sich verlieben sollte, deshalb hatte sie auch einige vielversprechende junge Männer zur Party eingeladen.

»Es war nett, neulich zufällig Colin zu treffen«, sagte Helen nun.

Colin war ein unverfänglicheres Thema. Seit dem Tag, als er sich mit zwei Jahren »Happy Birthday« auf dem Klavier zusammengesucht hatte wie ein kleiner Mozart, war sein Talent stets Anlass für höchste Freude und Begeisterung seiner Mutter gewesen. »Ja, es ist schön, ihn zu Hause zu haben. Er bleibt bis mindestens Ende Januar.« Sie kicherte. »Und mit ihm der Bechstein – hast du den Wirbel mitbekommen, als er geliefert wurde? Der Laster passte nicht durchs Tor, und am Ende mussten sie den Flügel die ganze Auffahrt hinauftragen.«

»Wo habt ihr ihn denn hingestellt? Nicht einmal ihr könnt Platz für zwei Konzertflügel haben.«

»Hugh wollte, dass Colin den Bech in London lässt und am Broadwood übt, der ja auch nicht schlecht ist. Aber er musste aus seiner Wohnung ausziehen, und jetzt haben wir den Bechstein in den ehemaligen Stallungen untergebracht.

Colin spielt nächstes Jahr bei einem Wettbewerb in Spanien. Er weigert sich, mir irgendetwas zu erzählen, aber es scheint eine Menge Beethoven dabei zu sein. Jedenfalls ist es das, was ich höre, wenn ich ihm seinen Kaffee bringe.«

»Absolviert er dieses Jahr denn gar nicht seine Aushilfszeit im Laden?«

»O doch, da ist er auch gerade. Ihm ist sehr daran gelegen, die Tradition aufrechtzuerhalten.«

Seit mehreren Generationen standen die Söhne der Purvis' zu Weihnachten mit am Verkaufstresen. Es gefiel Colin nicht besonders, aber die Kunden sahen ihn gern dort. Er war charmant, gutaussehend und deutlich zu Höherem bestimmt.

»Wie läuft es mit seiner Karriere?«, wollte Helen wissen.

»Ganz gut, glaube ich. Vom Schwartz-Stipendium hast du gehört, oder? Und anscheinend hatte er ein paar schöne Engagements als Begleitpianist.«

»Was ist mit dieser einen Freundin – der Flötistin?«

»Ach, ich glaube, sie ist inzwischen mehr oder weniger abgeschrieben. Um ehrlich zu sein, bin ich froh darüber. Ich fand sie doch ziemlich gewöhnlich.«

»Barbara – also wirklich!« Helen lachte sanft. »Du bist schrecklich.«

»Komm schon, du bist meine beste Freundin. Wenn ich dir gegenüber nicht ehrlich sein kann! Dieser Akzent, du meine Güte!«

»Du bist ein fürchterlicher Snob.«

Barbara schmunzelte. »Ich sage lieber, ich habe gewisse Maßstäbe.«

Wenn man nicht aufpasste, konnte einem so vieles die Laune verderben. *Warum nur?*, lautete Barbaras ewige Frage. Wenn Leute ihre Wohnung renovierten oder eine Party feierten oder sich verliebten – warum konnten sie es nicht vernünftig tun? Erkannten sie nicht, dass es keinen Grund gab, sich mit einer minderwertigen Version der Dinge abzufinden? Man brauchte sich doch nur ein wenig anzustrengen.

Sie hatten den Stadtrand von Cambridge erreicht, und Barbara musste sich auf die Einbahnstraßen und den dichten vorweihnachtlichen Verkehr konzentrieren. Sie fand einen Parkplatz im mehrstöckigen Parkhaus nahe der King's Parade. Es war Markttag, und Helen (nachdem sie eingewilligt hatte, zu einer verabredeten Zeit wieder mitgenommen zu werden) verschwand in der Menge, die sich um Stapel von schlammigem, ostenglischem Sellerie und billigen, unzerreißbaren Arbeitshosen drängte.

Es war furchtbar kalt. Hugh sagte oft, kein anderer Frost sei wie der Fenland-Frost, »geradewegs aus der sibirischen Steppe«. Er biss in Finger und rote Nasen. Die Collegetürme wirkten im eisigen Licht wie mit granuliertem Zucker besprüht. Barbara holte die Liste aus dem vorderen Fach ihrer Handtasche. Es war keine gewöhnliche Einkaufsliste. Sie umfasste drei Druckseiten mit den Überschriften »Party«, »Haus« und »Geschenke«. In diesem Jahr hatte sie die Liste neu überarbeitet und im Oktober ausgedruckt, so dass viele der Einträge schon sauber durchgestrichen waren.

Hugh mochte über die Liste lachen, doch wie jeder andere wusste auch er, dass gute Planung sich auszahlte. Er bewunderte all ihre Partys, Dinnerabende und Brunch-Büfetts. Seit Jahren schon erlaubte er seiner Frau, alles Nötige für ihre Weihnachtsfeiern aus dem Laden zu nehmen, zum Teufel mit den Kosten! Er genoss seinen Ruf als großzügiger Gastgeber – nicht, dass Barbara extravagant wäre. Jeder wusste, wie viel Geld sie hatten, und zwischen Großzügigkeit und Angeberei wandelte man auf schmalem Grat.

Das Geschäft, Matthew Purvis & Sons, nahm den ganzen Block einer Seitenstraße ein, die vom Marktplatz wegführte. Barbara eilte an den erleuchteten Schaufenstern vorbei und registrierte anerkennend die Auslagen. Purvis wirkte weder flitterig noch gewöhnlich. Im Spielwarenfenster tuckerte eine Modelleisenbahn um die hölzernen Schaukelpferde und Steiff-Bären. Das Lebensmittelfenster stand unter viktorianischem Motto: rundum Mahagoni, roter Samt und weißer Damast. Alle Schaufenster strahlten einladend Wärme und Wohlstand aus – so wie zu jedem Weihnachtsfest seit 1752. Matthew Purvis war Schneider gewesen, spezialisiert auf akademische Prachtgewänder. In den 1780ern hatte sein Sohn Joseph nebenan ein Stoffgeschäft mit Kurzwaren eröffnet. Josephs Sohn William hatte einen Lebensmittelladen angeschlossen, etwa zu der Zeit, da Alfred Tennyson in Cambridge studierte. Seither verkaufte Purvis Kleidung an Dichter, Philosophen und Staatsmänner. Man versorgte den örtlichen Adel mit Lebensmitteln und Bettwäsche. Doch es war mehr als ein Geschäft. Barbara hatte in eine regelrechte Institution der Grafschaft Cambridgeshire eingeheiratet, nicht in den »Kaufmannsstand« im herkömmlichen Sinn, und das hätte sie auch jedem gesagt, der ihren Rang im geozentrischen englischen Klassensystem nicht einzuschätzen wusste. Nach all den Jahren, in denen sie den Adelsstand der Grafschaft beliefert hatte, war die Familie Purvis gleichermaßen in ihn aufgestiegen.

Barbara betrat den Laden nie ohne einen kleinen wonnigwohligen Schauer. Dank eines heftigen Streits zwischen Hugh und seinem Vater in den frühen Achtzigern war die ursprüngliche Ausstattung – altmodische Wandpaneele, Regalfächer und polierte Tresen – beibehalten worden. Heute quoll der Laden vor Menschen fast über, doch die große

Masse an Kunden brachte die gedämpfte Schönheit der auf englischer Eiche ausgestellten edlen Waren nur noch deutlicher zur Geltung.

Drei der Artikel auf der Geschenkeliste (zwei Duftkerzen für die Pflegerinnen der Schwiegermutter, Badeöl für die Reinigungskraft) wurden prompt abgehakt und Barbaras Konto angerechnet. Sie betrat den Kühlraum der Lebensmittelabteilung, um die zwei prächtigsten Suffolk-Schinken auszusuchen; einen für die Party nach dem Weihnachtssingen und einen für das Mittagsbüfett am zweiten Feiertag. Len Scott, der seit unzähligen Jahren alle Vorgänge hinter den Kulissen überwachte, hatte ihr eine Schachtel der mittlerweile eingestellten Serie gequilteter Eierwärmer zurückgelegt. Barbara beabsichtigte, jeweils einen davon in die Weihnachtskarten für das Dorf zu legen, die sie am Morgen des 22. persönlich abliefern wollte, sofern das Wetter es zuließ. Alle anderen Weihnachtskarten waren selbstverständlich längst per Post verschickt worden.

Sie mochte Len. Es war reizend, wie er ihren Mann »Mr. Hugh« nannte – als wäre er seit Generationen der gute Geist der Familie.

»Sie tragen die Sachen auf keinen Fall selbst, Madam. Ich werde Ihnen einen der Jungen schicken, wenn Sie den Wagen vorfahren möchten.«

»Danke, Len – herzlichen Dank. Ich hoffe, ich sehe Sie und Maureen bei der Mitarbeiterfeier?«

»Selbstverständlich, Madam. Die würden wir uns um nichts in der Welt entgehen lassen.«

Die Mitarbeiterfeier empfand Barbara als qualvolle Angelegenheit, doch man musste berücksichtigen, wie wichtig es war, den Angestellten das Gefühl der Wertschätzung zu geben. Hugh hatte dafür ein Händchen. Er schien die Ausgelassenheiten und Papierhütchen sogar zu genießen und stieß sich nicht daran, wenn sie ihn wegen seiner blasiert-nasalen Karaoke-Stimme auslachten. Barbara wanderte durch die Abteilungen, sammelte Seifen, Socken und Pralinenschachteln und schenkte dem Personal ihr herzlichstes Lächeln. Alle waren wirklich ausgesprochen liebenswert. Barbara verließ das Geschäft mit dem Gefühl von Güte und Wertschätzung.

Sie fand Helen draußen vor dem Parkhaus, geduldig auf die Rückfahrt wartend. Nachdem sie deren unordentlich eingepackten Einkäufe im Kofferraum verstaut hatten, fuhr Barbara zurück zu Purvis' Haupteingang und setzte ein freundliches Mitarbeiter-Lächeln für den »Jungen« auf, der ihr die Einkäufe bringen sollte.

»Na, sieh mal einer an, wer das ist!«, rief Helen.

Es war keiner der pickligen Jungen aus dem Lager. Es war ein hochgewachsener junger Mann mit langem, lockigem braunem Haar, ausdrucksvollen blauen Augen und edlen Gesichtszügen. »Hallo, Mum. Überraschung, wie?«

»Colin!« Ihr Lächeln schwand. So ging das nicht. Hatte Mozart etwa im braunen Overall in einem Lagerraum gearbeitet? »Du meine Güte, was machst du denn hier?«

»Ich arbeite hier. Das ist eine Familientradition.« Colin beugte sich vor und lächelte Helen durch das Autofenster zu. »Hallo, Helen. Tut mir leid, dass ich neulich nicht viel Zeit hatte.«

»Ist schon in Ordnung. Du sahst sehr beschäftigt aus.«

»Es ist keine Familientradition, im Lagerraum zu arbeiten«, sagte Barbara. »Warum bist du nicht in den Verkaufsräumen?«

»Zu langweilig. Ich hasse es, den ganzen Tag eine Krawatte zu tragen und höflich zu sein.«

»Was, wenn du dir die Hände verletzt?«
»Meinen Händen geht es gut. Bitte, Mum … du bringst mich in Verlegenheit.«
Da Helen neben ihr saß (mit heftig zuckenden Mundwinkeln), blieb Barbara keine andere Wahl. Sie war gezwungen zu lachen und so zu tun, als machte es ihr nichts aus. Doch der Anblick ihres gutaussehenden Sohnes in diesem schmutzigbraunen Overall löste Unbehagen und Unmut in ihr aus.

Kapitel 2

Am Ecktisch saß ein hübsches Mädchen und nippte an einem Pfefferminztee, während sie Zeitung las. Sie trug einen schwarzen Rock und eine schlichte weiße Bluse – die nüchterne Uniform der Verkäuferinnen hinter Purvis' poliertem Tresen. Colin entschied, dass dies Rechtfertigung genug wäre, sie anzusprechen.

»Äh … macht es Ihnen etwas aus, wenn ich mich zu Ihnen setze?«

»Nein«, erwiderte sie abwesend. »Bitte sehr.«

Ihre hellbraune Haut sah wie zum Anbeißen aus. Das schwarze Haar trug sie in dicht am Kopf geflochtenen Zöpfen. Die Augen, mit denen sie kurz zu Colin aufblickte, leuchteten wie große braune Scheinwerfer. Sie richtete ihre Aufmerksamkeit wieder auf die Zeitung, und er starrte auf ihre gesenkten Wimpern. Sie war umwerfend. Plötzlich wurde ihm der schlechte Schnitt seines Overalls bewusst und dass er eine Rolle Klebeband am Handgelenk trug.

Sie las die kombinierte Weihnachts- und Neujahrsausgabe des *New Statesman*, und Colin hoffte sehr, dass sie keine überzeugte Linke war. Er konnte nicht über Politik reden, ohne wie ein Idiot zu klingen.

»Danke.« Er setzte sich auf den anderen Stuhl. Die Tische

waren klein, und er spürte die Wärme ihrer Beine neben seinen. »Sie arbeiten bei Purvis?«
»Ja.«
»Ich auch.«
Widerstrebend sah sie auf. »Sie sind der Sohn, oder nicht?«
»Bitte?«
»Mr. Hughs Sohn.«
»Tja, das stimmt.« Er meinte eine Spur Ironie herausgehört zu haben.
»Dann sollte ich wohl besser nett zu Ihnen sein, was?«
»Nein, bloß nicht«, entgegnete Colin. »Die anderen Jungs im Lagerraum reißen schon genug Witze darüber. Bitte vergessen Sie einfach, dass ich der Sohn des Chefs bin.«
Das hübsche Mädchen lächelte und zeigte ihre Grübchen. »Ich hätte nicht damit gerechnet, dass Sie im Lagerraum arbeiten. Ich dachte, Sie stehen lieber vorn bei all den anderen Internatsschülern.«
»Es gefällt mir im Lager.« Colin bemühte sich, sein Käsesandwich so zu essen, dass es nicht unappetitlich aussah. »Und um die Wahrheit zu sagen, hatte ich keine Lust, die ganzen Freunde meiner Mutter zu treffen. Äh … ich heiße übrigens Colin.«
»Soll ich Sie Mr. Colin nennen?«
»Bloß nicht.«
»Ich bin Letitia Hamilton.«
»Letitia. Ein hübscher Name.«
»Danke.«
»In welcher Abteilung arbeiten Sie?«
»Schreibwaren.«
»Oh.« Colin überlegte, was er darauf erwidern könnte. Letitia half ihm. »Ich bin eine der Weihnachtsaushilfen. Ansonsten studiere ich Jura am Clare College.«

»Ich bin auch eine Weihnachtsaushilfe.«
»Ich weiß«, sagte Letitia. »Ich fürchte, die Angestellten tratschen über Sie. Sie sind Konzertpianist.«
»Ich gebe mir Mühe. Meine normale Arbeitskleidung ist ein Abendanzug.«
»Oh, ich weiß, und ich finde es faszinierend ... dieses Aufeinanderprallen von Handel und Kultur – wie bei den Buddenbrooks. Sie müssen sehr gut sein.«
»Beim Klavierwettbewerb in Leeds bin ich vor zwei Jahren Dritter geworden«, sagte Colin, »falls mich das als gut ausweist.«
»Und im nächsten Jahr nehmen Sie am Wettbewerb um den De-Falla-Preis teil.«
»Woher wissen Sie das denn nun schon wieder?«
Sie lachte. Ihr Lachen war grell, nicht schön, mit einem heiseren Unterton, den Colin äußerst sexy fand. »Seien Sie nicht albern. Ich weiß alles über Sie. Unten im Laden sind Sie und Ihre Familie so etwas wie Sagengestalten.«
»Lassen Sie mich beweisen, dass ich keiner Sage entsprungen bin«, entgegnete Colin. »Was machen Sie nach der Arbeit?«
»Ich gehe zur Chorprobe.«
In Cambridge war das keine Abfuhr, denn es gab unzählige Chöre. Jede Kirche und jedes College hatten zwei oder sogar drei davon. »Von welchem Chor?«
»Dem Frescobaldi-Ensemble.«
Colin hatte davon gehört. Es war ein strenger, puristischer Chor, der so weit ging, dass ausschließlich Männer den Alt sangen und Frauen nur Sopran. »Dann mögen Sie Alte Musik?«
»Ja, ich bin verrückt danach. Als Solist können Sie das vielleicht nicht verstehen, aber ich liebe es, in einer Gruppe zu

singen. Ich glaube, dabei bin ich am glücklichsten. Wir proben gerade eine Motette von Monteverdi – Beatus Vir.«

»Das muss ich hören. Wann ist Ihr nächstes Konzert?«

»Sie können heute zuhören, wenn Sie möchten. Wir dürfen Freunde mitbringen.«

»Wirklich?« Colin stockte fast der Atem. Hatte er plötzlich eine Glückssträhne?

»Halb acht, in Holy Trinity.«

»Und … was ist danach? Haben Sie da schon etwas vor?«

»Nein.« Sie starrten einander an, verblüfft über ihre Ungezwungenheit.

»Würden Sie dann noch etwas mit mir trinken gehen? Oder vielleicht essen … es sei denn, Sie haben einen Freund …«

»Ich habe keinen Freund«, sagte Letitia. »Aber haben Sie nicht eine Freundin, die Flöte spielt?«

Colin lachte kurz auf. »Nein, das ist vorbei … Sie bringen die Webseite besser auf den neuesten Stand.«

»Entschuldigen Sie bitte.«

»Ist schon okay. Ich hole Sie um Viertel nach sieben am Haupteingang ab und begleite Sie zur Kirche.« Und er fügte noch hinzu: »Ich kann es kaum erwarten, Sie singen zu hören.«

Letitia erzählte den Kollegen in der Schreibwarenabteilung nicht, dass sie es geschafft hatte, in der Mittagspause den Sohn des Chefs anzubaggern. Es war unmöglich, es so zu schildern, dass es sich nicht komisch anhörte. Es war ihr ein wenig peinlich, wie schnell sie sich in diese hübschen reichen Jungs verknallte – hatte sie aus dem Debakel mit Sebastian denn nichts gelernt? –, aber, du meine Güte, was für ein Traumtyp!

Das Geschäft schloss um 19 Uhr. Letitia war fünf Minuten

zu früh dran, doch Colin wartete bereits am Haupteingang und sah jetzt, wo seine halblangen Locken auf den dicken grauen Kaschmirschal fielen, noch umwerfender aus. (Sie selbst hatte zwei dieser Schals aus dem ersten Stock gekauft und sich damit schwer in Unkosten gestürzt, in Dunkelviolett und Burgunderrot, für ihre Mutter und ihren Großvater.) Er küsste sie höflich auf die Wange, als würden sie sich schon seit Ewigkeiten kennen, und fasste sanft ihren Arm, um sie auf dem schmalen Gehweg durch die Menschenmenge zu steuern.

Holy Trinity war eine mittelalterliche Kirche im historischen Kern der Altstadt. Etwa ein Dutzend Chormitglieder standen um einen tragbaren Gasofen neben der Tür, dick in Mützen, Handschuhe und Steppjacken eingemummt und in die Wolken ihres eigenen Atems eingehüllt wie eine Eislaufgesellschaft. Die Kälte war kein Spaß mehr. Wehmütig dachte Letitia an die alte, viktorianische Kirche zu Hause. Solange sie denken konnte, hatte ihr Großvater mit dem kirchlichen Durchzug gerungen und immer schmunzelnd behauptet, Frieren verhindere Tugendhaftigkeit.

»Ich glaube nicht, dass wir viel singen können«, sagte sie zu Colin. »Meine Zähne klappern wie Kastagnetten.«

Eine große, unförmige Gestalt in einem aufgeplusterten Anorak löste sich aus der Gruppe. »Colin! Was um alles in der Welt machst du denn hier?« Sie schlang dicke, bauschige Arme um seinen Rücken.

»Hallo, Daisy.« Colin umarmte sie freundschaftlich, und Letitia erkannte sofort, dass er nichts von ihr wollte.

Daisy Trounce war stattlich, mit dem Knochenbau eines Kaltblutpferdes und dieser typischen, wie durchsichtig wirkenden blassrosa Haut, die alle reichen Leute zu haben schienen. In die Londoner Mittelschicht hineingeboren, hatte Letitia erst in Cambridge näheren Kontakt mit der Oberschicht bekommen. Ihre Mitschülerinnen in London waren Schwarze, Mischlinge, Inderinnen, Chinesinnen sowie irische, jüdische und polnische Weiße gewesen. Reiche Leute kamen jedoch immer mit diesem besonderen Roséton daher, mit blassen Augen und einer Haarfarbe aus dem angelsächsischen Bereich des Farbspektrums: hellbraun bis aschblond. Sie gehörten zu einer anderen Spezies, waren weißer als weiß und wirkten, als wären sie unter Glas aufgezogen worden.

Daisy ließ ihre Hand auf Colins Arm ruhen. »Wie schön, dich zu sehen – auch wenn du dich weigerst, meine Anrufe zu beantworten.«

»Tut mir leid. Bist du schon in das neue Haus umgezogen?«

»Ja, das bin ich, und ich werde es dir gern und voller Stolz präsentieren, sobald ich das ganze Chaos beseitigt habe. Wie geht es Sarah?«

»Um ehrlich zu sein, weiß ich das nicht so genau. So wie immer. Sarah ist meine Schwester«, fügte er zu Letitia gewandt hinzu. »Sie ist krank gewesen. Eine Art Nervenzusammenbruch.«

»Ach, du meine Güte.« Letitia wusste das alles nur zu gut. Diese britischen Buddenbrooks konnten kaum ein Geheimnis vor den Angestellten bewahren.

Daisy lächelte Letitia ein wenig verunsichert zu. »Colin und ich sind zusammen zur Schule gegangen.«

»Aha«, meinte Letitia. In der geheimen Sprache der Frauen, die für Männer so unhörbar ist wie eine Hundepfeife, hörte sie heraus, dass die arme Daisy Trounce hoffnungslos in Colin verliebt war. Wortlos schickte Letitia die Botschaft zurück, dass es ihr leidtue, jedoch nicht ihr Problem sei.

»Ich hoffe«, sagte Colin nun, »wir sehen dich und deine Eltern auf der Party?«
»Nein, tut mir leid, wir fahren morgen alle zusammen nach Schottland.«
»Ach so. Tja, dann bis nach Weihnachten.«
Mittlerweile waren etwa vierzig Leute versammelt, die sich nun Richtung Chorgestühl bewegten. Letitia nahm ihren Platz ein und suchte in ihrer Tasche nach den Noten.
Aus dem hölzernen Chorstuhl neben ihr raunte Daisy ihr zu: »Colin ist mit dir hergekommen, oder?«
»Ja. Er wollte Alte Musik hören.«
»Wo habt ihr euch kennengelernt?«
»Ich habe ihn bei Purvis getroffen.«
»Aha.«
Die Chorarbeit begann. Letitia sang hoch konzentriert; sie strebte nach dem perfekten harmonischen Klang, und wenn er gelang, fühlte es sich an wie Musik aus himmlischen Sphären. Bei einem besonders klaren, reinen Akkord konnte sie vor Glück fast ohnmächtig werden. Aufgrund der schrecklichen Kälte und den am Semesterende deutlich gelichteten Reihen dauerte die Probe diesmal nicht sehr lange. Sie blieben noch eine Weile in der Kirche, stampften mit den Füßen, um sich warm zu halten, und wünschten gegenseitig frohe Weihnachten.
»Verdammt, hier draußen ist es fast wärmer als drinnen«, meinte Colin, als sie wieder auf der Straße standen. »In meinem ganzen Leben hab ich noch nie so gefroren. Lass uns etwas essen gehen.«
»Also dann, gute Nacht«, sagte Daisy wehmütig.
»Daisy ist klasse«, verkündete Colin, als sie im chinesischen Lokal in wunderbarer Wärme saßen, die ihnen das Wasser in die Augen trieb. »In der Schule hat sie mich davor be-

wahrt, verrückt zu werden. Sie ist eine meiner besten Freundinnen.«

»Bist du je mir ihr … du weißt schon … zusammen gewesen?«

»Du lieber Himmel, nein! Die Tatsache, dass ich nichts von ihr will, ist einer der Eckpfeiler unserer Freundschaft. Wenn ich mit ihr zusammen bin, ist das so wie mit einer Schwester, nur ohne Streit. Es macht die Sache wunderbar einfach.«

Für Letitia war dies eine absolut zufriedenstellende Antwort. Sie wunderte sich allerdings, wie ein Mann so blind sein konnte. *Einfach?* Es war alles andere als einfach. Dachte Colin wirklich, dass eine Frau ein solches Interesse an ihm zeigte, ohne irgendwann auf ein Schäferstündchen zu hoffen?

Die Bedienung brachte die Getränke – Rotwein für Letitia und Wasser für Colin.

»Ich würde gern etwas anderes trinken«, sagte er, »aber ich muss noch durch die Tiefen des Hinterlands fahren, und die Straßen sind die reinsten Eisbahnen. Da muss ich alle Sinne beisammen haben. Das ist wie vor einem Auftritt.«

»Du wohnst wieder bei deinen Eltern, in ihrem wunderschönen alten Herrenhaus. Du und der Bechstein, den sie dir zum einundzwanzigsten Geburtstag geschenkt haben. Deine Schwester bekam eine ebenso berühmte Geige. Tut mir leid, ich sollte dich nicht damit aufziehen, aber all die Details finde ich sehr amüsant.«

Er lachte. »Du weißt alles über mich und ich rein gar nichts über dich.«

»Stimmt, das ist nicht fair. Du darfst mich gerne alles fragen.«

»Hm, ich weiß nicht. Woher stammst du?«

»Nord-London«, sagte Letitia. »Aus Finchley, falls dir das etwas sagt.«

»Eltern?«

»Ja.«

»Ach, komm schon.«

»Also gut, meine Mutter ist Soziologie-Dozentin am Londoner University College. Mein Vater war ebenfalls Akademiker. Er stammte aus Jamaika und starb, als ich zwei Jahre alt war. Ich wuchs im Pfarrhaus meines Großvaters auf, wo ich auch meine Liebe zur Alten Musik entdeckte.« Ganz unmöglich, dachte sie, ihm ihr Zuhause zu beschreiben. Sie schätzte es sehr und traute ihm noch nicht zu, es zu verstehen. »Ich bin eigentlich ein ziemlicher Freak.«

»Das merkt man aber gar nicht«, sagte Colin. »Die Chorprobe war übrigens phantastisch.«

Sie zogen sich auf musikalisches Terrain zurück. Das Essen kam. Letitia hatte Mühe, unter dem betörenden Glanz aus Colins blauen Augen gelassen ihre Frühlingsrollen und Nudeln zu essen.

»Erzähl mal«, sagte sie, »was mit der Flötistin passiert ist.«

Er errötete leicht, wirkte jedoch locker. »Sie verliebte sich in meinen bisher besten Freund.«

»Oh.«

»Tragisch, oder? Ich dachte, sie hätte mir das Herz gebrochen, aber es war eher mein Stolz. Wir wohnten zu dritt in einer Wohnung in West Hampstead, und ich musste ausziehen. Da ich total abgebrannt war, musste ich mich wieder bei meinen Eltern einquartieren. Aber das Selbstmitleid wird mir allmählich langweilig.«

»Nach einer Weile ist es harte Arbeit«, stimmte Letitia zu. »Ich dachte auch, mein Exfreund hätte mir das Herz gebrochen, aber dann ertappte ich mich immer häufiger dabei, wie ich vor mich hin summte und nicht mehr als zweimal am Tag heulte, und da merkte ich, dass ich über ihn hinweg war.« Sie war ganz aufgekratzt vor Erregung, was sie veranlasste, so großspurig von Sebastian zu erzählen, als könnte er sie hören. »Ganz offensichtlich kann ich ohne ihn leben.«

»Mein gebrochenes Herz war schnell geheilt«, sagte Colin, »als ich dich sah.« Er griff über den Tisch, um ihre Hand zu nehmen. »Hast du am Samstagabend schon was vor?«

»Nein.« Ihre beiden Mitbewohnerinnen würden spätestens am Samstag ausgeflogen sein, und auf einmal war sie wild entschlossen, mit Colin zu schlafen. Es schockierte sie fast, wie dringend sie mit ihm ins Bett wollte. Bei Sebastian war der Sex mit Gefühlen befrachtet gewesen, doch dieses rein intensive, körperliche Verlangen war vermutlich das, was die Bibel mit Fleischeslust bezeichnete. Es war herrlich.

»Meine Eltern geben eine große Party. Sie beginnt mit einem Gottesdienst mit alten Weihnachtsliedern in der Kirche – sie haben diesen Amateur-Kammerchor –, und danach gibt es massenweise Essen und Trinken im Haus. Und das mit den Massen meine ich wörtlich – meine Mutter backt schon seit März Pasteten. Kannst du kommen?«

»Ich würde gern, aber ich habe kein Auto.«

»Ich hole dich ab – und bringe dich natürlich auch wieder nach Hause.«

»Colin?«

»Hmm?«

»Fragst du mich, weil du willst, dass ich im Chor mitsinge? Es würde mir nichts ausmachen, wenn es so wäre.«

Er lächelte. »Nein, ich frage dich, weil du mir gefällst. Aber wir haben tatsächlich wenig gute Sänger – ich kann dir das Programm gern noch durchgeben, die Lieder stehen alle im *Oxford Book of Carols*. Ich singe übrigens auch mit.«

»Wahrscheinlich kann ich sie allesamt in- und auswendig«, erwiderte Letitia. Ihr gefiel der Klang alter Weihnachtslieder in alten Kirchen. »Es wird mich auf den Weihnachtsliedermarathon zu Hause vorbereiten.«
»Ach ja, natürlich, du kommst aus einem Pfarrhaus.«
»Ich muss Heiligabend zur Mitternachtsmesse da sein – wir singen Charpentier, mit kleinem Chor und Kammerorchester.«
»Wow, wie imposant!«
»Es ist eine große Kirche, und dieser Gottesdienst ist immer rappelvoll. Am Morgen danach singe ich im Familiengottesdienst und nachmittags in zwei Altenheimen.«
»Du musst dich ja zu Tode schuften! Ich hätte dich nicht fragen sollen.«
»Sei nicht albern.« Sie sah auf die Uhr. »Es ist fast halb zwölf. Du musst noch nach Hause fahren.«
»Ach, das bin ich gewohnt. Wo wohnst du? Ich bringe dich nach Hause.«
Er fuhr sie zu ihrer Wohnung an einer tristen Straße in der Nähe des Bahnhofs. Ehe sie aussteigen konnte, beugte Colin sich vor und küsste sie auf den Mund, und der Kuss dauerte und dauerte.

Kapitel 3

»Sarah.«
Keine Antwort.
»Sarah.«
Nichts.
»Sarah!«
»Was ist?«
»Ich will nur mit dir reden, Schätzchen. Würdest du bitte die Tür öffnen?«
Man hörte ein Scharren im Zimmer, dann wurde der Schlüssel umgedreht, und Sarah öffnete die Tür. Barbara gab sich alle Mühe, ihr freundliches Lächeln beizubehalten. Aus dem Zimmer drang ein säuerlicher, abgestandener Geruch – wenn Sarah doch nur hin und wieder lüften würde! Ihr Haar war so gewaschen, als hätte man einen Hund abgebraust und alles in ungekämmten Zotteln trocknen lassen. Sie trug immer noch den grässlichen grünen Trainingsanzug.
Eine schwache Frau wäre in Tränen ausgebrochen, doch Barbara suchte tief in ihrem Inneren nach Geduld. »Das Singen beginnt in einer halben Stunde. Du solltest dich fertig machen.«
»Ich bin fertig«, erwiderte Sarah.

»Ich dachte, du willst dich vielleicht umziehen.«
»Tja, will ich nicht. Ich gehe nicht hin.«
»Ich habe dir einen hübschen Kaschmirpullover gekauft, in genau dem Farbton, der so schön zu deinen Augen passt.« Barbara hielt ihr die steife Papiertüte von Purvis entgegen (dunkelblau mit königlichem Wappen). »Willst du auf der Party nicht hübsch aussehen?«
»Nein.«
»Du solltest die Brille abnehmen und deine Linsen einsetzen.«
»Ich will nicht.«
Es bedurfte einiger Willenskraft, nicht zurückzukeifen. Der Psychiater hatte erklärt, Sarah leide an chronischem Selbsthass und dürfe nie das Gefühl bekommen, ein Ärgernis zu sein. Doch sie war ein Ärgernis. Es würde sie bestimmt nicht umbringen, einen Pullover über den Kopf zu ziehen!
»Komm schon, mein Schatz … Es könnte dir helfen, dass du dich besser fühlst.«
»Nein.«
»Also gut. Du musst auch nicht mit zur Kirche. Aber du kommst bitte zur Party. Hast du gehört? Ich verlange ja nicht viel – tatsächlich verlange ich überhaupt nichts –, aber es ist doch wohl nicht zu viel erwartet, dass du diese eine Sache für mich tust. Hörst du?«
Sarahs Gesicht, vom ständigen Stubenhocken so blass wie ungebackener Teig, blieb ausdruckslos. Die Gläser ihrer Brille wirkten lebendiger als der Blick ihrer leeren grauen Augen. »Okay«, sagte sie und wollte die Tür schließen.
Barbara schob ihr schnell die Tüte in die Hand. »Nimm das! Nun nimm es schon, um Himmels willen!«
Die Tür wurde geschlossen. Barbara konnte nichts weiter tun, als mit offenem Mund auf das weiße Holz zu starren,

auf dem die Worte »Colin verpiss dich« noch deutlich unter dem Lack hervorschimmerten (Sarah hatte es als Teenager mit wasserfestem Filzstift geschrieben).

Das habe ich wohl ziemlich vermasselt, dachte Barbara.

Sie bemühte sich wirklich redlich um Sarah, aber manchmal gewann ihre Enttäuschung einfach die Oberhand. Letztes Jahr um diese Zeit hatte sie eine attraktive, vernünftige und talentierte Tochter gehabt. Jetzt war dieser Platz von einer düster blickenden Fremden besetzt worden, die sich kleidete wie eine Geistesgestörte – was umso mehr erschreckte, da sie eine war. Barbara war froh, dass sie im Moment keine Zeit hatte, darüber nachzudenken, weil der Countdown in Windeseile ablief.

Sie eilte nach unten und blieb kurz stehen, um einen prüfenden Blick in den Spiegel der Eingangshalle zu werfen. Da die Party in einer eiskalten mittelalterlichen Kirche begann, lautete der Dresscode »vernünftig leger«. Sie trug eine schwarze Wollhose und einen schmeichelnden, enganliegenden, dunkelroten Rollkragenpullover. Sie sah frisch und hübsch aus – paradoxerweise hatte ihr der Ärger mit Sarah rote Wangen und leuchtende Augen beschert.

Hugh war im Salon und kümmerte sich um den Kamin. Das Feuer musste jetzt mit Asche eingedämmt werden. Nach dem Gottesdienst würde Hugh schon vor den anderen heimgehen, die wärmenden Flammen neu schüren, die riesige Warmhaltekanne mit Glühwein auf den Aga-Herd schieben und die Hunde aus der Spülküche befreien. Nach all den Jahren lief die Prozedur mit militärischer Präzision ab.

Das Haus duftete köstlich nach Kaminholz und Muskatnuss. Die schweren Chintz-Vorhänge schirmten sie vor der Kälte draußen ab. Barbara stieß einen zufriedenen Seufzer aus. Niemand konnte ihr nachsagen, als Gastgeberin zu überspannt zu sein, um ihre eigenen Partys zu genießen. In diesem Moment konnte sie einen Schritt von ihrem Werk zurücktreten und es einfach bewundern. Der schöne, alte Salon glich exakt dem Bild, das sie von einem schönen, alten, weihnachtlich geschmückten Salon im Kopf hatte. Stechpalmenzweige schmückten den breiten Kaminsims. Um das Treppengeländer in der Eingangshalle hatte sie Efeu drapiert und die darunterliegenden Paneele mit einer umfangreichen Collage aus Weihnachtskarten dekoriert (und sich dabei mit Bedacht bemüht, die geschmackvolleren in den Vordergrund zu rücken und das karikaturhaft gezeichnete Rotkehlchen der Reinmachefrau hinter anderen zu verstecken). Nichts fiel unangenehm aus dem Rahmen. Jedes Detail war vollendet und perfekt.

»Und? Hattest du Erfolg?« Hugh stand mit dem Rücken zu ihr. Die Ärmel seines karierten Hemds und des marineblauen Pullovers waren hochgekrempelt, obwohl er sich niemals schmutzig machte. Er trug eine neue braune Cordhose. Sein dichtes graues Haar endete sauber über dem Kragen. Er war ein außerordentlich gutaussehender junger Mann gewesen, ähnlich wie Colin, und sah auch jetzt mit Anfang fünfzig immer noch gut aus, wenn auch etwas fülliger. »Kommt sie mit?«

Es war lästig, wieder an das Problem mit Sarah erinnert zu werden. »Nein. Aber vielleicht kommt sie nachher zur Party herunter, wenn wir so tun, als sähen wir sie nicht.«

Hugh schaufelte Asche über die Holzscheite und seufzte. »Ich frage mich, wie lange das noch so weitergehen soll.«

»Ich nehme an, wir müssen uns einfach gedulden. Komm, Hugh. Wir müssen los.«

»Jetzt schon?«

»Ich weiß, dass es noch früh ist – du fragst das jedes Jahr

wieder –, aber wir sollten dort sein, wenn die ersten Gäste kommen.«

»Hm«, meinte Hugh. »Du hast recht, das frage ich tatsächlich jedes Jahr. Aber ich tue es, weil du uns wirklich immer verdammt früh hinscheuchst. Die Kirche ist eiskalt.«

»Wir können unsere Mäntel bis zum letzten Moment anbehalten. Freddy braucht Hilfe bei den Kerzen. Ich werfe einen letzten Blick ins Esszimmer und sperre dann Jock und Fanny ein.« Sie sprach immer noch mit seinem Rücken, während er das schwere Kamingitter vor die Glut schob. »Und Hugh – bitte geh noch mal auf die Toilette. Es ist peinlich, wenn du mitten im Gottesdienst rausrennst.«

»Das kommt von der Eiseskälte. Und davon, dass wir eine halbe Stunde zu früh da sind.«

»Vielleicht hast du auch was an der Prostata. Du solltest mal mit Paul darüber sprechen.«

»Ich habe nichts an der Prostata.« Hugh erhob sich mit leicht steifen Knien, wischte die Hände ab und drehte sich zu ihr um. »Und ich muss nicht mit Paul sprechen, außer vielleicht über seine Tempi, die immer zu schnell sind.« Paul war Arzt in der Gemeinschaftspraxis im Dorf und außerdem ihr Organist.

»Wo ist Colin eigentlich? Hast du ihn gesehen?«

»Oh. Ja«, erwiderte Hugh ruhig. »Er ist weggefahren.«

»Weggefahren? Jetzt?«

»Er sagte, er werde rechtzeitig zurück sein.«

»Du meine Güte, Hugh! Lass dir doch nicht alles aus der Nase ziehen! Kannst du mir nicht einfach sagen, was los ist? Wo ist Colin hingefahren?«

»Nach Cambridge, um eine zusätzliche Sängerin abzuholen, was mir äußerst hilfreich erscheint. Sie singt im Frescobaldi-Ensemble.«

»Ah, guter Junge! Er weiß, dass wir mehr Volumen im Sopran brauchen. Die eine Hälfte bestreite ich ja quasi allein!«

»Anscheinend ist sie Jurastudentin.« Hugh krempelte die Ärmel herunter. »Und das ist absolut alles, was ich über sie weiß.«

»Wo hat er sie aufgegabelt?«

»Absolut alles, habe ich gesagt. Da musst du ihn selbst fragen.«

»Aber ist sie nur eine zusätzliche Sängerin oder auch eine neue Freundin?«

»Absolut alles, absolut alles«, sang Hugh vor sich hin, »absolut alles, was ich weiß.«

»Also gut.« Barbara lachte widerstrebend. Wenn er, wie jetzt, guter Laune war, zog er sie mit ihrer Gewohnheit auf, scheinbar nicht genau hinzuhören. »Ich habe verstanden.« Er schmunzelte. »Das Haus sieht übrigens großartig aus.«

»Danke.«

»Ich war dir in diesem Jahr wohl keine große Hilfe, wie?«

»Nein, aber du warst mir auch nicht im Weg, und mehr verlange ich gar nicht.«

»Du hast wahre Wunder gewirkt. Manchmal sehe ich mir das Haus an und kann kaum glauben, dass es meins ist.«

Barbara war gerührt. »Warum sollte es nicht deins sein? Du hast ein schönes Haus verdient. Du arbeitest, weiß Gott, hart genug dafür.«

»Zu hart«, fügte Hugh hinzu.

Purvis' Sortiment an luxuriösen Markenartikeln war im letzten Jahr nicht immer gut verkauft worden, und Hugh hatte sich während der ganzen Krise mit Sarah im Geschäft abrackern müssen. Obwohl Barbara wusste, dass er großen Belastungen ausgesetzt gewesen war, hatte sie sich manch-

mal dabei ertappt, ihn um die Zeit zu beneiden, die er außerhalb seines perfekten Heims verbringen konnte.
Sie küsste ihn auf die Wange. »Du tust nur, was du tun musst, das weiß ich doch.«
»Und ich weiß, dass ich ohne dich überhaupt nichts tun könnte«, entgegnete Hugh.

»Oh, Barbara, das war phantastisch!« Helen drängte sich durch die Menschenmenge in der Eingangshalle. Aus ihrem Dufflecoat stieg Kälte auf. »Die Kirche im Glanz der Kerzen … Ich habe sie noch nie so schön gesehen! Und meine Gäste halten mich jetzt für die perfekte Gastgeberin, weil ich ihnen ein so traditionelles Weihnachten auf dem Land beschere.« Hinter ihr standen zwei große, schwarzgekleidete Frauen. Helen schob sie nach vorn. »Dies sind meine Cousine Laura Amaury und ihre Tochter Delphine.«
»Der Gesang war wunderschön«, sagte Laura. »Herzlichen Dank, dass Sie uns eingeladen haben.« Sie hatte ein großflächiges Gesicht. Barbara registrierte traurige, dunkle Augen und dichte, schwarze und graue Locken – wie ein Haufen alter Sprungfedern. Delphine war Anfang zwanzig, dünn, mit stachligen Haaren und lächelte höflich, aber gequält. Sie trug enge schwarze Jeans und einen überdimensionalen schwarzen Pullover mit einem weißen Totenkopf über gekreuzten Knochen auf der Brust.
»Nett, Sie kennenzulernen«, sagte Barbara und gab ihnen die Hand. »Willkommen in Chackley.«
Sie hatte keine Ahnung, was weiter mit ihnen passieren sollte. Helen würde sich selbst um sie kümmern müssen. Beschwingt schlängelte Barbara sich durch ihre Gäste und lächelte gelassen zum Schwall der Komplimente. Von allen Seiten hörte sie dasselbe: dass ihre alljährliche Party einer

der Höhepunkte des ganzen Jahres und ein Weihnachten ohne sie kein richtiges Weihnachten sei. Barbara gefiel das. Es tat gut, all die harte Arbeit anerkannt zu wissen.

Seien wir ehrlich, dachte sie, ohne uns gäbe es hier überhaupt kein gesellschaftliches Leben. Wenn ich nicht ab und zu einmal einen Dank dafür bekäme, würde mir die Lust daran vergehen.

Im holzgetäfelten Esszimmer drängten die Gäste in drei Reihen um den Büfetttisch. Sie reckten sich aneinander vorbei, um an das geschmorte Wildragout und das Kartoffelgratin zu gelangen, an die Scheiben von gebackenem Krustenschinken und Wildpastete. Barbara schob sich – mit strahlendem Lächeln in jede Richtung – durch das Gedränge, um zu sehen, ob die weißen Teller mit Goldrand ausreichten, und um eine der leeren Auflaufformen abzuräumen.

»Geh nie mit leeren Händen aus dem Zimmer« war eine ihrer Grundregeln als Gastgeberin. Mit einem Tablett ihrer speziellen Miniatur-Plumpuddings kehrte sie ins Esszimmer zurück. Sie dämpfte sie immer in Dutzenden von Eierbechern und dekorierte sie mit roten und grünen Belegkirschen, die wie Edelsteine glänzten und wunderbar festlich aussahen. Wie erwartet, wurden sie ihr blitzschnell vom Tablett geschnappt, und Barbara lachte.

Bevor sie das leere Tablett wieder in die Küche brachte, warf sie einen kurzen Blick in den Salon. Colin ging mit dem Wein herum, was normalerweise Hughs Aufgabe war. Wo steckte er nur? Barbara war leicht verstimmt. Hugh wusste doch, dass sie sich auf ihn als Mundschenk verließ. Wenn ein Glied in der Kette fehlte, brach die ganze Feier zusammen, und plötzlich stand man da wie bei der Hochzeit zu Kana. (Barbara taten die Gastgeber dieser biblischen Hochzeitsfeier immer furchtbar leid – von wegen »Zeit heilt alle Wunden«! Da kaufte man ein einziges Mal zu wenig Alkohol ein, und zweitausend Jahre später zerrissen sich die Leute noch immer das Maul.)

»Hallo, Barbara.« Jeff stand neben der Tür und biss in eine dicke Scheibe Wildpastete.

»Jeff!« In dieser wundervollen Umgebung fand sie sogar ihn liebenswert. »Du hast dich also entschieden zu kommen – ich fühle mich geehrt.«

Er war groß und schlaksig und stand gekrümmt wie ein lässiges S. Barbara hatte ihn zuletzt vor dem unschönen Hintergrund seines Wohnwagens gesehen. In ihrem Salon wirkte er wie etwas, das man aus dem Misthaufen gezogen hatte. Seine schmuddelige Cordhose und der sich stellenweise aufribbelnde Wollpullover wirkten wie Pilzgewächse an seinem Körper. Der Bart bedeckte Gesicht und Hals wie eine Sturmhaube aus dichtem, grauem Haar.

»Die Musik war gut wie nie zuvor«, sagte er mit vollem Mund, »was ganz allein an dem Mädchen mit der guten Stimme lag.«

»Ja, da hatten wir wirklich Glück. Sie singt bei den Frescobaldis, und Colin hat sie während seiner Aushilfszeit im Geschäft kennengelernt. Ist sie nicht wunderbar?«

»Dein Sohn sieht das ganz offensichtlich so. Du solltest dich schon mal auf schokobraune Enkelkinder einstellen.«

Seine Derbheit verletzte sie. Tatsächlich war sie leicht irritiert gewesen, dass es sich bei Letitia um eine »Person multi-ethnischer Abstammung« handelte, aber das war nur am Anfang gewesen, als sie besorgt war, das Mädchen könnte deshalb gewöhnlich sein. In ihrem tiefsten Innern wusste Barbara, dass sie ein Snob war, und sie schämte sich nicht einmal sonderlich dafür. Das letzte Mädchen – Rose – war ungepflegt und ungesittet und insgesamt zu primitiv für einen so begehrten Jungen wie Colin gewesen. Das Mädchen davor, an dessen Namen sie sich nicht mehr erinnern konnte, war enttäuschend kleinbürgerlich gewesen, mit aufdringlichen und anmaßenden Eltern.

Letitia war weitaus hübscher als die beiden und viel, viel feiner. Ihr Auftreten war vornehm, ihre Sprache akzentfrei und ihre Singstimme himmlisch. Sie war bei ihrem Großvater im Pfarrhaus aufgewachsen, wie die Heldin eines viktorianischen Romans. Barbaras Mutter hätte sie »ein kultiviertes Mädchen aus gutem Hause« genannt. Ausdrücke wie diese sollte man heutzutage nicht mehr gebrauchen, aber denken durfte man sie ja wohl noch. Jeff hielt sich vermutlich für schlau, doch ihre Vorurteile schätzte er ganz und gar falsch ein.

»Entschuldige bitte, Jeff, aber ich muss noch mehr Pudding holen … etliche Tabletts voller Pudding, und der Herr des Hauses ist nirgends zu entdecken!« Das war als Text vor ihrem Abgang gedacht, und sie schob ein abschließendes, leicht affektiertes Lachen hinterher. Doch Jeff folgte ihr, als sie den Salon verließ. »Ich werde dir helfen.«

»Danke.« Sie hoffte nur, dass er saubere Hände hatte. »Ich weiß nicht, was mit Hugh passiert ist. Er scheint verschwunden zu sein.«

»Vielleicht sitzt er mit Durchmarsch auf dem Klo«, schlug Jeff vor. »Das ist mir mal passiert, als ich irgend so einen König vom Flughafen abholen sollte.«

Barbara schwieg indigniert. Musste er denn alles auf das niedrigste Niveau herunterziehen? Wie hatte er sich mit derart mangelhaftem diplomatischem Geschick nur so lange im Außenministerium halten können? In der Küche reichte sie ihm ein Tablett mit Mini-Puddings und ignorierte die

Trauerränder unter seinen Fingernägeln. Obwohl sie es Jeff gegenüber niemals zugeben würde, ärgerte sie sich maßlos über Hugh. In letzter Zeit hatte er sie mehrmals auf diese Weise hängenlassen – er war einfach nicht dagewesen, wenn sie mit seiner Hilfe gerechnet hatte.

In der Eingangshalle begegnete sie Helen, die in ihrem Dufflecoat durch die Tür trat.

Barbara strahlte wieder. »Sag nichts! Du hast dich rausgeschlichen, um zu rauchen! Nimm einen Pudding!«

»Ich habe tatsächlich geraucht, aber ich habe auch Laura zurück nach Hause begleitet. Sie hat Kopfschmerzen.«

»Ach, die Arme! Sahne und Brandy-Sauce findest du im Essimmer.«

»Sie hat mich gebeten, dir zu danken. Ich glaube, Partys sind ziemlich anstrengend für sie.«

»Tja, manche verwitweten Menschen werden eben so.« Barbara senkte die Stimme. »Sieh dir Jeff an – nicht, dass ich ihn mit deiner Cousine vergleichen will, aber die Einsamkeit kann zur Gewohnheit werden.«

Helen nahm einen der Mini-Puddings. »Ich hatte Angst, ich könnte die Musik verpassen, und nun frage ich mich, ob ihr dieses Jahr überhaupt welche spielt?«

»Warum nicht?« Barbara war irritiert. »Sarah mag vielleicht streiken, aber mit Colin ist doch alles in Ordnung.«

»Sarah scheint es viel besser zu gehen«, sagte Helen nun. Sie blickte durch die geöffnete Tür in den Salon. Barbara folgte ihrem Blick, und eine blendende Sekunde lang erkannte sie die junge Frau vor dem Kamin gar nicht.

Großer Gott, es war Sarah! Sie trug eine ausnahmsweise nicht abgewetzte Jeans und den neuen Pullover aus graublauem Kaschmir. Sie hatte die Linsen eingesetzt und fuchtelte mit ihren hübschen Händen durch die Luft, während sie sich angeregt mit diesem französischen Mädchen unterhielt, Delphine.

Dann hatte ich also recht. Sie musste nur aufhören, sich selbst zu bemitleiden, und sich ein wenig anstrengen.

Barbara wollte nicht überrascht wirken. Die ganze Zeit des Zusammenbruchs über hatte sie darunter gelitten, dass Sarah sich ihr nicht anvertraute, doch allmählich sah sie ein, dass sie sich niemals nahegestanden hatten. Langsam näherte sie sich ihrer Tochter, bedacht, die Situation nicht durch ein falsches Wort zu verderben.

Helen folgte ihr und platzte sofort heraus: »Sarah, wie schön dich wieder wohlauf zu sehen!«

Sie konnte taktlos sein, doch trat sie mit ihren Ausrutschern selten ins Fettnäpfchen. Man konnte leicht erkennen, dass sie es nicht böse meinte.

Sarah lächelte sogar und stellte ihre gewohnte Schulsprecher-Höflichkeit zur Schau. »Danke, Helen. Ich fühle mich auch viel besser. Mum … Delphine kennst du ja schon, oder?«

»O ja, noch einmal herzlich willkommen, Delphine. Tut mir leid zu hören, dass es Ihrer Mutter nicht gutgeht.«

Das Mädchen zuckte gleichgültig mit den Schultern. »Das macht sie immer so.«

»Ich hoffe, Sie denken jetzt nicht, Sie müssten auch gehen. Hier, nehmen Sie einen Pudding.«

»Ich esse keinen Pudding.« Ihr Akzent lag irgendwo zwischen Französisch und Cockney. »Helen sagte, es gebe noch Musik.«

Verdammt! Barbara hielt den Atem an. Jeder Versuch, Sarah wieder mit ihrer Geige zu versöhnen, hatte bislang in Geschrei und Tränen geendet. Barbara war diejenige gewesen, die geschrien hatte, und sie schämte sich jetzt noch, wenn sie daran dachte, wie sie die Kontrolle verloren hatte. (»Du wirst einfach versuchen müssen, mich zu mögen, auch wenn ich die verdammte Geige *nicht* spiele!«, hatte Sarah ihr an den Kopf geworfen.)

Diesmal jedoch wirkte Sarah ganz eifrig. »O ja, mein Bruder und ich spielen immer irgendetwas. Das ist Tradition, stimmt's, Mum?«

»Ich würde dich gern spielen hören«, sagte Delphine und sah Sarah so eindringlich an, als wären die zwei allein. »Liebend gern.«

»Ich … ich laufe schnell nach oben und hole die Geige … wenn du versprichst, dann hierzubleiben.« Sarah wirkte nervös, aber glücklich.

»Sei nicht albern, natürlich wird sie bleiben!«, rief Helen. »Soll ich schon einmal Stühle holen und Platz schaffen und so weiter?«

Barbara fühlte sich überrumpelt. Sie hatte sich damit abgefunden gehabt, dass Colin allein spielen würde. Das hier übertraf zwar ihre kühnsten Träume, aber kam es nicht zu überstürzt? Was, wenn Sarah vergessen hatte, wie man spielt? Und schlimmer noch: Was, wenn sie sich (und alle anderen) mit schlechtem Spiel blamierte? Sie blickte forschend durch die Runde, konnte Hugh aber immer noch nicht entdecken. Er wollte dieses Wunder bestimmt nicht verpassen; sein Stolz auf Sarahs Talent hatte etwas Sentimentales.

Sarah hatte sich Colin bereits geschnappt. »Zeit für den Auftritt, Colin – lass uns einen unserer alten Hits spielen.«

Unsicher sah Colin zu seiner Mutter. »Wir haben seit Ewigkeiten nicht mehr geprobt.«

»Beethoven«, sagte Sarah. »Die Frühlingssonate.« Sie lächelte Delphine zu.

»Einverstanden. Ich glaube, ich weiß, wo die Noten liegen.« Gemeinsam verließen sie den Raum.

»Alle mal hinsetzen, bitte!«, rief Barbara fröhlich. »Zeit für die Musik! Schenkt euch noch einmal nach ... Ein paar Tapfere müssen auf dem Fußboden sitzen ... Kann vielleicht jemand Helen mit den Stühlen helfen? Candy, du und Johnny, ihr könnt euch aufs Sofa setzen ...« (Sir John und Lady Trounce, Daisys Großeltern, waren alt und gebrechlich.) »Helen, hast du Hugh gesehen?«

»Nein, tut mir leid.« Helen stellte zwei Stühle aus dem Esszimmer ab und ging wieder los, um weitere zu holen.

Bereitwillig eilten die Gäste, um Stühle und Kissen herbeizuschaffen und Weinflaschen kreisen zu lassen. Nach all den Jahren wusste jeder, was zu tun war. Barbara nahm ihren Platz neben der Tür ein – sich jederzeit flexibel bewegen zu können, war eines ihrer Prinzipien als Gastgeberin.

Colin und Sarah kehrten mit Notenblättern und einem Notenständer zurück. Sarah stimmte die Geige mit entspannter Vertrautheit, als hätte sie jeden Tag damit geübt, anstatt sie in einer Schublade auf Holzwürmer warten zu lassen. Als Colin am Flügel Platz nahm, legte sich eine erwartungsvolle Stille über den Salon. In diesem Moment wurde Barbara immer sehr nervös.

Das Eröffnungsmotiv klang jedoch perfekt, so frisch und klar wie gerade gefallener Schnee. Barbara, die stolz darauf war, bezüglich ihrer Kinder nicht an falschem Stolz zu leiden, musste ein paar Tränen fortblinzeln. Sie liebte es, die beiden spielen zu sehen – wenn sie jegliche Rivalität zum Wohle musikalischer Schönheit aufgaben. Hugh musste das hören!

Sie stahl sich aus dem Raum. Jock, der rötlich braune Labrador, kam höflich durch die Eingangshalle getrottet und sah fragend zu Barbara auf. Sie tätschelte seinen Kopf. Er war ein einfühlsamer Hund. Seine Schwester Fanny dagegen,

kleiner und dunkler, kläffte aufgebracht in der Küche. Barbara sah, dass sie an der Hintertür kratzte.
»Ja, was denn? Was ist denn los?«, flötete Barbara in ihrer Hundestimme. »Willst du wieder raus? Ja?«
Da sah sie, dass Hugh draußen saß. Unter dem Küchenfenster stand eine Holzbank, und trotz der Dunkelheit konnte sie seinen Hinterkopf erkennen. Es war der kälteste Winter seit Jahren, so kalt, dass es in den Nachrichten vermeldet wurde, und Hugh saß einfach draußen!
»Hugh!« Sie klopfte gegen die Scheibe. »Ich habe dich schon überall gesucht! Komm schnell rein, sonst verpasst du die Musik! Die Kinder spielen die Frühlingssonate.«
Sein Kopf bewegte sich nicht.
»Hugh! Sarah spielt wieder – willst du sie nicht hören?«
Diese Stille war nicht normal. Barbara bekam Angst. Er könnte krank sein. Er könnte tot sein. Sie nahm ihren Gartenkittel vom Haken an der Tür, hüllte sich darin ein, trat nach draußen und scheuchte die Hunde ins Haus zurück. Hugh saß auf der Bank wie eine Statue und regte sich nicht, als sie auf ihn zuging. Er war nicht tot. Er weinte.
»Liebling?« Sie erschauerte. Hugh weinte sonst nie. Sie hatte ihn ein paar männliche Tränen vergießen sehen, als sein Vater starb und als seine Kinder zur Welt kamen, aber dies war beunruhigend untypisch. Barbara starrte auf die Tränen, die über seine Wangen liefen. Was für ein Blödsinn war das nur? Nein, sie durfte nicht böse sein – offensichtlich war er krank, und es war unfair, böse auf Menschen zu sein, die sich nicht vernünftig benehmen *konnten*. »Komm mit ins Haus, und ich helfe dir nach oben. Und ich werde Paul Bescheid geben, sobald ich kann, ohne die Musik zu stören.«
»Nein«, sagte Hugh. »Ich brauche Paul nicht. Ich bin nicht krank.«

Wenn er nicht krank war, dann musste er schlechte Nachrichten erhalten haben. Vielleicht war seine Mutter gestorben? Barbara rechnete schon seit Jahren damit. »Ist was passiert?«
»Nein.«
»Warum dann, um alles in der Welt …? Aber komm erst mal ins Haus. Du musst ja völlig durchgefroren sein!«
Er packte sie am Handgelenk. Seine Hand war eiskalt. »Bleib eine Minute hier.« Er zog sie neben sich auf die Bank. Die Holzplanken waren klamm vor Kälte.
»Du machst mich ganz nervös«, sagte Barbara. »Um Himmels willen, sag mir doch, was los ist!« Was, wenn es das Geschäft betraf – eine unerwartete Katastrophe, die den plötzlichen Ruin bedeutete? »Geht es ums Geschäft? Bitte verschweig mir nichts, Hugh.«
»Was? Nein, mit dem Geschäft ist alles in Ordnung.«
»Lass uns darüber reden. Vielleicht ist es nicht so schlimm, wie du denkst. Ich kann jede Menge Einsparungen vornehmen.«
»Barbs, so hör mir doch bitte zu.«
»Gerade neulich erst habe ich über die Kosten des Pflegeheims nachgedacht, und wenn es hart auf hart kommt, wäre ich bereit, in den sauren Apfel zu beißen und sie zu uns zu nehmen … Vielleicht mit etwas Hilfe aus dem Dorf …«
»Du meine Güte! Das hat nichts mit Geld zu tun! Es hat auch nichts mit dem Pflegeheim meiner Mutter zu tun! Könntest du bitte ein Mal in deinem Leben einfach den Mund halten und zuhören?«
So barsch hatte er noch nie mit ihr gesprochen – niemals. Schockiert verstummte sie.
Nach einer frostigen Pause sagte Hugh: »Es gibt keine Mög-

lichkeit, es zu erklären, ohne wie ein Idiot dazustehen, also spar dir die Mühe, darauf hinzuweisen. Nehmen wir einfach als gegeben hin, dass ich ein Idiot bin. Ich hatte gerade das groteske Erlebnis, einem Menschen zu begegnen, von dem ich dachte, ich sähe ihn nie wieder. Ich hielt sie so vollends für mich verloren, dass sie genauso gut hätte tot sein können. Doch ich schätze, die Möglichkeit, dass wir uns eines Tages wiederbegegnen, hat jederzeit bestanden – ich hätte darauf vorbereitet sein sollen, zumindest theoretisch. Aber mich in meinem eigenen Wohnzimmer umzudrehen und sie plötzlich vor mir zu sehen …«

»Wen?«

»Laura. Laura Amaury.«

»Bitte, wer? Meinst du Helens Cousine?«

»Großer Gott, ja, Helens Cousine!« Er wirkte wie neu belebt. »Da hat sie praktisch die ganze Zeit vor meiner Schwelle gestanden!«

Barbara war starr vor Kälte und vollkommen verwirrt. Sie hatte keine Ahnung, warum sie über diese Frau mit den Sprungfederhaaren sprachen. »Willst du damit etwa sagen, du kennst sie?«

»Ich habe sie gekannt.« Er schwieg einige Sekunden. »Ich habe sie sogar sehr gut gekannt. Sie … sie war die Liebe meines Lebens.«

Er sprach ruhig, mit einem leichten Anflug von Dramatik. Barbara wurde ungeduldig. »Jetzt komm endlich rein, Hugh! Mir ist so kalt, dass ich nicht klar denken kann.« Sie stand auf, die Beine starr vor Kälte, und eilte in die warme Küche zurück.

Hugh folgte ihr. »Ich meinte«, begann er vorsichtig, »dass sie immer noch die Liebe meines Lebens ist. Es ist nicht vorbei – das war es nie. Es tut mir leid, Barbs. Sag allen, dass

ich krank bin oder irgendetwas. Ich komme wieder runter, wenn sie weg sind.«
Zu ihrem größten Entsetzen schickte er sich tatsächlich an, den Raum zu verlassen. »Hugh! Was tust du denn da!«
Widerstrebend blieb er stehen. »Ich dachte, ich warte oben.«
»Oben!« Eine Welle kalter Wut durchfuhr sie. »Mach dich nicht lächerlich! Mit dir ist alles in Ordnung, also kannst du sofort mit diesem Unsinn aufhören!« Zitternd vor Empörung zog sie ein Blech Minzplätzchen aus dem Ofen und knallte es auf die Küchentheke.
»Barbara ...«
»Nein – ich weigere mich, zuzuhören! Warum, Hugh? Warum jetzt?« Sie atmete einige Male tief durch, um sich wieder in den Griff zu bekommen. »Entschuldige, aber was für ein Moment, um mir zu sagen, dass du eine Affäre hast!«
»Ich habe keine ...«
»Mir ist egal, wie du es nennst. Du kannst mich ruhig betrügen und mein Leben ruinieren, aber diese Party wirst du mir nicht verderben!«
Er sog hörbar die Luft ein. Endlich hatte sie ihn so weit zur Vernunft gebracht, dass er sich seiner Verantwortung bewusst wurde!
Nach einer langen Pause sagte er: »Bitte beruhige dich.«
»Beruhigen? *Ich* soll mich beruhigen? Bin ich etwa diejenige, die heulend hinter dem Haus gegessen hat? Jetzt mach aber mal halblang!«
Aus dem Salon erschallten Jubelrufe und Applaus, die in heiteres Partygeplauder übergingen.
»Du hast Sarah verpasst«, sagte Barbara. »Aus heiterem Himmel – als wäre sie nie krank gewesen – hat sie verkün-

det, sie wolle die Frühlingssonate spielen. Sie hat wunderbar gespielt. Colin natürlich auch.«

»Es tut mir leid, dass ich es verpasst habe. In meinem Kopf geht alles durcheinander.«

»Tja, dann solltest du es besser wieder ordnen, oder?« Barbara machte sich daran, die heißen Plätzchen vom Blech auf einen großen Teller zu schieben. »Au! Nimm die bitte mit in den Salon und frag nach, wer alles Tee und Kaffee möchte. Und dann können du und Sarah euren ›Good King Wenceslas‹ vortragen.«

Sie drückte ihm den Teller in die Hand. Er stand seltsam still und unnahbar da und sah sie an.

»Manchmal frage ich mich«, sagte er leise, »ob du und ich in derselben Dimension leben.«

»Tja, jetzt hast du sie gesehen«, sagte Colin. »Und dass du immer noch mit mir sprichst, ist ein gutes Zeichen.«

Letitia schmiegte den Kopf an seine Schulter. »Warst du nervös?«

»Ich hatte Angst, du würdest meilenweit Reißaus nehmen.«

»Warum? Auf mich wirkten sie sehr nett.«

»Meine Mutter ist eine Irre. Um ein solcher Snob zu sein, muss man verrückt sein! Und mein Dad ist praktisch gar nicht da. Ich meine, er ist körperlich anwesend, aber was in seinem Kopf vorgeht … Wenn da überhaupt etwas vorgeht …«

»Deinen Dad habe ich kaum gesehen«, sagte Letitia, »was vermutlich ganz gut ist, da ich eine seiner Untergebenen bin.«

Colin fuhr mit der Hand über ihren Rücken. »Ich hatte Angst, ich könnte wie der Kleine Lord auf dich wirken und dass du mich dann nicht mehr magst. Du bist sicher ein bisschen schockiert, wie ich lebe, oder?«

»Was? Über diese Absteige?«

»Nein, im Ernst.«

»Also gut, nicht schockiert, aber … Es wirkt wie aus einem Hochglanzmagazin.«

»Oberflächlich sieht alles wirklich wunderbar aus, darunter brodelt jedoch diese Anspannung. Mein Vater betritt das Zimmer, ohne mich anzusehen, und verlässt es wieder, ohne mit mir gesprochen zu haben. Zum Üben flüchte ich in den Pferdestall und ertappe Mum dabei, wie sie an der Tür steht und wie ein Spanner lauscht. Und meine Schwester hockt in ihrem Zimmer. Wir leben alle im selben Haus, aber wir kommen nicht zusammen. Wenn man über zwanzig ist, kann man nicht mehr bei seinen Eltern wohnen, das ist erniedrigend.«

Sie bildeten ein warmes Knäuel aus nackten Gliedmaßen in Letitias schmalem Bett. Die Party hatten sie kurz nach der Frühlingssonate verlassen. Colin konnte sich kaum noch an die Autofahrt erinnern, an ihre gezwungene Konversation über Musik. Er hatte nur an Sex denken können, und den hatten sie keine zehn Minuten, nachdem sie in ihrer Wohnung angekommen waren. Jetzt lag Colin wie benommen da und spürte den Nachklang des besten und bedeutsamsten Vögelns seines ganzen Lebens.

»Ich verstehe nicht, warum du immer so redest, als wärt ihr arm«, meinte Letitia. »Ist dein Vater nicht reich?«

»Steinreich – aber das Thema Geld ist zwischen uns tabu. Er gibt vor zu glauben, ich würde meinen Lebensunterhalt als Konzertpianist verdienen.«

»Und das tust du nicht?«

»Nein. Und er zahlt mir immer noch dasselbe Taschengeld

wie zu Collegezeiten. In London konnte ich mir keine andere Wohnung mieten, weil ich einfach kein Geld habe. Früher oder später muss ich ihn wohl an einen Stuhl fesseln und zwingen, meine finanzielle Situation realistisch wahrzunehmen. Er dreht immer noch am Rad wegen der Kosten für den Bechstein. Vielleicht sollte ich ihn verpfänden.«

»Ach, da bin ich jetzt aber enttäuscht«, sagte Letitia. »Ich dachte, du wärst reich. Ich wünschte nur, ich könnte mir dich als Sexsklaven leisten.«

»Mein Traumjob«, sagte Colin.

»Und wenn du gerade mal nicht deinen tollen Körper einölst, könntest du mir etwas vorspielen. Dein Klavierspiel hat mich umgehauen – du und deine Schwester, ihr seid wirklich sehr talentiert.«

Colin antwortete, indem er das Gesicht an ihrem weichen, duftenden Hals vergrub. Er war froh, dass ihr die Frühlingssonate gefallen hatte; natürlich hatte er sie beeindrucken wollen. Da seine gesamte Ausbildung auf sein »großes« Talent ausgerichtet gewesen war, hatte er kaum etwas anderes vorzuweisen. Dieser Umstand, und nicht Rose, war der Grund für seine depressive Stimmung in letzter Zeit. Allmählich erkannte er, dass er wie eine Heldin von Jane Austen erzogen worden war: um sich im Salon zu präsentieren. Er kam sich wie ein nutzloser Trottel vor. »Du duftest köstlich«, sagte er. »Du schmeckst köstlich. Ich kann nicht fassen, dass ich dich getroffen habe.« Er blickte zum Wecker auf dem Nachtschrank. »In einer Minute muss ich gehen.«

»Hmmm. Nicht!«

»Hör zu, ich will ja gar nicht. Aber wenn ich morgen früh nicht da bin, gibt es ein Donnerwetter.«

»Sie werden es wahrscheinlich gar nicht merken. Außerdem bist du mittlerweile erwachsen.«

»Zu Hause«, sagte Colin, »ist das fraglich.«
Er spürte Letitias warme Finger auf seinem Bauch, knapp über seinen Lenden. »Wir könnten zusammen aufwachen und einen faulen Sonntagmorgen genießen – mit Kaffee, Zeitung, Croissants, mehr Sex …«
»Du hast mich fast schon überredet. Mach weiter.«
»Draußen ist es eiskalt. Wenn du jetzt fährst, werde ich mir große Sorgen machen.«
»Das kann ich natürlich nicht verantworten. Ich sehe ein, dass es sehr selbstsüchtig von mir wäre, zu gehen. Ich bleibe.«
Beide kicherten.
»Morgen reicht mir aber nicht«, ergänzte Colin. »Kann ich dich auch am Montag sehen? Und am Dienstag? Warum musste ich dich gerade in dem Moment finden, da du wegfährst?«
Sein Leben war ihm plötzlich noch unerträglicher geworden. Er wollte einen Platz im Leben, an dem er und Letitia Sex haben konnten, ohne an seine Eltern oder ihre Mitbewohnerinnen denken zu müssen. Er wollte ein Leben, einen Beruf, Geld. Irgendwie war er nach all seinen Mühen an einem Punkt angelangt, an dem er nicht sein wollte.

Kapitel 4

»Das war 1979«, sagte Hugh. »Ich war zweiundzwanzig. Ich hatte gerade mein Jahr bei Fortnum's hinter mir, und Dad wollte, dass ich Französisch lerne. Er kannte jemanden in einem Weingut in Burgund, und ich sollte sechs Monate bei der Winzerfamilie leben.«

Er stand vor dem Fenster. Die Vorhänge hinter ihm waren zugezogen. Bevor die Geschichte mit Sarah passierte, war es Barbaras großes Projekt gewesen, das Schlafzimmer neu zu gestalten, und gerade jetzt fiel ihr auf, wie schön der Vorhangstoff bei künstlichem Licht aussah. Es ging doch nichts über klassischen Toile-de-Jouy! »Du hast mir von ihnen erzählt. Du hast sie verabscheut. Sie haben dich hungern lassen und waren schrecklich versnobt. Du siehst: Manchmal höre ich doch zu.« Sie saß auf der Bettkante und brannte darauf, das Chaos im Erdgeschoss zu beseitigen. Hugh hatte sie hier hochgezerrt, nachdem der letzte Gast verschwunden war, und die Worte waren nur so aus ihm herausgesprudelt. Barbara verstand nicht recht, was los war. Sie hatte gedacht, er wollte eine Affäre gestehen, doch er betonte immer wieder, er habe diese Frau seit unzähligen Jahren nicht gesehen.

»Ich wünschte, du würdest dich hinsetzen. Sonst habe ich das Gefühl, du würdest einen Vortrag halten.«

Hugh setzte sich auf den niedrigen Polstersessel, der mit blauem Brokat neu bezogen worden war. »O Gott, ja, die Amaurys waren unglaubliche Snobs, die andauernd heraushängen ließen, wie vornehm sie doch seien. Aber ich brauchte nicht lange, um zu merken, dass das Weingut kurz vor dem Ruin stand. Der einzige einigermaßen Vernünftige war Marcel, der zweite Sohn, der die Londoner Wirtschaftshochschule besucht hatte. Doch der alte Amaury weigerte sich, auf ihn zu hören, und sein mieser Führungsstil, kombiniert mit ein paar schlechten Ernten …« Er brach ab, als er Barbaras irritierten Gesichtsausdruck wahrnahm. »Das tut nichts zur Sache, stimmt's? Ich wollte dir ja von Laura erzählen.« Sein Gesicht hellte sich auf, als er ihren Namen nannte. Der Stuhl war zu niedrig für ihn, so dass er seine Knie umfassen musste, wenn er sich vorlehnte, was, wie Barbara bemerkte, ein wenig würdelos wirkte.

»Laura war die Schwiegertochter, verheiratet mit dem ältesten Sohn, Michel. Sie lebten auf dem Weingut in einem Bauernhaus. Michel war Künstler, ein Maler, und früher mal sehr erfolgreich. Als ich ihn kennenlernte, war er krank, es gab Probleme mit seinen Augen. Seine Eltern hatten ihm im großen Haus einen Raum als Atelier eingerichtet. Für einen Franzosen sprach er phantastisch Englisch und konnte erstaunlich witzig sein. Aber er war auch launisch und oft depressiv. Er hatte schon ewig nicht mehr gearbeitet. Die beiden waren aus Paris dorthin gezogen, weil er dachte, er würde sich zu Hause wohler fühlen, und dann gab er Laura die Schuld, dass es nicht so war. So sah Lauras Leben damals aus – ein heruntergekommenes Haus im hintersten Winkel von Nirgendwo mit einem verbitterten Mann und seinen schrecklichen Eltern. Da lernten wir uns kennen. Ich werde es nie vergessen.«

Barbara schob sich ein Kissen in den Rücken. Es war noch nicht spät, ihr bliebe genug Zeit. Resigniert fand sie sich damit ab, dass sie dieses langatmige Geschwätz über sich ergehen lassen musste, auch wenn sie es nicht hören wollte.

»Es war ein heißer, windstiller Tag, einer meiner seltenen freien Tage, und ich hatte mir ein paar Dosen Bier geschnappt und war zum Bauernhaus gegangen. Niemand war da, und ich wollte gerade wieder gehen, als ich sie sah. Erst hörte ich eine Stimme. Und dann kam eine junge Frau durch die Weinreben auf mich zu – die schönste Frau, die ich je gesehen hatte.«

»Nun, zu der Zeit hattest du mich noch nicht gesehen«, warf Barbara ein. Die Geschichte nahm eine Wendung, die ihr gar nicht gefiel.

Hugh fuhr fort: »Was mich betrifft, war es Liebe auf den ersten Blick. Ich wollte sie, wollte von ihr Besitz ergreifen. Ich wollte … mit ihr verschmelzen.«

»Liebe auf den ersten Blick« war der Ausdruck, den Barbara selbst immer benutzte, wenn sie ihre erste Begegnung mit Hugh schilderte, damals, im holzgetäfelten Büro des Geschäftsführers von Purvis. Unzählige Male hatte Hugh gehört, wie sie den Kindern die Geschichte erzählte: »Und der Opa sagte: Hugh, das ist deine neue Assistentin – und es war Liebe auf den ersten Blick!« Von Verschmelzen war dabei nie die Rede gewesen.

»Liebe«, sagte er. »Ich hatte nicht gewusst, was dieses Wort bedeuten konnte. Es passierte in Sekundenschnelle. Wir verloren keine Zeit, über richtig oder falsch nachzudenken. Wir stürzten uns in eine Affäre. Dabei ging es nicht nur um Sex – Michel wollte das gerne glauben, aber so war es nicht. Wir ergänzten, wir vervollständigten einander. Ich flehte sie an, mich zu heiraten.«

»Aber sie war schon verheiratet.«
»Ja. Dann wurde bei Michel Multiple Sklerose diagnostiziert, und das war's.«
»Sie entschied sich, bei ihm zu bleiben.«
»Ja.«
»Und mit dir Schluss zu machen.«
»Es war für alle das Beste. Das Richtige, ganz bestimmt. Nur … der Schmerz! Ob du es glaubst oder nicht: Ich habe damals sogar einen halbherzigen Versuch unternommen, mich umzubringen.«
»Du hast … was?«
»Ich kann es nicht wirklich ernst gemeint haben, aber ich bin fast durchgedreht. Ich nahm einige von Michels Tabletten, musste mich danach jedoch nur übergeben, das war alles. Ich denke, ich hatte wohl eine Art Nervenzusammenbruch. Letzten Sommer hätte ich dir fast alles gebeichtet, weil Sarahs Verhalten mich an all das erinnerte, und ich dachte, es könnte helfen. Aber ich war zu feige. Ich hätte es nicht ertragen, alles zu offenbaren. Und was ich eigentlich sagen will, ist … ich glaube, mir ist gerade klargeworden, dass ich nie darüber hinweggekommen bin.«
Er stand wieder auf und sah Barbara eindringlich an. Das war es dann wohl. Sie überdachte sein Geständnis, um zu entscheiden, inwiefern sie betroffen war. »Du hattest also eine Affäre mit ihr und bist nie darüber hinweggekommen.«
»Ja.«
»Bis du mich getroffen hast.«
»Ich habe sie noch geliebt, als ich dich kennenlernte.«
»Du hattest Liebeskummer«, sagte Barbara. »Das hast du mir bei unserer ersten offiziellen Verabredung erzählt. Aber dann hast du dich in mich verliebt – und es wäre albern, das zu leugnen, wo wir doch zwei Kinder haben.«

Hugh stieß einen langen, tiefen Seufzer aus. Sein Gesicht war blass und müde. »Natürlich ist das jetzt ein bisschen viel für dich. Es tut mir leid.«
»Kein Problem, wir kommen damit klar.« Sie hatte eine vage Vorstellung davon, wie andere Leute mit so etwas umgingen: viel reden, ein Urlaub, um die Ehe zu retten – nach Venedig oder zu den Pyramiden, daran erkannte man es –, und dann kamen sie gebräunt zurück und berührten einander auffallend oft. »Anscheinend passiert so was nicht selten, wenn ein Mitglied der Familie psychisch erkrankt. Wir haben uns so sehr um Sarah gekümmert, dass wir uns gegenseitig nicht mehr richtig wahrgenommen haben.«
Er sah sie seltsam an – eine Mischung aus Staunen und Mitleid. »Ich rede mir hier den Mund fusselig, aber du hast noch nicht einmal die Hälfte verstanden, oder? Und jetzt drehst du alles so hin, als ob es Sarahs Schuld sei. Aber das hat absolut nichts mit ihr zu tun. Es geht um etwas, das nicht abgeschlossen ist. Ich weiß nicht, wohin das alles führen wird, aber ich muss die Sache abschließen. Lass die Hintertür bitte unverriegelt.«
»Du gehst noch aus?«
»Ich werde zu Laura gehen.«

Chackley Manor lag etwa eine halbe Meile vom Dorf entfernt. Hugh blieb an den Steinsäulen des Eingangstores stehen und suchte in den Taschen seiner Wachstuchjacke nach einer Taschenlampe. Die hohen Fenster des Herrenhauses strahlten noch immer einladende Wärme aus. Er erhaschte einen Blick auf Barbara im Salon, die mit einem Tablett voller Gläser geschäftig am Fenster vorbeieilte.
Er fand die Taschenlampe, schaltete sie ein und stapfte die dunkle, schmale Straße in Richtung der Ortschaft entlang.

Es war immer noch furchtbar kalt. Die Pfützen auf dem Asphalt waren bereits gefroren. Er wünschte, er hätte Handschuhe eingesteckt, aber er war eilig aufgebrochen, um nicht vor Verzweiflung loszuheulen wie ein Hund.

Barbara erstaunte ihn immer wieder. Wollte er ihr etwas sagen, das sie partout nicht hören wollte, war es, als hämmerte er mit den Fäusten gegen heruntergelassene Metalljalousien. Ihre Sturheit hatte fast schon Größe. Abrupte Veränderungen ihres Weltbilds machten sie hysterisch. Bei Sarahs Nervenzusammenbruch hatte sie die ganze Situation mit einer solchen Entschiedenheit geleugnet, dass Hugh sich fragte, ob sie vielleicht selbst einen Zusammenbruch erlebte. In diesem furchtbaren, arbeitsreichen, einsamen Sommer hatte er sich nach und nach eingestanden, dass er nicht mehr mit ihr zusammenleben wollte. Das hatte nichts mit Laura zu tun gehabt.

Er kam zur Kurve und sah die schwachen orangefarbenen Lichter an der einzigen Straße, die durch den Ort führte. Cobb Cottage lag am anderen Ende. Hugh knipste die Taschenlampe aus und eilte den Gehweg entlang. Das Pub, Fox and Hounds, war immer noch voll und laut. Es hatte samstags bis Mitternacht geöffnet und war ein beliebter Treffpunkt für die jungen Leute in der Umgebung. Durch die Gardinen der tiefliegenden Häuserfenster sah er Fernseher und Weihnachtsbeleuchtung flimmern. Die Geräusche aus dem Pub ließen den Rest des Dorfes totenstill erscheinen.

Bei Helen war noch Licht. Ihr niedriges weißes Häuschen lag ein Stück hinter dem Gehweg. Vom Windfang aus konnte er durch das Sprossenfenster ins Wohnzimmer blicken. Neben einem kleinen Fernseher entdeckte er einen kleinen Weihnachtsbaum, und Helen saß mit einer Tasse Tee eingekuschelt auf dem Sofa.

Direkt vor dem Fenster sah er die Rückenlehne eines ausgebleichten grünen Sessels. Das Gesicht der Person in diesem Sessel war nicht zu sehen, doch die schmale anmutige Hand, die auf der Lehne ruhte und eine Teetasse hielt, erkannte Hugh sofort: es war Lauras. Schon schlug sein Herz schneller. Er klopfte laut an die Tür und beobachtete ungeduldig durch die Scheibe Helens stumme Verwunderung über die späte Störung.

Nun komm schon! Er hatte lang genug gewartet.

Helen öffnete die Tür. »Hugh! Hallo ... Ist alles in Ordnung?«

»Hallo, Helen. Entschuldige die Störung.« Er wunderte sich selbst über seine männliche Entschlossenheit. »Ich komme wegen Laura. Hat sie es dir gesagt?«

Helen machte Platz, um ihn einzulassen. Sie hatte das Haus im Erdgeschoss zu einer großen Wohnküche umbauen lassen. Laura war aufgestanden, den Teebecher fest umklammert, und sah ihm erwartungsvoll entgegen. Ihre Blicke trafen sich nun, was sie auf der Party vermieden hatten. Sie sah ihn genauso an wie früher.

»Sie sprach davon, dass ihr euch kennt«, meinte Helen zögernd.

»Tut mir leid, dass ich weggelaufen bin«, sagte Laura.

Ihre tiefe, sanfte Stimme hatte er schon immer sexy gefunden. Bei ihrem Klang erwachte der verliebte Zweiundzwanzigjährige von damals zu neuem, drängendem Leben.

»Ich dachte, du bist bestimmt entsetzt, wie sehr ich mich verändert habe.«

»Du? Nein, du hast dich überhaupt nicht verändert – ich bin diejenige, die sich verändert hat.«

Sie hatte sich nicht verändert. Hugh nahm sich ausgiebig Zeit, sie anzusehen. Die Jahre hatten ihrem Gesicht zwar

Falten beschert, sonst aber keine erbarmungslosen Zeichen hinterlassen. Sie war immer noch sofort zu erkennen – die schlanke, drahtige Göttin, die durch die Reben auf ihn zugeschritten war. Er wusste sofort, dass das Band zwischen ihnen noch bestand. Er spürte, wie es ihn zu ihr hinzog, und sah es im Leuchten ihrer schwarzen Augen. Er fühlte sich wunderbar gesegnet. Gott, in dessen Namen er jeden Sonntag den Kollektenteller herumgehen ließ, hatte endlich den Bann gelöst.

»Weiß Barbara, dass du hier bist?«, erkundigte sich Helen. Helen war eine von Barbaras engsten Freundinnen und mochte sie aufrichtig gern. Aber sie war eine vernünftige Frau, und schon oft hatte Hugh sie dabei ertappt, wie sie sich bei einigen der absurderen Albernheiten seiner Frau das Lachen verkneifen musste. Er fand, sie habe eine ehrliche Auskunft verdient. »Ja, ich habe ihr gesagt, dass ich herkomme. Sie kennt die ganze Geschichte. Laura und ich haben uns viel zu erzählen, und auf der Party hatten wir dazu keine Gelegenheit. Können wir hier irgendwo ungestört reden?«

Helen sah beide an. In ihrem Blick lag immer noch Zweifel. »Ihr könnt hier reden. Delphine ist im Pub, und ich gehe in den Schuppen.« So nannte sie einen alten gemauerten Anbau hinter dem Haus, den sie als Arbeitszimmer nutzte. »Ich muss noch etwas fertigmachen.«

»So spät?«

»Ich will eine Zigarette rauchen, und das ist der einzige Platz, an dem ich es mir erlaube.«

»Solange wir dich nicht verscheuchen …«, meinte Hugh.

Sie lächelte. »Natürlich tut ihr das – aber keine Sorge, ich habe wirklich noch etwas zu tun.« Sie goss sich Tee nach und verließ das Zimmer.

»Tja«, sagte Laura. Sie hielt die Arme um den Körper geschlungen und klammerte sich auf beiden Seiten an ihrem schwarzen Wollpullover fest.

Hugh hatte sich ausgemalt, wie sie einander in die Arme fielen und sich leidenschaftlich küssten, sobald sie erst einmal allein wären. Als es nun so weit war, stellten sie sich an wie schamhafte alte Leute. »Ich habe dich sofort erkannt«, sagte er. »Mein Gott, das war der Schock meines Lebens. Wie lange hast *du* gebraucht, bis du mich erkannt hast?«

»Ich war vorgewarnt. Helen erwähnte deinen Namen, und ich reimte mir zusammen, dass es derselbe Hugh Purvis sein musste, den ich kannte. Sobald ich in der Kirche war, hielt ich nach dir Ausschau. Ich habe dich nicht sofort erkannt – es war zu dunkel. Zuerst sah ich deinen Sohn, und das war ehrlich ein Schock, denn er sieht fast genauso aus wie du damals.«

»Und dann hast du entdeckt, dass aus mir ein alter Knacker mit grauen Haaren und Schmerbauch geworden ist.«

Endlich lächelte sie. »Sei nicht albern.«

»Warum hast du mir das mit Michel nicht gesagt?«

»Wie konnte ich? Du warst mit einer anderen verheiratet. Du führtest ein anderes Leben.«

»Wann ist es passiert?«

»Vor zwei Jahren. Ich habe tatsächlich überlegt, ob ich es dir sagen soll. Aber ich hatte mich so sehr verändert.«

»Und ich dachte gerade, wie wenig du dich verändert hast.«

»Ach, Hughie, sei nicht albern«, sagte Laura und lachte. »Ich bin eine alte Schachtel mit Falten wie Furchen und wirrem grauen Haar – Delphine sagt, ich sehe aus wie Frankensteins Braut.«

Es berührte ihn tief und zärtlich, wie sie ihn »Hughie«

nannte, und er wollte ihr sagen, dass sie so schön war wie eh und je, ausgesprochen schön, aber es war nicht der richtige Moment. Er musste behutsam vorgehen. Wenn er zu früh verriete, was er von ihr wollte, könnte er sie verschrecken. Er zog seine Jacke aus und hängte sie über einen Stuhl. »Komisch – deine grauen Haare habe ich kaum wahrgenommen. Ich bin es, der grau geworden ist wie ein Esel.«

»Es steht dir«, meinte Laura. »Du hast dich erstaunlich gut gehalten.«

»Wie lieb von dir. Sollen wir uns setzen?«

Laura sank wieder in ihren Lehnsessel; sie hielt noch immer den Teebecher in der Hand. Hugh setzte sich ans Sofaende, wo Helen gesessen hatte. Das Zimmer war klein, und ihre Knie berührten sich fast. Eine Zeitlang starrten sie einander schweigend an.

Dann fragte Hugh: »War es sehr schlimm am Ende? Mit Michel, meine ich.«

»Schlimm genug.«

»Die Vorstellung, dass du das alles allein durchstehen musstest, ist abscheulich.«

»Ich war nicht allein. Ich hatte Delphine.«

»Ach, ja.« Die Tochter vergaß er immer. »Ich wünschte nur, ich hätte irgendwie helfen können. Ich mochte Michel.«

»Er mochte dich auch. Er hat sogar ein- oder zweimal von dir gesprochen, bevor sein Gedächtnis sich verabschiedete.«

»Nur Gutes, wie ich hoffe.«

»O ja. Ich würde nicht sagen, dass er nachsichtig wurde, aber er entwickelte sich definitiv weiter. O Gott, das ist alles so lange her. Ich dachte, du hättest mich vergessen.«

»Ich habe deinen Namen fünfundzwanzig Jahre lang nicht ausgesprochen, aber ich habe dich nicht einen Moment vergessen«, sagte Hugh.

»Es ist lächerlich, oder?« Lauras sirupfarbene Augen füllten sich plötzlich mit Tränen. »Als würden Romeo und Julia sich im Alter wiederbegegnen. Michel sagte einmal, wir hätten wenigstens den Anstand haben können, wie echte unglückliche Liebende zu sterben.«
»Wie charmant«, meinte Hugh. »Und wie typisch. Würde er mich jetzt nicht gern so sehen? Als dicken Landadligen, der im Chor singt?«
Sie lächelte. »Er dachte immer, dass du dick wirst. Das sagte er jedes Mal, wenn er mich dabei ertappte, dass ich um dich weinte.«
Sie sagte das so leicht dahin, aber es traf Hugh wie ein schmerzhafter Schlag. »Wahrscheinlich habe ich genau zur selben Zeit um dich geweint. Oh, Laura …« Behutsam nahm er ihre Hand in seine. »Ich war völlig fertig.«
»Ich auch. Eine lange Zeit hatte nichts anderes einen Sinn. Immer wieder stellte ich mir vor, dass ich mich umentscheide und dir hinterherlaufe. Aber ich glaube, Michel hat so etwas vermutet und sich sehr angestrengt, mich nicht zu vertreiben. Und ich wollte ihm zeigen, dass ich es nicht bereute, bei ihm geblieben zu sein.«
»Er hat dich sehr geliebt.«
»Ja, das hat er. Und nachdem du weg warst, ging es ihm etwas besser. Eine eindeutige Diagnose zu haben war hilfreich, denke ich. Die MS kam zum Stillstand, wie das manchmal passiert. Michels Augen wurden besser, und er konnte wieder am Stock gehen. Er fing sogar an zu arbeiten.«
»Und ihr bekamt eine Tochter.«
»Ja, das war wundervoll. Du siehst also, ich bin nicht an gebrochenem Herzen gestorben. Wir hatten tatsächlich ein paar gute Jahre.«

»Es war schrecklich, dich auf Gedeih und Verderb den Pterodaktylen ausgeliefert zu wissen.«
Beide lachten. Das war Hughs Name für Michels Eltern gewesen.
»Auch mit ihnen wurde es besser«, sagte Laura. »Papa starb einige Monate nach deiner Abreise.«
»Einen schmerzvollen Tod, wie ich hoffe.«
»Tut mir leid, dich zu enttäuschen: Es war ein Herzinfarkt und ging ganz schnell. Und dann übernahm Marcel die Geschäfte.«
»Marcel habe ich immer gemocht. Ich wette, er hat alles umgekrempelt.«
»Das hat er wirklich. Du würdest das alte Weingut heute nicht wiedererkennen. Marcel und seine Frau zogen ins Haupthaus, ließen die Ställe für uns umbauen und verbannten Maman in die Hütte.«
»Hurra! Genau der richtige Ort für einen prähistorischen Raubvogel.«
»Ja, das war eine viel bessere Lösung. Dann bekamen wir zur selben Zeit unsere Kinder, und für Delphine war es schön, mit ihren Cousins aufzuwachsen. Wir besuchen sie gelegentlich, aber nach Michels Tod wollte ich versuchen, in England Fuß zu fassen. Delphine ebenso. Sie will so englisch wie möglich sein – genau wie ihr französischer Vater. Ich habe nie verstanden, was Michel gegen Frankreich hatte. Zur Zeit leben wir hauptsächlich in London. Ehrlich gesagt, bin ich nicht allzu begeistert darüber – wahrscheinlich bin ich es zu sehr gewohnt, mitten in der Walachei zu leben. Aber Delphine liebt es.« Sie hielt inne. »Das war's, im Großen und Ganzen.«
»Darf ich dich küssen?«, fragte er.
»Werd erwachsen.«

»Gibt es einen anderen?«
»Um Himmels willen!« Sie lachte. »Natürlich nicht. Du redest, als ob du frei wärst.«
»Nein, ich bin nicht frei – ich bin alles andere als frei. Ich bin nicht mehr frei gewesen, seit ich dir damals begegnet bin.«
»Sei doch vernünftig. Du bist mit einer anderen verheiratet.«
»Ich habe nie aufgehört, dich zu lieben, Laura.« Er hielt immer noch ihre Hand. Sein Griff wurde fester. »Die Leute reden davon, wie kurz das Leben sei, aber es ist auch sehr lang. Ich habe schon zu viele Jahre ohne dich verbracht, und es bleiben noch zu viele Jahre übrig, um dich wieder gehen zu lassen. Warum lachst du?« Ihr Gesicht wirkte jung und strahlend schön.
»Ich lache dich nicht aus. Ich lache nur, weil du genauso aussiehst wie am Tag, als ich dich zum ersten Mal sah, und du schwingst auch immer noch romantische Reden.«
Nun mussten beide lachen. Hugh fühle sich plötzlich leicht und beschwingt. »Und du holst mich während meiner poetischen Höhenflüge immer wieder auf den Boden zurück.«
»Das tue ich nicht absichtlich. Es ist schön zu hören, dass du immer noch poetisch bist.«
»Kannst du dich erinnern, wann wir uns zum ersten Mal begegnet sind? An den genauen Tag?«
»Ich könnte dir kein Datum nennen, falls du das meinst. Aber natürlich erinnere ich mich an unsere erste Begegnung.« Ihre Stimme war tief und sanft. »Du standest draußen vor dem Bauernhaus mitten in der Sonne und sahst phantastisch aus in deiner Jeans und diesem komischen T-Shirt – was stand da drauf?«
»Aldeburgh Festival 1976.« Er hatte so viel vergessen, und nun wurde er von Erinnerungen geradezu überschwemmt.

»Genau! Ich bin über das Grundstück gewandert und wollte weglaufen – wie Ruth im fremden Israel kam ich mir vor.«
»Du hast ein gelbes Kleid getragen. Leuchtend gelb.«
»Tatsächlich? An meine Kleidung kann ich mich nicht erinnern, nur an deine.«
Hugh erinnerte sich so deutlich, als würde er eine Fotografie betrachten: er und Laura im Garten, wie sie Bier tranken; Laura in ihrem gelben Kleid, die schmalen nackten Schultern hell gesprenkelt vom Sonnenlicht, das unregelmäßig durchs Laub flimmerte. Er spürte einen seltsamen Moment der Zeitverschiebung und erkannte, dass er an einem der wenigen wahren Wendepunkte seines Lebens stand. Die unbestimmte Sehnsucht, die ihn die letzten Jahre hindurch gequält hatte, nahm feste Gestalt an. Er konnte entscheiden, dort zu bleiben, wo er war. In diesem Fall würde er Laura sagen, dass es schön gewesen sei, sie wiederzusehen, und dass sie am zweiten Feiertag ins Herrenhaus zu Besuch kommen müsse.
Er konnte aber auch den riskanten, waghalsigen und unvernünftigen Versuch unternehmen, das versäumte Glück nachzuholen.

Kapitel 5

Es war schon halb zwei, als Hugh nach Hause kam. Das Haus war still und stumm und makellos sauber. Barbara hatte wieder eines ihrer Wunder vollbracht. In der Küche war jede Oberfläche gesäubert und poliert worden. Die Servierplatten standen wieder auf dem Schrank, die wenigen verbliebenen schmutzigen Gläser sauber aufgereiht auf der Spülmaschine.

Hugh kochte sich einen Tee. Er konnte sich nicht überwinden, nach oben zu gehen, also ging er in den Salon, in dem Barbara sogar Zeit gefunden hatte, Staub zu saugen und die Kissen aufzuschütteln. Das Feuer, das sich in eine Daunendecke aus weißer Asche gebettet hatte, strahlte noch ein wenig Wärme aus. Er stocherte in der Glut und setzte sich aufs Sofa. Seine Frau und die Kinder, die oben lagen und schliefen, kamen ihm nicht so real vor wie die Frau, die er gerade verlassen hatte.

Was für eine unglaubliche Nacht! Er hatte wie ein Blinder gelebt. Es war, als wären all seine Sinne in Plastikfolie gehüllt gewesen, die Lauras Anblick nun fortgerissen hatte. Die Situation war das absolute Chaos, es lauerten alle erdenklichen Schreckensszenarien auf ihn, und er konnte an nichts anderes denken als an Sex. Er musste mit Laura schlafen, unbedingt. Wie war das zu bewerkstelligen? Es war klar, dass er nichts unternehmen konnte, solange sie bei Helen wohnte. Aber er könnte es nicht ertragen, bis nach Weihnachten zu warten, wenn sie wieder nach London fuhr – immer vorausgesetzt, sie wollte ebenfalls Sex mit ihm.

Er trat die Schuhe von den Fersen, streckte sich auf den Sofakissen aus und fiel in einen unbequemen Halbschlaf, der vor lächerlichen Phantasien nur so strotzte – wie er Laura in seinem Büro bei Purvis vögelte oder in dem anonymen Motel an der Newmarket Road. Dass er eingeschlafen war, merkte er erst, als er einige Stunden später frierend und mit einem stechenden Schmerz in der Schulter erwachte.

Es dämmerte bereits. Die Dunkelheit löste sich ins Gräuliche auf, das die Möbel in eigenartige Schatten verwandelte. Hugh schaltete die nächstgelegene Lampe an. Er kam auf die Füße und reckte sich, bis die Knochen krachten. Es roch stark nach Kaffee, verlockend, aber auch bedrohlich. War er bereit, Barbara gegenüberzutreten? Wusste er, was er wollte? Alles, was er jetzt tun konnte, war, so ehrlich wie möglich zu sein.

Doch nicht Barbara stand in der Küche, sondern Sarah. Und sie war nicht allein. Lauras Tochter fläzte sich auf zwei Küchenstühlen, und als sie ihn ansah, glich ihr Gesicht so sehr Michels, dass Hugh augenblicklich Schuldgefühle bekam.

»Dad?« Sarah, zerzaust und leger mit Brille und pinkfarbenem Morgenmantel, erstarrte in ihrem Vorhaben, Kaffee einzuschenken. »Ich dachte … Ich wusste nicht … Ich hatte nicht damit gerechnet, dass du schon auf bist.«

»Ich konnte nicht schlafen«, sagte Hugh.

»Delphine kennst du von gestern Abend, oder?«

»Ja … Hallo.«

Delphines hervortretende Augen und die lange Nase ver-

ursachten ihm eine Gänsehaut. Es war mehr als seltsam, dieses Mädchen in seiner Küche zu haben.
»Ist von dem Kaffee noch was da?«
Sarah beeilte sich, ihm einen großen Becher Kaffee mit warmer Milch einzuschenken. Die Mikrowelle machte Ping, und sie zog einen Teller mit Brioches heraus. Obwohl er noch schlaftrunken und ganz in seine eigenen Gedanken versunken war, registrierte Hugh, dass er das Frühstück zweier Liebender gestört hatte. Delphine beäugte ihn voller Ungeduld und trug ihre Missbilligung über die Störung offen zur Schau, während Sarah seinem Blick auswich. Hugh empfand große Zärtlichkeit für sie. Er hatte immer versucht, sie ganz bewusst und intensiv lieb zu haben, weil er meinte, eine gewisse Kälte von Barbaras Seite wettmachen zu müssen. Armes Mädchen, dachte er zärtlich, ich wünschte, du hättest es nicht so schwer.
»Der Kaffee ist gut, mein Schatz.« Das meinte er ernst. Für seine neu erweckten Sinne schmeckte er hervorragend.
Delphine erhob sich abrupt. »Ich gehe.«
»Nicht …«, begann Sarah.
Hugh sagte: »Oh, bitte gehen Sie nicht meinetwegen, Delphine.« Ihm fiel ein, dass sie in der Zukunft, die er mit ihrer Mutter plante, unweigerlich eine Rolle spielen würde, und er lächelte sie an.
Delphine runzelte nur finster die Stirn, schnappte sich eine schwarze Lederjacke vom Haken an der Tür und zog sie über. Sie bewegte sich wie ein schlaksiger junger Mann – tatsächlich wie Michel, vor seiner Krankheit. Nachdem sie Sarahs Gesicht mit beiden Händen umfasst und ihr einen langen, feuchten und bedeutungsschweren Kuss auf den Mund gedrückt hatte, stürmte sie in die Dunkelheit hinaus.
Dann schwiegen sie. Hugh überlegte, was er sagen könnte.

»O Gott, Dad!« Sarah setzte sich an den Tisch und vergrub ihr heißes, rotes Gesicht in den Händen. »O Gott … Das war ja so peinlich!«

»Tut mir leid, dass ich da reingeplatzt bin.«

»Ach, das war doch nicht deine Schuld.« Sie nahm die Hände vom Gesicht und sah ihn an. »Schon so viele Male habe ich geprobt, wie ich es sagen soll … und nun brauche ich es gar nicht mehr, oder?«

»Tja … nein. Aber es ist okay.«

»Sie hat hier übernachtet. Du hast bestimmt nicht gedacht, dass ich so eine Schlampe bin, oder? Ich auch nicht.«

»Du bist keine Schlampe.«

»Vom ersten Moment, als ich sie sah, bin ich auf sie abgefahren. Es war, als erblickte ich in einem Raum voller Fremder ein vertrautes Gesicht. Wir sind ins Pub gegangen, und dann habe ich sie in mein Zimmer geschmuggelt, während Mum unten staubsaugte.«

Hugh schenkte sich Kaffee nach, der ihn so wach und munter machte, dass es schwerfiel, den nötigen Ernst zu bewahren. »Dann weiß Mum nichts von alledem?«

»Natürlich nicht! Dad, also ehrlich … Was glaubst du, wie sie reagiert, wenn ich ihr plötzlich sage, dass ich lesbisch bin?«

»Hm. Ganz schön schwierig.«

Plötzlich kicherte sie los. »Es tut mir leid, dass du es so erfahren musstest. So plötzlich, meine ich. Aber als ich Delphine sah … Ich kann diese Seite an mir einfach nicht mehr unterdrücken, das ist alles.«

»Das hast du die ganze Zeit getan, ja?«

»Hätte mich irgendjemand mal gefragt, hätte ich darüber geredet.«

»Ach, Schatz!« Hugh seufzte. Sie hatte einen wichtigen

Aspekt ihres Wesens geleugnet, und damit sollte er sich eigentlich auskennen. »Ich war dir diesen Sommer überhaupt keine Hilfe, oder? Ich wünschte, ich hätte dafür eine Entschuldigung.«

»Du hast dir Sorgen um das Geschäft gemacht.«

»Ich mache mir ständig Sorgen um das blöde Geschäft. Dabei hätte ich mir Sorgen um meine Tochter machen sollen.« Auf einmal schämte er sich über seine innere Abwesenheit. Sein Körper hatte mit den Ärzten geredet, aber sein Kopf hatte sich gesträubt, das Ganze wahrzunehmen. Er war ein teilnahmsloses Mitglied seiner eigenen Familie gewesen.

»Das ist jetzt egal.« Seine Entschuldigung rührte sie – sie begegneten einander stets mit besonderer Nachsicht. »Du hättest sowieso nichts ändern können. Es überrascht mich auch nicht, dass Mum nichts gemerkt hat. Sie denkt doch, alle Lesben tragen Latzhosen und Damenbart.«

»Nun, damit irrt sie ganz bestimmt. Du siehst heute Morgen richtig hübsch aus.« Er meinte es ernst. Mit ihrem groben und eher rundlichen Gesicht konnte man Sarah eigentlich nicht hübsch nennen, aber an diesem Morgen strahlte sie so etwas wie hoffnungsvolle Rosigkeit aus, die er schön fand. Es war die Macht des Glücks, dachte er. Folgte daraus nicht unweigerlich, dass jeder Mensch das Recht auf Glück hatte?

»Ach, Dad! Ehrlich! Ich sehe furchtbar aus.«

»Hör auf. Ich lasse nicht zu, dass du dich selbst runtermachst.«

»Ich hatte Angst, du wärst wütend … enttäuscht. Macht es dir ehrlich nichts aus, dass ich lesbisch bin?«

»Nein, natürlich nicht.« Es machte ihm tatsächlich nichts aus. Zu wissen, dass Sarah jetzt glücklich war, nahm ihm eine große Last von den Schultern.

»Ich habe das nicht immer gewusst. Ich meine, natürlich

habe ich es gewusst … aber ich habe es mir nicht eingestanden. Ich dachte, dass ich vielleicht einfach nur keinen Sex mag, weil ich mich nicht für Jungen interessierte. Und dann habe ich mich verliebt. In die Cellistin unseres Quartetts. Du hast sie gesehen, als wir in Bath auf dem Festival gespielt haben.«

»Oh.« Er erinnerte sich schwach an ein Mädchen am Cello. »Blond?«

»Ja. Es hat aber nicht funktioniert.«

»Du musst nicht darüber reden, Süße.«

»Nein, das ist schon in Ordnung. Ich dachte, sie liebt mich auch, und dann tat sie plötzlich so, als wäre nie was zwischen uns gewesen. Als dann Schluss war … Ich konnte einfach nicht … Ich habe tatsächlich versucht, sie aus dem Fenster zu stoßen. Habt ihr davon gewusst? Wäre ich nicht so durchgeknallt gewesen, hätten sie mich ins Gefängnis gesteckt.«

»Wir wussten, dass du es nicht so gemeint hast.«

»Ich habe es so gemeint. Ich wollte sie umbringen. Aber das ist jetzt vorbei. Ich musste nur jemanden wie Delphine treffen. Sie ist so offen und hemmungslos – so wundervoll … so ganz ohne Angst.« Sarah sprang auf. Nun, da sie ihr Geheimnis preisgegeben hatte, fühlte sie sich ganz leicht. »Komm, wir essen noch etwas Toast, und ich koche frischen Kaffee.«

»O ja, das wäre prima, wenn du dir die Mühe machen willst.« Hugh beobachtete, wie sie hin und her wuselte, Marmeladengläser aus dem Vorratsregal holte sowie Butter und Milch aus dem Kühlschrank. Sie war wie Barbara; sie musste sich körperlich betätigen, ihre Umgebung im Griff haben. Sie hatte gerade einen Mordversuch gestanden, was ihn vermutlich beunruhigen sollte, aber sie hatte gesagt, das alles sei vorbei – was auch immer »das alles« sein sollte –, und nun, da sie wieder normal war, konnte man es leicht beiseiteschieben.

»Dad, du gehst wirklich wunderbar damit um. Darf ich dich um einen riesigen Gefallen bitten? Wenn ich es schaffe, Delphine an Mum vorbeizuschmuggeln, kann sie dann heute wieder hier schlafen?«

»Ach, du meine Güte«, sagte Hugh. Die Ironie der Situation tat beinahe weh.

»Wir können nicht … du weißt schon … bei Helen. Da ist es einfach zu klein.«

Hugh wusste sehr wohl, wie klein Helens Häuschen und wie unmöglich es war, dort Sex zu haben. »Sei vorsichtig. Das ist keine gute Zeit, um Mum zu verärgern.«

»Was meinst du damit?«

»Weihnachten, meine ich. Du weißt, dass sie sich selbst immer ganz verrückt macht.«

Sarah kehrte mit einem Teller voll Toast an den Tisch zurück. Sie sah ihren Vater streng an. »Irgendwas ist letzte Nacht passiert, oder?«

Hugh wurde unruhig. Über die Monate seiner Zurückgezogenheit hatte er vergessen, dass Sarah oft genau spürte, was mit ihm los war. Vor vielen Jahren schon hatte sie als das liebe, ernste und aufrichtige Mädchen, das sie war, ihre warme Hand in seine geschoben, um zu zeigen, dass sie die lediglich zweidimensionale Welt ihrer Mutter ebenfalls als Irrsinn begriff. Hugh merkte, wie sehr er es vermisst hatte, mit ihr zu reden, und wie dringend er jetzt eine Aussprache brauchte.

Er legte Messer und Toast beiseite. »Ja. Es sind eine Menge Dinge passiert, aber der Kern der Sache ist, dass ich gehen werde. Ich werde ausziehen.«

Die Worte kamen ihm erstaunlich leicht über die Lippen.
»Oh, Dad«, murmelte Sarah und griff über den Tisch nach seiner Hand.
»Es tut mir furchtbar leid, Sarah. Ich kann so einfach nicht mehr weitermachen.«
»Das überrascht mich nicht. Du bist schon seit Jahren nicht mehr glücklich.«
»Nein? War das so offensichtlich?«
»Mum ist die einzige in diesem Haus, die glücklich ist.«
»Und Colin. Der ist doch auch ganz glücklich, oder?«
»Colin geht's scheiße.«
»O Gott, ich kriege hier wohl gar nichts mit, wie? Warum geht es Colin ›scheiße‹?«
»Frag ihn selbst. Ohne ihm einen Vortrag über Geld zu halten.«
»Vortrag?« Es war ein Schock, die Vision des glühenden jungen Liebhabers vom Bild des alten Knackers verdrängt zu sehen, der Vorträge über Geld hielt. »Ich versuche nur, vernünftig darüber zu reden. Tut mir leid, wenn ich mich wiederhole, aber Geld wächst nun mal nicht auf Bäumen.«
Sarah strich Butter auf ihren Toast. »Das weiß er auch. Du siehst ihn aber nur mit Mums Augen.«
Hugh seufzte. Sie hatte recht. Er hatte in seinem Sohn lediglich das anbetungswürdige Wunderkind gesehen, den Konzertpianisten, den er in seiner Trägheit noch unterstützen sollte, und sich nicht die Mühe gemacht, tiefer zu blicken.
»Jetzt fühle ich mich schrecklich. Die ganze Zeit habe ich nur um mich selbst gekreist.«
»Du hast getan, was wir alle tun – dich angestrengt, Mum glücklich zu machen. Da überrascht es kaum, dass du eine andere kennengelernt hast.«

»Ganz so ist es nicht. Du warst so wunderbar ehrlich zu mir, deshalb will ich auch ehrlich zu dir sein.«
Er erzählte ihr den Großteil seiner Liebesgeschichte mit Laura.
Natürlich war sie überrascht – verblüfft. Sie war jedoch nicht Barbara, und sie konnte ihm zuhören. Sarah war schon immer eine gute Zuhörerin gewesen.
»Ich weiß, es ist lächerlich«, meinte er schließlich. »Das hat Laura gestern Nacht auch gesagt – und da wusste sie noch nichts von dir und Delphine.«
»Ich finde das sehr romantisch. Wir beide haben uns in Mutter und Tochter verliebt.«
»Wenn du das so sagst, klingt es ganz schön bekloppt.«
»Nein, tut es nicht. Jetzt weiß ich, dass du meine Gefühle für Delphine verstehst.«
»Nun mal langsam – du hast das Mädel doch gerade erst kennengelernt!«
»Ich habe mich noch nie bei jemandem so sicher gefühlt. War es nicht auch so, als du Laura zum ersten Mal begegnet bist?«
»Wir müssen uns darüber im Klaren sein, dass das für deine Mutter nicht leicht wird.«
Sarah zuckte mit den Schultern. »Mein Lesbendasein oder eure Scheidung?«
Beim letzten Wort zuckte Hugh zusammen. »Ich will ihr nicht wehtun.«
»Ich auch nicht. Aber ich wüsste nicht, wie ich das vermeiden sollte. Ich hab die Nase voll, Dad – und du auch.«
Und wieder hatte sie recht. Er fühlte sich in der Haut, die Barbara ihm angepasst hatte, nicht mehr wohl. »Laura hat in nichts eingewilligt. Es gibt noch ein paar Dinge, die ich erledigen muss, bevor ich sie zurückgewinnen kann.«

»Was denn? Neue Hosen kaufen?« Sie lächelte ihn mit ihren Grübchen so zuckersüß an wie eine Vierjährige.
»Werd nicht frech. Was weißt du schon von meinen Hosen?« Er alberte herum, weil er von ihrer Anteilnahme so gerührt war, dass er hätte weinen können.
»Sie sind hässlich und weit und schlabberig. Kein Wunder, dass ich Lesbe geworden bin!«
Sie schütteten sich aus vor Lachen, weil sie nicht zu denen gehörten, die sich weinend in die Arme fielen.
»Du meine Güte! Ihr seid alle beide vor mir wach – bald brauche ich morgens wohl eine Reanimation!« Geschäftig kam Barbara in die Küche. Sie trug bereits ihren gewachsten Mantel, ein fesches Hütchen und einen weinroten Kaschmirschal. Ihr Gesicht glänzte rosig, ihre Augen leuchteten. »Sarah, du hast gestern Abend wunderbar gespielt, und du bist verschwunden, bevor ich dir sagen konnte, wie stolz ich auf dich bin – es war einfach herrlich. Die Krönung einer weiteren, erfolgreichen Purvis-Party. Beste Noten für uns alle, finde ich.«
Hugh blickte zu seiner Tochter. Sarah wirkte beunruhigt und nervös. Und ich selbst, dachte er, habe ein so offensichtlich schlechtes Gewissen wie ein Fuchs mit blutiger Schnauze.
Doch Barbara weigerte sich, irgendetwas Ungewöhnliches zu bemerken. Sie hat das Ganze bereits neu sortiert, dachte Hugh mit düsterer Vorahnung. Sie nahm die Hundeleinen vom Haken neben der Hintertür und klemmte sie Jock und Fanny an die Halsbänder. Jetzt erst entdeckte Hugh, dass sie eine große Strandtasche über der Schulter trug, leuchtend blau mit lauter Ananasfrüchten darauf.
»Was ist in der Tasche?«, wollte Sarah wissen.
»Die Weihnachtskarten für das Dorf. Ich dachte, ich bringe sie als Erstes weg – am Nachmittag muss ich Törtchen

glasieren und noch ein paar Minzplätzchen für den Kindergottesdienst in Fen Ditton backen. Ich komme nicht zur Ruhe!«

Hugh war von der Größe der Tasche irritiert. »Wie viele Karten teilen wir denn aus, um Himmels willen?«

Sie lächelte liebenswürdig. »Nicht so viele, wie es aussieht – die Tasche ist nur deshalb so dick, weil ich dieses Jahr jedem einen Eierwärmer dazuschenke.« Als würde dies alles erklären, von Hughs Verhalten letzte Nacht bis hin zu den Kohlepreisen, ging sie mit den Hunden durch die Hintertür hinaus in den grauen, frostigen Morgen.

Kapitel 6

»Steckt Ihr Mann in der Midlife-Crisis? So erkennen Sie die Zeichen!« Barbara las die Schlagzeile an einem Kiosk und fragte sich, ob Hugh wohl davon betroffen war. Für diese albernen Phantasien mit seiner ehemaligen Freundin schien es keine andere Erklärung zu geben. Das Ganze war äußerst lästig, aber – wie ihre Mutter gesagt hätte – am Ende würde sich bestimmt alles klären. Sie würde Hugh vergeben, dann würden sie sich irgendeiner Form von Beratung unterziehen müssen (ein recht erschreckender Gedanke, wenn sie an die etlichen grauenhaften und sinnlosen Unterredungen mit Sarahs Team von Seelenklempnern zurückdachte) und anschließend in den Urlaub fahren. Solch ein Urlaub hatte sich in ihrer Vorstellung als die letzte und entscheidende Phase im Eherettungsprozess festgesetzt.
Hugh könnte Einwände erheben – er hatte Einwände gegen alles, was ihn vom Geschäft fernhielt –, aber genau darin bestand ein Teil des Problems. Die Experten würden ihnen mehr Zeit miteinander verordnen. Zur Abwechslung sollte *er* einmal zuhören, dachte Barbara selbstgerecht; immer sagt er *mir*, ich solle zuhören. Gestern Nacht hatte er einen seiner Anfälle bekommen, »reden« zu wollen, und während er geredet hatte, war sie in Gedanken abgeschweift, ob es

wohl auch Kreuzfahrten für Leute gäbe, die nicht zur Mittelschicht gehörten. Kreuzfahrten klangen herrlich, bis man genauer auf die Details achtete. Falls man nicht mit irgendeiner ausgelutschten Fernsehprominenz auf dem Schiff landete, hatte man einen grässlichen Professor an Bord, der unentwegt über die Akropolis referierte. Dazwischen gab es augenscheinlich nichts.
Die Umschläge waren weiß und dick und landeten mit einem befriedigend dumpfen Plumps auf den Schmutzfangmatten ihrer Dorfnachbarn. Abgesehen vom Eierwärmer enthielt jedes Kuvert die im Oktober entworfene und unterschriebene Weihnachtskarte ihrer Familie: eine mittelalterliche Madonna aus einem Stundenbuch mit gedruckten Weihnachtsgrüßen und all ihren Unterschriften. Was das Unterzeichnen der Karten anging, hatte sich die Familie wieder einmal furchtbar aufgeführt – sie musste hinter beiden Kindern stehen bleiben, damit sie es erledigten, und Hugh war auch nicht besser.
Sie schob eine Karte durch den Türschlitz von Cobb Cottage, hastig, damit sie nicht über Helens Cousine nachdenken musste. Nun war nur noch eine übrig. Cobb Cottage war das letzte Haus an der Dorfstraße, und Barbara bog in Richtung Fluss ab, zu Jeffs Wassermühle. Sein hellgrüner Wohnwagen, der rostig und zerbeult auf Ziegelsteinen ruhte, war von Bäumen und Büschen umgeben und von der Straße aus zum Glück nicht sichtbar. Die Wassermühle war komplett zugewuchert und nicht zu sehen. Jock und Fanny spielten bei Jeff immer verrückt – laut Hugh wimmelte es hier nur so vor Ungeziefer. Barbara wickelte die Hundeleinen fest um die Torpfosten.
Jeff stand vor dem Wohnwagen und goss einen Kessel kochendes Wasser in eine große Zinnwanne mit Kleidungsstü-

cken. Dampf umwaberte ihn in der kalten Morgenluft. Vor Urzeiten hatte Barbara ihm einmal angeboten, seine Sachen zu waschen, doch umsonst. Er hatte erwidert, er sei gerne schmutzig.

»Barbara! Welch eine Überraschung! Ich habe mich ja kaum von dem Vergnügen erholt, dich gestern gesehen zu haben!« Er rührte mit einem Holzlöffel in seiner Unterwäsche und wirkte kein bisschen verlegen, dabei beobachtet zu werden.

»Guten Morgen, Jeff – ich verteile meine Weihnachtskarten.« Sie hielt den letzten Umschlag hoch. »Wo soll ich sie hinlegen?«

»Da ich weder Briefkasten noch Kaminsims besitze, könntest du sie mir einfach geben.« Er ließ den Holzlöffel in die graue Brühe fallen und wischte die Hände an seiner schmuddeligen Cordhose ab.

Sie gab ihm die Karte. »Frohe Weihnachten.«

»Danke sehr. Und vielen Dank für die Party, vor allem für das Essen.« (Sie hatte ihn mit dem größten Teil einer übriggebliebenen Wildpastete nach Hause geschickt.) »Was zum Teu…?« Mit zwei feuchten Fingern zog er langsam den Eierwärmer heraus. »Ein Peniswärmer! Wie aufmerksam … wenn auch ein wenig klein geraten, falls ich das so offen sagen darf.«

»Sei nicht albern. Das ist ein Eierwärmer.«

»Nein, im Ernst, danke schön! Ich koche zwar für gewöhnlich keine Eier, aber der wird sich im Wohnwagen gut machen. Ich habe schon oft gedacht, dass meine Dekoration zu wünschen übrig lässt.«

Barbara dachte nicht daran, sich ärgern zu lassen. Die anderen Dorfbewohner gingen Jeff aus dem Weg, doch wenn man die Beleidigungen einfach ignorierte, war er ganz erträglich. »Du wirst mich nicht davon abbringen, dich als ganz normalen Menschen zu behandeln. Ich habe jedem im Dorf einen geschenkt.«

»Nein, tatsächlich?« Er warf seinen graubehaarten Kopf in den Nacken und stieß ein bellendes Lachen aus. »Lasst die Eier der Armen warm bleiben!«

Er schien ihr irgendetwas vorzuwerfen, aber was auch immer das sein sollte – es war ihr egal. »Die gibt es nicht mehr«, erklärte sie ihm. »Es war nur noch eine Schachtel übrig, und die lohnte es nicht mehr zu verkaufen. Ich dachte, es wäre ein nettes Dankeschön an all meine Nachbarn, dass sie mich ertragen.«

Darauf lachte er amüsiert und irgendwie unangemessen. »Barbara, du bist ein echtes Sammlerstück. Ich werde diesen Eierwärmer sorgsam als Entschädigung dafür hüten, dass ich deine ständige Einmischerei ertrage.«

»Einmischen ist nur ein anderes Wort für Kümmern, Jeff.« Sie schwelgte geradezu in ihrer engelsgleichen Geduld mit ihm. »Wenn du willst, dass ich aufhöre, mich um dich zu kümmern, wirst du anfangen müssen, dich um dich selbst zu kümmern.

»Ich kümmere mich ganz ausgezeichnet um mich selbst.« Er stopfte Karte und Eierwärmer in die Tasche und fing wieder an, seine Wäsche umzurühren.

»Wie dem auch sei – ich muss weiter. Zu Weihnachten gibt es immer Hunderte von Dingen zu erledigen. Ich hoffe, du kommst am zweiten Feiertag vorbei!« Sie war froh, diesen feuchten, gammeligen, hoffnungslosen Ort zu verlassen. Die Hunde, die geduldig am Tor gewartet hatten, sprangen bei ihrem Anblick eifrig auf.

Barbara ließ sie frei über die Felder nach Hause laufen. Als sie durch die Hintertür in ihre wunderbar warme Küche trat, seufzte sie vor Wohlbehagen laut auf. Ein köstlicher

Geruch nach Holzfeuer und Gewürzen hing in der Luft sowie das ferne Fideln einer Geige. Sarah spielte noch einmal die Frühlingssonate – dann war das Wunder des gestrigen Abends also kein Zufall gewesen.
Sie schälte sich aus ihrer Kleidung und hängte sie im Hausflur auf. In der Eingangshalle gegenüber dem Salon stand Hughs Bürotür offen. Er war dabei, einen Stapel Aktenordner in eine Kiste zu packen.
»Hugh?«
Er fuhr herum. »Oh.«
»Was machst du da?«
»Ich wollte nicht, dass du mich so findest.«
»Ich denke, ich koche erst mal einen Kaffee. Ich bin durchgefroren bis auf die Knochen … der Teich in der Wiese ist komplett vereist … der arme, alte Jock hat sich mächtig erschrocken, als er hineinspringen wollte.«
»Komm rein und mach die Tür zu«, sagte Hugh. »Ich muss mit dir reden.«
»Schon wieder?« Barbara war genervt. »Ich dachte, wir haben gestern Nacht schon alles besprochen, und es ist gleich Zeit für die Kirche.«
»Ich gehe nicht zur Kirche. Und ich wäre dir dankbar, wenn du auch nicht hingingest. Ich muss dir sagen, was genau passieren wird, und du musst es dir anhören. Ich will sicher sein, dass du es verstehst.«
Er verhielt sich anders, auf eine Weise, die Barbara nicht beschreiben konnte und von der sie nicht sicher war, dass sie ihr gefiel. Er sah nicht unbedingt jünger aus, aber er strahlte die Frische und Energie eines jüngeren Mannes aus.
»Du brauchst mich nicht wie eine Idiotin zu behandeln.«
»Oh, du bist keine Idiotin – weit davon entfernt. Aber du bist unglaublich stur, wenn du etwas nicht hören willst, und

die Informationen, die ich dir geben werde, sind sehr wichtig. Sie sind so wichtig wie ein Feueralarm, verstehst du?«
»Also gut!« Sie schlug die Tür zu und ließ sich auf das kleine Sofa fallen. »Dann bin ich, verdammt nochmal, ganz Ohr.«
»Gut.« Hugh blickte eine Weile auf sie hinunter. Dann sagte er ruhig: »Ich räume einige meiner Sachen in Kisten, weil ich gehe. Ich ziehe aus. Egal, ob ich wieder mit Laura zusammenkomme oder nicht – ich will die Scheidung. Es tut mir leid, Barbara. Ich habe es versucht, aber dies ist der einzige Weg.«
Wie er sich an dem Klang seiner Stimme berauschte! »Bist du fertig?«
»Nein!«
Barbara erhob sich. »Ich fürchte aber, der Rest muss warten. Ich würde vor dem Essen gern noch die Minzplätzchen backen.«
»Das hier ist wichtiger. Setz dich.«
»Für dich vielleicht.« Dennoch setzte sie sich wieder.
»Es gibt keinen einfachen Weg – keinen rücksichtsvollen. Warum den Schmerz hinauszögern? Ich werde noch mit den Kindern reden, dann bin ich weg. Ich habe ein Hotelzimmer gefunden, das muss fürs Erste reichen.«
Die Worte regneten auf sie hinab und wirbelten um sie herum, und sie tat ihr Bestes, sie durch das Gebrüll der reinen, wilden Wut in ihrem Kopf zu verstehen. »Und das war's jetzt? Einfach die Ankündigung, dass du gehst, und unsere Ehe ist vorbei? Du willst einfach so gehen, ohne dich auch nur zu bemühen, sie zu retten?«
Verdrossen kniff Hugh die Lippen zusammen. Er hatte sich nicht rasiert. Die Stoppeln auf seiner Oberlippe wirkten wie grauer Staub. »Ich habe mich zwanzig Jahre lang bemüht. Sehr bemüht. Ich kann nicht mehr.«

»Aber das ist so negativ! Wir haben es nicht einmal mit einer Beratung versucht, einer Therapie, was auch immer man da macht! Wie die Masons, als Bob seine Affäre hatte. Du weißt, was ich meine, Hugh, also tu nicht so, als ob du es nicht wüsstest!« Sie war wütend über das, was sie als seine Schwäche, seinen Pessimismus, seine Passivität erachtete. »Ich glaube keine Sekunde, dass du diese Frau liebst. Du benutzt sie doch nur als Ausrede. Du bist einfach zu feige, das Problem anzugehen!«
»Ich habe tatsächlich über Eheberatung nachgedacht«, sagte Hugh, »vor vielen Jahren, lange, bevor ich Laura wiederbegegnet bin. Aber ich habe eingesehen, dass es nichts ändern würde. Du willst das doch nur, weil du denkst, ich würde meinen Irrtum dann einsehen. Du willst mich nur vorführen und ins Unrecht setzen.«
Genau das war es, was Barbara wollte und was sie von einem professionellen Eheberater erwartete, und jetzt war sie wütend und verängstigt zugleich. Es war, als wollte man einen Irren zur Vernunft bringen. »Hugh, ich werde Paul anrufen. Ich fürchte, du stehst kurz vor einem Herzinfarkt.«
Sie wurde noch wütender, als er laut loslachte. Es war das zweite Mal an diesem Morgen, dass man sie auslachte. Eisig und starr vor Groll sagte sie: »Eigenartiges Verhalten ist ein Symptom. Und dein Mund sieht aus, als würde er an einer Seite ein bisschen herunterhängen.«
»Ach, Barbs, mach dich nicht lächerlich! Das bringt uns nicht weiter.« Hugh rollte den Bürostuhl heran und setzte sich ihr gegenüber. »Lass uns in Ruhe darüber sprechen.«
»Ich bin ruhig. Ich bin nicht diejenige, die irgendwelchen Blödsinn über Hotelzimmer faselt.« Sie atmete tief durch. Wenn sie sich fest genug konzentrierte, konnte sie diese unsägliche Situation bestimmt abwenden. »Um Himmels wil-

len, was ist mit den Trounces?« Sir John und Lady Trounce besaßen das imposanteste Haus in der Nachbarschaft, und sie nahm fest an, dass Hugh ebenso erpicht darauf war, mit ihnen Schritt zu halten, wie sie.

»Was soll mit ihnen sein?«

»Ihre Cocktailparty! Sie ist heute Abend.«

»Ich gehe nicht zu den Trounces, Barbara.«

»Aber wir haben doch schon …«

»Hör zu. Ich werde es Colin und Sarah sagen, und dann ziehe ich in ein Hotel in Parr's Cross.«

»Nach Fosdyke Hall? Ha, da wirst du nie ein Zimmer kriegen!«, höhnte Barbara. »Nicht zu dieser Jahreszeit. Du wirst im Stall schlafen müssen, was im Grunde absolut angemessen ist.«

»Sie haben kurzfristig eine Absage erhalten. Ich hatte Glück.«

»Da ist es unverschämt teuer. Wie schön, dass du denkst, wir hätten genug Geld, um es zum Fenster hinauszuwerfen.«

»Das Zimmer in Fosdyke Hall war das einzige, das in der Gegend zu bekommen war, obwohl ich natürlich etwas Abscheulicheres verdient hätte.«

»Du willst doch nur irgendwohin, um dich dort mit dieser Frau zu treffen. Es geht nur um Sex, oder nicht? Das macht es so erbärmlich.« Barbara hatte für sich selbst entschieden, dass Sex zu den Dingen gehörte, die sie und Hugh hinter sich gelassen hatten. Es war äußerst unerfreulich, dass Hugh plötzlich beschlossen hatte, ihn doch zu wollen, ohne auch nur im Traum daran zu denken, mit ihr darüber zu sprechen.

»Es geht nicht nur um Sex«, sagte Hugh.

»Natürlich tut es das.«

»Also gut, wenn du darauf bestehst … wenn du dich dabei besser fühlst, dann bin ich eben ein sexbesessener alter Lüstling, und du kannst dich freuen, mich loszusein.«

»Ich sollte hinzufügen, dass ich mir bei Gott nicht vorstellen kann, was du an ihr findest. Dass du wegen irgendeines jungen Flittchens auf dumme Gedanken kommst, könnte ich ja noch verstehen, aber wegen einer Frau durchzudrehen, die älter ist als ich, die sich offensichtlich nie die Haare bürstet und keinen Gedanken an Lippenstift verschwendet … Ich wünschte, du würdest einsehen, wie erbärmlich das ist.«

»Wenn es erbärmlich ist, kann ich es nicht ändern«, sagte Hugh. »Ich möchte, dass wir diese Sache so vernünftig wie möglich regeln. Es muss keine Katastrophe werden, wenn du sie nicht als solche behandelst. Komm schon, Barbara.«

Hinter den Feldern begannen die Glocken für den Gottesdienst zu läuten. Alle würden sich über ihre Abwesenheit wundern.

»Ich weiß nicht, was du erwartest, das ich sagen soll«, meinte Barbara.

»Lass mich gehen.«

»Ach, sei nicht so dramatisch. Dich gehen lassen? Du bist doch kein Gefangener.«

»Das stimmt, ich bin kein Gefangener. Ich bin ein freier Mann, und deshalb gehe ich nach Fosdyke Hall. Ich bleibe dort nur ein paar Tage, bis ich entschieden habe, was ich als Nächstes tue. Über kurz oder lang werde ich wahrscheinlich eine Wohnung in Cambridge mieten. Danach … tja, ich weiß es nicht.«

Barbara versuchte eine neue Taktik. Dies war ein Notfall, ihr perfektes Weihnachtsfest stand auf dem Spiel. »Also gut, du willst ausziehen. Aber warum wartest du nicht die

Feiertage ab? Du hast im letzten Jahr so viel Stress gehabt, mit Sarah und mit dieser vermasselten Lieferung des Talkumpuders …«

»Grrr!«, knurrte Hugh. Es war ein gedämpftes Geräusch, irgendwo zwischen Schreien und Stöhnen.

»Was soll das denn nun heißen?«

»Du tust es schon wieder! Das hat absolut nichts mit Talkumpuder zu tun, hörst du? Ich werde am Weihnachtsmorgen zum Gottesdienst gehen und danach zum Mittagessen herkommen – ich will den Kindern ja nicht ihr traditionelles Champagner- und Geschenke-Ereignis verderben, auch wenn sie keine Kinder mehr sind.«

»Aber …« Barbara war verwirrt. Er präsentierte seine Pläne, als wären sie nicht durch und durch empörend. »Was ist am zweiten Feiertag? Wir haben die halbe Nachbarschaft zum Brunchbüfett eingeladen.«

»Verdammt«, sagte Hugh, »das hatte ich ganz vergessen. Ich werde natürlich kommen, wenn du darauf bestehst, aber nicht, wenn ich so tun muss, als sei alles in Ordnung. Ich werde kein Theater spielen oder Lügen erzählen.«

»Du musst keine Lügen erzählen.« Sie entschied sich, die unterschwellige Drohung zu ignorieren. Es bestand immerhin die Chance, dass sie ihm diesen Unsinn vorher noch ausreden konnte.

»Und ich komme am achtundzwanzigsten. Da habe ich nämlich den Immobilienmakler bestellt.«

»W-wie bitte?«

»Um das Haus zu schätzen. Ein Typ namens Trevor McBride aus Benson's Maklerbüro.«

»O nein!«, erwiderte Barbara umgehend. »Du wirst nicht mein Haus verkaufen. Nein! Mach mit dieser Frau, was du willst, aber mein Haus verkaufst du nicht. Nein!«

»Es tut mir leid, ich hätte damit nicht so herausplatzen sollen. Du bekommst natürlich die Hälfte.«
»Ich will keine Hälfte! Du kannst mich nicht aus meinem Zuhause werfen!« Ihre Stimme klang fest, doch sie fühlte sich plötzlich in die Enge getrieben. »Das werde ich nicht zulassen.«
»Ich weiß, es ist wirklich viel, was du verkraften musst.«
»Du bist verrückt geworden. Was werden die Leute sagen?«
»Das ist mir egal.«
»Nun, mir aber nicht«, erwiderte Barbara schwer atmend. »Ich werde da nicht mitmachen, Hugh. Es gehören immer noch zwei dazu, um eine Ehe aufzulösen.«
»O nein, ich fürchte, das tut es nicht. Einer reicht.«
»Das ist nicht fair! Warum sollte es vorbei sein, nur weil du es sagst?«, empörte sich Barbara.
»Weil ich jetzt an der Reihe bin, glücklich zu sein.«

Wie eigenartig die Situation war, wurde ihm erst klar, als er durch das Tor in Fosdyke Hall einfuhr. Er war obdachlos. Er hatte seine Frau verlassen, eines seiner Kinder informiert (Colin war bis zu seiner Abreise nicht aufgetaucht; er würde ihn morgen bei der Arbeit sehen), die Brücken hinter sich abgebrochen. Einen Augenblick lang fühlte er sich sehr einsam.
Aber ich bin frei, sagte er zu sich selbst; das ist die Freiheit. Versteckt hinter einer hohen Buchsbaumhecke lag der Parkplatz des Hotels. Hugh parkte auf dem einzigen freien Platz. Als er den Kofferraum öffnete, wurde ihm bewusst, dass er nicht mit Kisten voller Bücher und Kricketschläger an der Rezeption erscheinen konnte, als hätte Barbara ihn rausgeworfen. Er nahm seine zwei Lederkoffer und ging über den knirschenden Kies zur Eingangstür.

In seinem Zustand verzückter Verwirrung erschien ihm alles wunderschön. Er musste stehenbleiben, um den herrlichen Winterhimmel zu betrachten, in den die bereits untergehende Sonne rosa Streifen malte. Die Landschaft um das Hotel war über Meilen hinweg flach wie ein Pfannkuchen. Krähen kreisten und krächzten um kahle Baumkronen. Kirchtürme ragten in den Horizont. Das schimmernde Licht und die beißende Kälte erfüllten ihn mit jungenhafter Euphorie.

Er schob die schwere Holztür auf. Fosdyke Hall wurde im Hotelführer als »eindrucksvolles Herrenhaus aus dem frühen 17. Jahrhundert (Neugotik zur Zeit Jakobs I.) mit geschmackvollen Ergänzungen aus der Mitte des 19. Jahrhunderts (Viktorianische Ära)« beschrieben. Hugh hatte hier noch nie übernachtet, doch da die ländliche High Society sich gewohnheitsmäßig in Fünf-Sterne-Etablissements traf, war er schon oft hier gewesen, das letzte Mal auf einem Wohltätigkeitsball – mit Barbara.

Wie habe ich mich damals gefühlt? War das überhaupt ich? War ich glücklich?

Er stellte die Koffer ab. In der Mitte eines polierten runden Tischs stand eine Messingklingel. Er schlug darauf und wartete. Aus dem Salon, in dem gerade Tee serviert wurde, drangen gedämpfte Unterhaltung und leises Geschirrklappern. Ein riesiger künstlicher Weihnachtsbaum tauchte das Treppenhaus in rotes und grünes Licht.

»Mr. Hugh!« Eine Frau eilte auf quietschenden Sohlen über die Steinfliesen. »Wie schön, Sie zu sehen!«

»Hallo, Eileen.« Hugh kannte sie. Sie hatte früher die Parfümabteilung seines Geschäfts geleitet. Bei ihrer Abschiedsfeier hatte er eine Rede gehalten und in der Polonäse ihren festen, kleinen Po vor sich gehabt. Er musste schnell entscheiden, wie er sich und seine Situation darstellte. Schließlich konnte er nicht sagen, dass er gerade seine Frau verlassen hatte. Andererseits wollte er die Wahrheit auch nicht verschweigen. Der neue Hugh Purvis war entschlossen, nicht mehr zu lügen. »Wie geht es Ihnen?«

»Sehr gut, danke – ständig auf den Beinen, natürlich, um diese Zeit. Sie und Ihre Frau sind unsere letzten Gäste, dann sind wir über die Feiertage komplett belegt.«

»Tatsächlich ist meine Frau nicht dabei.«

»Ähm ... Bitte?«

»Ich bin allein gekommen. Meine Frau ist nicht dabei.«

»Oh.« Sie wirkte verunsichert und ein wenig misstrauisch. »Sie wissen aber, dass Sie in die Hochzeits-Suite einquartiert sind?«

»Ja, keine Sorge, das haben wir bei der Reservierung bereits geklärt – es war das einzige Zimmer, das frei war, und ich bin bereit, den vollen Preis zu zahlen.«

»Ich fürchte, Sie müssen auch den Zuschlag für unser viertägiges Weihnachts-Spezialangebot zahlen.«

»Das verstehe ich vollkommen.«

»Also dann ...«, Eileen fand ihre professionelle Munterkeit zurück, »wünsche ich Ihnen einen angenehmen Aufenthalt. Möchten Sie vielleicht einen Tisch für das Abendessen reservieren, bevor Sie nach oben gehen?«

»Ja, sehr gern. Um acht Uhr, bitte – für zwei Personen«, fügte er hinzu. Eileen hatte ihn gesehen. Die Kunde, dass er seine Frau verlassen hatte, würde sich bald über ganz Cambridgeshire verbreiten. Für Diskretion war es zu spät.

Die Hochzeits-Suite lag im ersten Stock, am Ende des steinernen Treppenaufgangs. Sie war groß und prachtvoll in Weiß und Rosa ausgestattet. Der Blick durch die zwei hohen Fenster ging auf endlose Felder hinaus, die grau im Abendlicht glänzten. Hugh schwang die Koffer auf das Himmelbett. Es war Ironie des Schicksals und vielleicht auch so etwas wie eine Prophezeiung, dass er in einem Raum untergebracht war, in dem die Erinnerung von Tausenden von Flitterwochen hing. Er fragte sich, was mit den Leuten passiert war, die plötzlich abgesagt hatten. Es war traurig, aber wohl nicht bedauerlich; wenn einer von beiden sagt, es ist vorbei, dann ist es vorbei. Eine Hälfte dieses Paares saß nun sitzengelassen und verheult da, während die andere Hälfte sich erleichtert über die feuchte Stirn wischte. Niemand hatte behauptet, die Liebe sei fair.

Jetzt konnte er mit Laura sprechen. Seit ihrem tränenfeuchten Abschied in später Nacht hatte er ihre Stimme nicht mehr gehört, und er fürchtete fast, sie könnte ihre Meinung geändert haben.

Helen war Schriftführerin des Chors, und ihre Telefonnummer stand in seinem Blackberry.

»Helen, hallo, hier ist Hugh. Ist Laura da?«

»Hugh – was geht hier vor?« Helen klang ein wenig misstrauisch, vor allem aber neugierig.

»Hat sie dir irgendwas erzählt?«

»Nun ja … Ich kenne jetzt die Geschichte. Trotzdem wundere ich mich sehr. Was für ein unglaublicher Zufall!«

»Ist sie da? Sie will doch mit mir sprechen, oder?«

Es herrschte beunruhigendes Schweigen. Dann sagte Helen: »Hör zu, du wirst vorsichtig sein, ja?«

»Vorsichtig? Wie meinst du das?«

»So habe ich sie noch nie gesehen. Sie scheint eurem Wiedersehen ungeheure Bedeutung beizumessen, und ich will nicht, dass sie verletzt wird.«

Hugh war beinahe gerührt. Er spürte, dass er Helen vertrauen konnte. Dass sie ihn nicht verurteilte. »Ich werde sie nicht verletzen. Ist sie da?«

Helen seufzte. »Warte einen Moment.«
Er starrte aus dem Fenster und lauschte durchs Telefon den fernen Rufen und Schritten.
»Hughie?«
»Laura«, sagte Hugh, »mein Liebling.«
»Ich hatte Angst, du würdest nicht anrufen. Ich dachte, du wärst am Morgen aufgewacht und zur Vernunft gekommen. Du musst zugeben, dass du dich ganz schön in die Sache hineingesteigert hast.«
»Es tut mir leid, dass ich dich habe warten lassen. Ich hätte schon eher angerufen, aber ich wollte warten, bis wir offen reden können.« Er trat die schweren Schuhe von den Füßen und streckte sich auf der Bettdecke aus. »Kannst du reden?«
»Du meinst, ob Helen zuhört? Nein, sie ist wieder in ihrem Schuppen. Und Delphine ist unterwegs.«
»Wo bist du? Ich will mir dich vorstellen.«
»Ach, Hughie, du sentimentaler, alter Kauz! Ich bin im Wohnzimmer. Und wo bist du?«
»In einem Hotelzimmer. Ich bin ausgezogen.«
Er hörte, wie sie scharf einatmete. Sie schwieg.
»Laura? Bist du noch da?«
»Doch nicht, weil … du mich wiedergetroffen hast?«
Hugh wusste, wie es sich anhörte, und versuchte, so vernünftig wie möglich zu klingen. »Ich würde lügen, wenn ich es leugnete, aber es wäre sowieso passiert. Tatsache ist, dass ich frei bin, und du hast gesagt, du würdest mich anhören, wenn ich frei bin.«
»O mein Gott.«
»Wir sind jetzt beide frei. Ich kann dich zum Essen einladen.«
»Oh.«

»Laura, tu mir das nicht an. Willst du nicht mit mir essen gehen?«

»Doch, das will ich gern. Ich will dich unbedingt wiedersehen.«

»Ich habe für acht Uhr einen Tisch reserviert. Ich wohne in einem absurd exklusiven Hotel. Ich werde dir um halb acht einen Wagen vorbeischicken, ja?«

»In Ordnung.« Sie klang amüsiert. »Es hat dir schon immer gefallen, Dinge zu arrangieren.«

»Der einzige Haken ist, dass du ein Kleid tragen musst und ich einen Anzug. Ist das ein Problem?«

»Nein, ich habe ein Kleid dabei. Es ist vollkommen unmodern, und ich wünschte, du würdest mich nicht darin sehen, aber es wird wohl gehen.«

»Du wirst hübsch sein, was auch immer du anziehst. Dann bis nachher.«

Das Glück ließ Hugh geschäftig werden. Er sprang vom Bett und vollführte einen kleinen Tanz. In seinem Freudentaumel buchte er das Taxi für Laura auf Firmenkosten. Danach bestellte er über den Zimmerservice Tee und Sandwiches. Er hatte Hunger, denn das Mittagessen hatte er über die Anstrengung seines Auszugs vergessen. Barbara war einem Anfall wutentbrannter Verdrängung erlegen und hatte ihre Minzplätzchen mit lautem Krachen und Poltern gebacken, während ihr Mann seine Kisten und Taschen aus dem Haus trug.

Köstlicher Tee wurde gebracht. Hugh rief per Laptop seine Nachrichten ab und aß geistesabwesend kleine Kuchen und Sandwiches sowie Biskuitkekse aus der Blechdose neben dem Bett. Er wollte gut auf den morgigen Arbeitstag vorbereitet sein. Er sah nicht ein, warum sich Verliebtheit in einem vernebelten Hirn äußern sollte. Seines lief auf Hochtouren.

Die Zeit kroch dahin. Er packte den Laptop ein, zog sich aus und stellte das Duschwasser auf die heißeste Stufe. Unter dem dampfenden Wasserstrahl sang er in seinem sauberen Bariton »Das Volk, das im Finstern wandelt« aus Händels Messias. Danach rasierte er sich gründlich und klopfte Pflegebalsam – Purvis' Hausmarke von »English Fern« – in die Wangen. Bevor er Anzug und Krawatte anzog, nahm er allen Mut zusammen und trat nackt vor den hohen Spiegel.

Der Bauch war nicht allzu schlimm, vielleicht störte er sie nicht. Und wenn sie das Grau auf seinem Kopf mochte, würde sie vielleicht auch über die grauen Brust- und Schamhaare hinwegsehen.

Er räumte auf und versuchte, das Zimmer auf ansprechende Weise zu gestalten – gedämpftes Licht vom Nachttisch, aufgeschlagene Bettdecke, keine Socken oder Unterhosen oder einsam herumliegende Koffer – und war unten, lange bevor sie überhaupt eintreffen konnte. Der Salon, in dem sich die Gäste vor dem Essen versammeln sollten, war bis zum Überdruss festlich geschmückt. Durch Barbara und das Geschäft war Hugh seit fast drei Monaten von Weihnachtsdekoration umgeben, was mittlerweile Beklemmungen und Schuldgefühle bei ihm auslöste. Er blickte um sich und fürchtete schon, jemand Bekanntes zu entdecken. Du liebe Zeit, die anderen Gäste waren ja steinalt! Zitternd und weißhaarig saßen sie rund um die kleinen Kaffeetische in hohen Lehnsesseln und hielten mit runzligen Fingern ihre Gehstöcke umklammert.

Hugh wählte einen Sessel, von dem aus er die Eingangshalle überblicken konnte. Eileen kam herbei und fragte, ob er etwas trinken wolle, und er bestellte eine Flasche Champagner der etwas teureren Hausmarke. Eileens Gesichtszüge waren undurchdringlich und diskret, doch sie hatte immer noch Freunde im Geschäft, und Hugh wusste, dass morgen alle darüber reden würden. Lass sie reden! Schließlich ging es nicht um eine schmutzige Affäre.

Fünf Minuten vor acht wurde die Eingangstür langsam aufgeschoben, und Laura trat ein. Bei ihrem Anblick machte sein Herz einen Satz. Er beobachtete einen Moment, wie sie ihren Mantel abstreifte und mit schlanker, eleganter Hand das Haar glattstrich. Sie trug ein locker sitzendes Kleid aus schwarzem Samt, was zu ihren schwarzen Augen und der blassen Haut sehr sexy aussah. Sie hatte die Haare glatt gebürstet und zurückgesteckt und dezent ein wenig Lippenstift aufgetragen. Hugh bemühte sich, langsam auf sie zuzugehen, obwohl er am liebsten losgerannt wäre und sie in seine Arme gerissen hätte. Er küsste sie auf die Wange. »Du siehst umwerfend aus.«

»Ich bin froh, dass du das sagst. Ich habe mich seit Jahren nicht mehr rausgeputzt.«

»Komm und setz dich. Lass uns vor dem Essen noch etwas trinken.«

Er führte sie in den Salon. Sie nahm Platz und sah sich neugierig um. »Hier wohnst du also!«

»Nur für ein paar Tage.«

»Die anderen Gäste sind ja uralt – bist du sicher, dass es kein Pflegeheim ist?«

Hugh setzte sich ebenfalls, und ein junger Kellner kam mit einem Eimer voll Eis, Gläsern und dem Champagner.

»Alle Achtung«, sagte Laura. »Wie nobel.«

»Wir haben etwas zu feiern, oder nicht? Ich habe dich wiedergefunden.«

Ihr Blick wurde zärtlich. »Für dich ist es anscheinend ganz leicht. Bist du sicher, dass wir einfach da anknüpfen können, wo wir aufgehört haben?«

»Du etwa nicht? Spürst du es denn nicht auch?« Er stieß mit ihr an. »Auf uns – dass wir uns gefunden haben!«
»So einfach ist es nicht. Wir haben eine Menge Gepäck.«
»Na und?« Hugh senkte die Stimme, obwohl die meisten Leute sicher so taub waren wie ein Auerhahn bei der Balz. »Tatsache ist, dass ich dich immer noch liebe. Ich habe nie aufgehört, dich zu lieben. Ich hatte damals versprochen, dich ewig zu lieben, und dieses Versprechen halte ich ein. Und in der unverkennbaren Absicht, dich zurückzugewinnen, vernebele ich dir jetzt mit Champagner die Sinne.«
Sie lächelte. »Woher willst du wissen, dass ich inzwischen nicht zu einer Axtmörderin geworden bin?«
»Tja, wenn du wirklich eine bist, wirst du deine Gründe dafür haben.«
»Hör auf, du weißt, was ich meine. Du bist ungeheuer impulsiv.«
»Laura, ich will nur wissen, ob die vage Möglichkeit besteht, dass du mich wieder lieben könntest.«
»Die vage Möglichkeit, ja.«
Am liebsten hätte er sie umgehend in die Arme gezogen und stürmisch den verlockend roten Mund geküsst – und damit sicher reihenweise Herzversagen und Schlaganfälle unter den greisen Gästen ausgelöst. »Das ist im Moment alles, was für mich zählt.«
»Helen hält uns beide für verrückt.«
»Barbara auch. Sie denkt, ich würde irgendwann wieder zur Vernunft kommen. Doch das habe ich nicht vor.«
»Was hast du deinen Kindern gesagt?«
»Bislang habe ich nur mit Sarah sprechen können, und sie war sehr verständnisvoll. Sie weiß so gut wie ich, dass ich es mit ihrer Mutter nicht mehr aushalte. Sie hat es schon lange vorausgesehen.«

»Delphine ist wütend. Sie sieht es als Betrug an ihrem Vater.«

»O Gott.« Die rächende Hand Michels, die sich aus dem Grab nach ihnen ausstreckte! »Wie kommt sie denn darauf?«

»Sie wirft mir im Nachhinein die Vergangenheit vor.«

»Du hast dich für ihren Vater entschieden, und ich musste warten, bis er tot ist – bedeutet ihr das denn gar nichts?«

»Kümmere dich nicht um sie, sie kann lächerlich melodramatisch sein.« Laura lehnte sich zurück. »Wie erstaunlich, dass wir beide lesbische Töchter haben. Delphine hat mir alles über ihre rasante Verführung deiner Sarah erzählt.«

»Ja«, sagte Hugh, »ich habe die beiden heute Morgen in der Küche überrascht und dort zum ersten Mal erfahren, dass Sarah lesbisch ist – obwohl ich denke, dass es Anzeichen dafür gegeben haben muss.«

»Und es macht dir nichts aus?«

»Nein. Sollte es das?«

Laura zuckte mit den Schultern. »Ich glaube, für Väter ist es leichter zu akzeptieren. Michel hat es auch nicht das Geringste ausgemacht. Er sagte nur, er sei froh, Delphine mit keinem anderen Mann teilen zu müssen. Vielleicht war das insgeheim auch dein Gedanke.«

Hugh schenkte ihr Champagner nach. »Bestimmt nicht. Ich möchte dich daran erinnern, dass einer meiner größten Vorzüge immer der war, nicht so eigenartig zu sein wie Michel.«

Sie lachte. »Und ich hatte schon befürchtet, dass du wütend wirst und mit der Schrotflinte auf mich losgehst. Das ist so typisch für Delphine! Ich bringe sie in ein nettes, kleines, englisches Dorf, und schon in der ersten Nacht verdreht sie einem unschuldigen Mädchen den Kopf. Ich wünschte, sie hätte deine Tochter in Ruhe gelassen.«

»Ach, komm schon! Sie sind beide erwachsen.«

»Soweit ich weiß, hat Delphine in London eine Freundin«, gab Laura zu bedenken.

»Oh.« Hugh wurde das Herz schwer. Er wagte nicht daran zu denken, was ein weiterer Betrug der armen Sarah antun könnte. »Vielleicht haben sie sich getrennt.«

»Das hoffe ich. Sie erzählt nicht viel. Aber hören wir auf, über unsere Töchter zu reden! Ich fühle mich so wunderbar jung – vielleicht, weil wir von Scheintoten umgeben sind.«

»Du siehst auch wunderbar jung aus«, sagte Hugh.

Ein Kellner kam, um sie zu ihrem Tisch im Speisesaal zu geleiten. Hugh hatte einen Moment lang das Gefühl, auf Wolken zu schweben. Wie hätte er wohl reagiert, wenn ihm zwei Tage zuvor jemand gesagt hätte, er werde ein romantisches Abendessen mit Laura Amaury einnehmen? Er verspürte keinen Hunger, bestellte jedoch ganz korrekt Speisen und Wein. Sie unterhielten sich – ein stockendes Weißt-du-noch-Gespräch, das nur das Hintergrundgeräusch für ihren inneren Schrei nach Sex bildete.

Er kannte diesen Blick. Er erinnerte ihn an das erste Mal, da sie sich geliebt hatten – als Michel nach Paris gefahren war und sie allein im verwitterten Bauernhaus zurückgelassen hatte, wo ihre Lust plötzlich glühend aufflammte. O Gott, wie sollte er sich auf das gegrillte Wolfsbarschfilet auf einem Bett aus buttrigem Spinat konzentrieren? Jedes Mal, wenn ihre Augen sich trafen, schnürte es ihm die Kehle zu.

Sie erhoben sich vom Tisch und kehrten zu Nachtisch-Törtchen und Kaffee in den Salon zurück.

»Danke«, sagte Laura. »Das war köstlich.«

»Du hast nicht viel gegessen.«

»Trotzdem war es lecker.«

»Ich habe keinen Wagen bestellt, um dich zu Helen zurück-

zubringen«, sagte Hugh. »Ich dachte, ich fahre dich selbst – keine Sorge, ich bin vollkommen nüchtern.«
»Unsinn, du bist ganz schön beschwipst.«
»Soll ich dir also lieber ein Taxi rufen?«
Sie lächelte hintergründig. »Ich habe keine Eile.«
»Wann erwartet Helen dich zurück?«
»Dazu gebe ich dir die Antwort, die ich ihr gegeben habe.«
Laura öffnete die kleine schwarze Handtasche, die sie bei sich trug, und zeigte Hugh ihren Inhalt: zwei Zwanzig-Pfund-Noten und eine Zahnbürste. »Findest du das sehr dreist und liederlich?«
Eine Gruppe von Leuten mit Nikolausmützen kam in den Raum und baute sich halbkreisförmig vor dem Kamin auf. Sie hielten Handglocken und fingen unvermittelt an, eine klingelnde Version von »Hark! The Heralds Angels Sing« vorzuführen. Hugh stöhnte. Das war also das »Handglocken-Medley«, das als Weihnachts-Spezialangebot des Hotels angekündigt worden war. Der Lärm war ohrenbetäubend.
Hugh sprang auf, nahm Laura die Kaffeetasse ab und zog sie ungeduldig aus dem Salon. In der Eingangshalle schlurften drei senile Pärchen Richtung Lift. Hugh zerrte Laura fast die Treppe zur Hochzeits-Suite hinauf, und in dem Moment, da die Zimmertür sich hinter ihnen schloss, hatte er bereits die Hände unter ihr schwarzes Samtkleid geschoben.

Kapitel 7

»Wir haben den ganzen Sonntag zusammen verbracht«, sagte Colin. »Ich konnte mich letzte Nacht nicht losreißen, also bin ich dageblieben. Irgendwie sah ich nicht ein, warum ich den ganzen Weg zurückfahren soll, wo ich heute wieder hätte herfahren müssen.«
»Sie ist ein nettes Mädchen«, sagte Hugh. »Und was für eine schöne Stimme!« Noch immer spürte er am ganzen Körper ein Kribbeln, weil er mit Laura im Arm erwacht war.
»Ich wollte nicht, dass Mum sich Sorgen macht. Also habe ich zu Hause angerufen – und da hat sie mir von deinem plötzlichen Zusammenbruch erzählt.«
Hugh hatte Colin aus dem Lagerraum zu einem schnellen Mittagessen in sein Büro bestellt, ein wunderschön getäfelter Raum mit Blick auf die King's Parade. Sie aßen Truthahn-Sandwiches aus dem Feinkostmarkt und tranken Kaffee, den Hughs Sekretärin gekocht hatte. Es war der Tag vor Heiligabend, einer der umsatzstärksten Tage des Jahres. Die Kunden drängten in den Laden und kauften, als würde die Welt untergehen. Vor Geschäftsschluss hatte Hugh noch hundert Dinge zu erledigen – der Verkauf begann erst wieder am siebenundzwanzigsten –, doch sein Hirn war wie vernebelt vom Sex.

Er war an Laura gekuschelt aufgewacht. Vor den Augen des Hotelpersonals hatten sie zusammen gefrühstückt, dann hatte er sie auf seinem Weg nach Cambridge in Chackley abgesetzt. Vor Cobb Cottage hatte er Laura geküsst, und Freddy, der Pastor, war gerade mit seinem Hund vorbeigekommen. Hugh hatte ihm zugewunken. Es war ihm egal.

»Ich hoffe, ich konnte überzeugend darlegen, dass ich keinen Zusammenbruch habe«, sagte er zu Colin.

»Keine Sorge, ich habe mir schon gedacht, dass sie sich das einbildet. Typisch Mum und ihre Verdrängungstaktik!«

»Was ich getan habe – und tue –, ist schwerer zu entschuldigen als ein Zusammenbruch. Ich will, dass du weißt, wie leid es mir tut.«

»Es ist wirklich traurig«, sagte Colin, »aber eigentlich keine große Überraschung. Als ich wieder bei euch einzog, ist mir sofort aufgefallen, dass etwas nicht stimmt. Du kamst mir vor wie ein Geist.«

»Ein Geist?«

»Das ist das erste richtige Gespräch mit dir seit Monaten. Normalerweise sagst du immer wieder dieselben Dinge, wie ein Hologramm.«

»O Gott, tatsächlich? Das tut mir leid, Colin.«

»Ach, entspann dich«, erwiderte Colin mit vollem Mund. »Du musst dich nicht dauernd entschuldigen. Letitia findet das mit Laura sogar sehr romantisch.«

Hugh schob den Sandwich-Teller in Colins Richtung. Sein »Geständnis« verlief besser, als er zu hoffen gewagt hatte. Colin hatte von seiner Mutter und von Sarah bereits davon gehört und wollte viel lieber über Letitia reden.

Welche Ironie, dachte er, da sind wir nun beide trunken vor Liebe. Ich sehe ein Abbild meiner selbst, als ich mich damals in Laura verliebte.

Er ließ seine Gedanken kurz zur bevorstehenden Nacht abschweifen, als wollte er einen Talisman berühren. Laura hatte ihn zwar ausgelacht, aber er hatte einen Terminplan aufgestellt. Um 19 Uhr würde er sie von Cobb Cottage abholen (es würde sehr seltsam sein, am Herrenhaus vorbeizufahren). Um 19 Uhr 30 herum, je nach Verkehr, würden sie in Fosdyke Hall eintreffen. Von etwa 19 Uhr 45 bis 20 Uhr 30 würden er und Laura sich leidenschaftlich in der Hochzeits-Suite lieben, das Essen war für 20 Uhr 45 bestellt (Hugh hatte bereits eine E-Mail mit den gewünschten Weinen geschickt). Nach dem Essen – etwa gegen 22 Uhr 30 – würden sie in die Hochzeits-Suite zurückkehren und sich wiederum leidenschaftlich lieben, je nachdem, wie es die Verdauung und das Standvermögen seines Penis zuließen.
Er sah auf die Uhr. »Wollen wir noch einen Kaffee trinken?«
»Nein, danke. Ich sollte allmählich ins Lager zurückkehren.«
»Ja, das solltest du wohl. Es wäre nicht gut, wenn der Eindruck entstünde, dass du spezielle Privilegien bekommst.«
»Dad – kann ich dich etwas fragen?« Colin beugte sich plötzlich vor, und Hugh war überzeugt, dass er um Geld bitten würde – was unter den Umständen verständlich war.
»Natürlich.«
»Ich habe mich gefragt, ob ich nach Weihnachten weiterhin im Warenlager arbeiten könnte.«
»Wie bitte?«
»Ich würde diesen Job gern noch behalten«, sagte Colin. »Nur eine Weile, bis ich weiß, wie es mit mir weitergehen soll.«
»Aber … die Arbeit hier hat dir doch nie besonders gefallen!«

»Was mir nicht gefallen hat, war, im Verkauf zu arbeiten. Ich kam mir vor wie eine Touristenattraktion, und vom ständigen Lächeln habe ich Krämpfe bekommen.«
Hugh musste lachen, weil er sich noch gut daran erinnern konnte, wie peinlich es ihm früher gewesen war, als Sohn des Chefs öffentlich vorgeführt zu werden und ruppige alte Damen anlächeln zu müssen, die sich über Änderungen in der Kurzwarenabteilung beschwerten.
»Im Lager dagegen gefällt es mir ausgezeichnet«, fuhr Colin durch sein Lachen ermutigt fort. »Die anderen Kollegen waren zuerst etwas misstrauisch, aber ich konnte sie inzwischen überzeugen, dass ich kein kompletter Vollidiot bin, und jetzt haben sie sich an mich gewöhnt. Die Arbeit macht Spaß, und es ist ein schönes Gefühl, zur Abwechslung einmal Geld zu verdienen.«
Dann ging es also doch um Geld, aber nicht so, wie Hugh es erwartet hatte. »Ich dachte, du übst für diesen Wettbewerb.«
»Ich kann beides machen.«
»Wirklich? Ich meine, geht das tatsächlich?«
»Also, um ehrlich zu sein: Ich habe wegen dieses Wettbewerbs in Spanien einige Bedenken.«
»Oh.« Das hörte sich nicht gut an.
»Ich finde, ich bin nicht gut genug, und sechs Stunden am Tag zu üben wird mir auch nicht weiterhelfen. Wenn ich mich richtig ins Zeug lege, schaffe ich es vielleicht unter die ersten vier. Ich frage mich allmählich, ob ich so ein Leben im ständigen Wettbewerb um irgendwelche Preise und Stipendien überhaupt aushalte.«
»Na, also, hör mal …«
»Und bevor du irgendetwas sagst – ich will definitiv kein Klavierlehrer werden. Ich will nicht länger arm sein, Dad,

und ich bin es leid, dich ständig um Geld anbetteln zu müssen – wo du es mir offensichtlich so ungern gibst.«

»Nun warte mal …«

»Das klingt jetzt, als hielte ich dich für geizig, aber das meinte ich nicht. Ich dachte nur, es wäre sinnvoller, wenn das nächste Geld in Form eines wohlverdienten Gehaltsschecks käme.«

Nach dem wichtigen Thema, das sie gerade zuvor besprochen hatten, war Hugh absolut nicht bereit für ein weiteres großes Thema, und er brauchte einen Moment, um sich eine angemessene Reaktion zu überlegen. Er sollte entsetzt sein, dass sein hochbegabter, mit viel Geld ausgebildeter Sohn drohte, aus dem Wettbewerb in Spanien auszusteigen – Barbara wäre erschüttert. Er hingegen … war froh. Mehr als froh sogar – die Freude sprang in ihm auf wie ein brüllender Löwe. Die getäfelten Wände des Büros waren mit den Porträts verstorbener Purvis' bestückt; das letzte war das Ölgemälde seines Vaters. Irgendwann würde sein eigenes Porträt daneben hängen. In letzter Zeit hatte es ihn mehr und mehr gewurmt, dass Colin der erste Purvis sein würde, der nicht im Geschäft arbeitete. Für Barbara war es ein Zeichen des Fortschritts, doch Hugh hatte ständig sein Gefühl unterdrücken müssen, es als Zeichen des Untergangs zu sehen.

Nun aber betrachtete er seinen Sohn, als hätte sich ein Nebel gelichtet. Colin hatte den braunen Overall ausgezogen. Er trug Jeans und einen alten Pullover, und um seine Handgelenke hingen Gummibänder wie dicke, braune Würmer. Sollte er tatsächlich eine Dauerstellung im Geschäft annehmen, dann allerdings nicht im Lager.

»Tja, wenn du das wirklich willst …« Hugh stand auf und ging zu seinem Schreibtisch. »Ich mache mir eine Notiz, die

Sache mit Len zu besprechen.« Er sagte Colin nicht, dass er dazuschrieb: »Bob M. anrufen.« Bob Mason war sein engster Verbündeter und Freund im Aufsichtsrat und genau der Richtige, um über Colins Zukunft zu beratschlagen. Außerdem hatte er bekanntlich eine Affäre gehabt, also würde er wegen Laura kein Entsetzen heucheln.

»Danke vielmals, Dad«, sagte Colin. Er spürte, dass das Gespräch vorbei war, und erhob sich.

Für einen Konzertpianisten, der gerade eine Arbeit im Lagerraum angenommen hatte, sah er ungewöhnlich glücklich aus, dachte Hugh. Was genau steckte wohl dahinter? Sie würden noch einmal ausgiebig miteinander reden müssen, aber jetzt blieb dafür keine Zeit. Vater und Sohn sahen einander in die Augen, und Hugh bedauerte, dass er so wenig über diesen Mann wusste, den man schon längst nicht mehr als Jungen bezeichnen konnte.

»Lass uns an den Feiertagen noch einmal reden«, sagte er.

»Gut.«

»Bis dahin pass auf, wie du das alles deiner Mutter präsentierst, ja?«

»Ich werde mich bemühen.«

Hugh hoffte, dass er das ernst meinte. Nachdem Colin gegangen war, wirkte der Raum plötzlich anders, als wäre seine Energie hindurchgefegt wie ein Tornado.

»Oje«, seufzte Hugh in die Stille, »was habe ich da nur in Gang gesetzt?«

Hugh presste seinen Mund auf Lauras Schulter, um das lange, lustvolle Stöhnen zu ersticken. Er kam schon zum zweiten Mal an diesem Abend und war von seinem Durchhaltevermögen überrascht.

Laura seufzte. »Mein Liebling …«

Da meldete sich sein Blackberry.

»Verdammt!« Er ließ sich auf Lauras Körper sinken. »Wer zum Teufel …«

Laura streichelte seinen Hinterkopf. »Es könnte wichtig sein.«

Widerstrebend löste Hugh sich von ihr und kroch mit noch bebendem Körper vom Bett zu der Stelle, wo er seine Jacke hingeworfen hatte.

Es war Barbara, und sie war mehr als wütend. »Hugh? Ich weiß, wie spät es ist, und es ist mir egal. Ich will wissen, was du mit deinem Sohn angestellt hast!«

»Was? Du meine Güte, wovon sprichst du? Mit Colin ist doch alles in Ordnung, oder nicht?«

»Nein! Nichts ist in Ordnung! Er will den De Falla sausen lassen!«

Hugh verdrehte die Augen und formte lautlos das Wort »Scheiße« in Lauras Richtung.

»Hörst du mich? Er will den Wettbewerb sausen lassen und weiter im Lagerraum arbeiten. Im LAGER, Hugh! Und er scheint der Meinung zu sein, dass er deinen Segen hat! All die Monate harter Arbeit … und jetzt will er sein Talent und alles wegwerfen und jeden Tag nur noch … tun, was man da im Lager so tut!«

»Hör zu, Barbara, beruhige dich. Ich habe Colin heute getroffen. Wir haben zusammen Mittag gegessen, und es geht ihm sehr gut.«

»Wie kannst du das nur sagen? Das ist dein Werk, Hugh – du ruinierst die Karriere deines Sohnes!«

»Das ist doch Schwachsinn!«

»Wage es nicht, so mit mir zu sprechen!«

»Also gut, dann ist es eben unvernünftig. Ich ruiniere nicht seine Karriere – wenn er denn überhaupt eine hat.«

Laura erhob sich taktvoll aus dem zerwühlten Bett und bewegte ihren prachtvollen nackten Körper ins Badezimmer.
»Du hast ihn nie gebührend gewürdigt – dich hat nicht einmal das Schwartz-Stipendium beeindruckt! Kein Wunder, dass er den Glauben an sich verloren hat!« Am anderen Ende der Leitung hatte Barbara zu weinen begonnen. Sie presste die Worte zwischen einzelnen kleinen Schluchzern heraus.
»Barbara, um Himmels willen, nun reiß dich doch zusammen! Auf mich wirkte Colin, als sei er vollkommen glücklich.«
»Mein Herz zu brechen ist eine Sache … Aber deinen Sohn so zu behandeln … Ich weiß nicht, wie du noch in den Spiegel schauen kannst! Jetzt will er auch noch nach Cambridge ziehen, weil die Miete dort billiger ist als die Benzinkosten fürs Hin- und Herfahren … Das ist alles deine Schuld, Hugh … Du hast ihn nie richtig unterstützt, und nun stehst du einfach daneben, während er in einem schäbigen Ein-Zimmer-Apartment hausen muss!«
»Ich nehme an, dass er mit Letitia zusammenziehen will.«
»Und er wollte nicht, dass ich ihm Geld gebe … Dank dir haben wir ihn verloren! Ich hoffe, du bist zufrieden!«
»Ich finde nicht, dass du so dramatisch werden musst …« Hugh stutzte. Sie hatte aufgelegt. Er erschauerte. Hätte Colin doch bloß seinen Mund gehalten, dann hätten sie einen besseren Weg finden können, Barbara die schwerwiegenden Veränderungen beizubringen. Andererseits … wenn Colin wirklich aufhören wollte, sein verdammtes Klavier zu spielen, warum sollte er das nicht sagen? Wenn er eine richtige Arbeit wollte, noch dazu im äußerst erfolgreichen Familienbetrieb, warum sollte er sie nicht kriegen?
Hugh empfand Trotz, doch sein Herz war schwer. Er legte

eine Hand um seinen noch feuchten Penis. Die Leute sagten bestimmt, dieses schlaffe, erschöpfte Ding sei die Ursache für alle Probleme, und er könnte es nicht einmal mit Bestimmtheit abstreiten.

Laura kam aus dem Badezimmer. Sie hatte sich in einen der weißen Bademäntel des Hotels gehüllt und hielt den anderen in der Hand. Behutsam legte sie ihn Hugh um die Schultern. »Du frierst sonst.«

Die Geste war reine Güte. Immerhin gab es noch jemanden, der diesen alten, herzlosen Schurken freundlich umsorgte. Hughs müde Augen brannten. »Danke.«

»War es schlimm?«

»Ja. Barbara hat die Sache mit Colin erfahren.« Er hatte es Laura beim Abendessen schon erzählt. »Wie es aussieht, habe ich ihn zu einem Leben in Armut verdammt.«

»Wie kommt sie denn darauf? Denkt sie, du willst ihn enterben?« Sie streichelte sein Haar (mit ihrer zarten, feingliedrigen Hand, so zart wie der Flügel eines Vogels). »Ich glaube, du brauchst jetzt eine schöne Tasse Tee.« Sie durchquerte den Raum, um den Wasserkocher anzustellen, und hängte bereitliegende Fertigteebeutel in eine Porzellankanne.

Hugh zog den Bademantel an. »Ja, genau die brauche ich. Ich spüre mein Alter.«

»Und Colin hat gesagt, er wolle die Musik ganz aufgeben?«

»Nicht direkt. Aber der De-Falla-Wettbewerb wäre der nächste logische Schritt für ihn gewesen, wenn er hätte weitermachen wollen. Tatsache ist, dass er nicht so gut ist – nicht annähernd so gut wie Sarah, bevor sie krank wurde.«

»Deine Kinder sind sehr talentiert«, sagte Laura. »Das überrascht mich nicht. Du bist einer der musikalischsten Menschen, die ich je kennengelernt habe – du hast schon immer gesungen, immer versucht, mich in komische Konzerte zu

schleppen. Du hast damals das riesige Monster von Flügel im Salon gestimmt – erinnerst du dich?«
Hugh erinnerte sich und staunte, dass er es vergessen hatte. Er hatte so viele Gedankendateien seines leidenschaftlichen, jüngeren Ichs gelöscht.
»Hat Delphine irgendein künstlerisches Talent?«, wollte er wissen.
»Eigentlich nicht. Sie behauptet zwar, Künstlerin zu sein, und hat mal eine ziemlich unflätige Installation zu einer Ausstellung beigesteuert. Aber offen gesagt ist es ein Segen, dass sie ihren Unterhalt aus dem Nachlass bezieht und nicht zwingend arbeiten muss.« Laura zog den Bademantel aus. Sie war ganz und gar unbefangen in ihrer Nacktheit. »Lass uns den Tee im Bett trinken. Ich komme nicht darüber hinweg, wie gut du dich anfühlst.«
Er legte sich in das hohe, weiche Bett. »Und du fühlst dich großartig an. Es ist lange her, seit jemand nackt neben mir gelegen hat.«
»Wann habt ihr, du und Barbara, das letzte Mal zusammen geschlafen?«
»Ich wusste, dass du das irgendwann fragen würdest, und habe mir schon den Kopf darüber zerbrochen. Es war vor entweder fünf oder vier Jahren.« Er dachte an die tägliche Routine, mit der er und Barbara zu Bett gegangen waren: das Gurgeln und die bequemen Schlafanzüge und das gereizte Voneinanderabrücken, wenn ihre Körper sich zufällig berührt hatten. Jedoch hatten sie auch vorher nicht viel Zeit damit verbracht, einander nackt in den Armen zu liegen.
»Was ist passiert?«
»Tja, nichts ist passiert. Das ist es ja. Sie hörte auf, es zu wollen, schätze ich.«
»Aber du hast sie geliebt.«

»Es war quasi eine arrangierte Ehe. Ich war so verzweifelt, als ich aus Frankreich zurückkam, dass meine Eltern dachten, eine Heirat würde mir guttun. Mein Vater fürchtete, mich mit der Privatschule dauerhaft geschädigt zu haben. Für ihn selbst war die städtische Oberschule gut genug gewesen. Er hatte Angst, ich wäre zu eingebildet, um ein Mädchen aus dem Büro des Geschäfts zu heiraten, wie es Generationen von Purvis vor mir getan hatten.«

»Er auch?«, fragte Laura.

»O ja. Meine Mutter und meine Großmutter stammten beide aus dem Pool der Sekretärinnen. Aber meine Mutter hatte Ambitionen, und Dad sagte immer, damit habe die Misere begonnen.«

»Wie hast du Barbara kennengelernt?«

Hugh lachte bitter. »Dad hat sie eingestellt, weil sie aus der Mittelschicht kam und die Musikhochschule besucht hatte und weil er hoffte, ich würde mich in sie verlieben.«

»Und genau das hast du getan«, sagte Laura.

»Es war nicht so, wie ich mich in dich verliebt habe – aber dich konnte ich ja nicht haben. Man könnte sagen, ich hätte mich mit der Zweitbesten zufriedengegeben, nur wäre das Barbara gegenüber gemein. Und es stimmt auch nicht. Sie war sehr hübsch und eine große Hilfe, während ich versuchte, mich im Geschäftsleben zu behaupten – und dabei alles umwarf, was mein Vater in den zehn Jahren davor aufgebaut hatte. Aber ich will dich damit nicht langweilen …«

Er schob seinen Oberschenkel gegen ihren und genoss das Gefühl samtener Weichheit und Wärme. »Jetzt bist du dran. Wann hast du das letzte Mal mit Michel geschlafen?«

Sie seufzte versonnen. »Hmm … vor vierzehn Jahren, vielleicht. Die MS macht das alles zunichte.«

»Armer Michel – und du Arme! Vierzehn Jahre.«

»Ach, Sex hatte ich schon in der Zeit …«
»Oh.« Hugh merkte auf. Der Gedanke, dass Laura mit jemand anderem Sex gehabt hatte, gefiel ihm gar nicht.
»Ich hatte eine Affäre.«
»Mit wem?«
»Mit einem Nachbarn in Frankreich – ich glaube nicht, dass du ihn kennengelernt hast. Es war nichts Ernstes. Wir haben vor ungefähr … lass mich überlegen … sechs Jahren Schluss gemacht, als es Michel immer schlechter ging und ich die ganze Zeit bei ihm sein musste. Ob er mich wollte oder nicht.«
»Hattest du Liebeskummer?«
»Ich weiß, dass es kalt klingt, aber mein Herz war nie involviert gewesen. Der Sex war ein Angebot, und ich habe es angenommen.«
Es klang tatsächlich etwas kalt. »Vielleicht hat es dir geholfen«, schlug er vor.
»Bis zu einem gewissen Grad, ja. Michel machte mich für sein sexuelles Problem verantwortlich. Ich wusste, dass es einfach seine Art war, damit klarzukommen, aber ich habe mich trotzdem schlecht gefühlt. Ehrlich gesagt, war es nett, von jemandem begehrt zu werden. Aber das ist jetzt alles vorbei.«
Sie schwiegen eine Weile. Hugh trank seinen Tee aus und zog Laura fest an sich, als könnte sie wie ein Ballon wegfliegen.
»Bitte mach dir darüber keine Gedanken. Du musst verstehen, dass ein großer Teil meines Lebens darin bestand, mich um Michel zu kümmern. Ich erzähle nicht gern darüber – mir wäre es lieber, du würdest dich so an ihn erinnern, wie du ihn gekannt hast.«
Hugh schämte sich für seine Eifersucht. Sie hatte tatsäch-

lich nicht viel von Michels Krankheit erzählt, und er hatte nie darüber nachgedacht, wie anstrengend es gewesen sein musste, sich jeden Tag um einen Mann zu kümmern, der langsam vor sich hin starb.

»Entschuldige, Liebling. Sollen wir das Licht ausmachen und ein wenig schlafen?«

»Gern.«

Hugh knipste die Nachttischlampe aus. Sie kuschelten sich eng und warm zusammen.

»Vielleicht habe ich ihn doch kennengelernt«, meinte Hugh.

»Hmm?«

»Den Typen, mit dem du eine Affäre hattest. Wer war es?«

»Sein Name ist Edouard Ferrand.«

»Was? Etwa einer der Brüder aus diesem großen Haus in Varnes?«

»Ja.«

»Oh.« So, so, einer der Ferrand-Brüder aus Varnes also. Laura hatte ein winziges bisschen gezögert, bevor sie seinen Namen ausgesprochen hatte. »Also dann, gute Nacht.«

Kapitel 8

»Das ist nicht nur eine Phase«, erklärte Sarah. »Ich will den Rest meines Lebens mit ihr verbringen. Ich bin ernsthaft verliebt.«

»Ach herrje, plötzlich sind alle verliebt«, erwiderte Barbara gereizt. Es war Heiligabend. Sie stand am Küchentisch und tupfte Beeren aus rotem Zuckerguss auf Lebkuchen in Form von Stechpalmenblättern. Sie malte die Beeren ganz akkurat, mit vollkommen ruhiger Hand, während der Rest ihres Körpers vor Empörung zitterte. »Und das erst, seit bei Helen diese zwei sexbesessenen Hexen eingekehrt sind!«

»Mum!«

»Delphine hat dich verführt, Sarah. Sie hat gemerkt, dass du verletzbar bist, und es ausgenutzt. Sie hat von deinem chronischen Mangel an Selbstwertgefühl profitiert.«

»Zum letzten Mal: So ist es nicht gewesen!«

»Genau wie ihre Mutter, die sich auf deinen Vater gestürzt hat, weil sie spürte, dass er dem Zusammenbruch nahe war.«

Sarah seufzte geduldig – das tat sie oft in letzter Zeit. »Dad hatte keinen Zusammenbruch. Ob es dir gefällt oder nicht: Er ist verliebt.«

»Ach was, er ist nicht verliebt! Was dein Vater mit Laura

Amaury treibt, kann man nicht Liebe nennen – nicht, wenn du es mit einer Ehe wie der unseren vergleichst … einem Heim wie unserem …« Sie tupfte die Glasur mit aggressiver Präzision. »Du bist natürlich auf seiner Seite. Wie üblich.«
Sarah seufzte erneut und verdrehte die Augen. Sie brach nicht mehr alle fünf Minuten in Tränen aus, was nur Barbara bewies, wie gefühllos sie durch diese grässliche Delphine geworden war. »Vielleicht ist es auf lange Sicht das Beste, Mum. Keiner von euch war glücklich.«
»Wie bitte? Ich war vollkommen glücklich!«
»Dad aber nicht.«
»Unsinn. Er war rundum zufrieden – weitaus zufriedener als ich, möchte ich behaupten, da er in der Lage ist, seine Familie zu ignorieren.«
»Er ignoriert uns doch gar nicht! Tatsächlich hat er sich seit Jahren schon nicht mehr so sehr um mich gekümmert wie jetzt.«
»Ja, und sieh dir an, was dadurch passiert ist: du und Delphine … Colin schmeißt den De Falla …«
»Mum, bitte! Du hast versprochen, nicht mehr über Colin zu schimpfen. Ich versuche gerade, mich als lesbisch zu outen, und du scheinst das vollkommen zu ignorieren.«
Barbara atmete tief durch, um sich zu beruhigen. Colins überraschende Neuigkeit gestern Abend hatte eine breite, klaffende Wunde in ihre perfekte Welt gerissen. Bis in die frühen Morgenstunden hatte sie wach gelegen und gegrübelt, was sie ihrem armen, genialen Sohn über Weihnachten sagen wollte, wenn sie ihn für sich allein hätte. Sobald sie ihm ihre ungeteilte Aufmerksamkeit schenken konnte, würde er schon wieder zur Vernunft kommen. Bis dahin würde sie all ihre Aufmerksamkeit Sarah zukommen lassen. Im Gegensatz zu Hugh war sie immer noch in der Lage,

ihre Kinder an erste Stelle zu setzen. Sarah spielte wieder Geige, aber das bedeutete nicht, dass ihre Probleme gelöst waren. Dieser plötzliche Anfall von lesbischer Liebe war nur ein weiterer Akt in Sarahs Drama, und Barbara durfte nicht abweisend wirken. So komme ihre eigentlich gut gemeinte, sanfte Führung bei Sarah nämlich an – davon hatte sie der nettere und höflichere von Sarahs beiden Psychiatern letztlich überzeugt. »Natürlich ignoriere ich das nicht, aber ich sehe nicht ein, warum wir dieses Thema weiter verfolgen müssen. Eine Schwalbe macht noch keinen Sommer, und eine gleichgeschlechtliche Affäre macht dich nicht zur Lesbe.«

»Delphine ist keine Affäre. Sie ist der erste Mensch, mit dem ich mein Leben verbringen will – das sollst du einfach verstehen.«

»Ich verstehe es ja! Warum denken immer alle, ich würde nichts verstehen?«

»Tut mir leid«, erwiderte Sarah mit ihrer Gute-Tochter-Stimme. »Ich weiß, dass du eine schwere Zeit durchmachst. Ich sollte dir das jetzt nicht antun.«

»Nein, nein, ich bin diejenige, der es leidtun sollte. Aber bevor du dich in irgendetwas hineinsteigerst, bedenke doch bitte, dass es nicht ewig dauern kann. Vielleicht merkst du ja, während du jetzt wieder Kraft schöpfst, dass du … dich sozusagen weiterentwickelst.«

»Du meinst, dass ich wieder zur Vernunft komme und mich in einen Mann verliebe?«

Genau das war es, was Barbara meinte, und es ärgerte sie, das ins Gesicht gesagt zu bekommen. »Ich mache mir nur Sorgen, dass du etwas Unbedachtes tun könntest. Auch Homo-Ehen sind heutzutage rechtlich bindend, weißt du das? Du solltest nichts überstürzen.«

»Ich will doch nicht gleich heiraten!«
Barbara stellte das Tablett mit den Lebkuchen auf die Küchentheke. Sie begann, an dem teuren Kaffeeautomaten herumzuwerkeln, den nur sie allein bedienen konnte – nicht, weil sie einen Kaffee trinken wollte, sondern weil sie ihre Hände beschäftigen musste.
Sarah deutete ihr Schweigen als Ermutigung. »Es war irgendwie unausweichlich – schicksalhaft. Ich wollte gerade zur Party runtergehen, als ich sie von der Treppe aus entdeckte. Und sie sah zu mir hoch. Das war es – ein einziger Blick. Ich lief in mein Zimmer zurück, zog mich um und setzte die Kontaktlinsen ein. Als ich herunterkam, wartete sie schon auf mich. Und plötzlich hatte ich wieder Musik im Kopf. Sie war so lange weg gewesen. Vor dieser Sache in Frankreich gab es immer ein passendes Musikstück zu jedem Gefühl, das ich hatte – es kam einfach, ganz von allein, und als ich krank war, ging das weg. O Gott, diese Stille war furchtbar! Aber als ich Delphine sah, hörte ich die Frühlingssonate, und auf einmal wusste ich, dass ich für sie spielen kann.«
Der Automat zischte. Barbara gab lieber keinen Laut von sich, aus Angst, ihren schwelenden Ärger hinauszulassen. Immer mehr Lebensentwürfe zerbrachen. Die anderen schien es nicht zu stören – als wäre alles nichts wert, was Barbara für sie geschaffen hatte.
»Ben meint, ich hätte meine Kunst eingesetzt, um meine Sexualität auszudrücken«, fuhr Sarah fort, »weil das meine einzige Möglichkeit war.«
»Ben? Du meinst Dr. Forest? Dann weiß er über diese Lesbensache Bescheid?«
»Ja. Ich habe ihn gestern besucht.«
Dr. Forest war der Psychiater, den Barbara mochte. Der andere, Dr. Price, war ein naseweiser junger Kerl, der eini-

ge sehr persönliche Meinungen über ihre Fähigkeiten als Mutter hatte verlauten lassen, doch dem weißhaarigen, patriarchalisch auftretenden Dr. Forest konnte man zutrauen, nicht sofort die Eltern als Schuldige abzustempeln.
»Hättest du was gesagt, hätte ich dich hinfahren können.«
»Delphine hat mich in Helens Wagen hingebracht. Und Dad hat mich nach Hause gefahren.«
»Ach, dann hast du auch deinen Vater gesehen?«
»Ja, nach meinem Termin bin ich noch ins Geschäft gegangen.«
»Nun, da bin ich ja froh, dass der große Liebhaber wenigstens noch ein bisschen an deinem Wohlergehen interessiert ist. Wie sah er aus? Bestimmt schrecklich, oder?« Barbara überspielte ihre Irritation, indem sie Dampf in den Milchtopf sprühen ließ. »Aber es geht hier nicht um Dad, es geht um dich. Dein Glück ist mir das Allerwichtigste, und es ist eine wohlbekannte Tatsache – und sogar wissenschaftlich erwiesen –, dass gleichgeschlechtliche Paare aus rein chemischen Gründen nicht zu langfristigen glücklichen Beziehungen fähig sind.«
»Tja, das Risiko muss ich dann wohl eingehen«, kommentierte Sarah.
»Denk doch nur mal über die Fakten nach.« Barbara setzte sich zu ihrer Tochter an den Tisch. Sie hatte ihnen beiden je einen köstlichen Cappuccino zubereitet und hoffte, es würde jegliche unterschwellige Feindseligkeit von vornherein ausschließen. »Als Delphine dich kennenlernte, hast du nicht gerade vor Selbstsicherheit gestrotzt. Aber du bist so viel hübscher, als du meinst! Du darfst nicht denken, du müsstest Männer von nun an für eine Beziehung ganz und gar ausklammern – es geht nur darum, das Beste aus sich zu machen.«

»Mum, ich bin lesbisch. Ich habe keinerlei sexuelles Interesse an Männern.«
»Du warst doch noch nie mit einem zusammen, woher willst du es dann wissen?«
»Ich mag keine Schwänze.«
»Kein Grund, unflätig zu werden.«
»Entschuldige bitte. Es ist nur so, dass ich mich verliebt habe und möchte, dass du es akzeptierst. Delphine ist wunderbar.«
»Also gut, sie ist wunderbar.« Barbara nippte an ihrem Kaffee. Fürs Erste würde sie sich mit ihren Bekehrungsversuchen zurückhalten. Was machten Lesben eigentlich? Sie gingen ins Bett und spielten aneinander herum, was für diese männlich-herben Frauentypen, die sowieso nie einen Mann abbekommen würden, sicher ganz in Ordnung war – aber doch nicht für Sarah! Schließlich war Sarah ihre Tochter!
Jock und Fanny sprangen abrupt aus ihren Körben und rannten zur Hintertür. Eine Sekunde später tauchte Helen hinter der Glasscheibe auf. Sie lächelte und klopfte zaghaft. Barbara war nicht sicher, was sie Helen gegenüber empfand. Einerseits war diese Frau ihre beste Freundin. Andererseits hatte sie sich diese liebestollen Hexen ins Haus geholt, und hätte sie sie zu Weihnachten nicht mitgebracht, wäre nichts von alledem passiert.
Sarah stand auf, um Helen die Tür zu öffnen. »Hallo, Helen.«
Zögernd betrat Helen die Küche. Sie trug einen großen, durchweichten Pappkarton, auf dem in schwarzer Schrift PURVIS geschrieben stand. »Ich hab deine Gans abgeholt – ich war sowieso auf dem Hof und dachte, ich spar dir den Weg.«

»Ach, wie lieb von dir!« Sofort hatte Barbara ihr alles vergeben. Der Bauernhofladen war eine halbe Stunde entfernt, und sie hatte sich schon gefragt, wann sie Zeit finden würde, die Gans für morgen abzuholen. »Setz dich und trink einen Kaffee mit uns.«

»Na ja ... Falls ihr nicht zu beschäftigt seid ...«

»Ich bereite nur ein paar Sachen für heute Abend vor.« Heute Abend fand die Weihnachtsfeier des Chors statt, ein erfahrungsgemäß geräuschvolles Trinkgelage, das damit endete, dass alle beschwipst aufbrachen, um bei der Mitternachtsmesse zu singen. Tiggy Venables (eine der Neureichen durch die in Fen Ditton entstandene Computerindustrie) richtete die Party im ehemaligen Pfarrhaus aus, und Barbara hatte versprochen, die Palmzweig-Lebkuchen und ein paar ihrer berühmten vegetarischen »Wurst«-Brötchen mit Käse und Kräutern mitzubringen. »Sarah, möchtest du auch noch einen Kaffee?«

»Nein, danke«, sagte Sarah. »Ich gehe lieber wieder üben. Ich bin schrecklich eingerostet.«

»Du hast am Samstag phantastisch gespielt«, sagte Helen, zog ihren Dufflecoat aus und setzte sich an den Tisch.

»Danke, aber sei bloß nicht zu nett zu mir – harsche Kritik kann ich eher gebrauchen. Ich will im neuen Jahr wieder hart arbeiten.«

Sarah kehrte zum Üben in ihr Zimmer zurück, und Helen sagte: »Sie spielt tatsächlich wieder – wie wunderbar!«

»Es ist nicht so wunderbar, wie es aussieht.« Barbara reichte ihrer Freundin eine Tasse des starken schwarzen Kaffees, den sie so gern trank (kein Wunder, dass ihre Zähne gelb waren). »Alles nur, weil sie sich verliebt hat.«

Helen besaß den Anstand, betreten dreinzublicken. »Delphine.«

»Du weißt natürlich Bescheid. Sie führen sich ja direkt vor deiner Nase so auf.«

»Aufführen ist nicht unbedingt das richtige Wort. So würde ich es nicht ausdrücken. Sarah hat Delphine in meinem Haus besucht – da konnte ich sie ja schlecht wegschicken.«

»Sag mir nur eines, Helen: Als du sie zu Weihnachten eingeladen hast, wusstest du da schon, dass Delphine lesbisch ist?«

»Nein. Ich hatte sie nicht mehr gesehen, seit sie vier war.«

»Und wusstest du von dieser Affäre deiner Cousine mit Hugh?«

»Ich hatte nicht die geringste Ahnung!«

»Keine Sorge, ich glaube dir. Die ganze Sache muss dir ja ziemlich peinlich sein.« Barbara setzte sich Helen gegenüber, so dass sie ihr ins Gesicht sehen konnte. »Du lädst ganz ahnungslos deine Cousine und ihre Tochter zu Weihnachten ein, und in null Komma nichts verführen sie meinen Mann und meine Tochter – wie ein diabolisches Duo. Das alles ist absolut lächerlich.«

Helen sah sie mitfühlend an. »Es tut mir ja so leid, Barbara.«

»Ist schon gut«, erwiderte Barbara großmütig, »du konntest es ja nicht wissen.«

»Nein, ich meine … Wie geht es dir?«

Plötzlich dämmerte Barbara, dass Helen sich nicht dafür entschuldigt hatte, die sexbesessenen Hexen eingeladen zu haben (obwohl eine Entschuldigung absolut angemessen gewesen wäre), sondern dass sie Mitleid mit ihr hatte. Irritiert wurde sie ganz starr. Helen brauchte nicht zu glauben, dass ihre Schicksale sich in irgendeiner Weise ähnelten – ihr Ehemann war schließlich kein humorloser Kommunist mit Fahrrad-Hosenklammern wie Tony, vielen Dank! Und Cobb Cottage war nicht Chackley Manor.

»Es geht mir sehr gut. Auch wenn mein Ehemann und meine Kinder plötzlich verrückt geworden sind. Du weißt gar nicht, wie deprimierend es ist, der einzige vernünftige Mensch im Haus zu sein.«

»Doch, das weiß ich. Laura und Delphine sind auch vollkommen übergeschnappt. Es ist, als wäre man bei einem Trinkgelage die einzig Nüchterne. Alle verlieben sich zur selben Zeit! Ich kann es gar nicht fassen. Es erinnert mich an den Krieg und an den Hof meiner Tante in Berkshire.«

»Du liebe Zeit, wie meinst du das?« Barbara war es gewöhnt, dass Helen zusammenhanglos irgendwelche Dinge faselte.

»Im Krieg, als die Kampfflieger zurückkamen, warfen sie ihre übriggebliebenen Bomben über dem freien Land ab. Eine ganze Menge fielen dabei auf das Anwesen meiner Tante in Berkshire.«

»Oh. Und was hat das mit dem Verlieben zu tun?«

»Mir kam gerade der dumme Gedanke, dass Amor vielleicht ein paar Pfeile übrig hatte und sie in deine Weihnachtsparty abgefeuert hat.«

»Hm«, meinte Barbara. Sie trank ihren Kaffee aus. »Dann würde ich ihm gern seinen niedlichen, kleinen Hals umdrehen.«

Einen Moment lang schien Helen entsetzt. Dann brach sie in schallendes Gelächter aus. »Barbara, du bist unglaublich. Und ich hatte befürchtet, dich völlig verzweifelt vorzufinden!«

»Oh, ganz sicher nicht. Ich habe nicht die Absicht, zu verzweifeln.«

»Als Tony wegging, war ich am Boden zerstört«, sagte Helen. »Drei Wochen lang konnte ich kein Tageslicht ertragen, und ohne die Aufläufe, die du immer vor meine Tür gestellt hast, wäre ich sicher verhungert. Ich hatte Angst … Aber ich hätte wissen müssen, dass du besser damit klarkommst.«

»Nimm dir einen Keks«, sagte Barbara und deutete auf die Stechpalmenblätter. »Natürlich ist es anstrengend. Ich habe Hugh seit Sonntagmorgen nicht mehr gesehen. Und mit Colin hatte ich einen fürchterlichen Streit – ehrlich, Helen, sei froh, dass du keine Kinder hast! Er hat verkündet, dass er vom De-Falla-Wettbewerb zurücktreten will, kannst du dir das vorstellen?«

»Ja«, antwortete Helen, »Hugh hat es heute Morgen erwähnt.«

»Oh. Du hast Hugh gesehen?«

»Er hat Laura abgesetzt.«

»Dann war sie die Nacht über bei ihm?«

»Tja, also … Ja.«

»Oh.« Barbara verdrängte das potentiell grausige Bild, ehe es vor ihrem inneren Auge entstehen konnte. »Jedenfalls hat Colin so wenig Ermutigung von seinem Vater bekommen, dass er vollkommen demoralisiert ist. Ich muss zugeben, ich habe fast die Beherrschung verloren. Was hat Hugh dazu gesagt?«

»Ich kann mich nicht mehr erinnern – irgendetwas, dass er über Weihnachten mit Colin reden will.«

Nun, das klang nicht allzu düster; die Sache war hoffentlich noch in den Griff zu kriegen. Barbara merkte, dass Helen durchaus nützlich sein konnte.

»Wie sah er aus?«

»Gut.«

»So ein Seitensprung mag für manche ja in Ordnung sein, aber meiner Meinung nach sollte er schleunigst wieder zur Vernunft kommen. Je länger ich darüber nachdenke, desto mehr bin ich überzeugt, dass unsere Ehe gerettet werden kann. Bis vor kurzem hat Sarahs Krankheit den Großteil meiner Aufmerksamkeit beansprucht, und ich habe meinen Mann vernachlässigt. Das sehe ich jetzt ein. Wir erleben einfach eine dieser Prüfungen, die jede Ehe einmal durchstehen muss.«

Helen schien nicht überzeugt. »Glaubst du nicht, dass es etwas Ernsteres ist?«

»Nein.« Barbara stand auf. Sie schickte sich an, die Kekse in eine große Tupperdose zu schichten, die mit einem Küchenhandtuch ausgeschlagen war. »Das Beste, was ich tun kann, ist, den Schaden zu begrenzen. Zum Beispiel habe ich dem Immobilienmakler abgesagt. Und Tiggy habe ich gesagt, dass Hugh heute Abend nicht kommen wird, weil er eine Grippe hat. Ich hoffe, du wirst mir nicht in den Rücken fallen.«

»Oh.«

»Es ist nur eine kleine Notlüge. Komm schon, Helen – wo liegt das Problem?«

Helen seufzte. »Werden die Leute denn nicht seinen Wagen vor meinem Haus gesehen haben?«

»Natürlich nicht – wer guckt schon zu deinem Haus?«

»Ich werde mich bemühen.« Helens nervöser Tick wurde so stark, dass es für einen Augenblick aussah, als würde sie lachen. »Weiß Hugh das mit dem Immobilienmakler?«

»Du kannst es ihm gerne sagen, wenn du willst. Ich mache einfach ganz normal weiter, bis alle wieder zur Vernunft gekommen sind. Das erinnert mich an dieses Gedicht … ›und kannst du einen klaren Kopf bewahren, wenn um dich her sie alle ihn verlieren … und sich schrecklich enervieren …‹«

Helen verschluckte sich plötzlich an ihrem Kaffee und musste eine Weile husten und keuchen.

»Helen, ist alles in Ordnung? Möchtest du ein Glas Wasser?«

»Nein, es geht mir gut … entschuldige. Es heißt ›und dich als Schuldige deklarieren‹, nicht ›sich schrecklich enervieren‹.«

»Wie auch immer«, meinte Barbara leichthin. »Der Punkt ist, dass ich vollkommen ruhig bleiben werde.«

»O Gott, nein«, flüsterte Hugh plötzlich. »Nein!«

»Was ist los?«, wollte Laura wissen.

Eine Welle der Unruhe schwappte von der Tür bis zu ihrem Tisch in der Ecke des Speisesaals. Dann stand sie wie ein stummer Dämon neben ihnen, immer noch mit ihrem gewachsten Mantel bekleidet. »Hugh, du musst mit mir zurückkommen – auf der Stelle! Das ist mein letztes Angebot. Du bist weit genug gegangen.«

»Barbara, was zum Teufel machst du denn hier?« Nachdem er den ersten Schock verkraftet hatte, wurde Hugh wütend. Der Zusammenprall seines alten und neuen Lebens war ihm zutiefst unangenehm. Er mochte keiner der beiden Frauen in die Augen sehen. »Geh weg! Ich werde später mit dir reden.«

»Später reicht mir nicht. Du sagst doch dauernd, wir müssten miteinander reden … tja, jetzt bin ich mal dran. Ich werde mich nicht mehr beiseiteschieben lassen, und es ist mir egal, wer alles zuhört.« Sie warf Laura einen bösen Blick zu. »Ich habe wahrhaftig versucht, geduldig zu sein, und du hast auf meinen Gefühlen herumgetrampelt wie … wie auf einem Wurm. Der Wurm hat lange im Schlamm gelegen, Hugh, aber jetzt dreht er sich um und richtet sich auf.«

»Du meine Güte! Geh weg!«

»Nein! Ich gehe nicht weg, und ich verschwinde auch nicht

einfach, so sehr du dir das vielleicht wünschen magst!« Barbara war angespannt und erregt – so aufgebracht wie in der ersten Nacht ihrer Flitterwochen, als das Hotel schreckliche Tapeten und anstelle einer Badewanne nur eine Dusche gehabt hatte. Was war geschehen?

Laura legte die Gabel hin und nahm ihre Serviette vom Schoß. »Vielleicht lasse ich euch besser allein.«

Barbara drehte den Kopf langsam in ihre Richtung. »Ja, bitte«, meinte sie eisig. »Das ist eine Privatangelegenheit.«

Hugh wollte es nicht dabei bewenden lassen. »Geh ruhig schon auf unser Zimmer, Liebling«, sagte er. »Ich komme sofort nach.«

Laura warf ihm einen mitfühlenden Blick zu und verließ den Raum.

»Aha, jetzt ist es also schon ›unser‹ Zimmer«, sagte Barbara.

»So ist es. Wir haben die Hochzeits-Suite. Wenn wir das jetzt wirklich alles durchkauen müssen, zieh wenigstens den Mantel aus und setz dich hin.«

Sie erregten Aufmerksamkeit. Die vier alten Leute am Nachbartisch waren verstummt und starrten sie an. Barbara zog den Mantel aus, hängte ihn über Lauras Stuhl und setzte sich. Sie war ganz außer Atem. War sie etwa in diesem Zustand durch die Gegend gefahren?

Hugh ärgerte sich, dass er die Beherrschung verloren hatte. Er sollte sie besser beruhigen, sonst würde sie sich auf dem Nachhauseweg noch umbringen. Sein Beschützerinstinkt machte ihm zu schaffen. Er fühlte sich schuldig, aber Männer, die aus Schuldgefühl ihre Frauen angriffen, hatte er schon immer verachtet. Er wollte besser sein. »Ich dachte, du wärst auf der Party.«

»O Gott!« Barbara starrte über seine Schulter. »Da ist Eileen Hammond!«

»Was? Ja, sie ist hier die erste Hausdame oder so etwas.«
Barbara schnaubte empört. »Dann hat sie also alles gesehen.«
»Genau, absolut alles«, erwiderte Hugh. »Wir haben sie extra eingeladen, unsere frevlerischen Liebesspiele mitanzusehen.«
Sarkasmus konnte man sich bei Barbara normalerweise schenken, doch jetzt erkannte sie ihn und schürzte verärgert die Lippen. »Dir ist wohl egal, wie sehr du mich demütigst, wie?«
»Ich habe dich nicht gebeten, hier reinzuplatzen und eine deiner Szenen hinzulegen.«
»Das ist mal wieder typisch. Ich versuche, etwas Wichtiges mit dir zu besprechen, und du tust es als ›Szene‹ ab.« Ihr Gesicht nahm unvermittelt einen Ausdruck gönnerhafter Güte an. »Eileen! Hallo!«
Das ist jetzt bestimmt nicht leicht für Eileen, dachte Hugh. Ihr Lächeln wirkte gequält. »Mrs. Purvis, wie schön, Sie zu sehen.« Sie warf einen Seitenblick auf Hugh. »Ist die … äh … andere Dame … äh … fertig?«
»Ja, vielen Dank«, sagte Hugh. »Würden Sie uns bitte Kaffee servieren?«
Eileen räumte die unverzehrten Vorspeisen ab und eilte davon.
Einen Moment lang saßen sie schweigend da und lauschten den gedämpften Unterhaltungen der anderen Gäste. Von einem der Nebentische war das unangenehme Pfeifen eines alten Hörgeräts zu vernehmen.
»Ich wünschte, du hättest den Anstand besessen, sie in ein anderes Hotel zu bringen, in dem niemand dich kennt«, zischte Barbara.
»Ich weigere mich, so zu tun, als würde ich mich schämen,

mit Laura gesehen zu werden. Die Leute können sich ebenso gut daran gewöhnen.«
Die Wangen seiner Frau waren tiefrot und ihre Augen von einem kalten Blau, wie Delfter Kacheln. Sie sagte: »Was mit mir oder den Kindern passiert, ist dir offensichtlich piepegal.«
»Ihr seid mir keinesfalls egal. Hör auf, das Ganze zu dramatisieren.«
Ein Tablett mit Kaffee wurde an den Tisch gebracht, nicht von Eileen, sondern von einem der jungen, osteuropäischen Kellner. Barbara und Hugh schwiegen, während er ihnen einschenkte und kleine Teller mit Petits Fours abstellte.
Als sie wieder allein waren, hatte Hugh sich gefasst. »Also gut, worum geht es hier eigentlich? Was gibt es so Dringendes? Mit den Kindern ist alles in Ordnung, hoffe ich.«
»Ich weiß nicht, wie du das sagen kannst. Eines der Kinder hat einen wichtigen Wettbewerb abgesagt, und das andere denkt, es wäre lesbisch. Die ganze Familie bricht auseinander.«
»Ach, komm schon, nun übertreibst du aber.«
»Findest du? Ich glaube nicht, dass du auch nur die leiseste Ahnung hast, wie das hier auf andere Leute wirkt.«
Über all die Jahre mit seiner Frau war Hughs Geduld täglich auf die Probe gestellt worden und damit in Topform. »Das ist mir, ehrlich gesagt, egal.«
Mit gepresster Stimme, als würde sie etwas Schreckliches gestehen, sagte Barbara: »Ich war auf der Party.«
»Wie bitte?«
»Die Party bei den Venables. Ich bin hingegangen – und dank deiner war es eine der beschämendsten Erfahrungen meines Lebens.«
»Meinetwegen? Was habe ich getan?«

»Du hast diese Frau zum Kantatengottesdienst in King's Chapel mitgenommen.«

Hugh war verblüfft. Am Nachmittag waren er und Laura, einem romantischen Impuls folgend, zur traditionellen Chorandacht in die Kirche des King's College gegangen. »Ja, das stimmt – aber woher weißt du das?«

»Sie zeigen die Messe abends im Fernsehen.« Ihre Stimme bebte vor Schmerz. »Tiggy hat sie angestellt, und da standest du ... mitten auf dem Bildschirm ... Hand in Hand mit dieser Frau.« Eine Träne rollte ihr über die Wange. »Du kennst doch ihren Fernseher ... Bang und Olufsen, abartig groß. Alle haben es gesehen. Alle! Dieser Gottesdienst wird auf der ganzen Welt übertragen – sogar in Zimbabwe haben die Leute dich gesehen! Warum hast du mich nicht vorgewarnt?«

Hugh verspürte den Drang zu lachen, konnte es jedoch mannhaft unterdrücken. »Ich bin gar nicht auf die Idee gekommen, dich vor irgendetwas warnen zu müssen. Sei doch vernünftig.«

»Es war unglaublich peinlich. Ich hatte allen gesagt, du lägest mit einer schrecklichen Erkältung im Bett.«

»Dafür kann ich doch nichts.«

»Was soll das heißen?«

»Tut mir leid«, sagte Hugh, »aber hättest du nicht einfach die Wahrheit sagen können? Es stört mich nicht, dass die Leute es wissen – du kannst mich gern als Schurken hinstellen, wenn du möchtest, dann wirst du jede Menge Mitleid bekommen.«

»Ich will kein Mitleid!«, herrschte Barbara ihn an. »Ich will, dass du nach Hause kommst und den Gerüchten ein für alle Mal ein Ende setzt! Bevor es sich im ganzen Landkreis herumgesprochen hat, dass mein Mann mit einer anderen durchgebrannt ist!«

»Hör zu, es tut mir leid, aber genau das ist passiert. Findest du nicht, dass es albern wäre, es zu verheimlichen?«

»Nicht, wenn du damit aufhörst und nach Hause kommst.«

»Du weißt ganz genau, dass ich nichts dergleichen tun werde. Entschuldige, Barbara, aber wenn morgen irgendjemand so neugierig sein sollte, mich zu fragen, werde ich offen über unsere Scheidung reden. Lass uns so erwachsen wie möglich damit umgehen. Und sei bitte vernünftig, was das Haus betrifft.«

»Ich werde mich nicht aus meinem Haus vertreiben lassen.« Barbaras Nasenflügel bebten vor Wut. »Dem Immobilienmakler habe ich abgesagt.«

»Ich weiß«, erwiderte Hugh geduldig. »Er hat mich sofort verständigt, und ich habe ihn angewiesen, deine Einwände zu ignorieren.«

»Wie charmant! Tja, dann wollen wir mal sehen, was das Gericht dazu sagt.«

»Das Gericht wird fragen, wozu eine Frau mit zwei erwachsenen Kindern ein Herrenhaus mit neun Schlafzimmern braucht.«

»Du bist unerhört rücksichtslos, Hugh. Ich kann nicht zulassen, dass du deinem Lebenswerk den Rücken kehrst. Du wirst mit dieser Frau nicht glücklich werden.«

»Vielleicht nicht, aber ohne sie kann ich auch nicht glücklich sein.«

»Ich verstehe nicht, warum du von zu Hause ausziehen musst. Andere Männer schaffen es doch auch, kleine Affären zu haben, ohne ihre Familien zu verlassen.«

»Laura ist keine kleine Affäre – und würdest du das Haus tatsächlich mit einem Mann teilen wollen, der dort nicht leben will?«

»Dann weigerst du dich also, die Gerüchte zu zerstreuen?«

»Natürlich weigere ich mich! Hast du ernsthaft geglaubt, ich würde einfach so nach Chackley zurückkehren? Was hätte ich deiner Meinung nach dort tun sollen? Mich auf die Straße stellen und in ein Megaphon brüllen?«
»Spar dir deinen Sarkasmus. Ich habe nicht gesagt, dass du brüllen musst. Du musst nur allen zeigen, dass wir noch zusammen sind.«
»Barbara, hör mir zu, wir sind nicht mehr zusammen. Alle wissen es, weil es die Wahrheit ist.«
»Ach, die Wahrheit!«, ereiferte sich Barbara. »Ich habe sie so satt, die Wahrheit!«
Sie schnappte sich ihren Mantel und stürmte hinaus.
Als Hugh die sichere Zuflucht der Hochzeits-Suite erreicht hatte, lag Laura schon im Bett – nackt in die weichen Decken gekuschelt. Er zog sich aus und krabbelte mit dem erleichterten Seufzen eines Heimkehrers neben sie.
»Hu, bist du kalt«, beschwerte sie sich mit gurrender Stimme. »Hast du mit deiner Frau jetzt alles geklärt?«
»Ich muss mich bei dir entschuldigen«, erwiderte Hugh. »Ich habe dir nicht alles erzählt, und jetzt weißt du es trotzdem.«
»Hmm?«
»Jetzt weißt du, was mit den unglücklichen Liebenden geschah, nachdem sie sich für immer trennten. Julia blieb bei ihrem Ehemann.« Er küsste sie auf die Schulter. »Und Romeo heiratete die einfältigste Frau von ganz Verona.«

Kapitel 9

Am Weihnachtsmorgen, während sie noch im Bett lagen, schenkte Hugh Laura einen schimmernden Opal an einer schmalen goldenen Kette.

»Ich dachte, der ist dir ähnlich«, sagte er. »Undurchsichtig, aber mit innerem Feuer.«

Laura band sich die Kette um den Hals – eine wahre Zierde ihrer Nacktheit. Von ihr bekam Hugh ein reizendes viktorianisches Aquarell und oralen Sex. Barbara hatte das immer entschieden abgelehnt, so dass seit seiner jugendlichen Liebeslust mit Laura in Frankreich keine anderen Lippen seinen Schwanz berührt hatten. Vor lauter Glück und Begeisterung musste er die ganze Zeit grinsen und hörte erst damit auf, als er mit dem Wagen vor Cobb Cottage anhielt und begriff, dass er sich für mindestens sechsunddreißig Stunden von Laura trennen musste.

»Kannst du mir noch mal erklären«, flüsterte er zwischen Küssen, »warum wir uns nicht sehen dürfen?«

»Weil Helen mich zu Weihnachten eingeladen hat und ich bisher kaum etwas mit ihr unternommen habe. Weil ich meine Tochter sehen will … und weil du versprochen hast, den Tag mit Barbara zu verbringen.«

»Ach, Laura! Ich nehme an, es ist das Richtige.«

»Du weißt, dass es das ist. Du tust immer das Richtige, und das ist einer der Gründe, warum ich dich liebe.«

Die Tür des Häuschens öffnete sich. Helen trat hindurch und schlang die Arme um den Körper, weil es so kalt war. Sie trug einen neuen lila Pullover, das Preisschild hing noch am Hals.

Widerstrebend löste Hugh sich von Laura, und sie stiegen aus.

»Helen! Frohe Weihnachten!« Er gab ihr einen Kuss auf die Wange.

Laura nahm sie in die Arme. »Frohe Weihnachten.«

Helen wirkte besorgt. »Wollt ihr zum Gottesdienst gehen?«

»O Gott, nein!« Laura lachte. »Die Wasserspeier würden mich ankeifen und verfluchen.«

»Und wenn nicht sie, dann Barbara«, ergänzte Hugh. »Keine Bange, Helen – ich weiß, dass alle Menschen bis nach Simbabwe mich gestern in King's Chapel beim Sex beobachtet haben.«

Helen lachte zögernd. »Ehrlich, sie ist deswegen sehr aufgebracht – ich glaube, ich habe gestern als Einzige gemerkt, *wie* aufgebracht sie war.«

»Das meiste hat sie sich für mich aufgehoben.«

»Ja, ich dachte mir schon, dass sie ins Hotel fährt. Ich habe versucht, es ihr auszureden. An deiner Stelle würde ich einfach mitspielen, bis sie sich wieder beruhigt hat.«

»Ach ja, Helen, ich kenne die Methoden. Aber sie kann nicht erwarten, dass ich lüge, wenn mich irgendjemand fragt.«

»Du weißt, dass niemand fragen wird«, sagte Helen. »Unsere Gemeinde mag nicht besonders heilig sein, dafür aber sehr höflich.«

»Die ganze Situation ist lächerlich – all meine Fans bis nach

Simbabwe wissen, dass ich Barbara wegen einer anderen verlassen habe.«

»Im Ernst …«

»Ich werde versuchen, es nicht schlimmer zu machen, einverstanden?«

»Danke. Und entschuldige, dass ich mich einmische.«

Er schämte sich ein bisschen für seine Unbekümmertheit. Helen war eine gute Freundin seiner einfältigen Frau. »Das ist doch kein Einmischen. Soll ich dich an der Kirche absetzen?«

»Nein, danke. Ich sehe dich dann später.«

Er warf Laura noch einen Kuss zu und beobachtete, wie sie im Häuschen verschwand. Vielleicht gab es zwischendurch doch noch die Möglichkeit, sie wenigstens für ein paar Minuten zu sehen? Nein, das wäre Helen gegenüber nicht fair. Er fuhr das kurze Stück zum Herrenhaus weiter, was sich sehr seltsam anfühlte. Abgesehen von den Hunden, die hinten in der Vorratskammer bellten, war das Haus leer. Barbara und die Kinder waren bereits zur Kirche aufgebrochen, und die Glocken hatten zu läuten begonnen. Er stellte seine Taschen in der Eingangshalle ab und machte sich schnell auf den Weg, um neben Barbara in der gewohnten Bank zu sitzen. Auf der Schwelle zur Kirche fiel ihm plötzlich sein intimes Geschenk wieder ein, und mit breitem Grinsen schlenderte er den Mittelgang hinunter.

Die Glocken verstummten, die Orgel setzte ein – ausschweifende Variationen von »Stille Nacht«. Colin spielte, denn Paul, der musizierende Arzt, war heute nicht da. Hugh klemmte sich gerade noch rechtzeitig neben Sarah in die Bank, als die Glocke zum Einzug des Pastors läutete. Sie sangen »O Bethlehem, du kleine Stadt«, und Hugh stimmte unerschrocken die Bassstimme an, da der Chor an diesem

Morgen nicht sang. Alle blickten zu ihm hin – Köpfe wurden gedreht, Augen aufgerissen –, und er nahm es einfach hin. Nach dem Gottesdienst waren er und die Kinder so sehr darauf bedacht, den Nachbarn aus dem Weg zu gehen, dass sie fast nach Hause rannten. Nur Barbara blieb noch, um frohe Weihnachten zu wünschen und an den Mittagsbrunch des folgenden Tages zu erinnern. Hugh konnte nicht begreifen, warum sie sich das antat. Alle wussten es, und sie wusste, dass alle es wussten, und dennoch versuchte sie, den äußeren Schein zu wahren.

»Ich wünschte, sie würde die blöde Party absagen«, verkündete Colin ketzerisch neben dem zwei Meter fünfzig hohen Weihnachtsbaum in der Eingangshalle. »Das ist ja, als würde man Eintrittskarten für eine Kernschmelze verkaufen.«

»Wir müssen eben die Zähne zusammenbeißen und es durchstehen«, entgegnete Hugh. Er legte seine Weihnachtsgeschenke (verpackt von seiner persönlichen Assistentin) eins nach dem anderen unter den Baum. »Du weißt doch, wie viel es ihr bedeutet – und es wird unser letztes Weihnachtsfest in diesem Haus sein.«

»Daran hatte ich gar nicht gedacht«, sagte Sarah. »Arme Mum.«

»Aber jetzt ist niemand hier außer uns«, sagte Colin. »Wir müssen keine Show abziehen.«

»Nun übertreib mal nicht«, meinte Sarah.

»Wie willst du es denn sonst nennen? Wenn wir sie glücklich machen wollen, müssen wir den ganzen Tag Theater spielen.« Colin, der normalerweise recht friedlich war, zeigte Anzeichen der Rebellion.

»Hört zu«, sagte Hugh, »ich weiß, das alles ist meine Schuld, und wenn es irgendwelche … ihr wisst schon … jedenfalls wäre es nur fair, wenn ich das Schlimmste abbekomme.

Alles, was ihr zwei tun müsst, ist, mich ein wenig zu unterstützen.«

Die Eingangstür wurde geöffnet, und augenblicklich fühlten sich die drei wie auf dünnem Eis. Hughs Laune sank. Er hatte in der Kirche kein Wort mit Barbara wechseln können und sie nur schief angelächelt. »Barbara! Frohe Weihnachten.« Er machte keine Anstalten, sie zu küssen. »Soll ich den Champagner öffnen?«

»Ja, bitte«, entgegnete Barbara, als wäre er der Butler.

Dieser Rückfall in sein altes Leben traf ihn so vehement, dass er einen Augenblick lang kaum Luft bekam. Er ging in die Küche, um den Champagner aus dem Kühlschrank zu nehmen. Sarah folgte ihm in gewohnt stiller Solidarität, um die Gläser auf ein Tablett zu stellen.

Zu dieser Zeit stießen sie stets das erste Mal miteinander an und tauschten förmliche Küsschen. Hugh hätte es dieses Jahr gern ausfallen lassen, doch er spürte Barbaras stechenden Blick. Er stieß mit allen an und nahm Colin und Sarah in den Arm. Barbara tat es ihm gleich.

Als Nächstes kamen die Geschenke für die Hunde. Jock und Fanny wurden in den Salon geholt und erhielten Bälle und Gummiknochen. Gehorsam beugte Hugh sich dem Ritual, wickelte die beiden Präsente aus und hielt sie den gleichgültigen Hunden vor die Nase.

Danach: die Geschenke der Familie – was aufgrund von Barbaras didaktischen Absichten immer mit Anspannung verbunden war, doch in diesem Jahr war es besonders schlimm. Sarah schenkte sie eine Kollektion Lippenstifte von Chanel sowie eine Handtasche in knallrosa Wildleder. Colin bekam ein neues Smokinghemd mit Plissee-Einsatz.

»Du weißt natürlich, warum ich es gekauft habe. Ich hatte es schon besorgt, bevor du anfingst, von deiner Absage beim

De-Falla-Wettbewerb zu reden. Aber du wirst es sicher auch so gebrauchen können, und vielleicht änderst du deine Meinung ja noch.«

Colin war sauer. Er ließ das Hemd fallen. »Ich werde meine Meinung nicht ändern.«

Barbara sammelte die Fetzen der zerrissenen Verpackungen ein. »Ein Frack wird in Spanien schrecklich warm sein – wenn du hinfährst, könnten wir uns mal über einen weißen Smoking Gedanken machen.«

»Immer mit der Ruhe«, sagte Hugh, »mein Sohn wird auf keinen Fall einen weißen Smoking tragen.« Doch der Versuch, Colins Laune zu heben, misslang. Colin wollte von alledem nichts hören.

»Mum, ich dachte, wir hätten das erledigt. Ich gehe nicht zum De Falla, okay? Muss ich das jetzt wieder von vorn erklären?«

»Ach, mein Schatz, ich sage doch nichts weiter, als dass bis dahin noch etwas Zeit ist.«

»Na und? Ich nehme nicht teil, und dabei bleibt es.«

»Ja, Schätzchen, ich habe dich gehört. Und nun hört ihr mal alle her – ich werde mich jetzt in die Küche zurückziehen, und wenn ich nachher um Hilfe bitte, möchte ich, dass ihr kommt, also lauft nicht zu weit weg!«

Als Barbara in der Küche war, nutzten Hugh, Colin und Sarah allesamt die Gelegenheit, mit der jeweiligen Freundin zu telefonieren. Sarah schlüpfte nach draußen, Colin lief nach oben, und Hugh rief Laura vom Salon aus an.

»Wie läuft es?«, wollte Laura wissen.

»Gut.«

»Sagst du das, weil jemand zuhört, oder weil es stimmt?«

»Es ist in Ordnung«, sagte Hugh. »Colin und Sarah sind richtig lieb. Aber was ist mit dir? Wie läuft dein Weihnachten?«

»Ganz nett, danke. Helen, Delphine und ich kochen Mittagessen und werden immer beschwipster. Ich wünschte, du wärst hier. Bist du schon betrunken?«

»Bald – im Moment bin ich beim dritten Glas Champagner. Wenn ich damit fertig bin, mache ich mit dem Claret weiter.«

Er hörte sie kichern. »Du darfst morgen aber keinen Kater haben. Ich habe alle möglichen unanständigen Dinge mit dir vor.«

»Du willst wohl nur meinen Körper, wie?«

»Ja, du bist mein Sexspielzeug.«

»Laura, Liebling, ich vermisse dich so sehr!«

»Hughie, mein Geliebter …«

»HUGH! Kannst du herkommen und die Soße anrühren?«

Die Zeit der süßen Worte war vorbei. Colin und Sarah wurden aus ähnlichen Gesprächen geholt. (Colin sah glücklicher aus als zuvor, hatte jedoch ein gefährliches Funkeln in den Augen. Hugh konnte nur hoffen, dass er klug genug war, seine Mutter jetzt nicht auf die Palme zu bringen.) Der kurze Winternachmittag war fast vorbei. Lichter wurden eingeschaltet und Feuer angezündet, und Hugh war einen Moment lang verwirrt darüber, wo er war und was sich geändert hatte.

Der Tisch war – wie immer – ein Kunstwerk. Barbara hatte Efeu um die zwei silbernen Leuchter gewunden, und Tischdecke und Servietten waren so weiß und glatt wie die Glasur auf einer Hochzeitstorte. Für wen hatte sie das alles bloß hergerichtet?

»Vielen Dank, Barbara«, sagte Hugh. »Das ist wundervoll.«

»Herrlich!«, beeilte Sarah sich zu sagen.

Und auch Colin reagierte – obgleich schmollend – auf sein Stichwort. »Ja, das ist toll, Mum.«

Barbara lächelte, allerdings nicht in Hughs Richtung. »Gut – wer will den ersten Knallbonbon aufreißen?«

Oh, verdammt, dachte Hugh (war aber nicht betrunken genug, es zu sagen).

Colin und Sarah zuckten mit den Schultern, und etwas unbeholfen verteilten sie die Knallbonbons. Es waren Luxusknallbonbons von Purvis, die als Angebot im halben Dutzend verkauft worden waren und deren Inhalt Hugh höchstpersönlich abgesegnet hatte: ein kleines Geschenk in gehobener Preisklasse, eine Pappkrone und ein Scherzartikel. Hugh zog mit Sarah an seinem Knallbonbon und bekam einen Satz Miniatur-Schraubenzieher. Er ignorierte den Scherzartikel und setzte die Pappkrone auf. Alle setzten die Pappkronen auf.

»Dad«, raunte Sarah, »dein Trinkspruch.«

»Wie? Ach ja.« Ein weiteres Ritual, das er beinahe vergessen hätte. »Lasst uns die Gläser erheben und auf liebe Menschen anstoßen, die nicht bei uns sein können – vor allem Großmama.« Seine arme Mutter, hätte sie nicht schon die letzten Stadien der Demenz erreicht, wäre über die Scheidung sehr verärgert gewesen. Als sie noch alle Sinne beisammen gehabt hatte, war sie von Barbara immer begeistert gewesen.

Sie stießen an und tranken. Dann nahmen sie die mit Essen beladenen Platten und Schüsseln in Angriff. Seit er wieder mit Laura zusammen war, hatte Hugh keine Geduld mehr zum Essen. Seine Hosenbünde lockerten sich schon. Er war nicht mehr der leicht rundliche Herr, der sich durch Berge von gebratener Gans, gerösteten Kartoffeln, geschmorten Karotten, Pastinaken und Rosenkohl mit Muskatnuss und schwerer Fleischsoße futtern konnte.

Bedächtig aßen und tranken sie. Hin und wieder sagte Sarah: »Das ist wirklich lecker, Mum.«

Woraufhin Hugh mit »O ja, sehr lecker« einfiel wie bei der Litanei in der Kirche.
Er stellte sich die kommenden Stunden wie einen großen Berg nassen Sandes vor, den er mit einem Teelöffel abtragen musste. Wo lag in alledem der Sinn? Welche Befriedigung konnte Barbara aus dieser Scharade des Zusammenseins ziehen?
Die Zeit schien auf der Stelle zu treten. Teller wurden abgeräumt. Barbara brachte den flambierten, von blauen Flammen umzüngelten Christmas-Pudding. Sie klatschten. Es gab Pudding, Stilton-Käse, Portwein und starken englischen Tee. Jedem Fremden, der von außen durch die Fenster in den Salon gespäht hätte, wären sie wie eine perfekte Familie vorgekommen, die in weihnachtlichem Frieden und Wohlwollen zusammensaß.
»Also«, hob Hugh an und räusperte sich. »Liebe Barbara, das war ein hervorragendes Essen.« Er versuchte, die Zusammenkunft zu einem Abschluss zu bringen, so wie er es bei Geschäftskonferenzen tat. Vielleicht, so dachte er, könnte er gleich mit den Hunden spazieren gehen und dabei zufällig bei Helens Haus landen.
»Danke für deinen Besuch«, erwiderte Barbara förmlich.
Es herrschte Stille.
Dann sagte Sarah: »Ich geh mit den Hunden raus, bevor es zu dunkel wird.«
»Das wäre sehr nett von dir«, sagte Barbara, »solange du es nicht als Vorwand nimmst, um direkt zu Helens Haus zu laufen.«
»Nein, natürlich nicht!«, entgegnete Sarah hastig, und Hugh merkte, dass sie beide denselben Fluchtgedanken gehegt hatten.
»Warum darf sie nicht zu Helen gehen?«, wandte Colin

gereizt ein. »Wenn Letitia bei Helen wäre, würde ich sofort hingehen.«
»Ich halte niemanden von irgendetwas ab«, sagte Barbara. »Aber es ist Weihnachten – der Tag, an dem man bei seiner Familie sein sollte.« (O ja, dachte Hugh, und genau das ist der Grund, warum die Selbstmordrate zu dieser Zeit dramatisch in die Höhe steigt.) »Wir sollten miteinander reden.« Sie blickte bedeutungsschwer über den Tisch zu Hugh.
Hugh wechselte leidende Blicke mit seinen Kindern. Alle wussten, worüber sie reden wollte.
»War das Essen gut?«, fragte sie nun.
»Äh … ja, natürlich. Nochmals vielen Dank.«
»Dann bin ich jetzt aber neugierig, Hugh. Ich möchte wissen, wie du alledem den Rücken kehren kannst.«
»Mum!«, protestierte Sarah.
»Barbara, müssen wir das ausgerechnet jetzt besprechen? Ich weiß, es ist schwer für dich – und es tut mir leid, in Ordnung?«
»Ist das alles, was dir dazu einfällt? Dass es dir leidtut?«
»Es tut mir leid, dass ich dich unglücklich gemacht habe.«
»Nun, Taten sagen mehr als Worte, oder nicht? Dass dir mein Unglück leidtut, glaube ich erst, wenn du etwas dagegen unternimmst.«
Erneut herrschte schmerzvolle Stille.
»Deine Kinder werfen ihr Leben weg, Hugh, aber das kümmert dich einen Dreck. Die Dinge ständen längst nicht so schlecht, wenn du noch immer Teil dieser Familie wärst.«
»Redest du etwa von mir?«, ereiferte sich Sarah. »Zum ersten Mal in meinem Leben bin ich richtig glücklich, und du weigerst dich, das zu akzeptieren. Wenn ich deiner Vorstellung einer perfekten Tochter nicht entspreche, willst du anscheinend nichts mit mir zu tun haben.«

»Das erste Mal, dass du richtig glücklich bist? Sei nicht albern! Du bist schon oft glücklich gewesen – was ist mit Padstow? Sieh dir die Fotos von damals an, falls dein Gedächtnis eine Auffrischung braucht. Auf jedem grinst du von einem Ohr zum anderen, was mir sehr wohl glücklich aussieht!«

»Ich bitte dich nicht um Anerkennung – die hatte ich sowieso nie, egal, was ich getan habe! Was ich erreiche, ist dir ja niemals gut genug!«

»Ach, dann ist das alles meine Schuld – weil ich dir nicht genug ›Anerkennung‹ gebe? Tja, entschuldige bitte.«

»Ich habe im College die Goldmedaille gewonnen ... und den Stamford-Preis ... und nie habe ich auch nur ein einziges Wort des Lobes von dir gehört. Und jetzt bist du ganz genauso – wenn irgendjemand mal was Nettes über mich sagt, fängst du sofort an, über Colin zu reden.«

Hugh merkte, dass er seine Stoffserviette zerknüllte. Es waren genau solche Momente, dachte er, in denen man merkte, wie viel Energie man darauf verwandt hatte, gewisse Themen permanent zu umschiffen. Dieses hatte er seit Sarahs Zusammenbruch im letzten Sommer vermieden.

Barbara schnaubte ungeduldig. »Du warst schon immer übertrieben von Konkurrenzdenken geplagt – aber ich habe alles getan, damit du nicht in Colins Schatten stehst. Und dass ich mir im Moment Sorgen um ihn mache, kannst du mir wahrhaftig nicht vorwerfen! Wo er dauernd davon redet ...«

»SCHLUSS!«, rief Colin und knallte seinen Puddinglöffel auf den Tisch. »Hör endlich auf damit, ja? Hör einfach auf! Ich will kein einziges verdammtes Wort mehr über diesen verdammten Wettbewerb hören!«

Barbaras Unterlippe begann zu zittern. Tränen stiegen ihr

in die Augen. »Wenn du den De Falla hinschmeißt, schadest du ernsthaft deiner Karriere. Jeder erwartet, dass du dein Profil jetzt mit einem bedeutenden Preis verbesserst, das hast du selbst gesagt.«

»Barbs …«, begann Hugh.

»HALT die Klappe, Hugh! Ich weiß, dass es dir egal ist, wenn er sein Talent verkommen lässt!«

»Warum sollte es mir egal sein?« Hugh konnte sich nicht mehr beherrschen und schrie zurück. »Bin ich jetzt in allem schlecht, nur weil ich Laura wiedergefunden habe?«

»Ich glaube, ich will überhaupt nicht mehr spielen«, sagte Colin ruhig. »Ich habe viel darüber nachgedacht und bin zu der grundlegenden Überzeugung gekommen, dass ich niemals so gut sein werde, wie ich sein will. Die Auftritte habe ich auch nie so genossen, wie ich das Üben genossen habe – jedenfalls nicht so wie Sarah.«

Hugh wagte nicht, Barbara anzusehen. Er merkte, wie ihn die Angst überkam. »Nun mal langsam, Colin. Was du da sagst, klingt ganz schön dramatisch.«

»Du weißt, was ich stattdessen will. Mir ist klar, dass ich das schon vor vier Jahren hätte tun sollen, aber wenn es noch nicht zu spät ist, würde ich gern ins Geschäft einsteigen.«

Endlich hatte Colin es gesagt. Trotz seiner Furcht vor Barbaras Reaktion spürte Hugh eine Woge puren Glücks. Seit ihrem gemeinsamen Mittagessen im Büro hatte er insgeheim gehofft, dass Colin genau dies sagen würde.

»Wenn du mich überhaupt gebrauchen kannst«, fügte Colin hinzu.

»Oh, ich kann dich sehr gut gebrauchen, keine Sorge. Das sind phantastische Neuigkeiten, Colin – und ich kann dir verraten, dass sie sehr gut ankommen werden.«

»Wirklich?«

»Ich sage dir jetzt, was mein Vater mir immer gesagt hat: Es ist ein Familienbetrieb, und wenn er weiterlaufen soll, muss die nächste Generation ihn übernehmen.« Hugh blickte zu seiner Frau und seiner Tochter. Sarah starrte mit hochrotem Kopf auf ihren Teller. Und Barbara sah mit ihren weitaufgerissenen Augen und blassen Lippen fast furchterregend aus.

Ich muss behutsam vorgehen, dachte er. Ein falscher Zug, und sie zwingt ihn sofort wieder in seinen Konzertfrack.

»Wir werden uns noch mal bei einem Mittagessen zusammensetzen«, sagte er zu Colin, um ihm »Später!« zu signalisieren. »Sobald der Schlussverkauf begonnen hat ... Und ich werde Bob Mason dazubitten. Ich bin sehr froh über deine Entscheidung, Colin. Das sind phantastische Neuigkeiten!« Jetzt begriff er, warum Colin seit seiner Heimkehr so deprimiert herumgelaufen war. Er sehnte sich nach einem alltäglichen Leben mit solider, gewinnbringender Arbeit. Frauen schienen das einfach nicht zu verstehen – Hughs Mutter war verärgert gewesen, als sein Vater einst ein lukratives Angebot für die Übernahme des Geschäfts ausgeschlagen hatte. Er hatte keinen Sinn darin gesehen, einfach ein wohlhabender Müßiggänger zu sein, ja, er hatte kaum einen Sinn im Müßiggang gesehen. Für ihn waren der Tumult und die Strapazen der Arbeit Sinn und Mittelpunkt des Lebens gewesen.

»Danke, Dad«, sagte Colin.

»Warte«, warf Barbara dazwischen, »verstehe ich das richtig? Zunächst sprichst du davon, den De-Falla-Wettbewerb zu schmeißen, und nun sagst du, du willst deine gesamte Musikerkarriere aufgeben?«

»Ich will ja nicht die Musik an sich aufgeben«, sagte Colin. »Nur eine professionelle Karriere.«

Das war sehr unvorsichtig, dachte Hugh. Ihm war bestimmt nicht bewusst, wie tief er seine Mutter damit verletzte. Eine zerbrochene Ehe war nichts dagegen – ein großer Teil von Barbaras gesamter Identität beruhte darauf, dass ihr Sohn Konzertpianist war.

»Sei nicht albern«, sagte sie. »Du bist der geborene Musiker, das konnte man schon als Baby bei dir erkennen. Du trägst Verantwortung für dein Talent.«

»Ich habe nicht diese Art von Talent, Mum.«

»Du warst Dritter in Leeds! Du hast ein Schwartz-Stipendium gewonnen!«

»Ich verdiene kein Geld.«

»Aber du musst kein Geld verdienen! Dein Vater besitzt ein Kaufhaus!«

»Lass es gut sein«, raunte Hugh seinem Sohn zu.

Doch es war zu spät. Colin wurde rot von Zorn. »Ich soll also immer nur Dad anschnorren? Kein Wunder, dass ich mich selbst nicht mehr ertragen kann.«

»Aber Schätzchen!«, rief Barbara gequält. »Wie kannst du nur von schnorren reden? Hugh, was hast du ihm gesagt?«

»Das hat nichts mit Dad zu tun, hast du verstanden?«

»Colin – nein!«

»Mum, bitte, das ist doch keine Tragödie. Du kannst trotzdem noch auf musikalische Erfolge bauen.«

»Was meinst du?«

»Na, Sarah natürlich.«

»Ach, Sarah. Wer spricht denn von Sarah?«

»Oh, danke sehr«, kommentierte Sarah eisig.

»Sie hat viel mehr Talent als ich. Jeder sieht das, außer dir.«

»Unsinn – du bist das große Talent!«

Sarah begann zu weinen. Hugh hätte gern ihre Hand genommen, aber der Esstisch war zu groß. Sie alle saßen meilenweit voneinander entfernt, wie die vier Himmelsrichtungen auf einem Kompass.

»Sie hat doppelt so viel Talent wie ich«, sagte Colin.

Und Sarah fügte hinzu: »Nichts, was ich tue, wird je gut genug für dich sein.«

»Colin, hör mir zu«, drängte Barbara. »Denk an all die Arbeit, die du hineingesteckt hast, um da hinzukommen, wo du jetzt bist!«

»Ich bin ein gescheiterter Konzertpianist.«

»Du bist nicht gescheitert! Du hast ein Schwartz-Stipendium gewonnen!«

»Das ist deine größte Angst, oder?«, warf Sarah ein. »Dass ich besser bin als dein Supersohn. Deshalb musst du alles klein machen, was ich tue. Wenn *ich* ein Stipendium gewinne, dann darf das nur ein unbedeutendes sein, das kein anderer haben will! Hast du eine Ahnung, was das bei mir angerichtet hat?«

»O Gott, schon wieder diese Zusammenbruch-Geschichte!«, blaffte Barbara zurück. »Ich hätte wissen müssen, dass das jetzt wieder kommt!«

Hugh zuckte zusammen, als der wunde Punkt berührt wurde. Familienstreitigkeiten waren keine Serie verschiedener Streitereien. Sie waren einzelne Episoden eines lang andauernden Streits, der mit der Zeit immer mehr Gewicht bekam, wie ein Stein, der Moos ansetzte.

Barbara begann zu zittern und blickte aus dem Epizentrum ihrer vulkanischen Wut auf Hugh. »Du …! Du hast seine Karriere nie unterstützt! Du hast schon immer heimlich geplant, ihn auf irgend so einen drögen Posten in deinem Familienunternehmen zu zwingen! Du würdest ihm nicht einmal eine Eigentumswohnung kaufen!«

»Ich habe ihm einen verdammten Bechstein gekauft – der

ist dreimal so teuer wie eine verdammte Eigentumswohnung!«
»Er ist erst dreiundzwanzig – du hast ihm nicht einmal eine Chance gegeben.«
»Mum, ich will das doch gar nicht. Ich habe viel darüber nachgedacht.«
»Du liebe Zeit, was für ein Albtraum!«, rief Hugh. »Können wir nicht alle versuchen, uns zusammenzureißen.«
»Sieh nur, was du getan hast!«, keifte Barbara. »Du hast meinen Sohn zerstört! Du hast ihm das Herz gebrochen!«
»Mum! Hallo? Mein Herz ist nicht gebrochen, okay?«
Barbara erhob sich. Sie ergriff ihren Teller mit Christmas-Pudding und schleuderte ihn auf Hugh. Der Teller verfehlte ihn und krachte an die dahinterliegende Wand.
»Oh, IHR …!«, schrie sie laut. »Ihr ALLE! Zum Teufel mit euch!« Sie brach in Tränen aus und stürmte aus dem Zimmer.
Hugh, Sarah und Colin hörten nacheinander mehrere Türen schlagen, dann folgte eine fast unheimliche Stille. Nach einigen Minuten ging Sarah hin, um den Teller aufzuheben, den Barbara geworfen hatte. Auf der Tapete war ein brauner Fleck, und auf der Heizung lag ein Stück Christmas-Pudding wie ein glänzender Haufen Hundekot.
»Na, das ist ja wunderbar gelaufen«, sagte Colin.
»Ich hätte mir ihre Bemerkungen nicht so zu Herzen nehmen sollen.« Sarah hatte immer noch nasse Augen, wirkte aber gefasst. »Es geht mir gut, macht euch keine Sorgen. Sie musste einfach austeilen.«
»Wenn ich morgen diese Party erdulden muss, werde ich noch zum Kettensägenmörder«, murmelte Hugh.
Sarah drückte ihrem Vater einen Kuss auf den Scheitel. »Du musst da ja nicht hin.«

»Ich kann nicht einfach verschwinden und eure Mutter in diesem Zustand allein lassen, das wäre euch gegenüber nicht fair. Die Verantwortung liegt bei mir, und ich sollte das alles ausbaden. Ihr beide könnt gern zu euren Freundinnen ausreißen.«

»Meine ist in London«, sagte Colin.

»Meine auch«, sagte Sarah, »und ich darf nicht in ihre Nähe und sie auch nicht anrufen, weil sie da mit jemandem Schluss machen will. Sie hat gesagt, sie kommt morgen zurück.«

Dann war Delphine also dabei, diese Sache mit der anderen Frau zu klären, und hatte gute Chancen, es zu schaffen, ohne von Sarah aus dem Fenster geworfen zu werden. Hugh war erleichtert.

»Ich weiß, dass Mum gerade furchtbar anstrengend ist«, fuhr sie fort, »aber ich werde schon mit ihr fertig. Sie braucht jemanden, der sich ihr Gejammer über Colins abgebrochene Karriere anhört. Geh ruhig, Dad – du zahlst teures Geld für dein Liebesnest, also nutze es auch.«

»Ja, geh nur«, sagte auch Colin. »Sie wird sich schon beruhigen, wenn du aus ihrem Blickfeld verschwunden bist.«

Was für wunderbare Kinder er doch hatte! Hugh gab beiden einen Kuss, schnappte seine Sachen und eilte aus dem Haus. Er spürte die Art von Lust und Freiheit, wie sie der Gefangenenchor in Fidelio besingt oder wie er sie früher in der Schule empfunden hatte, wenn der Feueralarm losging.

»Planänderung«, benachrichtigte er Laura am Telefon. »Ich fahre zurück nach Fosdyke Hall und beabsichtige, dich mitzunehmen.«

Kapitel 10

»Wahrscheinlich ist das wieder eines deiner Oberschichtensöhnchen«, sagte Letitias Mutter. »Ich habe keine Ahnung, was du an denen findest.«
»Tja, tut mir leid, dass ich eine solche Enttäuschung bin«, entgegnete Letitia. »Und entschuldige, dass ich es noch nicht geschafft habe, von einem schwarzen Drogendealer geschwängert zu werden. Anscheinend kann ich mich einfach nicht politisch korrekt verlieben.«
»Sei nicht albern, du weißt, was ich meine. Du hast eine Schwäche für Schönlinge aus reichem Hause und rennst diesen Schwachmaten hinterher.«
»Colin ist kein Schwachmat, er ist Konzertpianist. In Leeds ist er Dritter geworden.«
»Du hast ihn vor gerade mal fünf Minuten kennengelernt. Was, wenn er mit jeder Weihnachtsaushilfe ins Bett hüpft, die ihm gefällt?«
»Zum letzten Mal: Er ist kein elender Ausbeuter mit Zylinderhut. So laufen Kapitalisten heute nicht mehr herum.«
Sie fragte sich, wie ihr Zuhause Colin wohl gefiele. Mit der Pracht von Chackley Manor war es nicht zu vergleichen. Das Pfarrhaus von St. Paul's in North Finchley war ein schwerfälliges, kastenförmiges, rotes Ziegelhaus, verwohnt, aber

gemütlich. Hier wurden keine Gefühle unterdrückt, und es gab kein schauerliches Schweigen, wie Colin es beschrieben hatte. In diesem Haushalt war man stolz auf Vernunft und Offenheit. Letitias Mutter, Mary Farthing Hamilton, und ihr Großvater, Reverend Pip Farthing, empfanden es als ihre Pflicht, ihre Meinung zu sagen und sich für andere einzusetzen. Pip bezeichnete sich selbst als christlichen Sozialisten, und seine Tochter und später auch die Enkelin waren in einer Atmosphäre von Idealismus, Aktivismus und Protest herangewachsen. Eine von Letitias frühesten Erinnerungen war, wie sie auf Pips Schultern an einer Anti-Atomwaffen-Demo teilgenommen hatte.

Sie gähnte laut und streckte die Füße in Richtung Kamin. Sie und ihre Mutter saßen in den bequemen, abgewetzten Lehnsesseln im Wohnzimmer, in dem mehrere, mit Weihnachtskarten bestückte Girlanden gespannt waren (Pip wurde jedes Jahr mit Karten überschwemmt, so dass der Postbote schon Witze über unzumutbare Gewichtsbelastungen riss). Auf dem Kaminsims stand eine Weihnachtskrippe mit Gipsfiguren.

Mary gähnte als Echo. »Wo ist Pip?«

»Der ist bestimmt noch mit den Parias unterwegs.« Das war ihr Insider-Ausdruck für die diversen einsamen Menschen, die am ersten Weihnachtstag im Pfarrhaus mit ihnen zu Mittag aßen. In diesem Moment fuhr Pip mit seinem stabilen braunen Volvo durch Finchley und brachte ihre diesjährigen »Parias« – zwei afrikanische Senioren, einen stimmungslabilen Single und eine koreanische Krankenschwester – nach Hause.

»Ich mag diesen Abschnitt des Tages«, sagte Mary, »wenn die Arbeit vorbei ist und ich das gütige Christenlächeln aus dem Gesicht nehmen kann.« Die Türglocke klang durchs

Haus. »Oh, hat er wieder seinen Schlüssel vergessen!« Sie stand auf, um zu öffnen. Doch es war nicht Pip. Letitia hörte ihre Mutter mit jemand anderem reden.
Bitte, lieber Gott, dachte sie, nicht noch ein Paria!
Und plötzlich, wie in einem wunderbaren Traum oder in der Schlussszene eines romantischen Wohlfühlfilms, stand Colin im Zimmer. Hätte ihre spöttelnde, skeptische Mutter nicht daneben gestanden, wäre Letitia ihm einfach in die Arme gefallen. »Colin … mein Gott … Oh, das ist … Was machst du denn hier?«
»Ich weiß, das ist ganz schön aufdringlich … Heiligabend und so. Es tut mir wirklich leid, wenn ich störe. Aber um die Wahrheit zu sagen: Ich bin auf der Flucht.«
»Ist etwas Schlimmes passiert?«
»Na ja, es ist keiner gestorben.« Er lächelte Mary entschuldigend an. »Meine Familie durchläuft im Moment eine Krise. Mein Vater ist letzten Sonntag ausgezogen. Er kam gestern zum Essen nach Hause, aber unsere guten Manieren hielten nicht allzu lange durch.«
Mary war ein eher trockener, ironischer Typ, aber gegen Charme nicht immun, und so spürte Letitia, wie ihre Mutter unter Colins strahlenden blauen Augen weich wurde. »Das überrascht mich nicht – das klingt ja furchtbar. Möchten Sie eine Tasse Tee?«
»Ja, bitte.«
»Soll ich einen kochen, Mum?«
»Um Himmels willen, nein! Was, denkst du, soll ich mit ihm reden?« Sie verließ das Zimmer.
Letitia starrte Colin an und versuchte, ihn gedanklich in ihr Zuhause einzufügen.
»Ich musste dich unbedingt sehen«, raunte er ihr zu. »Ich hätte keine weitere Stunde ohne dich ertragen.«

Sie küssten sich, und Letitia musste ein paar Tränen fortblinzeln. »Was ist passiert?«
»Es wurde mit Essen geworfen.«
»Oh, verdammt – von wem?«
»Meiner Mutter. Meine Schwester riet mir, mich außer Reichweite zu begeben, bevor ich es noch schlimmer mache.«
»Setz dich doch.« Sie war sehr glücklich, dass er den ganzen Weg von Cambridgeshire bis hierher gefahren war, um sie zu sehen. »Was hast du angestellt?«
Colin nahm in einem der Sessel Platz. Letitia kniete sich zu seinen Füßen auf den Teppich und lehnte sich gegen sein Schienbein. Ein paar Minuten lang sahen sie einander nur an.
Er streichelte ihren Nacken. »Ich habe gesagt, dass ich mein professionelles Musikerdasein aufgeben werde.«
Letitia sog hörbar die Luft ein. »Ich dachte, du wolltest es ihr nach und nach beibringen.«
»Ich habe die Geduld verloren. Die ganze Situation war einfach grotesk.«
Mary kehrte mit Tee und Keksen auf einem Tablett zurück. »Du meine Güte, da drehe ich dir nur ein paar Minuten den Rücken, und schon kniest du vor ihm nieder!«
»Sei still, Mum.«
»König Cophetua und die Jungfrau! Die gesamte Staffel der Frauenrechtlerinnen muss sich ja im Grabe umdrehen.« Mary lächelte zwar, doch ihre Stichelei war durchaus ernst gemeint, das wusste Letitia. Ihre Mutter fand, dass sie sich zu leicht zum Fußabtreter degradierte. Über ein paar Dinge, die Letitia sich von Sebastian hatte bieten lassen, war sie heute noch wütend. Aber schon bald würde sie einsehen, dass Colin eine ganz andere Art von Mann war – freundlich, umgänglich und höflich.

»Es tut mir aufrichtig leid, dass ich so hereinplatze, Mrs. Hamilton.«
»Mary, bitte. Und Sie sind herzlich willkommen. Letitia erzählt ununterbrochen von Ihnen. Sie sind also einer der Purvis' – aus dem Kaufhaus.« Sie setzte sich in den anderen Sessel und reichte Colin Tee in einem der Che-Guevara-Becher. Letitia hoffte, dass sie ihn nicht in eine Diskussion über Kapitalismus verwickelte, doch sie lächelte nur und sagte: »Ich kann mich noch gut daran erinnern, an die Zeit, wo ich im Newnham-College war. Sie hatten immer so wunderbare dicke Socken.«
»War es sehr kalt in Ihrem College?«
»Eiskalt – Letitia hätte es gehasst. Sie beschwert sich ständig über die Kälte.«
»Ich brauche Wärme. Daran ist wohl meine karibische Herkunft schuld.«
»Unsinn – das liegt an eurer Generation. Keiner von euch musste je auch nur die geringsten körperlichen Unannehmlichkeiten hinnehmen, geschweige denn echte Entbehrungen.«
»Also gut, meine Generation ist total verweichlicht. Warum stellst du nicht die Heizung ab und reißt alle Fenster auf? Dann würden wir schon sehen, wie es damals war!«
Mary lachte. »Ja, das würdet ihr – es wäre euer Ende.«
Die Haustür wurde geöffnet und laut zugeschlagen. Kurz darauf kam Letitias Großvater ins Zimmer. Er und Mary sahen einander sehr ähnlich: klein und zierlich, mit langer Oberlippe und klaren, wachen Augen. Pip zog seinen Mantel aus, und zum Vorschein kam ein rot-grüner Wollpullover mit einem Muster aus lauter kleinen Weihnachtsbäumen.
»Pip, das ist Colin – der Typ, von dem ich dir erzählt habe.«

Pip musterte Colin aufmerksam. Er hatte eine Art, Leute anzusehen, dass sie seinen Blick bis ins Mark spürten, was einige von Letitias Freunden als unangenehm empfunden hatten. »Tja, Colin … das ist wahrhaftig eine Überraschung. Wie schön, Sie kennenzulernen.«
Colin schüttelte seine Hand. »Hallo.«
»Er ist den ganzen Weg von Cambridge hierher gefahren«, sagte Letitia. »Er flüchtet vor einer familiären Katastrophe.« Das war ein sicherer Weg, um Pips Mitgefühl zu wecken. Er würde viel schneller mit Colin warm werden, wenn er ihn als bedürftig einstufte.
»Oh, tut mir leid, das zu hören«, meinte Pip. »So was passiert oft um diese Jahreszeit. Es ist das fröhlichste aller Feste – ich finde es schrecklich, dass es manche Menschen so unglücklich macht. Sie spielen Klavier, oder?«
»Äh … ja.«
»Nun, das ist ja fast so etwas wie Vorsehung. Unser Pianist hat für heute Abend abgesagt. Letitia hat es Ihnen vielleicht erzählt: Wir geben heute Abend noch zwei kurze Lied-Andachten in Pflegeheimen ganz in der Nähe.«
Es war ein wenig peinlich, dass Pip sofort versuchte, ihn einzuspannen, aber Colin reagierte großartig und ohne zu zögern.
»Ich würde mich freuen, wenn ich einspringen kann.«
»Danke, Colin. Drei Weihnachtslieder in jedem Heim und ein kurzes Gebet, und dann kommen Sie zum Abendessen wieder zu uns. Wo übernachten Sie denn?«
»Also, ich … ich wollte eigentlich wieder nach Hause fahren.«
»Sie sind herzlich eingeladen, hierzubleiben – in einem unserer Gästezimmer.« (Letitia hielt den Atem an und betete, dass ihr Großvater keinen seiner Vorträge über Sex als höchs-

ten Ausdruck der Liebe zwischen Mann und Frau halten möge.) »Ganz offensichtlich kann ich keinen außerehelichen Verkehr unter meinem Dach dulden ...«

»Pip!«

»Tut mir leid, mein Schatz, aber du bist so erzogen, Sex als eine sehr ernste Sache zu betrachten.«

»Wir werden nichts Ungezogenes tun, in Ordnung?« Du meine Güte, war das peinlich!

»Wie dem auch sei – ich habe Ohren wie ein Luchs und kann jede Holzdiele und Türangel in diesem Hause hören.«

»Nun lass ihn doch in Ruhe«, sagte Mary. »Und lass ihn seinen Tee austrinken. Du bist der Einzige, der hier an Sex denkt.«

Eine halbe Stunde später, als sie im Flur ihre Mäntel und Handschuhe überzogen und Pip noch kurz zu Mary in die Küche ging, raunte Letitia Colin zu: »Das ist wirklich sehr lieb von dir, und diese ganzen Anspielungen auf Sex tun mir leid.«

»Ach, das ist schon in Ordnung. Ich habe nicht erwartet, dass ... Ich wollte dich einfach nur sehen.«

»Er wird dir eines unserer Gästezimmer geben. Und nun hör zu ...« Sie legte ihre Lippen an sein Ohr. »Pip ist taub wie eine Nuss. Sobald er schläft, werde ich zu dir schleichen und über dich herfallen.«

»Barbara? O mein Gott, was ist passiert? Bist du allein? Komm doch rein!«

Helen hielt die Tür weit auf und zog Barbara in die Wärme ihres Hauses.

»Ich muss mit jemandem reden.« Barbara schluchzte unentwegt. »Ich konnte nicht da bleiben ... nicht, wo jetzt alles ruiniert ist!«

»Setz dich hin, ich koche dir einen Tee.« Helen führte Barbara zu einem Stuhl und stellte eine Schachtel Taschentücher vor sie hin.

Der erste Anfall von Schmerz war vorbei, und Barbara bemerkte, dass Helen ihren Morgenrock trug. Sie zog ein Tuch aus der Schachtel und putzte sich lautstark die Nase. »Warst du schon im Bett?«

»Ich bin gerade erst hoch gegangen – es ist ja erst halb elf.« Helen stellte den Wasserkocher an und rückte Teebecher, Milch und Teebeutel zurecht, während Barbara ihre letzten Schluchzer erstickte. »Nun sag mir doch, um Himmels willen, was passiert ist! Ich weiß, dass Hugh dich verlassen hat – ich habe ihn gesehen, als er Laura abholte. Ist es sehr schlimm gewesen?«

»Ach, wen interessiert schon Hugh? Das hier ist viel schlimmer. Es geht um Colin.«

»Colin? Was ist denn mit ihm?«

»Er will seine Karriere hinwerfen.« Es laut zu sagen war fürchterlich. Barbara schnäuzte sich erneut. »Nicht nur den Wettbewerb – alles! Er will im Geschäft arbeiten.«

»Oh.«

»Was ja auch schön wäre, wenn er nicht dieses unglaubliche Talent hätte! Aber jetzt will er alles wegwerfen, und das war der letzte Tropfen, Helen … der letzte Tropfen, der das Fass zum Überlaufen bringt. Ich habe wirklich versucht, stark zu sein bei all diesen Katastrophen – mein Mann verlässt mich wegen einer anderen, mein Haus wird mir weggenommen, meine Tochter spielt verrückt und denkt, sie sei lesbisch … Das kann ich alles ertragen, dachte ich – aber Colin! All die Liebe und Hoffnung und harte Arbeit, die ich investiert habe, um seine besondere Gabe zu fördern … das war das Ende! Nach allem, was ich getan habe …! O Helen, das ist ja so enttäuschend! Ich bin einfach zusammengebrochen und habe mir zwei Stunden lang die Augen aus dem Kopf geheult.«

»Ach, Barbara«, meinte Helen fürsorglich. »Du Ärmste, was für ein schreckliches Weihnachtsfest!«

Barbara nahm einen belebenden Schluck von Helens starkem Tee. »Wie war denn deines?«

»Viel ruhiger – sie sind jetzt übrigens beide weg. Wir sind allein.«

»Ich mache dir keinen Vorwurf, Helen – das musst du wissen. Deine Cousine und ihre Tochter waren nur Katalysatoren. Die Probleme müssen schon früher dagewesen sein. O Gott – was soll ich jetzt bloß tun?«

»Es ist immer noch Weihnachten«, sagte Helen. »Ich finde, wir sollten etwas trinken.« Sie schenkte zwei Gläser Rotwein aus einer bereits geöffneten Flasche von der Küchentheke ein.

»Warum nicht? Ich war viel zu wütend, um heute etwas zu trinken.« Der Wein schmeckte köstlich. »Das tut gut.«

»Der ist von Laura. Vom Weingut ihrer Familie.«

»O ja, ich vergaß, dass sie beim ersten Mal einen Weinbauern geheiratet hat. Kanntest du ihren Mann?«

»Ja, aber nicht gut. Laura war erst achtzehn, als sie ihn heiratete … Er war der ältere Bruder des Austauschschülers eines Nachbarjungen, und ihre Eltern waren sauer, weil sie wollten, dass sie studiert.« Dann fügte sie noch hinzu: »Nur, um das klarzustellen: Sie ist wirklich in Hugh verliebt.«

»Das ist mir egal. Ich finde, sie machen sich absolut lächerlich. Ich bin hier das Opfer – und diejenige, der nichts übrigbleibt. Ich werde einfach auf den Müll geworfen …«

»Ach, Barbara! Du bist doch kein Müll!«

»Wo soll ich jetzt überhaupt wohnen? Niemanden scheint zu interessieren, dass ich obdachlos bin.«

»Na ja«, meinte Helen, »du bist nicht gerade obdachlos. Du wirst den halben Erlös von Chackley Manor erhalten.«

»Ja, und jeden einzelnen Penny davon habe ich verdient! Ich habe fünfundzwanzig Jahre damit zugebracht, dieses Haus zu renovieren und zu reparieren – ich habe eigenhändig das Gesims ausgesucht. Ich habe das Haus dieses Mannes gebaut, ich habe sein Essen gekocht, seine Kinder aufgezogen ...« Barbara musste aufhören, da sie von einer weiteren Tränenflut überwältigt wurde.

Helen tätschelte ihr die Hand und schenkte Wein nach. »Ach, komm ... Du wirst schon wieder etwas Schönes finden und ein neues Leben anfangen.«

»Ich kann diese Gegend nicht verlassen, und es gibt weit und breit kein Haus, das frei wäre.«

»Wie wäre es mit Dodwell Farm?«

»Neben dieser ökologischen Schweinezucht? Nein, danke!«

»Ich finde die Schweine eigentlich ganz niedlich«, meinte Helen, »wie sie sich draußen vor ihren kleinen Hütten im Dreck wälzen. Aber der Gestank macht einen natürlich verrückt.« Sie leerte ihr Glas und stand auf. »Lass uns noch eine Flasche aufmachen.«

»Ach ja, warum nicht? Und hast du noch etwas zu essen? Beim Mittagessen war ich viel zu angespannt.«

»Da bist du hier genau richtig – ich kann mich vor lauter Essen kaum noch rühren. Schokolade oder Käse?«

»Beides, wenn du Cracker hast.«

»Ob ich Cracker habe? Ach, Barbara, ich habe alle Arten von Cracker, die du dir nur wünschen kannst.«

Beide kicherten. Barbara fühlte sich einigermaßen gefasst und hungrig. Sie half beim Tischdecken und holte die Kä-

seplatte aus dem Kühlschrank, während Helen eine riesige Schachtel belgischer Pralinen öffnete.
Helen sagte: »Ich habe gehört, dass demnächst vielleicht eines der Cottages am Weiher auf den Markt kommt.«
Die Häuschen neben dem kleinen Tümpel auf der Wiese, den die Dorfbewohner »Weiher« nannten, waren recht hübsch, aber auch recht klein. Barbara bekam sofort Beklemmungen. Die Vorstellung war zu schrecklich: Die für ihre üppige Gastfreundlichkeit bekannte Hausherrin des Herrenhauses musste sich mit einem winzigen Landarbeiterhäuschen begnügen! Der soziale Abstieg würde sie umbringen. Keine Partys mehr, keine Danksagungen von der Kirchenkanzel, weil sie das Sommerfest der Gemeinde in ihrem wunderschönen Garten abhielt! Sie wäre nur eine weitere geschiedene Frau ohne Bedeutung, die für jedes noch so kleine Almosen dankbar sein musste. So wie Helen.
Hastig schob sie ihre Gedanken beiseite. »Ich fürchte, das würde auf keinen Fall ausreichen. Wie soll ich denn ein Chesterfield-Sofa und einen Konzertflügel in einer dieser … dieser Hundehütten unterbringen?«
»Stimmt, das hatte ich vergessen. Du hast ja eine Menge Möbel.«
»Eine riesige Menge«, bestätigte Barbara, den Mund voller Stilton-Käse. »Ein Teil stammt noch aus dem alten Haus der Purvis an der Trumpington Road, und den kann Hugh auch gern behalten, aber all die schönen Sachen habe *ich* ausgesucht. Warum soll ich die nicht behalten dürfen? Und ich brauche ein Haus, das groß genug ist, damit der Chor dort weiter proben kann. Warum sollte ich meinen Lebensstil ändern? Warum soll ich bestraft werden?«
»Es muss ja keine Strafe sein.« Mitfühlend hielt Helen ihr die Pralinenschachtel entgegen. »Vielleicht kommen nächs-

tes Jahr noch mehr Häuser auf den Markt. Möchtest du noch Wein?«

»Nur einen Schluck, danke. Selbst, wenn das ganze Dorf auf den Markt käme, könnte ich mir kein einziges Haus vorstellen, das ich kaufen wollte.«

»Ich glaube, ich werde langsam betrunken«, bemerkte Helen. »Was ist mit diesem hübschen Tudor-Anwesen in Adleston?«

»Wollen die es denn verkaufen?«

»Die Ehe wird nicht halten – das weiß doch jeder.«

»Sex!«, seufzte Barbara. Sie trank einen Schluck Wein, dann schüttelte sie traurig den Kopf. »Was ist nur in dieser Gegend los, dass sich alle in fremden Betten herumtreiben müssen? Manchmal denke ich, du und ich sind die einzigen Menschen, die es nicht tun!«

Helen wurde plötzlich rot wie eine Tomate, und Barbara merkte, dass sie die arme Frau in Verlegenheit gebracht hatte.

»Wenn ich etwas Neues finde, dann nichts Gewöhnliches«, sagte sie. »Es wird bestimmt kein kleines Cottage sein. Ich will in dieser Sache nicht als Verliererin enden. Niemand soll Mitleid mit mir haben!«

Kapitel 11

Am siebenundzwanzigsten Dezember begann bei Purvis der Schlussverkauf. Hugh riss sich von Lauras warmer Nacktheit los und fuhr im Dunkeln nach Cambridge. Seine Assistentin Maggie hatte ihm bereits eine Tasse Kaffee auf den Tisch gestellt. Bevor man die Türen öffnete, war es Tradition, dass der Geschäftsführer durch alle Abteilungen ging. Hugh lächelte den Mitarbeitern zu, wünschte ihnen Glück und konnte ihr lautloses Getuschel dabei fast hören. Die Schwester von Eileen Hammond aus dem Hotel arbeitete in der Glas- und Porzellanabteilung. Und Millionen von Menschen rund um den Erdball hatten gesehen, wie er beim Kantatengottesdienst im Fernsehen mit einer Frau Händchen gehalten hatte, die nicht seine Ehefrau war. Alle wussten Bescheid, und es machte ihn verlegen wie einen Teenager.

Nach dem Rundgang war es Zeit, hinauszugehen und den Hunderten wartenden und frierenden Menschen Tee und Minzplätzchen zu servieren. Diese Tradition hatte Hughs Vater in den Siebzigern eingeführt. Der alte Herr hatte es genossen, aber Hugh tat sich schwer, um diese Uhrzeit und bei eisigem Ostwind die nötige Heiterkeit aufzubringen. Er legte ein paar Plätzchen in ein paar behandschuhte Hände und zog sich wieder ins Geschäft zurück. Und in dem Moment, da sie der wohlgesitteten Menge die Türen öffneten, schoss die örtliche Presse wie jedes Jahr ein Foto von ihm.

»Gott sei Dank ist das überstanden«, sagte er zu Maggie.

Die Kassen klingelten, und es gab einen geordneten Ansturm auf die zu vierzig Prozent reduzierte Qualitätsbettwäsche – ein passabler Start in den Schlussverkauf. Die Tradition verlangte nun, dass Hugh in sein Büro ging, wo den Mitgliedern des Aufsichtsrats, den Bezirksabgeordneten, dem Bürgermeister und einigen der Geschäftswelt freundlich gesinnten Honoratioren der Universität ein Champagnerfrühstück serviert wurde. Als Hugh eintraf, waren sie bereits versammelt, hielten Gläser in der Hand und plauderten angeregt. Maggie reichte auch ihm ein Glas Champagner, und er versuchte, sich unauffällig unter die Menge zu mischen. Das sind also meinesgleichen, dachte er in einem plötzlichen Moment der Losgelöstheit, wie er ihn in letzter Zeit häufiger erlebte, dröhnende Alpha-Männchen, die fest in ihren erfolgreichen Leben verankert zu sein scheinen – und bis vor etwa einer Woche war ich genau wie sie.

Bob Mason, ein großer, dünner, kahlköpfiger Mann mit hüpfendem Adamsapfel, fasste Hugh am Arm und zog ihn beiseite. »Was ist da los mit Barbara und dir?«

»Ach, du hast davon gehört?«

»Man sagt, du hättest sie verlassen.«

»Ich will jetzt nicht näher darauf eingehen, aber ja, ich habe sie verlassen«, erwiderte Hugh.

»Ach du Scheiße. Ist das nicht ein bisschen plötzlich?«

»Hm, ja und nein. Wie war dein Weihnachten?«

»Fürchterlich«, sagte Bob. »Der Boiler ist ausgefallen, und Dodos Mutter hatte Bronchitis. Ich habe so viel wie möglich getrunken und mir ausgemalt, wie ich sie alle umbringe. Es geht das Gerücht, dass eine andere Frau im Spiel ist. Stimmt das?«

»Ja«, sagte Hugh, »aber nicht jetzt, okay? Lass uns im neuen Jahr etwas trinken gehen. Ich will sowieso mit dir reden.«

»Nur eins noch …« Bob senkte die Stimme. »Ist es Sex oder Liebe?«

»Liebe. Definitiv.«

»Du meine Güte, Hugh … Kenne ich sie?«

»Nein.«

Bob seufzte. »Du hast getan, was ich nie gewagt habe. Bei mir war es auch Liebe. Ich hatte nur nicht den Mumm.«

Hugh erschrak über die plötzliche Vertraulichkeit und über die Verzweiflung, die sich in Bobs Gesicht malte. Der gute Mann nahm seine Trennung persönlich, begriff Hugh – alle Männer, die bei ihren Frauen geblieben waren, hatte er betrogen und winkte ihnen jetzt vom anderen Ufer aus zu. Nichts hätte Hugh mehr davon überzeugen können, das Richtige getan zu haben. Für den Rest des Tages hatte er den bitteren Klang von Bob Stimme im Ohr – die Stimme eines Mannes, der sich selbst die Tür zu einer besseren Zukunft verschlossen hatte, und das vielleicht nur, weil ihm zu wichtig gewesen war, was andere dachten.

Als er endlich wieder in die Hochzeits-Suite zurückkehrte, fühlte Hugh sich vollkommen ausgelaugt von all den abfälligen, enttäuschten und lauernden Blicken, die er den ganzen Tag über hatte ertragen müssen.

»Tut mir leid, Liebling«, sagte er, ließ sich in einen Sessel fallen und lockerte die Krawatte. »Eigentlich wollte ich jetzt leidenschaftlichen Sex mit dir haben, aber ich bin total erledigt.«

Laura küsste ihn auf die Wange und lächelte. »Das macht

nichts. Lass uns im Bett heiße Schokolade trinken wie ein altes Pärchen – was wir ja auch sind. Lass uns so tun, als wären wir zusammen, seit wir uns begegnet sind.«

Später im Dunkeln, als er versuchte einzuschlafen, stellte Hugh sich vor, wie sein Leben wohl verlaufen wäre, wenn er Laura damals hätte heiraten können. Wäre sie auch so eine neureiche englische Hausfrau geworden wie Barbara und Tiggy Venables und Dodo Mason? Es war schwer, sie sich bei Veranstaltungen des Pferdeclubs oder bei Erntefeiern vorzustellen. Vielleicht hätte sie das alles gelangweilt, und sie hätte ihn irgendwann betrogen, dachte Hugh. Während sie mit Michel verheiratet gewesen war, hatte sie zwei Affären gehabt.

»Laura?«

»Hmm?«

»Bist du noch wach?«

»Scheint so. Was ist los?«

»Es wird dich bestimmt nerven, aber ich muss immer noch darüber nachdenken, mit welchem der Ferrands du eine Affäre hattest.«

Wiederum nach einer kleinen Pause sagte Laura: »Mit Edouard.«

Hugh hatte genau gewusst, dass es Edouard gewesen war.

»War das nicht der Dicke?«

»Nein, das ist Luc. Edouard ist der Gutaussehende.«

»Ach! Ich kann mich nicht erinnern, dass überhaupt einer von denen gut aussah.«

»Hughie, hör auf mit deiner Eifersucht. Es bringt nichts, und ich will jetzt schlafen.«

»Wie groß war sein Schwanz?«

»Hughie!«

»So groß wie der hier?«

Die Eifersucht hatte ihn erregt, und vögelnd befreite er sich von den Fesseln seines Alters.

In Lauras Wohnzimmer hing über dem hübschen marmornen Kamin ein riesiges Gemälde von Michel, das den gesamten Raum beherrschte. Es war ein gutes Porträt, da es Michel sehr treffend wiedergab. Sein Gesicht, spöttisch und hinterhältig, nahm die ganze Leinwand ein. Hugh hatte Michel wirklich gern gemocht, aber so war es eine unangenehme Erinnerung daran, dass er auch ein wenig Angst vor ihm gehabt hatte.
»Das ist das einzige Selbstporträt, das er gemalt hat«, sagte Laura. Sie nahm wohl an, er würde das abscheuliche Ding aus Bewunderung so lange anstarren. »Er hat es kurz nach Delphines Geburt angefertigt. Unglaublich, oder?«
»Erstaunlich«, sagte Hugh. Er stand unter Schock. Laura hatte erzählt, ihr Haus befände sich »ganz in der Nähe« von Regent's Park. Tatsächlich lag es schon fast in Camden Town, das mit Betrunkenen regelrecht gepflastert war. Warum konnten Londoner nicht einfach geradeheraus sagen, wo sie wohnten, anstatt vorzugeben, im nächstgelegenen Stadtteil zu wohnen, der keine Slumgegend war?
In seinen Augen war das hier ein Slum. Als Laura erwähnte, was sie dafür bezahlte, hatte es Hugh die Sprache verschlagen – für diese heruntergekommene Hausparzelle aus dem 18. Jahrhundert, die fast direkt neben einer Unterkunft für Penner lag, war das eine Riesensumme. Und es war nicht nur das Äußere des Hauses, das ihn schockierte. Laura hatte sich wiederholt für den Zustand entschuldigt, und nun sah er auch, warum.
Man kam durch einen schmalen Flur, musste sich an Delphines Fahrrad vorbeizwängen und landete in einem schlauch-

förmigen Wohnzimmer. Die Fenster waren schmutzig, Staub hing in der Luft und bedeckte alle Flächen. Auf dem Sofa lagen haufenweise alte Zeitungen. Der Weihnachtsbaum vor dem vorderen Fenster stand schief, als hätte er sich in einer billigen Kneipe für liederliche Weihnachtsbäume einen angetrunken.

Laura schien sein Entsetzen nicht zu bemerken. »Tja, ich werde nicht lange brauchen, dir alles zu zeigen. Delphine bewohnt die oberen zwei Stockwerke. Wir haben das Haus nicht offiziell aufgeteilt – wir haben keine separaten Eingänge oder so etwas –, aber wir lassen einander in Ruhe. Wie du siehst, ist dies das Wohnzimmer. Alles andere ist im Untergeschoss.«

Sie führte ihn über eine enge Treppe in ein Souterrain, das Hugh, der ländliche Weite gewohnt war, wie eine Kohlenmine vorkam. Das Schlafzimmer und Badezimmer – beide ungewöhnlich schmutzig, voll mit herumliegender Wäsche und umgeworfenen Bücherstapeln – lagen im vorderen Teil des Hauses. Von der Küche aus, die im rückwärtigen Teil lag, führte eine Glastür auf einen schmalen gepflasterten Hinterhof hinaus, der im trüben Licht des Winternachmittags furchtbar düster wirkte.

»Entschuldige bitte«, sagte Laura. »Es ist noch schlimmer, als ich es in Erinnerung hatte. Ich bin überstürzt aufgebrochen und habe nicht einmal die Frühstückssachen weggeräumt. Und die Sachen vom Mittagessen.«

Hugh nahm einen Becher, der zur Hälfte mit etwas undefinierbar Ekligem gefüllt war. »Das ist ja wie auf der *Mary Celeste* – du weißt schon … diesem Geisterschiff.«

Sie lachte, schob einen Stapel Geschirr in die Spüle und schaltete ein paar Lampen ein. »Ich fürchte, du erlebst gerade einen leichten Kulturschock.«

»Ja, einen der bakteriellen Art.«
»Ach, ha ha.«
»Du warst schon immer schrecklich unordentlich, daran hätte ich mich erinnern müssen.« Hugh fiel auf, dass die Küche, obwohl kleiner und unaufgeräumter als alle Küchen, die er je gesehen hatte, nicht billig gewesen war. Im gedämpften Licht wirkte sie sogar gemütlich und einladend.
»Pass auf, du räumst hier unten auf, und ich werde oben staubsaugen. Du hast doch einen Staubsauger, oder?«
Sie schlang die Arme um Hugh. »Das hast du in Frankreich auch immer gemacht – aufgeräumt. Weißt du, es ist einfach himmlisch, dich hier zu haben, in meinem Haus – wo ich doch dachte, mit deinem neuen Leben wärst du für mich verloren, und ich würde dich niemals wiedersehen.«
Ihre Worte ließen ihn dahinschmelzen. Sie blieben eine Weile eng umschlungen stehen. Laura trug den kuscheligen schwarzen Kaschmirpullover, den er ihr zu Weihnachten geschenkt hatte. Unter der weichen Wolle spürte er ihre warme Haut, und sie küssten sich. Danach schien es eine Kleinigkeit, dieses Haus gemeinsam sauberzumachen. Laura räumte unten auf, und er saugte im Wohnzimmer Staub, wobei er versuchte, Michels hintergründige, schwarze Augen zu ignorieren. Mit zugezogenen Vorhängen und eingeschaltetem Licht war das Zimmer dann viel geschmackvoller und ansprechender, als es auf den ersten Blick gewirkt hatte. Aber sie würden hier nicht gemeinsam leben – auf gar keinen Fall! Er hatte es Laura gegenüber noch nicht angesprochen, weil sie im Hinblick auf die Zukunft bisher nur vage Äußerungen gemacht hatte, aber sie würden wegen des Geschäfts in Cambridge wohnen müssen, oder zumindest in der Nähe. Hugh hatte sich bereits umgehört. Wenn es nach ihm ginge, würde Laura spätestens im Sommer nach der Arbeit im üp-

pigen Blumengarten eines Landhäuschens auf ihn warten. Voller Vorfreude stimmte er über das Staubsaugergeräusch hinweg laut die Champagner-Arie aus Don Giovanni an. Als er das Wohnzimmer verließ und den Staubsauger vorsichtig um das Fahrrad bugsierte, stand plötzlich eine junge Frau auf der Treppe. Sie war nackt und nass und nur in ein rosa Handtuch gehüllt. Eine Weile starrte sie Hugh einfach nur an, dann drehte sie sich um und stapfte nach oben.
»Da ist eine fremde Frau im Obergeschoss«, sagte er zu Laura. »Also, mir ist sie fremd, meine ich. Ist das vielleicht diese Freundin von Delphine, von der du mir erzählt hast? Die, mit der sie Schluss gemacht haben soll?«
»Hm, vielleicht.«
»Vielleicht? Wie viele Frauen bringt sie denn nach Hause?«
Laura räumte gerade ein paar Sachen in den Wäscheschrank. Sie lehnte sich zurück, um Hugh anzusehen. »Ich mische mich da nicht ein. Das geht mich nichts an.«
»Aber du lebst auch hier. Du willst doch sicher nicht in einem lesbischen Freudenhaus wohnen.«
»Ach, Hughie!« Sie lachte laut auf. »Du klingst wie Margaret Thatcher!«
Hugh war verärgert. »Ich mache mir nur Sorgen um Sarah, das ist alles.«
»Natürlich, aber es steht uns nicht zu, uns da einzumischen, nicht wahr?
»Hm. Wahrscheinlich nicht.«
»Komm schon, Hughie – ich bin nicht bereit, mir von Delphine auch nur einen einzigen weiteren Abend verderben zu lassen. Wenn ich es recht betrachte, habe ich seit ihrem ersten Zahn keine einzige ruhige Nacht mehr gehabt. Willst du essen gehen, oder sollen wir den Kamin anzünden und uns einen Curry vom Inder kommen lassen?«

Hugh hatte Hunger, und das Wort »Inder« klang nach den Tagen des Hotelessens ungemein verlockend. »Kamin und indisch. Hast du Holzscheite?«
»Draußen im Schuppen, und Feueranzünder liegen im Regal.«
»Feueranzünder? Laura, überlass das nur mir. Ich sehe schon, dass du keine Ahnung hast, wie man ein Feuer anzündet.«
Ein Feuer zu machen hatte etwas Besinnliches. Der Feuerrost in Lauras Wohnzimmer war zwar viel kleiner, als Hugh es gewohnt war, aber der Kamin zog ausgezeichnet, und als ihr indisches Essen geliefert wurde, loderten schon fröhlich die Flammen. Laura füllte den Inhalt der verschiedenen Kartons auf Teller um, und Hugh schaltete bis auf die Lichter am betrunkenen Weihnachtsbaum alle Lampen aus, so dass sie auf dem Teppich vor dem Kamin essen konnten, ohne Michels spöttischen Blick zu spüren.
»Es ist nicht gerade das feinste Essen der Welt«, sagte Laura, »aber hab bitte keine Scheu, den Wein zu loben. Er stammt natürlich von unserem Weingut. Marcel und seine Frau versorgen mich bestens.«
Der vollmundige Rotwein war ausgesprochen gut. Hugh konzentrierte sich auf den Geschmack und ließ ihn langsam über die Zunge gleiten. »Ja, er ist sogar noch besser, als ich ihn in Erinnerung habe. Marcel hat wahre Wunder gewirkt.«
Laura schob ihren Teller fort, legte sich auf die Seite und blickte verträumt ins Feuer. »Am Anfang war es richtig schwer für ihn.«
»Er musste bestimmt investieren und hatte Probleme, Geld aufzutreiben«, vermutete Hugh mitfühlend. Er wusste nur zu gut, wie schwer es war, die Fehler der vorigen Generation

wieder auszubügeln. Das war der Fluch eines Familienunternehmens.

»Probleme? Es waren eher Qualen. Er und Michel hatten jeden Centime hineingesteckt, den sie zusammenkratzen konnten. Der Grund, warum Michel und ich in den umgebauten Stall zogen und Maman in die Hütte verbannt wurde, war der, dass sie die Hütte verkaufen mussten. Die Käufer hatten eingewilligt, bis zu Mamans Tod zu warten – in Frankreich ist so etwas durchaus üblich.«

Im warmen, orangefarbenen Schein des Feuers, mit dem Geschmack des Weines auf der Zunge, wurde Hugh sentimental, als er an das alte, von Efeu überwucherte Haus dachte. »Wer lebt jetzt dort?«

»Eine englische Familie, die Lambs. Sie wohnen natürlich nicht ständig dort. Es ist ihr Zweitwohnsitz, den sie die übrige Zeit an Freunde vermieten. Seit Michels Tod habe ich sie nicht mehr gesehen.« Und wie beiläufig fügte sie hinzu: »Mit der Frau hatte Michel eine Affäre – immer mal wieder, über einen langen Zeitraum.«

Hugh brauchte einen Moment, um das zu verarbeiten. »Michel hatte eine Affäre?«

»Ach, ich wollte nicht anfangen, die Vergangenheit hervorzukramen. Aber es stimmt, er hatte die ganze Zeit über Affären, meistens mit Engländerinnen ... Im Sommer laufen dort jede Menge durch die Gegend.«

»Mein Gott, was für ein Dreckskerl ... Da macht er ein Mordsgeschrei wegen deiner Affäre und selbst ...«

»Hughie, Hughie!« Laura legte ihm sanft ihre Hand auf die Lippen. »Er hatte MS, vergiss das nicht. Er konnte nichts dagegen tun, und seine Spielchen hörten auf, als ich es ihm gleichtat.«

Hugh merkte, dass sie traurig wurde, und wollte sie gerne

trösten. Er bemühte sich, seinen Groll hinunterzuschlucken, wusste aber, er würde ihn wieder spüren und schüren, sobald er zu Bett ging. Hatte Michel von Lauras Affäre mit Edouard Ferrand gewusst? Doch jetzt konnte er sie nicht mehr damit behelligen. Sie hatte diese tiefe Falte im Mundwinkel, die zeigte, dass sie angespannt war.
Er schenkte ihr Wein nach. Von oben hörten sie laute Stimmen. Da Hugh nie in einem so kleinen Haus gewohnt hatte, irritierte ihn, wie nah die Stimmen klangen. »Ich habe gestern von einem Haus gehört.«
»Ach ja?« Sie wirkte nicht sonderlich interessiert.
»Ein Haus, das zum Verkauf steht, meine ich. Als ich den Makler im Herrenhaus herumführte, erwähnte er, dass es bald zu haben sein könnte.«
Die Stimmen über ihnen wurden lauter. Hugh tat sein Bestes, sie zu ignorieren.
»Ich kenne das Haus«, fuhr er fort. »Ein hübsches Häuschen im Queen-Anne-Stil mit etwa zweitausend Quadratmeter Garten.«
»Klingt nett.«
Oben wurde eine Tür zugeschlagen, was alle Wände erzittern ließ. Eine Frauenstimme schrie und schimpfte, und man konnte deutlich ihre Wut und Empörung heraushören.
Laura richtete sich auf. »Ach, du meine Güte!«
»Was zum Teufel ist da oben bloß los? Soll ich hochgehen und nachsehen?«
»Nein, natürlich nicht …«
Auf der Treppe hallten Schritte. Hugh sprang auf und ging zur Tür. Die junge Frau mit dem Handtuch, jetzt bekleidet und mit einem Koffer in der Hand, der nicht richtig geschlossen war, stürmte an ihm vorbei zur Haustür und

schlug sie so fest hinter sich zu, dass die ganze Häuserreihe bebte.

Verblüfft drehte Hugh den Kopf und sah Delphine oben am Treppenabsatz stehen. In ihrem weißen Morgenmantel wirkte sie unerwartet schmal und drahtig, und er meinte einen Anflug des weiblichen Pterodactylus in ihr zu erkennen.

»Es tut mir leid«, sagte sie.

Laura kam und stellte sich hinter Hugh. »Schatz, also wirklich …«

»Entschuldigung. Wir haben uns getrennt. Ich habe ihr von Sarah erzählt.« Delphine lächelte Hugh an. »Ich habe Sie singen hören. Sie haben eine schöne Stimme.« Ehe er etwas erwidern konnte, drehte sie sich um und ging wieder nach oben.

»Guter Gott«, stöhnte Hugh. »Ist das immer so?«

»Komm zurück zum Kamin … Ich fürchte, du hast nicht den besten Eindruck von meinem Familienleben gewonnen.«

Er kniete sich neben sie auf den Teppich. Das Licht der Flammen warf hübsche Schatten auf ihr Gesicht und ließ ihre Augen wunderbar sanft erscheinen. »Ich war gerade dabei, dir ein anderes Leben anzudrehen.«

»Tatsächlich? Meinst du das Haus?«

»Laura, Liebling, es scheint mir das perfekte Haus für uns zu sein. Nicht zu groß, aber groß genug, dass die Kinder uns besuchen können und so weiter, und nahe genug bei Cambridge … Warum lachst du?«

»Weil du so praktisch bist. Du denkst einfach an alles.«

»Du weißt natürlich, worauf das hinausläuft. Ich bitte dich, meine Frau zu werden.«

Kapitel 12

Das eisige Schneegrieseln stach Barbara ins Gesicht. Sie schlug gegen die verbeulte Wohnwagentür. »Jeff!«

»Wer ist da?«

»Barbara, wer sonst … Jemand anderes kommt dich doch nicht besuchen, wenn er es vermeiden kann.«

»Also gut. Komm rein, wenn es unbedingt sein muss.«

Aber sie war schon auf dem Weg. Im Inneren stand die Luft, warm und unangenehm. Jeff lag im Schlafsack in seiner Koje und las einen alten *Sunday Telegraph*. Er sah aus wie eine Nacktschnecke mit Bart und Brille.

»Oh, du bringst mir was zu essen! Selbst bei diesem Sauwetter! Ich muss sagen, ich bin beeindruckt. Man hat Menschen schon für weniger selig gesprochen.«

»Ich habe Steak-und-Nierenpastete für dich.« Barbara knallte den Frischebehälter auf den Tisch und setzte sich.

»Ich hab dich nicht gebeten, dich zu setzen.«

»Das ist mir egal.«

»Bitte sehr. Bring mich auf den neuesten Stand der Seifenoper. Ich habe Hugh vorhin mit den Hunden gesehen.«

»Ja. Er war da, um ein paar Sachen zu holen.«

Jeff lachte leise, aber nicht unfreundlich. »Wie es aussieht, ist er immer noch schwer verliebt.«

»Wie schön, dass du so genau Bescheid weißt!« Sie zitterte vor Wut.
»Oha, höre ich da etwa eine Spur Bitterkeit heraus? Das ist sehr gesund.«
»Er sagt, sie wollen heiraten.«
»Alte Narren!«
»Das finde ich auch«, sagte Barbara. Es war leicht, offen mit Jeff zu reden. Ihn konnte nichts schockieren, weil er am liebsten selbst der schockierendste Mensch im Raum war. »Ich glaube, Hugh hat Panik vor dem Älterwerden. Er will seine Jugend wieder aufleben lassen, damit er sich einbilden kann, er wäre wieder jung. Und sie macht nur mit, weil sie verzweifelt ist. Mein Gott, ich wette, sie kann ihr Glück kaum fassen! Die machen sich doch beide etwas vor!«
»Hugh sieht dabei aber gut aus – bestimmt zehn Jahre jünger.«
»Das kommt nur, weil ich zehn Jahre älter wirke.«
Jeff ließ die Zeitung sinken und sah Barbara über seinen abstoßenden, weißgrauen Bart hinweg an, der ihm bis fast unter die Augen wuchs – wie der Bart von diesem Massenmörder, Harold Shipman. »Eigentlich siehst du gar nicht schlecht aus. Du hast nur dein Make-up weggelassen – ein modernes Gegenstück zu Sack und Asche.«
Sie war überrascht, dass dieser Schmutzfink so etwas wie Make-up überhaupt wahrnahm. »Das ist ein Zeichen von Stress. Im Moment ist mir einfach alles zu viel. Alle in der Familie sind unanständig glücklich – außer mir. Und keinen scheint es zu kümmern, was mit mir passiert. Ich könnte genauso gut tot sein.«
»Hugh hat mir von dem Angebot für das Herrenhaus erzählt.«
»Er hat es dir erzählt?«

»Es ist ja wohl kaum ein Geheimnis. Das ganze Dorf redet darüber – keiner hätte gedacht, dass der alte Kasten so eine Riesensumme wert ist!«

»Das kommt nur, weil ich das Haus fünfundzwanzig Jahre lang renoviert, repariert und instand gehalten habe – es ist praktisch mein Lebenswerk! Ich habe jedes Zimmer herausgeputzt, und jetzt, wo es schöner ist als je zuvor … gerade jetzt …« Bei all der Ungerechtigkeit blieb ihr die Luft weg. »Hugh tut so, als wäre es nur ein Haus … Als hätte ich nicht all die Zeit hineingesteckt, um es zu einem wunderbaren Zuhause zu machen … Und jetzt stehe ich ohne auch nur irgendetwas da!«

»Ich hätte nie gedacht, dass Hugh so ein Schuft ist«, sagte Jeff. »Ohne auch nur irgendetwas! Ich sollte ihn zum Duell fordern.«

Barbara war sauer. Jeff schien sie absichtlich misszuverstehen. »Natürlich bekomme ich die Hälfte. Ich habe von meinen Gefühlen gesprochen. Es fühlt sich an wie nichts.«

»Aha. Ich dachte schon, Hugh hätte das ganze Geld der Familie ins Ausland gebracht und dich ohne was zurückgelassen.«

»So etwas würde er natürlich niemals tun«, meinte Barbara sauertöpfisch.

»Bekommst du auch Unterhalt?«

»Das geht dich nichts an.«

»Dachte ich's mir doch. Sag Hugh, er kann sich jederzeit auch von mir scheiden lassen. Klingt nach einem bequemen Leben.«

Sein offenkundiger Mangel an Mitgefühl machte sie wütend. »Tja, das ist es aber nicht. Ich komme mir vor, als hätte man mich mitsamt Wurzeln aus dem Boden gerissen.«

»Sieh doch das Positive. Du kannst jetzt ein hübsches Geschiedenenhäuschen kaufen – und alles mit Blumenampeln und solchem Schnickschnack dekorieren.«

Barbara erschauerte. »Herzlichen Dank – du weißt genau, dass ich mir nichts Schrecklicheres vorstellen könnte.«

»Du denkst nicht kreativ. Du solltest es als Chance sehen, genau das Leben zu wählen, das du willst – finanziert von deinem schwer schuftenden Exmann und seinem sehr brauchbaren Kaufhaus.«

Barbara verzog das Gesicht. »Zu deiner Information – da du das alles bestimmt an deine Kumpel im Pub weitertratschen wirst … Hugh war äußerst fair, was das Geld betrifft. Man könnte sogar großzügig sagen. Er hat mir zwar das Herz gebrochen …«

»Ach, papperlapapp! Dein Herz ist nicht gebrochen.«

»Was weißt du schon von meinem Herzen? Ich habe diesem Mann alles gegeben!«

»Er war dein Lebensinhalt«, stellte Jeff nachdenklich fest. »Und jetzt bist du überflüssig geworden. Das ist ein so starker Absturz, dass du erst einmal wütend sein musst. Aber wenn du darüber hinweg bist, wirst du es bestimmt genießen, dein neues Haus einzurichten. Warum munterst du dich nicht ein bisschen auf und nimmst dir einen Liebhaber?«

»Ich will keinen Liebhaber!«, zischte Barbara. »Ich will mein Leben zurück! Ich will meinen Mann, ich will mein Haus! Ich will verheiratet sein! Ich will ich sein!« Ihre Stimme brach, und Tränen quollen ihr aus den Augen. »Ich weiß, du hältst mich für eine verwöhnte Kuh, und das bin ich wahrscheinlich auch. Aber ein anderes Leben kenne ich nicht.«

Beide schwiegen. Ihre Tränen milderten die Anspannung wie ein Schauer die Schwüle. Jeffs permanente Feindseligkeit, die wie eine schwarze Wolke über ihm hing, löste sich auf. Er schwang seinen langen, schlaksigen Körper aus dem Schlafsack. »Möchtest du eine Tasse Tee?«

Noch nie zuvor hatte er ihr Tee angeboten. Das tat man, wenn man Mitleid mit jemandem hatte. »Nein, danke.«

»Ich halte dich nicht für eine verwöhnte Kuh. In Ordnung? Und ich sehe ein, dass es schwer für dich ist – das fünfte Rad am Wagen ihrer Liebeskutsche zu sein.«

»Ich stehe da wie ein Idiot.«

»Hat er denn nie von ihr erzählt?«

»Ich liebte ihn und nahm einfach an, dass er mich auch liebt. Dabei war ich die ganze Zeit nur zweite Wahl – um ihm die Zeit zu vertreiben, bis ihr Ehemann stirbt. Er hat mich nie als Hinderungsgrund gesehen.«

»Na ja, sieh es mal positiv«, sagte Jeff. »Zumindest ist Laura eine Frau. Schlimmer wäre es doch, wenn Hugh schwul geworden wäre.«

Barbara war selbst überrascht, als sie vor Lachen losprustete. »Das ist ja ein toller Trost!«

»Du hast recht, so etwas kann ich nicht besonders gut. Wenn ich Olivia sagte, sie solle das Positive sehen, erklärte sie für gewöhnlich, ich solle mich verpissen.«

»Das überrascht mich nicht, wenn dir nichts Besseres einfällt.«

»Also gut, ich kann dir auch einen vernünftigen Rat geben. Du solltest deinen Anteil des Geldes dazu verwenden, meine Wassermühle zu kaufen.«

Er sagte es ganz beiläufig, doch Barbara war total verblüfft. Es war das Letzte, das sie erwartet hätte. Vor drei Jahren, als Olivia starb, hatte sie Jeff zum Verkauf der Mühle zu überreden versucht, weil es das einzig Vernünftige gewesen wäre. Damals hatte er ihr gesagt, sie solle sich um ihren eigenen Kram kümmern.

»Ich wusste gar nicht, dass du sie verkaufen willst.«
»Das will ich auch nicht – nicht direkt.« Jeff schien ebenso verblüfft wie sie. »Ich hätte nur nichts dagegen, wenn du sie nimmst. Ich glaube, du bist genau das, was der alte Kasten braucht.«
»Oh … danke …« Sie wollte die Mühle nicht. Sie hatte das Gebäude seit Olivias Tod nicht mehr gesehen, und schon damals war es eine feuchte, unkrautüberwucherte Höhle gewesen. Das Gebäude hatte ebenso im Sterben gelegen wie die Frau.
Jeff setzte sich gerade hin und klaubte einen zerkauten Kugelschreiber auf. Barbara sah schweigend zu, wie er auf eine der alten Zeitungen eine lange Zahl kritzelte.
»Tja«, meinte er schließlich. »Ich habe es zuerst nicht wirklich ernst gemeint, aber jetzt tue ich es. Es scheint mir eine exzellente Idee.« Er drehte die Zeitung, so dass Barbara die Zahl lesen konnte, und sie sah unweigerlich hin. »So viel wirst du für die Mühle zahlen müssen. Weniger kann ich mir nicht leisten.«
»So … wenig?«
»Sie fällt zusammen.«
»Aber Jeff, das ist eine denkmalgeschützte Wassermühle!«
»Eher ein denkmalgeschütztes Ärgernis. ›Denkmalschutz‹ bedeutet nichts weiter, als dass die neureichen Yuppies, die sich dafür interessiert hätten, abgeschreckt worden wären, weil sie nicht genug Badezimmer hätten einbauen dürfen. Du weißt ja, dass sie heutzutage immer zwei Badezimmer brauchen.«
»Ich finde, du solltest mehr verlangen. Damit du einen Käufer findest, der das Besondere an der Mühle zu schätzen weiß.«
»Und so viel …« – er schrieb eine weitere Zahl auf den Rand

der Zeitung – »… wirst du zusätzlich dafür ausgeben müssen.«

»Bestimmt nicht!« Es war eine enorme Summe – wenn auch immer noch in dem Rahmen, den Barbara letztlich zur Verfügung hätte. Der Gedanke war tatsächlich verlockend. Zum ersten Mal dachte sie an etwas anderes als die Tragödie des verlorenen Herrenhauses. »So schlimm kann es doch nicht sein.«

»Warum, glaubst du, hause ich in diesem Wohnwagen? Ich habe die Mühle nicht verlassen, weil mein Herz gebrochen war oder weil ein oder zwei Decken hätten einstürzen können. Ich bin ausgezogen, weil es lebensgefährlich wurde.«

»Oh, ich verstehe. Ein großes Projekt also.«

»Ein riesiges Projekt – dagegen war die Verschönerung des Herrenhauses wie das Anstreichen einer Scheune. Und es bedeutet nicht nur Geld, sondern auch echten Einsatz. Genau das Richtige, um dich von den unseligen Liebenden abzulenken.«

»Meinst du das ernst?«

»Kaum zu glauben, aber ja.«

»Wo wirst du dann wohnen?«

»Keine Sorge – du musst mich hier nicht weiter ertragen. Vielleicht kaufe ich eines dieser neuen Häuser in Stiggs Lane – Blütensiedlung, oder wie sie die genannt haben.«

Barbara zuckte zusammen. Diese hässliche Reihe brandneuer gelber Ziegelhäuser war genau der Ort, an dem zu enden sie gefürchtet hatte. »Auf keinen Fall! Die sind doch schrecklich!«

»Aber warm und sauber. Und gut einzurichten.«

»Die sehen aus, als würden sie beim nächsten Sturm zusammenfallen. Gerade hast du mir noch vorgeworfen, nicht

kreativ genug zu sein – für dich selbst fällt dir sicher auch was Besseres ein!«
»Und? Was ist? Könntest du dir vorstellen, meine Wassermühle zu kaufen?«
»Es ist lieb, dass du sie mir anbietest, aber ich glaube nicht.«
»Komm trotzdem mit und sieh sie dir an«, forderte Jeff sie auf. »Bevor es zu dunkel wird.«
Sie wollte ablehnen, merkte jedoch, dass sie schrecklich neugierig war. »Also gut.« Warum nicht? Zumindest könnte sie ihm dann raten, was er mit der Mühle machen sollte.
Jeff setzte eine Wollmütze auf, schob die Füße in grüne Gummistiefel und nahm eine große Schere zur Hand. »Dann komm mit.«
Er hatte den Wohnwagen unter einer Baumgruppe abgestellt, etwa zehn Meter vom Tor entfernt. Der Weg zur Mühle verschwand unter dichtem Gestrüpp und war vor Unterholz und überhängenden Ästen kaum zu sehen. Jetzt verstand Barbara, wozu Jeff die Schere brauchte. Sie wartete, während er rasch ein Netz aus Efeuranken und einen wildwuchernden Dornstrauchtrieb entfernte.
»Wie das Dornröschenschloss«, kicherte Barbara. Sie würde Jeff sagen müssen, dass sie die Mühle nicht wollte. Doch bis dahin war es faszinierend. »Wie lange ist es her, seit du zuletzt hier gewesen bist?«
»Nach dem großen Sturm im letzten März habe ich sie mir mal angesehen. So, jetzt müssten wir durchkommen.«
Sie folgte ihm in den Tunnel. Der Weg war unter dem toten Laub und den sich schlängelnden Wurzeln kaum zu erkennen, und sie musste bei jedem Schritt auf ihre Füße achten. Es roch nach alten, modernden Blättern, und man hörte das silberhelle Rieseln von Wasser.

»An das Mühlenwasser gewöhnt man sich«, sagte Jeff. »Am Anfang musste ich die ganze Zeit pinkeln, aber nach einer Weile habe ich es kaum noch wahrgenommen.«
»Mir gefällt es«, entgegnete Barbara. »Ich muss dabei an Frühling denken.«
»Hm. Ich denke dabei nur an schreckliche Feuchtigkeit. Als ich auszog, wuchsen schon Pilze auf den Sofas.«
»Ich dachte, du wolltest mir die Mühle verkaufen.«
»Ich sage nur die Wahrheit. Du sollst auf alles vorbereitet sein.«
Der Weg wurde breiter. Sie kamen an eine Lichtung, und dort stand sie, die Mühle, direkt vor ihnen. Barbara blieb stehen. Jeff ließ sie alles in Ruhe betrachten.
Es war ein rechteckiges dreistöckiges Gebäude aus verwitterten weißen Holzlatten. In der vorderen Wand ragte hoch oben eine hölzerne Ladeluke mit einer Seilwinde vor. Das Mühlenwasser rauschte durch einen darunterliegenden, gemauerten Tunnel. Direkt an die Mühle schmiegte sich ein kleines, zweistöckiges Gebäude aus roten Ziegeln. Einer der Schornsteine war abgebrochen, und die Dachziegel wirkten ungleichmäßig und knubblig wie die Überdecke, die sie einmal in der Wäsche ruiniert hatte.
Irgendetwas huschte im Unterholz an ihnen vorbei.
»Es gibt ein kleines Rattenproblem«, sagte Jeff. »Du hast doch keine Angst vor Ratten, oder?«
Das wurde ja immer schlimmer. Barbara musste wieder lachen. »Nein. Ich mag sie nicht, aber ich habe keine Angst vor ihnen. Ich bin auf einem Bauernhof aufgewachsen.«
»Wenn du durch die Fenster ins Haus guckst, wirst du sie furchtlos herumspazieren sehen.«
»Das macht mir nichts aus, ehrlich.«
Auf einmal konnte sie sich nicht mehr vom Anblick der

Mühle und des Hauses losreißen, die verloren im schwindenden Licht des Winternachmittags lagen. Was dort fehlte, dachte sie, war Licht in den dunklen Fenstern. Wie schön, beinahe zauberhaft würde es aussehen, wenn warmes, goldbraunes Licht durch die Dämmerung strahlte! Sie hatte plötzlich das Bild der restaurierten Mühle vor Augen und sah sich selbst den Weg zur einladenden, dunkelrot gestrichenen Eingangstür hinauflaufen. Es war das erste schöne Bild, das sich ihr malte, seit Hugh alle anderen zerstört hatte.

»Jeff«, flüsterte sie beinahe ehrfurchtsvoll. »Ich will sie haben.«

Kapitel 13

»Auf dem Gelände hat immer eine Mühle gestanden, schon seit dem 17. Jahrhundert«, erzählte Jeff. »Das jetzige Gebäude wurde im Jahr 1820 gebaut. Früher gab es ein gusseisernes Mühlrad von fünfeinhalb Meter Durchmesser, das drei Mahlsteine antrieb. Riesige Dinger. Du würdest keinen davon um den Hals hängen haben wollen.«
Sie saßen im Pub, in das Barbara in all den Jahren, die sie nun schon im Dorf lebte, noch nie einen Fuß gesetzt hatte.
»Was wurde gemahlen? Weizen, nehme ich an.«
»Weizen, Mais … Als die Mühle in den dreißiger Jahren stillgelegt wurde, hat man allerdings Tierknochen für Düngemittel gemahlen.«
»Sind die Maschinen noch da?«
»Nein, die sind lange weg. Als wir die Mühle kauften, war der Wirtschaftsteil nur ein großer leerer Lagerraum.«
»Was hattet ihr damals mit der Mühle vor?«
Jeff zuckte mit den Schultern und antwortete zurückhaltend: »Ach Gott, ich kann mich nicht erinnern. Und da ich all deine Fragen sowieso nicht beantworten kann, gebe ich dir lieber das hier.« Er hob die zerknitterte Plastiktüte hoch, die er vor ihrem Aufbruch ins Pub irgendwo aus dem Wohnwagen gezogen hatte. »Da ist alles drin.«

Barbara stellte ihren Orangensaft ab und nahm die Tüte an sich. Sie roch modrig und war voll klammer Papierstücke.

»Was ist das alles?«

»Olivia nannte es ihr ›Buch‹. Zuerst war es ein Notizbuch, aber wie du sehen kannst, wurde dann alles Mögliche daraus. Es steht alles drin, was auch nur im Entferntesten mit der Mühle von Chackley Wood zu tun hat.«

Barbara tauchte ihre Hand in die Tüte und fischte auf gut Glück ein Blatt Papier heraus. Es war die Fotokopie eines alten Zeitungsausschnitts von 1832 über einen Bauern, der aus einem Ponywagen gestürzt war.

»Da sind auch Pläne von Nebengebäuden, die vor hundert Jahren abgerissen wurden«, fuhr Jeff fort. »Rezepte für Tierfutter, Kopien aus Kirchenbüchern – Nachweise für jeden Mann, jede Frau, jedes Kind und jeden Hund, die irgendwann hier gelebt haben.«

»Das ist ja faszinierend!« Barbara sagte das nicht aus Höflichkeit. Sie war tatsächlich fasziniert – mehr, als sie es je von der Geschichte des Herrenhauses gewesen war. Schon regte sich in ihr der sehnliche Wunsch, alle Unterlagen allein durchzugehen, ohne dass Jeff ihr ständig über die Schulter blickte. »Darf ich die mit nach Hause nehmen? Du weißt, dass ich gut aufpassen werde.«

»Ich habe dir doch gesagt, das gehört alles dir.«

»Danke.«

»Neben all dem alten Zeug findest du auch die Bauzeichnungen, die Olivia mal angefertigt hat. Könnten hilfreich sein.«

Barbara legte die Plastiktüte auf den Stuhl neben sich. Jeff war – für seine Verhältnisse – erstaunlich nett. Das Pub hatte er vorgeschlagen. Am Nachmittag war es dort ruhig und weitaus bequemer als sein Wohnwagen. Er saß ihr gegenüber, ein bärtiger Haufen aus abgetragenem Cordstoff, und schlürfte sein Greene-King-Bier. Barbara versuchte vergeblich, sich zu erinnern, wie seine Frau vor der Krankheit ausgesehen hatte. Dunkle Haare? Sie waren ihr ausgefallen, der armen Frau, und danach hatte man sie nie ohne Kopftuch gesehen.

»Ich hatte keine Ahnung, dass Olivia sich so für Geschichte interessierte.«

»Hat sie auch nicht. Nur für die Mühle. Für sie war es ein besonderer Ort.«

»Für dich nicht?«

Er machte ein nachdenkliches Gesicht. »Eigentlich nicht. Ich bin einfach nur mitgegangen.«

»Oh.«

»Ich wollte keine Wassermühle am Hals haben, aber es war ihr Geld. Zuerst suchten wir nur nach einem kleinen Unterschlupf fürs Wochenende. Auf Chackley kamen wir, weil wir uns eines der Häuschen im Grünen ansehen wollten.«

»Welches?«

»Ach Gott, das weiß ich nicht mehr – ist das wichtig? Ich dachte, es wäre genau das, wonach wir gesucht hatten, aber Olivia gefiel es nicht.« Er nahm einen Schluck Bier. »Ich war genervt – schon wieder ein vergeudeter Samstag –, aber dann entdeckte sie plötzlich ein verwittertes Schild am Eingangstor zur Mühle … dass sie zu verkaufen sei, und das war's dann. Sie ging hinein, und zwanzig Minuten später war sie bis über beide Ohren in das Ding verliebt.«

»Ich erinnere mich noch an das Gerede, als ihr sie gekauft habt.« Barbara war ein wandelndes Lexikon der Dorfgeschichte. »Wir hatten Angst, jemand könnte das alte Gebäude abreißen und eine Wohnsiedlung bauen.«

»Ha! Hätten wir das nur getan! Aber der Bau stand schon damals unter Denkmalschutz, und der Rest des Grundstücks ist geschütztes Wald- und Ufergebiet. Es hatte schon seinen Grund, dass sich sonst niemand dafür interessierte.«

Barbara lächelte nachsichtig. »Hör auf, es mir auszureden, damit wirst du keinen Erfolg haben. Ich habe mich entschieden.«

»Was ist nur dran an diesem schiefen Schuppen, dass er ansonsten vernünftigen Frauen so sehr den Kopf verdreht? Olivia war ganz verrückt danach.«

»Zuerst war es euer Zweitwohnsitz, nicht wahr?« Einige der schöneren Häuser im Dorf gehörten Londonern, und Barbara missbilligte ihre komischen Sitten und ihr mangelndes Engagement für das Leben auf dem Lande.

»Ich arbeitete damals noch im Außenministerium. Wir hatten ein Haus mitten in London, in Pimlico.«

Es war schwer, sich Jeff in einer vornehmen Wohngegend vorzustellen. Wieder einmal fragte Barbara sich, wie so etwas passieren konnte.

»Olivia hatte alle möglichen Pläne«, sagte Jeff. »Doch am Ende blieb keine Zeit, um irgendetwas zu tun.«

»Sie war krank.«

»Ja, und sie war versessen darauf, in die Mühle zu ziehen … als könnte dieses verdammte Gemäuer sie heilen.«

Dann war er also vorzeitig in Pension gegangen, um sich um seine sterbende Frau zu kümmern. So viel hatte er noch nie von sich erzählt. Barbara war gerührt. Vielleicht steckte doch noch ein Funken Anstand in diesem heruntergekommenen Kerl.

»Das hat dich gerührt«, sagte Jeff und verbarg ein listiges Lächeln in den Tiefen seines ungepflegten Bartes. »Die unromantische Wahrheit ist jedoch, dass ich, wäre sie nicht so krank gewesen, mich höchstwahrscheinlich von ihr getrennt hätte.«

»Jeff!«
»Sie liebte einen anderen, aber der hatte sie abserviert. Ich wollte sie nicht zurück, aber was blieb mir anderes übrig? Sie war immer noch meine Frau. Ich machte das Beste daraus.«
»Mir ist egal, was du sagst – ich bin sicher, dass mehr dahintersteckte.«
»Jedenfalls hat sie keinen ihrer Pläne in die Tat umgesetzt.« Er leerte sein Bierglas. »Manchmal denke ich, es war auch besser so. Sie war so begeistert von den Möglichkeiten. Die Realität hätte sie vielleicht enttäuscht.«
»Warum bist du nicht weggezogen, als sie starb?«
Er zuckte mit den Schultern. »Ich weiß nicht. Irgendwie war ich wie gelähmt.«
»Gelähmt?« Barbara verstand nicht.
»Vielleicht war es Respekt vor Olivias Visionen. Sie loszulassen, wo diese sie so lange am Leben gehalten hatten, erschien mir wie ein Betrug. Ich rede wirres Zeug, oder?« Die Brauen über seinen dunklen, wachen Augen waren dunkler als sein Kopfhaar. Barbara kam spontan in den Sinn, dass er einst ein recht gutaussehender Mann gewesen sein musste.
»Aber wir sind hergekommen, um übers Geschäft zu reden«, sagte er. »Lass uns noch was trinken. Diesmal gehe ich.«
»Also gut, dann bitte noch einen Orangensaft.«
»Ach was, Orangensaft! Sei nicht so ängstlich. Du hast dich gerade darauf eingelassen, eine rattenverseuchte Ruine zu kaufen. Ich bring dir einen schönen, großen Gin.«
»O nein, ich trinke niemals Hochprozentiges.«
Doch er war schon zur Theke abmarschiert. Barbara kicherte in sich hinein. Ja, sie hatte sich darauf eingelassen, eine Bruchbude zu kaufen, eine verrottende Ruine, einen scheußlich verfallenen Schuppen. Sie war so verrückt wie

Hugh mit seiner neuen idiotischen Leidenschaft für alte Sprungfedern. Alle würden sie auslachen, aber im Gegensatz zu Hugh würde sie es ihnen schon zeigen! Die Mühle war keine verschämte kleine Unterkunft eines ausrangierten Eheweibs, sondern das eindrucksvolle Heim einer unabhängigen Frau.

Sie spähte noch einmal in die Plastiktüte. Warum war Olivia von der Mühle so besessen gewesen? Was hatte sie ihr bedeutet? Barbara nahm noch ein Papier heraus, die Kopie einer viktorianischen Übereignungsurkunde mit einem Stich der Chackley Wood Mill in ihren besten Tagen: »Gewinnbringende WASSERMÜHLE (verarbeitet regelmäßig etwa 35 Malter Weizen pro Woche) mit komfortablem Wohnhaus«. Der Künstler hatte einen Pferdewagen vor die Mühle gezeichnet sowie Männer, die an der Seilwinde einen Sack befestigten. Barbara gefielen der schräge Umriss des Gebäudes und die kleinen, unregelmäßigen Fenster – wie hübsch würde es aussehen, wenn sich das Licht auf der Oberfläche des Mühlenwassers spiegelte, das aus mancher Perspektive aussah, als flösse es direkt durch die Tür ins Innere des Hauses.

»Ich muss sie von innen sehen«, verkündete sie Jeff, als er mit ihrem Gin Tonic an den Tisch zurückkehrte. »Ich kann mich überhaupt nicht mehr daran erinnern. Wie viele Schlafzimmer hat das Wohnhaus – zwei oder drei?«

»Drei, aber eines davon ist eine Vorratskammer. Wir wollten im obersten Stockwerk der Mühle noch weitere Zimmer ausbauen.«

»Genau das werde ich vermutlich tun. Ich will viel Platz für die Kinder haben.« Sie suchte in ihrer Handtasche nach Stift und Papier, da sie spürte, wie sich eine Liste anbahnte. »Sarah werde ich noch viele Jahre zu versorgen haben, nachdem sie mit diesem Lesbenquatsch Vernunft angenommen hat.«

»Du glaubst also nicht, dass sie lesbisch ist?«
»Ehrlich gesagt, nein«, erwiderte Barbara steif. »Ich kenne Sarah. Das ist nur wieder eine ihrer anstrengenden Phasen. Wie damals das Kanufahren.«
»Kanufahren?«
»Ach, im Sommer, als sie fünfzehn war, habe ich etliche Stunden damit verbracht, sie zu irgendwelchen Kanuvereinen zu kutschieren.«
»Deine Gedankensprünge sind wirklich außergewöhnlich – von Lesben zu Kanus in weniger als sechzig Sekunden. Ich bekomme mehr und mehr Respekt für Hugh. Allerdings würde ich eher sagen, dass man es sich nicht aussuchen kann, an Lesben zu glauben oder nicht, so wie bei Feen oder Elfen. Es gibt sie, und Sarah sagt, sie ist eine. Warum nimmst du das arme Mädchen nicht beim Wort?«
Barbara war sauer. »Was meinst du damit?«
»Ich meine, dass du aufhören solltest, ihr und allen anderen zu erzählen, sie sei nicht lesbisch. Es muss dir nicht gefallen, aber du solltest es akzeptieren. Sie versucht, aus ihrem Versteck herauszukommen und sich offen dazu zu bekennen, aber du stößt sie wieder zurück.«
»Hör auf damit.« Was für ein schrecklicher Mensch! Er hatte keine Ahnung, wie sehr er sie verletzte. »Sie hatte einen Zusammenbruch. Sie weiß doch kaum, was sie tut. Daran ist nur diese Französin schuld.«
»Woran? Du kannst niemanden zwingen, sich in dich zu verlieben, wenn der oder die andere es nicht will.«
»Ich mag diese Delphine nicht.« Sie trank einen großen Schluck Gin. »Ich empfinde sie als mürrisch und feindselig. Sie hat kaum ein Wort mit mir gesprochen und sitzt nur schmollend herum. Ich habe das Gefühl, sie verachtet alles, wofür ich stehe.«

»Und was ist das?«
»Werte«, erwiderte Barbara entschieden. Sie kippte den Rest ihres Gins hinunter. »Das war köstlich. Es macht so ein schönes Gefühl in den Füßen.«
»Ich nehme an, du meinst traditionelle Familienwerte«, sagte Jeff. »Bedeutsame, langjährige, solide Ehen. Ehebrecher, die gesteinigt werden. Keinerlei Unzucht, egal, in welcher Form.«
»In der Tat ist es genau das, was ich meine, auch wenn du das jetzt so höhnisch sagst. Niemand wird mich je davon überzeugen können, dass Homosexualität natürlich ist. Und Ehebruch ist abscheulich, weil es jemandem das Herz bricht. Das war schon immer so und wird immer so sein.«
»Die Ehe bricht genauso vielen Menschen das Herz. Meine Eltern wären getrennt sehr viel glücklicher gewesen.«
»Ja, aber welche Auswirkungen hat das auf die Kinder?«
»Ich wünsche bei Gott, sie hätten sich scheiden lassen. Ich war ein Einzelkind und habe mein ganzes Kinderleben damit verbracht, Frieden zwischen ihnen zu stiften. Kein Wunder, dass ich ins Außenministerium gegangen bin. Die englisch-russischen Beziehungen in den Achtzigern waren dagegen das reinste Zuckerschlecken.«
»Ich weiß, dass du übertreibst.«
»Mein Vater war ein hochintelligenter Mann und meine Mutter unwahrscheinlich einfältig. Ich fand das an ihr ganz liebenswert – ich hatte wohl schon immer eine Schwäche für einfältige Frauen –, aber meinen Vater machte sie wahnsinnig. Er sagte mir einmal, es habe in genau dem Moment, da er sie geheiratet hatte, aufgehört, lustig zu sein. Er hätte meine Mutter einfach vernaschen und dann eine vernünftige Frau heiraten sollen. Alles, woran ich mich erinnere, sind seine Frustration und ihre Verbitterung. Wer weiß, wie ihrer

beider Leben verlaufen wären, wenn sie daraus hätten ausbrechen können?«
Barbara nahm seine Aussage misstrauisch auf. »Willst du etwa sagen, Hugh musste ausbrechen?«
»Du vielleicht auch?«
»Warum hätte ich ausbrechen wollen? Ich war glücklich!«
»Hugh offenbar nicht«, sagte Jeff. »Du musst zugeben, dass er jetzt ein ganz neuer Mensch ist. Als ich ihn heute Morgen sah, wirkte er so jung und vital, dass ich ihn kaum wiedererkannte – er könnte Werbung für Strickwaren machen.«
»Also, ich finde, er sieht lächerlich aus. Er ist so selbstsüchtig, dass ich es nicht beschreiben kann. Es scheint ihm völlig egal zu sein, was mit mir passiert.«
»Ach, Barbara«, meinte Jeff nachsichtig, »nun hör mal auf, über dein gebrochenes Herz zu jammern. Du hast keine Ahnung, wie sich das anfühlt. Du bist einfach nur schrecklich sauer.«
In diesem Augenblick war Barbara schrecklich sauer auf Jeff. Wie konnte er es wagen, ihren Kummer so herunterzuspielen? »Ich habe diesen Mann geliebt.«
»Wirklich? War er Sonne, Mond und Sterne für dich?«
»Natürlich!« Sie merkte, dass er sich über sie lustig machte, und dachte an ihre goldene Regel für Jeff: Versuche stets, seine derben Sprüche zu ignorieren. »Ich kaufe deine Mühle, aber das gibt dir nicht das Recht, über mein Leben zu urteilen.«
»Warum nicht? Du urteilst ja auch ständig über meins.«
Sie stellte sich auf ihre warmen, leichten Füße. »Dies ist der Beginn meines neuen Lebens, und ich werde nicht zulassen, dass du es mir verdirbst. Ich hole noch etwas zu trinken.«
»So ist's richtig!« Er lachte immer noch, jetzt aber freundli-

cher. »Du bist aus hartem Holz geschnitzt, Barbara. Lass uns trinken und die grausame Welt vergessen.«

»Genau das habe ich vor. Was möchtest du haben?«

»Einen doppelten Whisky Soda.«

Sie ging zur Theke. Die große Gaststube war leer, abgesehen vom Postboten, der in einer dunklen Ecke neben dem Spielautomaten den *Daily Mirror* las, und der Wirtin, die sich gemächlich auf den abendlichen Ansturm vorbereitete.

»Mrs. Purvis! Sie sehen wir hier aber nicht oft. Was darf's denn sein?«

»Hallo, Sheila. Einen doppelten Gin Tonic und einen doppelten Whisky Soda, bitte.«

Sheila schenkte ihr das aufrichtigste und freundlichste Lächeln, das sie je auf ihrem sauertöpfischen Gesicht gesehen hatte. »Das wird Ihnen guttun, meine Liebe – so muss man's machen.«

»Ich stehe unter Schock.« Barbara musste es aussprechen, um zu hören, wie es klang. »Ich habe gerade zugestimmt, Jeffs Mühle zu kaufen.«

»Das ist nicht Ihr Ernst!« Ja, so gefiel ihr das: Sheila war beeindruckt. Binnen einer Stunde würde sich die Nachricht im ganzen Dorf verbreitet haben. Barbaras Schicksal war besiegelt. Sie hatte etwas gefunden, an dem sie sich festhalten konnte, während sie im Meer der Freiheit schlingernd auf und ab schaukelte.

»Ich glaube, ich bin ganz schön aufgeregt«, sagte sie zu Jeff, als sie ihm seinen Whisky hinstellte. »Es ist Jahre her, seit ich ein so großes Projekt in Angriff genommen habe.«

»Prost! Auf den Neuanfang!«

Barbara strich das Blatt Papier glatt, das sie auf den Tisch gelegt hatte. Sie fühlte sich wunderbar munter und geschäftig. »Als Erstes muss der Kammerjäger kommen, diese

Ratten sind kein Witz mehr. Zweitens, ein Anwalt. Drittens, ein Gutachter.«

»Und so nimmt die Liste ihren Lauf«, sagte Jeff.

»Oh, das sind erst Stichpunkte für eine Liste. Ich werde einen extra Ordner brauchen, vielleicht mit verschiedenen Unterteilungen.« Vergnügt überlegte sie bis ins kleinste Detail, wie der Ordner aussehen musste. Sie genoss es, Schreibwaren einzukaufen. »Und eine gute Archivbox für Olivias Unterlagen. Ich wünschte, du hättest ein Handy.«

»Warum? Ich kenne niemanden, der einen Grund hätte, mich anzurufen.«

Barbara trank einen großen Schluck Gin. »Ich muss dich anrufen, wenn ich zur Mühle kommen will.«

»Du kannst jederzeit kommen.«

»Ich will dich nicht stören.« In Wahrheit war ihr nicht ganz geheuer, wie sie ihn antreffen würde. Die Wanne voll Wäsche war schon unangenehm genug gewesen. Männer, die allein lebten, schienen sich in wilde Tiere zu verwandeln.

»Du störst mich nicht«, entgegnete Jeff. »Ich werde schon dafür sorgen, dass du nicht über mich stolperst, während ich im Gebüsch mein Geschäft verrichte.«

»Du schockierst mich nicht, also kannst du gleich damit aufhören, es zu versuchen.« Genau das war es, wovor sie sich gefürchtet hatte. »Ich muss sehr oft dort sein. Wann kann ich mir die Mühle von innen ansehen?«

»Äh«, sagte Jeff.

»Was meinst du mit ›äh‹? Gibt es ein Problem?«

»Ehrlich gesagt, weiß ich nicht, ob das sicher ist. Ich sollte erst einmal selbst nachsehen, bevor ich dich hineinlasse.«

Sie hatte nie genau zugehört, wenn Jeff etwas von Einsturzgefahr erzählt hatte. Angestrengt überlegte sie, wen sie über Weihnachten kurzfristig als Gutachter bestellen könnte. War nicht Frank aus dem Chor ein Gutachter? In ihrem Kopf ratterte es auf Hochtouren, so dass sie gar nicht mitbekam, dass Jeff ihr einen weiteren Gin Tonic hinstellte.

Plötzlich war das Pub laut und voll, und draußen war es stockdunkel geworden. Barbara hatte keine Taschenlampe eingesteckt, aber Jeff hatte eine dabei und begleitete Barbara bis zum Herrenhaus. Sie merkte, dass sie ganz schön betrunken war. Um sie herum drehte sich alles. Sie weigerte sich, Jeffs Hand zu nehmen, weil sie keine Ahnung hatte, was er damit angefasst hatte, vielen Dank, und klammerte sich stattdessen an seinen schmutzigen Wachsmantel. Die Kälte machte sie auch nicht wieder nüchtern. Sie stolperte hinter Jeff her und bewunderte trunken den klaren Nachthimmel. Jeff nahm die Abkürzung über den Pfad zwischen den Feldern, der bis zur Hintertür des Hauses führte.

»Danke, Jeff ... ohh, ich glaube, ich bin ein kleines bisschen beschwipst. Komm doch rein und wärm dich bei einer Tasse Tee noch etwas auf.« Sie fummelte mit ihrem Schlüsselbund herum und schaffte es endlich, die Tür zur Küche aufzuschließen. Die Wärme war ein Segen.

»Du meine Güte, was ich für Abenteuer erlebt habe«, rief sie fröhlich, »seit ich heute Nachmittag mit der Steak-und-Nierenpastete losgegangen bin.«

»Mum!« Sarah kam in die Küche gestürmt. Sie sah blass und besorgt aus. »Wo bist du nur gewesen? Ich wollte schon die Polizei verständigen.«

»Ach, Schätzchen, das tut mir leid. Ich war im Pub.« Barbara schwankte ein wenig, als sie den Mantel auszog.

»Mum, bist du betrunken?«

»Ich fürchte, ja.«

»Du bist ohne dein Handy einfach weggegangen – ich dachte schon, du wärst entführt worden.«

»Nein, nein, nein, nein! Ich habe gefeiert.« Barbara fühlte sich jung und verwegen und musste kichern, als sie ihre Tochter so streng und grimmig vor sich sah. »Ich habe mich verliebt.«

»Du hast … *was?*« Sarah war schockiert. Entgeistert ließ sie ihren Blick zu Jeff wandern. »Doch nicht …«

»Was?«, rief Barbara schrill. »O mein Gott, nein!«

Sie und Jeff sahen den entsetzten Blick im Gesicht des jeweils anderen und brachen unter Sarahs fassungslosem Blick in schallendes Gelächter aus.

In der letzten Januarwoche fand Hugh endlich eine Wohnung – zumindest übergangsweise. Er war es gewohnt, Geld und Einfluss zu haben und damit Dinge in Gang zu bringen, und dass es so schwer war, etwas zu finden, irritierte ihn sehr. Cambridge mit seinen vielen Studenten hatte viel Wohnraum anzubieten, doch das meiste war ganz und gar ungeeignet – klein und schäbig möbliert. Wenn ein dem Untergang geweihtes Paar es schaffte, seine Liebe bis ins mittlere Alter zu bewahren, dann konnte es nicht in einer armseligen Dachstube leben wie Mimi und Rodolfo in *La Bohème*.

Ihr Leben in den letzten Wochen war romantisch gewesen, aber unbequem. Wenn Hugh einmal länger arbeiten musste, verbrachte er eine einsame Nacht im nüchternen Zimmer einer Hotelkette nahe der Innenstadt. Ansonsten pendelte er zu Lauras Haus in London, in dem er sich nicht besonders wohl fühlte. Er vermisste die grünen Felder und den klaren Himmel und eine Küche, in der man sitzen konnte. Er vermisste es, Herr im Haus zu sein. Und es war ihm peinlich, wenn seine Tochter sich im Stockwerk über ihnen aufhielt. Zum Glück nächtigten sie dort nicht oft zur selben

Zeit. Delphine wurde mittlerweile im Herrenhaus geduldet, vorausgesetzt, sie lief Barbara nicht über den Weg.

Schließlich gab ihm ein Freund aus der Handelskammer den Tipp zu einem möblierten Häuschen kurz vor Grantchester. Hugh unterschrieb den Mietvertrag am späten Samstagnachmittag. Er verbrachte diesmal das ganze Wochenende in Cambridge, da an diesem Abend die alljährliche Mitarbeiterfeier von Purvis stattfand. Er und Laura wohnten wieder in Fosdyke Hall, wenn auch diesmal nicht in der Hochzeits-Suite. Es war trotzdem unverschämt teuer, und Laura klagte über Langeweile, aber er wollte weder in London noch im Zimmer einer Hotelkette übernachten.

Der Frost hatte nachgelassen, doch der Wind peitschte feucht und unerbittlich. Hugh öffnete die Tür seines ehemaligen Hauses. Der vertraute Geruch der Eingangshalle war befremdend, wenn man dort nicht mehr hingehörte. Jock und Fanny kamen aus der Küche geschossen und sprangen mit freudigem Gebell an ihm hoch. Die Tiere waren zwar schon in ihren besten Jahren, doch die Freude ließ sie wie Welpen herumtollen. Hugh beugte sich zu ihnen hinunter, um ihre knochigen Pfoten zu halten und ihre glatten Köpfe zu streicheln. Er bekam einen Kloß in den Hals. Der gute, alte Jock benahm sich wie immer – er war tapsig und dumm und vor allem Barbara treu ergeben. Die arme Fanny jedoch, die eher an Hugh hing, hatte einen so traurigen Blick, dass es Hugh das Herz rührte.

Laura konnte nicht verstehen, warum er Jock und Fanny so vermisste. Sie fand es grotesk und typisch britisch. Die Hunde auf dem Weingut der Amaurys waren griesgrämige französische Stallhunde gewesen und darauf abgerichtet, Fremde einzuschüchtern – die Sorte Hund, die einen auffraß, wenn man starb. Jock und Fanny waren britische Mittelschicht-Hunde und darauf dressiert, schlicht Zuneigung zu geben und anzunehmen und einem auf Spaziergängen übers Land Gesellschaft zu leisten. Sie gehörten quasi mit zur Familie, sogar ihre Geburtstage wurden gefeiert. Hugh vermisste sie mit jeder Stunde mehr, als er Colin oder Sarah vermisste.

»Hugh? Bist du das?«

»Hallo, Barbara.« Widerstrebend folgte er der Stimme in die Küche, während die beiden Hunde um seine Beine wuselten. Barbara saß am großen Küchentisch und schrieb in ein Notizbuch. Sie hatte ihre Lesebrille tief bis zur Nasenspitze geschoben. Verschiedene große Bildbände lagen aufgeschlagen um sie herum, und aus einer geöffneten Archivbox quollen vergilbte Zettel und Papiere.

Hugh war überrascht. Er war auf eine feindselige Begegnung gefasst gewesen, die sich nun nicht einstellte. Es war, als hätte man einen Schalter umgelegt. Es herrschte Ruhe.

»Sarah sagt, sie kommt gleich runter. Möchtest du eine Tasse Tee?«

»Nein danke.« Ohne den Mantel auszuziehen, setzte er sich ans andere Tischende. »Du siehst gut aus.«

»Ach ja?« Barbara blickte auf. »Ich kann mir kaum vorstellen, wie das gehen soll, wo ich doch bis über beide Ohren in Arbeit … Oder haben die Kinder dir noch gar nichts erzählt?«

»Was erzählt?«

»Meine großen Neuigkeiten.« Sie begann zu strahlen, ihre Augen leuchteten triumphierend. »Ich habe das perfekte Haus für mich gefunden.«

»Aber du hast noch nicht mal richtig angefangen zu suchen!« Hugh war gekränkt. Er hatte angenommen, dass er – als der »Glücklichere« von ihnen beiden – als Erster an die guten Angebote herankäme. Was, um alles in der Welt, konnte Barbara gefunden haben, wo er doch wusste, dass abgesehen von diesem öden Bauernhof neben der Schweinezucht im Umkreis von etlichen Meilen nichts frei war?

»Du solltest lieber sichergehen, dass dein perfektes Haus auch wirklich zu verkaufen ist, bevor du dich in Gedanken schon darin einrichtest.«

»Sei nicht albern, natürlich ist es zu verkaufen – an mich zumindest. Ich werde Jeffs Wassermühle kaufen.«

»Du kaufst … *was?*« Jetzt erst fiel ihm auf, dass all die Bücher Bilder von Wassermühlen zeigten – »Britische Wind- und Wassermühlen«, »Wassermühlen in East Anglia«, »Mühlen in Cambridgeshire und Norfolk«.

»Ich werde die Wassermühle kaufen«, wiederholte Barbara geduldig.

»Aber … weiß Jeff denn davon?« (Es sähe ihr ähnlich, so etwas zu beschließen, ohne Jeff zu informieren.)

»Natürlich weiß Jeff davon, es war ja seine Idee. Er will sie nur an jemanden verkaufen, der die Energie und Vorstellungskraft besitzt, sie zu restaurieren, und er findet, ich sei bestens dafür geeignet. Tatsächlich sagte er, ich sei wie Dschingis Khan, aber solche Sprüche ignoriere ich einfach. Ich glaube, er hat irgendein Syndrom, dass er immer so unhöflich ist, was im Außenministerium nicht gerade förderlich gewesen sein kann.«

Welcher Teufel ritt sie denn jetzt? Chackley Wood Mill war eine Ruine und einer der deprimierendsten Orte der Welt.

»Nun mal langsam. Bist du dir da sicher?«

»Noch nie war ich mir einer Sache so sicher wie dieser.«

»Die Mühle ist viel zu groß für dich.«

»Warum sollte ich nicht in einem großen Haus wohnen? Dürfen geschiedene Frauen nur in kleinen Häusern wohnen?«

»Du wirst immens lange Wege haben!«

»Ich habe gern lange Wege. Außerdem habe ich gern Gäste, und ich sehe nicht ein, dass ich das aufgeben soll, nur weil du dir in den Kopf gesetzt hast, dich scheiden lassen zu wollen.«

Hugh wollte sie erinnern, dass sie das alles mit seinem Geld tun würde – nur wäre es natürlich nicht mehr sein Geld. Er konnte es sich leisten, ihr eine üppige Abfindung zu zahlen, aber das beruhigte ihn überhaupt nicht. Unbewusst hatte er sich wohl vorgestellt, seine Exfrau werde ein stilles und bescheidenes Leben führen, doch Barbara hatte in ihrem ganzen Leben noch nichts still und bescheiden getan.

»Ich dachte, du würdest dich freuen«, sagte sie, »da du es ja so eilig hast, mich hier aus dem Haus zu werfen.«

Er hatte bereits ein Angebot für das Herrenhaus akzeptiert – von einem Mann, der einen dieser futuristischen Computerbetriebe in Silicon Fen besaß. Barbara hatte sich wegen des endgültigen Übergabetermins furchtbar angestellt und ständig versucht, ihn hinauszuzögern – bis jetzt. »Warte doch mal. Wenn es dir wirklich ernst ist, wird das ein Wahnsinnsunternehmen.«

Barbara lächelte. »Du bist ja nur eifersüchtig, weil ich als Erste etwas gefunden habe.«

»Mach dich nicht lächerlich. Ich würde in der Mühle nicht wohnen wollen, selbst wenn du mich dafür bezahlst. Aber du hast das Ganze noch nicht aus praktischer Sicht betrachtet. Wo wirst du wohnen, während die Mühle umgebaut wird? Ich kann dir sagen: Es ist nahezu unmöglich, hier in der Gegend was zu mieten.«

»Ich will auch nichts mieten. Ich werde meine Möbel zwischenlagern und auf dem Grundstück wohnen, in einem Wohnwagen.«

»WIE BITTE?«
»Du brauchst nicht gleich so zu schreien!«
»DU?«
»Was ist daran so merkwürdig? Ich war bei den Pfadfindern. Ich kann sehr wohl für eine Weile auf Bequemlichkeit verzichten.«
Hugh stöhnte. »Du willst Jeffs Anhänger übernehmen?«
»Großer Gott, nein! Also ehrlich, Hugh, so viel Verstand kannst du mir gern zutrauen! Jeffs Anhänger wird auf der nächsten Müllhalde landen, und Brian Hunter vom Chor sagt, an der Newmarket Road gebe es eine Firma, die gute Wohnanhänger verleiht. Ich muss vor Ort sein, während dort gearbeitet wird – du weißt ja, wie diese Handwerker sind, du musst sie jede Sekunde im Auge haben.«
Hugh taten die Handwerker jetzt schon leid. Es war beängstigend, Barbara so ruhig von ihren Umzugsplänen reden zu hören.
»Ich bin auf eine gute Idee gekommen, wie wir die Möbel aufteilen«, verkündete sie munter. »Ich habe kleine Aufkleber gekauft.«
»Oh.«
»Rot für mich und blau für dich. Ich nehme das Chesterfield und den Flügel.«
»Oh. Ich kann mir noch keine Gedanken über Möbel machen, bevor ich nicht etwas gefunden habe, wo ich sie hinstellen kann. Meine Sachen werden wohl auch erst mal ins Lager gehen.«
Sie schwiegen einige Minuten und ließen die Absurdität ihrer Unterhaltung verklingen.
Dann sagte Barbara: »Ich möchte dich um einen Gefallen bitten. Während der Bauarbeiten müsstest du dich um Jock und Fanny kümmern.«

»Oh.«
»Sag doch nicht andauernd ›oh‹, Hugh. Ist das ein Problem? Mag sie keine Hunde?«
»Nein … doch … sie mag Hunde, und das ist kein Problem.« (Laura wäre nicht begeistert, aber sie würde einsehen müssen, dass seine Hunde nicht verhandelbar waren.)
»Mit einem von ihnen würde ich wohl klarkommen.« Barbara streichelte Jock, der seinen Kopf auf ihr Knie gelegt hatte, zärtlich übers Ohr. »Tatsächlich wäre es sogar gut, einen Hund zur Gesellschaft zu haben, aber zwei …«
Hugh merkte, dass sie beide denselben Gedanken gehabt hatten. »Ich wollte dich auch schon wegen des Sorgerechts für die Hunde fragen.«
»Wie schrecklich das klingt!«
»Ich weiß, ich weiß. Aber es sind ebenso meine wie deine Hunde. Es wäre eine vernünftige Lösung, wenn jeder einen nimmt.«
Sie seufzte. »Ich denke, du wirst Fanny wollen. Sie war schon immer dein Liebling.«
»Hat sie abgenommen?«
»Ja, das arme Ding verzehrt sich nach dir. Sie wartet stundenlang an der Tür und kann nicht verstehen, warum du nicht kommst – wirklich herzzerreißend! Vielleicht sollte sie jetzt dein Hund sein. Ich gebe sie nicht gerne her, aber wenn sie dann glücklicher ist … Und ich könnte es nicht ertragen, mich von Jock zu trennen.«
»Danke. Das würde mir viel bedeuten.« Er war dankbar, auch wenn sie es für die Hunde getan hatte und nicht für ihn. Es war absurd, aber er musste ein paar Tränen wegblinzeln. Er rieb Fanny den Kopf. »Hast du das gehört? Du kommst mit zu mir!«
»Es ist das Beste«, sagte Barbara. »Die blöden Ratten in der

Mühle würden sie nur aufregen. Wohingegen Jock davon entzückt sein wird.«

»O ja, er wird sich wie im Paradies fühlen.« Sie lachten liebevoll. »Tja, je eher, desto besser, denke ich. Ich ziehe am Montag ins neue Haus. Kann ich Fanny dann nächstes Wochenende abholen?«

»Du brauchst sicher Zeit, um sie zu überreden.«

Der Moment der Harmonie war vorüber.

»Natürlich nicht.«

Sarah kam in die Küche. »Hallo, Dad, entschuldige, dass du warten musstest.« Sie gab ihm einen Kuss auf die Wange. »Sei ehrlich: Mache ich dir damit Schande? Ich hatte nichts anderes als mein Konzertkleid.«

»Du siehst umwerfend aus.«

Sie trug ein langes schwarzes Etuikleid und eine von Barbaras Ketten. Hugh fand, dass sie selbstsicher und elegant aussah – und erstaunlich erwachsen.

»Tja, dann wünsche ich euch einen schönen Abend.« Barbara zog sich einen der Bildbände heran. »Du wirst es sicher mehr genießen als ich, Sarah. Ich habe diese Mitarbeiterfeiern immer gehasst.«

»Komm mit.« Hugh nahm Sarah bei der Hand. Er wollte schnell weg, bevor sein altes Leben ihn wieder einholte. »Je eher ich dort auftauche, umso besser.«

Im Auto spürte er, dass Sarah sich merklich entspannte. Das hatte er gehofft.

»Wirst du eine Rede halten müssen?«, wollte sie wissen.

»Nein, Gott sei Dank nicht! Ich muss nur die Lose für die Tombola ziehen und mich beim Karaoke lächerlich machen. Danke, dass du mich begleitest.«

»Tja, Laura konntest du schlecht mitnehmen.«

»O Gott, nein.« Bei der Vorstellung, wie Laura bei der Mitarbeiter-Disco tanzte, musste er plötzlich schmunzeln. »Ehrlich gesagt, würde sie dort nicht hinpassen.«

»Delphine auch nicht. Sie würde aussehen, als käme sie von einem anderen Planeten.«

»Ist alles in Ordnung mit euch beiden?«, erkundigte sich Hugh.

»Ja.«

»Gut.«

»Warum fragst du?«, fragte sie scharf nach.

»Nur so, aus keinem besonderen Grund.«

»Tut mir leid, ich wollte dich nicht so anfahren«, sagte Sarah nun. »Aber es ist ganz schön anstrengend, verliebt zu sein.«

»Das kannst du laut sagen.« Manchmal hatte Hugh das Gefühl, sein neu gefundenes Glück lauge ihn ganz schön aus.

»Dann geht es dir gut?«

»Na ja, mehr oder weniger. Es ist nicht gerade einfach, mit Delphine zusammenzuleben. Wie ist es mit Laura?«

»Wie man *einfach* zusammenlebt, weiß ich sowieso nicht«, erwiderte Hugh. »Und was ich tue, kann man nicht gerade den einfachen Weg nennen. Aber ich muss mit Laura zusammen sein, auch wenn es schwierig ist. Ergibt das einen Sinn?«

Laura lachte. »Ja. Streitet ihr viel?«

Er dachte nach. »Wir sind uns oft uneinig, aber wir streiten nur freundschaftlich miteinander. Tatsache ist, dass Laura nicht besonders streitlustig ist.« Er verschwieg, dass er sich manchmal wünschte, sie würde häufiger mit ihm streiten, damit er eine Ahnung bekäme, was in ihrem Kopf vorging. Sie war mit ihm zusammen und dennoch fast so weit entfernt wie vorher. Aus diesem Grund musste er unbedingt ein ordentliches Haus für sie beide finden – um sie ein für alle Mal an sich zu binden.

Kapitel 14

Die Dornensträuche schienen über Nacht nachgewachsen zu sein, und Barbara holte die Gartenschere aus dem Rucksack, um sie zurückzuschneiden. »Ich bitte dich ja nicht um volle Unterstützung. Ich wünschte nur, du hättest keine so negative Einstellung.«

»Ich bin nur realistisch«, erwiderte Sarah.

»O ja, genau das sagt dein Vater auch immer, wenn er meine Begeisterung dämpfen will. Es ist mir klar, dass er dich auf seine Seite ziehen will. Warum ist die Vorstellung, dass ich ein unabhängiges Leben führen möchte, für dich so bedrohlich? Ich dachte, du bist Feministin?«

»Feministinnen kaufen sich ihre Wassermühlen selbst. Für deine muss Dad bezahlen.«

»Ich will es nicht noch einmal erklären: Ich habe mir dieses Geld verdient. – Halt ihn fest!«

Sarah hielt Jocks Leine nicht fest genug – der Hund zog daran und zitterte vor Aufregung. Er musste endlich aufhören, jedes Mal durchzudrehen, sobald er sich der Wassermühle näherte! Barbara nahm ihn jetzt immer mit, damit er sich daran gewöhnen konnte, bislang ohne viel Erfolg. Er ging jedem Geruch nach, zerrte an der Leine und versuchte immer wieder, in den Fluss zu springen.

»Ich finde es vollkommen in Ordnung, dass Hugh bezahlt«, verkündete Delphine. Sie stand einige Meter entfernt in ihrer typischen zusammengekrümmten Haltung und rauchte. »Er hat nie dafür bezahlt, was er meinem Vater angetan hat.«
Barbara zuckte zusammen, wie immer, wenn Delphine etwas sagte. Sie konnte das Mädchen nur in ihrer Nähe ertragen, wenn sie es ignorierte.
»Sei nicht so melodramatisch«, warf Sarah unwirsch ein. »Er hat deinem Vater gar nichts angetan.«
»Doch, das hat er – er hatte eine Affäre mit meiner Mutter.«
»Tja, na und? Das ist doch schon Urzeiten her, noch bevor du geboren wurdest ... Jock!«
»Gib ihn mir.« Energisch übernahm Barbara die Führung und zog den widerspenstigen Hund an ihre Seite. Sarah und Delphine zankten schon den ganzen Morgen herum, wenn sie Barbara außer Hörweite wähnten. Sie ärgerte sich, dass die beiden zur Mühle mitgekommen waren. Natürlich wollte sie ihrer Tochter die Mühle zeigen, aber nicht an einem Tag wie diesem, wo der Himmel so schwer und grau war, dass er allem die Farbe entzog. Wie gern hätte sie ihre Zukunftsvision von der Mühle mit anderen geteilt!
»Das muss reichen – passt einfach auf die Dornen auf.« Barbara ging auf dem überwucherten, düsteren Weg voran. »Man kann sich kaum vorstellen, dass es hier mal breit genug für Pferd und Wagen war. Hört ihr den Fluss? Das ist ein Nebenfluss des Granta. Als er umgeleitet wurde, sank der Wasserpegel, und heute fließt er nicht mehr stark genug, um eine Mühle anzutreiben. Dass eine so kleine Sache eine ganze Landschaft verändern kann!«
»Du musst uns hier nicht die ausführliche Besichtigungstour bieten«, mäkelte Sarah.

»So, da wären wir.« Barbara trat zur Seite, um den Blick freizugeben.

Die Mühle war in keinem guten Zustand, das musste sie zugeben. Im trüben, schwindenden Tageslicht wirkte sie wie eine verrottende Ruine, eine Gebäudeleiche, die nicht mehr zu retten war.

»O Gott«, rief Sarah entsetzt. »Mum! O Gott!«

»Ist das alles, was du sagen kannst?«

»Dir muss doch klar sein, dass das verrückt ist!«

»Ja, es ist teuer – das ist es doch, was du zu beanstanden hast, oder?«

»Mum, es ist schrecklich. Es ist die reinste Bruchbude!«

»Nein, da irrst du dich«, widersprach Delphine. »Es ist wunderschön.«

Entnervt fuhr Barbara herum und wollte etwas Schnippisches erwidern, da sah sie, dass Delphine es ernst meinte, weder sarkastisch noch feindselig. Ihr schmales, sonst so mürrisches Gesicht zeigte plötzlich Leidenschaft und wirkte überraschend hübsch. Sie betrachtete die Wassermühle mit wohlwollendem Interesse und lächelte.

»Hör auf«, herrschte Sarah sie an, »das ist nicht witzig.«

»Ich will auch nicht witzig sein. Das ist ein herrlicher Ort, so tief im Wald, dass man sich meilenweit von der Zivilisation entfernt fühlt.«

»Ich dachte, du hasst das Landleben.«

»Ich sagte, ich hasse das englische Landleben, weil es so bieder und öde ist. Das hier ist nicht öde. Es ist kein spießiges, aufgesetzt sentimentales Szenario wie in einem Freilichtmuseum – es ist echte Vergangenheit. Wer will schon ein Haus wie jeder andere? Mein Vater mochte solche alten Wirtschaftsgebäude auch gern«, erzählte sie Barbara. »Ihm hätte das hier bestimmt sehr gefallen.«

Es war die längste Rede, die Barbara je von Delphine gehört hatte, und sie war zu überrascht, um auch nur die Hälfte zu verstehen. Doch sie freute sich. Dies war genau die Reaktion, die sie von Sarah erwartet hatte. Na, wenigstens gab es überhaupt jemanden, der ihre Vision teilte – wenn sie aufhörte zu schmollen, war Delphine durchaus ein ganz vernünftiges Mädchen.

»Danke«, erwiderte sie freundlich. »Ich danke Ihnen, Delphine. Sie sind der erste Mensch, der mir nicht vorwirft, verrückt zu sein.«

»Oh, Sie sind verrückt«, entgegnete Delphine ruhig, »vollkommen verrückt. Aber auf eine gute Art.« Wie von einem plötzlichen Energieschub angetrieben, marschierte sie auf die Mühle zu. Das Erkerfenster links der Eingangstür war zugenagelt. Delphine spähte durch das schmutzige Fenster auf der anderen Seite und drückte sogar Gesicht und Hände gegen die Scheibe, ohne auf den Dreck zu achten. »Ich glaube, das war die Küche.«

»Stimmt«, sagte Barbara und zog Jock näher zu sich. »Aber für meine Bedürfnisse ist sie natürlich viel zu klein.«

Sarah stieß einen schnaubenden Laut aus, der nach Empörung klang. »Für welche Bedürfnisse, um Himmels willen? Wozu brauchst du ein so großes Haus?«

»Sarah scheint zu denken, dass Sie sich verkleinern müssen«, sagte Delphine zu Barbara, »nur weil Ihr Mann Sie verlassen hat – als eine Art Strafe, weil Sie ausgemustert wurden. Sie denkt, Sie sollten wie eine mittellose viktorianische Witwe leben und die ganze Abfindung für Ihre Kinder aufsparen.«

»Das habe ich nie gesagt!«, fuhr Sarah sie an.

Barbara empfand mehr und mehr Bewunderung für Delphines gutes Gespür. Im Handumdrehen hatte sie den wahren Grund für Sarahs Ablehnung der Wassermühle analysiert.

»Nein, aber du hast immer wieder gejammert, wie dringend du eine Wohnung in London brauchst – ich nehme an, du wolltest mich bitten, dir eine zu kaufen.«
»Das wollte ich nicht! Ich habe nur Angst, dass dir diese Mühle zu viel werden könnte!«
»Tja, ich bin keine neunzig, vielen Dank, und um ein Haus wie dieses kümmere ich mich mit links. Mach dir also bitte keine Sorgen.«
Sarah schürzte verärgert die Lippen und warf Delphine einen vernichtenden Blick zu. »Ich will dein Geld nicht, okay? Aber du tust das doch nur, um mit Dad zu konkurrieren. Und wenn du dir etwas Kleineres kaufen würdest, könntest du das Geld für andere Dinge aufsparen.«
»Was für andere Dinge?«, herrschte Barbara sie an. »Ich will nichts anderes.«
»Es würde dich nicht umbringen, mir beim Wohnungskauf unter die Arme zu greifen. Du bist doch diejenige, die mich zur Profi-Geigerin erzogen hat. Ich werde niemals eigenes Geld verdienen.«
»Sie hält Sie für egoistisch«, sagte Delphine.
»Halt den Mund, das habe ich nicht gesagt!«
»Wenn du Geld willst, Sarah, dann wende dich an deinen Vater. Soweit ich weiß, hat er genug davon«, meinte Barbara wegwerfend. »Er hat nicht die Absicht, sich selbst nur eine einfache kleine Hütte zu kaufen. Und wenn er ein schönes, großes Haus haben darf, dann darf ich das auch.«

Nottley Cottage war ein flaches, weißes Häuschen mit Schieferdach am äußersten Rand von Grantchester. Laura gefiel es wegen des berühmten Gedichts »Grantchester« von Rupert Brooke mit Fragen wie »Steht die Kirchturmuhr auf zehn vor drei?« und »Gibt's genug Honig zum Tee für uns zwei?« Hughs Gedanken dagegen kreisten eher um die kleinen Räume, die niedrigen Decken und hässlichen Polstermöbel. Er war der Meinung, mit nur wenigen Kisten eingezogen zu sein, in denen Kleidung, Computerkram und andere wichtige Dinge verstaut waren, die er nicht einlagern wollte, doch sie schienen das ganze Haus zu füllen.

Laura kümmerte sich nicht weiter um die Kisten. Sie machte automatisch einen Bogen darum, als hätte sie sich jetzt schon damit abgefunden, dass dieses aufragende Gebirge aus Pappe ständig mitten im Wohnzimmer stehen würde. Sie kochte in der Küche Kaffee und begeisterte sich wie ein Kind an dem für sie ungewohnten Wasserkessel und der Cafetiere.

»Was hast du gesagt, wie viele Sachen du noch mitbringst?«, wollte Hugh wissen.

»Keine Sorge, fast nichts.«

»Das habe ich mir gedacht.«

»Hughie, hör auf, dir Sorgen zu machen – Delphine bringt nur meinen Laptop und ein paar Kisten mit Kleidern. Ich habe sie übrigens zum Essen eingeladen. Ich hoffe, du hast nichts dagegen.«

»Oh.«

»Du hast etwas dagegen.«

»Ich will heute Abend noch fertig werden. Wir haben keine Zeit zum Essen.«

»Wir müssen doch nur ein paar Sachen verstauen, und Delphine wird uns helfen.« Laura holte Bücher aus einer der Kisten und stellte sie in das Regal neben dem Kamin. Sie trug ausgebleichte Jeans und ein Herrenhemd und hatte ihr wildes Haar mit einem eingedrehten Bleistift gebändigt. Sie sah hübsch aus. »Kopf hoch, so schlimm ist es nicht.«

»Ich wünschte nur, es wäre schon unser richtiges Haus.«

»Ach, im Moment reicht es völlig aus. Ich werde es genießen, wieder auf dem Land zu wohnen und Felder vor den Fenstern zu sehen.«
»Wenn es nur ein paar Koffer sind, hätte ich deine Sachen doch mitbringen können. Dann hättest du Delphine nicht darum bitten müssen.«
»Sie macht das gern. Sie erledigt alles, was mit Autofahren zu tun hat.«
»Warum? Kannst du denn nicht fahren? Doch, du kannst … Ich erinnere mich, dass du in Frankreich Auto gefahren bist. Du musstest Michel überall hinbringen.«
»Im Moment habe ich keinen Führerschein – ich musste ihn für fünf Jahre abgeben.« Unbeirrt stellte Laura weiter Bücher ins Regal.
»Was?« Hugh kam sich vor, als hätte sie ihm einen Schlag versetzt. »Wie ist das denn passiert?«
»Ich hatte mal ein kleines Alkoholproblem.«
»Laura, sieh mich an! Sie haben dir den Führerschein abgenommen, weil du betrunken Auto gefahren bist?«
»Ich wollte es dir sagen.«
»Ist das alles, was dir dazu einfällt?« Er war verletzt, dass sie sich ihm nicht anvertraut hatte, und erschrocken, wie wenig er von ihr wusste.
Laura seufzte. Sie ließ das Buch fallen, das sie gerade aufgenommen hatte, und nahm sein Gesicht zwischen ihre Hände. »Ich bin nicht stolz darauf. Michel lag im Sterben, und alles war die reinste Hölle.«
»Du hast angefangen zu trinken!«
Sie seufzte erneut und zog ihre Hände zurück. »Ach, Hughie, du bist solch ein Unschuldslamm. Du hast keine Ahnung, was Menschen tun, wenn sie nicht so glücklich sind wie du – oder so gut.«

Ihre Traurigkeit erweichte ihn, aber jetzt hatte er ein neues Bild im Kopf. Er hatte Laura noch nie betrunken gesehen.

»Erzähl mir genau, was passiert ist.«

»Die Details sind ein bisschen verschwommen. Ich kam gerade aus dem Supermarkt.«

»Wo?«

»Ach, Hughie! Spielt das eine Rolle?«

»Ich will es mir vorstellen.«

»Den Supermarkt gab es noch nicht, als du da warst. Es ist ein riesiges Gebäude, außerhalb von Sainte Marie. Jedenfalls bin ich nach Hause gefahren, und das Nächste, was ich wieder weiß, ist, dass ich in einem Krankenwagen liege und mein Kopf festgebunden ist. Ich bin in einen Kuhstall gerauscht, habe dem Bauern die Rippen gebrochen und zwei seiner Kühe getötet.«

»Um Gottes willen – du kannst froh sein, dass du noch lebst!«

»Ich weiß.«

»Und beinahe hättest du jemanden umgebracht! Wie konntest du nur so … na ja, so verantwortungslos sein?«

»Es war an dem Tag, als Michel aufwachte und plötzlich blind war.«

»O … Gott!« Er war erschüttert.

»Siehst du, da ist sie wieder, deine Unschuld. Ich meine das nicht vorwurfsvoll – tatsächlich gehört sie zu dem, was ich an dir liebe –, aber du hast dich nie mit derart schrecklichen Dingen auseinandersetzen müssen. Ich musste mir anhören, wie mein Mann den Verlust seines Augenlichts beweinte.«

»Liebling, es tut mir leid.«

»Du musst dich nicht entschuldigen – ich wollte meine Trinkerei nur in einen Kontext setzen. Jetzt trinke ich nicht mehr.«

Draußen hupte es. Delphine war mit Lauras Sachen eingetroffen, und Laura sprang auf, um sie zu begrüßen. Hugh folgte ihr zögernd und noch ganz versunken in das beunruhigende Bild, das Laura von ihrer tragischen und schreckenerregenden Ehe gezeichnet hatte. War er tatsächlich ein »Unschuldslamm«? Ich darf sie nicht verurteilen, dachte er, nur weil ich mehr Glück hatte.

Die beiden großen, schlanken Frauen warfen sich einander in die Arme.

»Hallo, Hugh.« Delphine blickte aufmerksam und (wie Hugh fand) feindselig über Lauras Schulter.

»Hallo, Delphine.«

Ausgiebig begutachtete sie das Haus. »Ein hübsches Liebesnest.«

»Wart lieber ab, bis du die Möbel siehst«, meinte Laura.

»Ich habe dir das hier mitgebracht.« Ein großes, flaches Etwas, das in eine Decke gewickelt war, klemmte hinter dem Fahrersitz ihres Wagens. Vorsichtig klaubte Delphine es heraus und reichte es ihrer Mutter. »Es ist das Selbstporträt. Ich dachte, es hilft dir vielleicht, dich zu Hause zu fühlen.«

»Ach, mein Schatz, danke sehr!« Lauras Gesicht strahlte vor Freude. »Was für eine wunderbare Idee! Wir können es über den Kamin hängen – anstelle dieses hässlichen Massenware-Posters, das im Moment dort hängt. Es wird den ganzen Raum verändern!«

O ja, ganz bestimmt, dachte Hugh. Michels Gesicht war das Letzte, das er in seinem Liebesnest sehen wollte. Er hasste das Gemälde, und dieses verdammte Mädchen wusste das ganz genau. Sie hatte es nur mitgebracht, um ihm eins auszuwischen – nicht, dass er das Laura gegenüber erwähnen wollte. Die würde ihn sicher nur auslachen. Übellaunig stieg er mit Kisten und Koffern die Treppen hinauf und hinunter, während Delphine und Laura das Bild aufhängten.

Dann rief Laura zum Essen. Es gab Hühnerpasteten, Salat und Käse aus dem Qualitäts-Supermarkt Waitrose. Hugh öffnete eine Flasche Rotwein und zögerte kurz, bevor er Laura ein Glas davon einschenkte.

Sie lächelte ihn an. »Keine Sorge, ich habe es mittlerweile im Griff.«

»Dann hast du es ihm gesagt«, kommentierte Delphine.

»Ja. Er weiß, dass ich wegen Trunkenheit am Steuer meinen Führerschein abgeben musste.«

»Hat er dir denn von dem Hund erzählt?«, wollte Delphine wissen.

»Von welchem Hund?«

»Sarah sagt, dass ihr einen der Hunde nehmt.« Ihre Augen leuchteten – sie genoss sichtlich ihre Boshaftigkeit, denn sie wusste, dass sie Hugh in Verlegenheit brachte. Natürlich hatte er Laura noch nichts erzählt.

»Hughie?«

»Das stimmt, ich habe es nur ganz vergessen. Barbara und ich nehmen jeder einen Hund. Wir bekommen Fanny. Es tut mir leid, dass du es auf diese Weise erfährst.«

»Du meine Güte – ich muss hier zusammen mit einem Hund namens Fanny wohnen?« Laura war deutlich verärgert, bemühte sich jedoch (wie Hugh erleichtert feststellte), es zu unterdrücken. »Tja, du warst großzügig, was meine düstere Vergangenheit angeht, dann werde ich wohl auch großzügig mit deinem Hund sein, denke ich.«

»Danke.«

Sie lächelte wieder. »Gibt es noch andere Dinge, die du mir nicht erzählt hast?«

»Nein, nun weißt du alles. Sie ist eine ganz liebe, alte Hündin, und du musst dich nicht wundern, wenn sie zu Anfang etwas scheu ist.«

Delphine wirkte verstimmt. Ihr Versuch, Unfrieden zu stiften, war misslungen. Hugh war allerdings sicher, dass sie noch mehr in petto hatte. Sie mochte ihn nicht. Sie war eifersüchtig, weil ihre Mutter ihn liebte.

Als sie abfahren wollte und für einen kurzen Moment mit Hugh allein im Hausflur war, raunte sie ihm zu: »Sie hat Ihnen noch längst nicht alles erzählt.«

»Das ist mir egal«, zischte Hugh zurück.

Aber das war es nicht. Es war ihm äußerst wichtig, und er war wütend auf Delphine, dass sie ihn auf diese Weise an Edouard Ferrand erinnert hatte. Die Vergangenheit war zwar vorüber, doch immer wieder drohte sie die Gegenwart zu verdüstern.

Kapitel 15

»Ich muss bald ein ernstes Wort mit Dad reden«, sagte Colin. »Sobald das Haus verkauft ist, bin ich ein Obdachloser mit einem Konzertflügel. Und außer popligen Studentenzimmern gibt es nichts zu mieten. Dad hat früher mal angedeutet, er wolle mir eine Wohnung kaufen, wenn ich eine brauche. Tja, jetzt brauche ich eine.«
»Schade, dass du hier nicht einziehen kannst«, erwiderte Letitia. »Aber es ist nicht genug Platz, und Alice und Saff würden austicken.« Alice und Saff waren ihre Mitbewohnerinnen. Sie waren beide übers Wochenende nach Hause gefahren und heute, am Sonntagnachmittag, nicht da. Letitia stand in der kleinen Küche und bügelte. »Kannst du denn wirklich nicht bei einem deiner Eltern wohnen?«
Colin saß unter dem verregneten Oberlicht im Wohnzimmer auf dem Sofa. »Mum wird erst einmal in einem Wohnwagen hausen, und bei Dad und Laura kann ich nicht einziehen, weil wir dann alle verrückt würden. Außerdem will ich mit dir zusammenwohnen. Seit wir uns kennen, wünsche ich mir einen Ort, an dem wir ungestört Sex haben können.«
Letitia legte die fertig gebügelte Jeans zusammen. Colin hatte sie bisher nicht direkt gefragt, ob sie mit ihm zusam-

menziehen würde. Und sie war sich auch nicht sicher, ob sie das wollte. Sein Drang zum konventionellen Pärchendasein fing langsam an, ihr auf die Nerven zu gehen. Sie hatte den Verdacht, dass ihm dabei weniger die Romantik als die Bequemlichkeit wichtig war. Es verging keine Nacht, in der er sich nicht über ihr quietschendes Bett beschwerte. Seit ihrer wundervollen Liebesnacht zu Weihnachten hatte ihre Begeisterung bereits ein wenig nachgelassen.

Colin war kein Konzertpianist mehr. Sein Vater hatte ihn offiziell ins Geschäft übernommen und ihn zum Assistenten des ersten Sommeliers ihrer Weinabteilung ernannt – ein Mann namens Bob, den Colin dafür bewunderte, wie er den lukrativen Online-Verkauf des »Matthew Purvis & Sons Wine Club« aufgebaut hatte. So etwas Langweiliges hatte Letitia in ihrem ganzen Leben nicht gehört. Colin hatte sich seine Pianistenlocken kurz schneiden lassen und ging jeden Morgen mit Anzug und Krawatte zur Arbeit. Und er trug eine Aktentasche. Fast über Nacht hatte er sich in einen biederen Angehörigen der Mittelschicht verwandelt.

Tatsache war jedoch, dass sie sich in einen begnadeten Musikus mit langen Locken verliebt hatte. Es war ihr bewusst, und sie schämte sich dafür. Sie wollte nicht, dass ihre Mutter recht behielt, was ihre bevorzugte Sorte von Männern betraf.

Das Telefon klingelte. Die angezeigte Nummer kannte Letitia nicht. »Hallo?«

»Letitia?« Eine Frauenstimme. Sie klang angespannt und gequält. »Letitia Hamilton?«

»Ja?«

»Hier ist Simone.«

»Bitte, wer?«

»Simone Wakem – die Mutter von Sebastian.«

»Oh.« Letitia hatte diese Frau ein Mal getroffen, und es war keine sehr angenehme Begegnung gewesen. Tatsächlich hatte es den Anfang vom Ende ihrer Beziehung mit Sebastian eingeläutet.
»Letitia. Er ist im Krankenhaus. Er hatte einen Autounfall.«
»O mein Gott!«
»Er wird wieder gesund werden, das versichern sie mir immer wieder, aber sein Gesicht ist furchtbar ...« Simone brach ab. Sie schluchzte. »... beide Beine gebrochen ... alle sagen, er kann von Glück reden, dass er noch lebt.«
»O Gott.«
»Wer ist das?«, wollte Colin wissen.
Sie gab ihm ein Zeichen, er solle still sein.
»Letitia, ich weiß, dass Sie und er ... Aber er will Sie sehen und fragt immer wieder nach Ihnen.«
Sie dachte, sie wäre ganz ruhig, doch ihre Knie zitterten. »Natürlich werde ich hinfahren und ihn besuchen. In welchem Krankenhaus liegt er?«
»Danke. Im Chelsea and Westminster. Vielen, vielen Dank. Ich weiß, dass Sie aus Cambridge anreisen müssen, und falls die Zugfahrt ein Problem ...«
»Nein, nein, überhaupt nicht«, unterbrach Letitia, da sie das flehentliche Bitten der Frau nicht länger ertragen konnte. Die alte Schachtel tat ihr sogar leid – was musste es sie für eine Überwindung gekostet haben, sie anzurufen! »Morgen Vormittag schaffe ich es nicht, aber am Nachmittag kann ich kommen. Lassen Sie mich für alle Fälle Ihre Nummer notieren.« Sie griff nach einem Kugelschreiber und schrieb sich die Nummer auf die Hand. »Ich rufe Sie an, wenn ich weiß, wann der Zug ankommt.«
Sie verabschiedete sich höflich und nahm ihre Bügelarbeit wieder auf, allerdings erschüttert und den Tränen nahe.

»Und? Wer ist im Krankenhaus?«
»Sebastian. Mein Ex.«
»Ach. Und jetzt willst du ihn besuchen?«
»Er möchte das gern. Anscheinend hat es ihn ganz schön erwischt.«
»Verdammt. Der arme Kerl.«
Ein Gefühl der Zärtlichkeit überkam sie. Colin war zwar eifersüchtig auf Sebastian, aber viel zu nett, um jetzt darauf herumzureiten. »Ja, der Arme! Das war seine Mutter, völlig aufgelöst. Da konnte ich schlecht nein sagen.«

»Hat jemand was dagegen, wenn ich das Fenster aufmache?«, erkundigte sich Laura vom Rücksitz aus. Ihre Stimme klang gequält.
In Colins kleinem, altem Golf stank es nach Hundefurz. Fanny lag neben Laura auf ihrer Decke.
»Machen Sie nur«, sagte Colin. Neugierig studierte er Lauras Gesicht im Rückspiegel und fragte sich, was seinen gesetzten, praktisch veranlagten Vater veranlasst hatte, wegen dieser dünnen, grauhaarigen, melancholischen Frau sein Leben umzukrempeln.
»Arme, kleine Fanny«, sagte Hugh, der auf dem Beifahrersitz saß. Er griff nach hinten, um den Hund zu streicheln. »Das muss ein schöner Stress für sie sein.«
Für Laura war der Stress bestimmt viel größer, dachte Colin, doch sie lächelte seinen Vater nur mitfühlend an und kurbelte ihr Fenster herunter.
»Brr, das zieht mir genau in den Hals«, beschwerte er sich. »Wir müssen dann irgendwo rechts abbiegen, Colin, Richtung Moxon.« Die Straßenkarte lag auf seinen Knien.
»In Ordnung.« Colin dachte unentwegt an Letitia und nahm an den Problemen seines Vaters nur halbherzig Anteil. Es

war ein klarer und kühler Freitagmorgen Anfang Februar. Hughs Wagen war kaputtgegangen, so dass er Colin in der Arbeit angerufen und gebeten hatte, ihn und Laura zu einer Hausbesichtigung zu fahren. Beide waren äußerst dankbar und höflich und sehr darum bemüht, dass er sich nicht ausgeschlossen fühlte, obwohl er bereits ein erwachsener Mann von dreiundzwanzig war.

Das Einzige, was ihn zum Thema Haus und Wohnung interessierte, war, mit Letitia zusammenzuziehen. Eben noch war alles so gut wie abgemacht gewesen – sobald das Herrenhaus verkauft wäre, wollte er eine gemeinsame Wohnung in Cambridge für sie beide suchen –, doch plötzlich redete sie nur noch davon, nichts zu überstürzen. Colin bemühte sich redlich, den Grund dafür nicht in Sebastian zu sehen. Von ihrem Krankenhausbesuch war Letitia schwer bestürzt zurückgekehrt. Sebastians Nase war gebrochen, sein Gesicht durch Prellungen verunstaltet, seine Beine in seltsame Gerüste gespannt und sein gesamter Körper von Schläuchen und Kabeln überzogen.

Ich hätte mitfahren sollen, dachte er. Dieser eine Besuch war alles, was der Mistkerl brauchte, um sich wieder an Letitia heranzumachen.

Es kam ihm vor, als wäre ein Teil von ihr nicht wieder zurückgekommen. Sie wirkte unsicher und zerstreut, wenn sie über die Zukunft sprachen, auch wenn der Sex (falls sie dazu kamen) genauso gut war wie zuvor. Wenn diese Affäre mit Sebastian tatsächlich vorbei war, wie sie immer wieder beteuerte, warum war dann plötzlich alles so kompliziert? Alles um ihn herum veränderte sich, und er hatte keine Ahnung, wohin er gehörte.

»Da ist es«, sagte Hugh.

Auf dem Schild stand »Moxon 2«. Colin bog von der schma-

len Landstraße auf einen noch schmaleren Weg. Er verlangsamte so weit, dass er nur noch dahinkroch, und drückte vor jeder Kurve auf die Hupe.
»Hier gefällt es mir«, sagte Laura. »Wir sind mitten im Nirgendwo.«
»Und trotzdem nicht weiter als eine halbe Stunde von der Stadt entfernt«, ergänzte Hugh. »Was mich betrifft, ist es die optimale Verknüpfung zweier Welten. Bob meinte, ich solle mich schnell entscheiden – es ist noch nicht offiziell auf dem Markt.«
»Ist das auch ein Scheidungshaus?«
»Ein was?«
»Du weißt schon … Verkaufen sie es, weil sie sich scheiden lassen?«
»Das weiß ich nicht«, erwiderte Hugh steif.
»Ich halte es trotzdem für zu teuer. In Frankreich kann man dafür fast ein ganzes Dorf kaufen.«
»Machst du bitte das Fenster zu, Liebling? Es ist eiskalt.«
Es war seltsam, das Wort »Liebling« von seinem Vater zu hören und ihn in dieser verheirateten Art mit einer Frau zu erleben, die nicht seine Mutter war. Noch seltsamer war es, wenn Laura seinen Vater »Hughie« nannte.
Sie kamen in ein sehr kleines Dorf, das nur aus einer Ansammlung von Häusern um eine Kreuzung bestand. Eine halbe Meile später ging die kleine Straße ab, die zu »Moxon Lodge« führte. Wie Hugh ihnen bereits gesagt hatte, handelte es sich um einen extravaganten Zierbau im neugotischen Stil, der frei in einem großen Garten stand.
Laura stieß einen verzückten Schrei aus, als sie es entdeckte.
»Du lieber Himmel«, sagte Hugh.
»Sag bitte nicht, dass es dir nicht gefällt!«

»Es gefällt mir außerordentlich«, sagte Hugh und sah Laura mit einem so anzüglichen Lächeln an, dass Colin kaum erwarten konnte, auszusteigen. Er verließ eilig den Wagen und gab vor, die üppig verzierte rote Backsteinfront des Hauses zu begutachten. Sie bestand aus zwei schmalen, sechseckigen Türmen, dazwischen einer Mauer mit hoher Tür und einem einzelnen Fenster darüber. Colin, den es nicht besonders interessierte, an welchem Ort sein Vater seine zweite Ehe verbrachte, fand es unpassend und grotesk – wie das Teilstück eines viktorianischen Herrenhauses, das aus Versehen hier fallen gelassen worden war.

Laura stieg aus, während Hugh Fanny am Halsband festhielt, damit sie sitzen bliebe. »Was für ein phantastisches Haus – wie ein prachtvolles Tor ins Nichts.« Zu Colin gewandt, murmelte sie: »Dieser Hund ist absolut entsetzlich.«

Fanny war so eifersüchtig auf Laura wie ein dreijähriges Kind. Jedes Mal, wenn Hugh aussteigen wollte, bellte und winselte sie und versuchte, durch den Spalt zwischen den Vordersitzen auf seinen Schoß zu gelangen. Hugh reagierte resigniert, streichelte sie und gab ihr Leckerlis. Colin fand, dass sein Vater nicht im mindesten merkte, was er Laura durch den Hund abverlangte, doch sie trug es mit erstaunlicher Fassung.

»Sie ist schrecklich verwöhnt. Er lässt sie andauernd um seine Beine laufen.«

Laura lachte. »Wem sagen Sie das? Und weil er sie dauernd mit Leckerli besticht, muss sie ständig furzen.«

Ein zweites Auto kam den Weg entlanggefahren, hielt an, und die Maklerin, eine schlanke, blonde Frau, stieg aus. Fanny brach in erregtes Gebell aus, und während die Maklerin Laura und Colin die Hand schüttelte, versuchte Hugh erneut, den Hund zu beruhigen, um auch aussteigen zu können.

Colin wurde ungeduldig und klopfte gegen die Scheibe. »Dad, lass sie raus – ich gehe mit ihr durch den Garten, während ihr euch das Haus anseht.«
»Bist du sicher?«, fragte Hugh durch die Scheibe nach.
»Wollen Sie es sich denn nicht ansehen?«, wollte Laura wissen.
»Ach, das muss nicht unbedingt sein.« Colin nahm Hugh die Leine ab. Fanny sprang und tollte herum wie ein neurotisches Hundebaby – die Hunde sind durch die Scheidung weitaus schlimmer traumatisiert als ich oder Sarah, dachte Colin.
Die Maklerin führte Hugh und Laura ins Haus. Sobald sie verschwunden waren, hörte Fanny abrupt auf, um Colin herumzuspringen und trabte friedlich neben ihm her. Sie hatte ihre Meinung kundgetan.
Colin zog sein Handy aus der Tasche.
»Hallo«, sagte Letitia. »Ich dachte, du wolltest mich nicht vom Büro aus anrufen.«
»Ich bin nicht im Büro.« Er erklärte die Sache mit Hughs Wagen. Letitia zeigte Interesse am Haus und stellte eine Menge Fragen, die er nicht beantworten konnte – wie viele Zimmer, der nächstgelegene Laden, Nord- oder Südausrichtung und so weiter. »Hör zu, ich habe nicht vor, hier mit ihnen zu wohnen. Es ist allerdings schön, mal draußen zu sein. Wo bist du?«
»Im Zug.«
Die Sonne kam zwischen den Wolken hervor und tauchte den Garten in diffuses, zitroniges Licht.
Colin fröstelte. »Du fährst zu Sebastian.«
»Ja.«
»Du hast gesagt, er wird wieder gesund.«
»Ich sagte, er wird *irgendwann* wieder gesund. Er sieht im-

mer noch sehr schlecht aus, und ich kann ihn nicht einfach hängenlassen.«

Er hörte das unausgesprochene: *wenn er mich braucht.* Warum waren Frauen nur so versessen darauf, »gebraucht« zu werden? Colin wurde den Verdacht nicht los, dass Letitia es irgendwie sexy fand, ihren Exfreund reumütig und hilflos in Gips gelegt zu erleben.

»Tut mir leid, ich weiß, dass du nur aus christlichen Motiven heraus handelst.«

»Ach, halt den Mund.«

Sie lachten beide, hauptsächlich vor Erleichterung, dass sie einen Streit vermieden hatten.

»Und? Kommst du heute Abend zum Zuhören?« Die Frescobaldis hatten wieder eine Probe.

»Ja, ich werde da sein. Können wir anschließend zu dir gehen?«

»Sehr gern! Es ist schon etliche Tage her, seit ich dich mit dem Mund verwöhnt habe ... und danach können wir uns was vom Chinesen bestellen. Die anderen werden mir mein Glück verzeihen, wenn du sie zum Essen einlädst.«

Sein Engel mit der himmlischen Stimme wollte ihm einen blasen! Derart aufgemuntert, nahm Colin Fanny von der Leine und fing an, Stöckchen zu werfen.

Hugh und Laura blieben eine halbe Stunde im Haus. Als sie wieder auftauchten, raste Fanny über die Wiese und sprang an Hugh hoch – Colin musste mitrennen, um sie wieder an die Leine zu nehmen.

»Tut mir leid, tut mir leid«, sagte Hugh zu der Maklerin. »Ich weiß nicht, was in sie gefahren ist.«

»Sie stammt aus einer zerrütteten Familie«, meinte Colin trocken.

Laura schmunzelte.

Hugh nicht. »Sie vermisst Jock«, erklärte er nüchtern.
»Nein, Dad, tut sie nicht – sie kann Jock nicht ausstehen.«
Die Maklerin wollte ihnen noch die Wirtschaftsgebäude und eine Pferdekoppel zeigen, doch Fanny ließ nicht zu, dass Laura neben Hugh herging.
Schließlich ließ Laura Hugh und den Hund mit der Maklerin vorgehen und spazierte in einigem Abstand mit Colin hinterher. »Die Wirtschaftsgebäude interessieren mich nicht so sehr«, sagte sie. »Aber das Haus ist phantastisch – viel gemütlicher und einladender, als es von außen aussieht. Und natürlich ist es ein Scheidungshaus. Die Maklerin gab vor, es nicht zu wissen, aber es sieht aus, als hätte jemand einen schweren Gegenstand in den Wohnzimmerspiegel geworfen. Das erklärt auch, warum ein so schönes Haus während einer Immobilienkrise auf dem Markt ist.«
»Werden Sie auf das Angebot eingehen?«
»Ich würde es auf der Stelle kaufen, aber Hughie ist da zurückhaltender. Na ja, das wissen Sie natürlich ...«
»Ja, er will immer alles bis ins letzte Detail klären.«
»Und er hat recht damit. Wäre ich allein, würde ich nur etwas Dummes tun. Es ist wirklich nett, dass Sie uns hergefahren haben, Colin – es ist bestimmt nicht sehr angenehm für Sie.«
»Ach, das ist schon in Ordnung.«
»Sie sollten nicht mit Ihrem Vater und seiner neuen Frau auf Haussuche gehen müssen.«
»Sie sind wohl kaum seine neue Frau.«
Laura lächelte. »Sie wissen, was ich meine. Ich muss mich bei Ihnen entschuldigen. Wäre ich nicht nach Chackley gekommen, wäre Ihr Leben sicher viel friedlicher geblieben.«
»Nicht unbedingt.«

»Das haben Sie nett gesagt. Ich komme selbst kaum darüber hinweg.«
Colin hoffte, sie würde keine peinlichen Details ihrer romantischen Liebesgeschichte enthüllen.
»Ich liebe ihn sehr, müssen Sie wissen.«
»Ja.«
»Und ich werde mich bemühen, ihm nicht wieder das Herz zu brechen.«
Colin fand das Gespräch unerträglich. »Schön.«
»Ich bringe Sie in Verlegenheit«, sagte sie. »Das merke ich, weil Sie ihm so ähnlich sind. Verzeihen Sie bitte – wenn man so etwas in unserem Alter tut, muss man berücksichtigen, dass man andere in Verlegenheit bringt. Wie passend, dass dieses Haus mit seinen neugotischen Spielereien ein wenig albern aussieht, finden Sie nicht? Meine Tochter findet, wir machen uns komplett zu Narren.«
»Das finde ich nicht«, entgegnete Colin.
»Es tut mir leid, dass ich Ihre Mutter so unglücklich gemacht habe.«
»Es geht ihr gut.« Er hatte seine Mutter am Abend zuvor noch gesehen, als er zum Herrenhaus gefahren war, um auf dem Bechstein zu spielen (nun, da er kein professioneller Pianist mehr war, konnte er zu seinem reinen Vergnügen spielen). Sie hatte fröhlich zu einer Arie im Radio gesungen und dabei ihr gutes Porzellan in Luftpolsterfolie verpackt. »Sie spricht nur noch von der Mühle, die sie kaufen will.«
»Armer Hughie«, meinte Laura mitfühlend. »Er versucht sehr, sich nicht zu ärgern, aber er empfindet diese Mühle als so etwas wie Rache.«
»Mir gegenüber sagte er, es sei, als würde er Mom beim Geldverbrennen zusehen.«

»Ich hoffe, Sie haben ihm erwidert, er solle sich damit abfinden.«

»Das habe ich tatsächlich.«

»Sie verdient jeden Penny, den sie aus ihm herausquetschen kann. Hughie scheint zu glauben, dass er eine billigere Scheidung verdient als andere, sozusagen als Belohnung, weil wir damals das Richtige getan haben.«

Colin war bereits der Gedanke gekommen, dass Laura genau das getan hatte, was er nun bei Letitia befürchtete: dass sie den Mann zurückwies, den sie liebte, um bei dem Mann zu bleiben, der sie brauchte.

»Ah … Laura … Darf ich Sie etwas fragen?«

»Natürlich.«

»Haben Sie je bereut, bei Ihrem Mann geblieben zu sein?«

»Oh, etwa hundertmal am Tag«, antwortete Laura. »Aber ich wusste, dass ich es tun musste.«

»Er brauchte Sie.«

»Ganz so einfach war es nicht. Ich glaube, es hatte mehr damit zu tun, dass ich dem treu bleiben wollte, wofür wir uns einst entschieden hatten. Ich dachte, wenn ich es nicht täte, hätte nichts, was ich je gesagt oder getan hatte, eine Bedeutung gehabt.«

»Bereuen Sie es jetzt?«

»Auf keinen Fall – Sie und Delphine und Sarah wären dann nicht auf der Welt, oder? O Gott, es ist schon komisch, wie die Dinge manchmal laufen.«

Hugh drehte sich um und rief Laura etwas zu.

»Wie bitte?«

»Sie sagt, die Koppel sei langfristig zu pachten!«

»Ach, herrje!«, seufzte Laura geduldig. »Als ob mich das interessierte!« Sie setzte sich in Gang, um Hugh einzuholen, und ließ Colin mit seinen Gedanken allein. Laura und sein

Vater hatten »das Richtige« getan, aber Lauras Ehemann war schwer krank gewesen. Obwohl er seinen Vater dafür bewunderte, dass er die Frau, die er liebte, hatte gehen lassen, konnte er sich nicht vorstellen, dieses Opfer selbst zu bringen.

Letitia schaffte es gerade noch rechtzeitig zur Probe. Colin wartete schon hinten in der Kirche, aber sie konnte ihm nur kurz einen Kuss auf den Mund drücken, bevor sie an ihren Platz eilte. Die Anforderungen des Stücks – »If Ye Love Me« von Thomas Tallis – waren eine willkommene Ablenkung. Im Zug hatte sie ständig an Sebastian denken müssen.
Bei ihrem ersten Besuch hatte er geweint. Sein hübsches Gesicht war von Schürfwunden, Narben, Schwellungen und grünblauen Flecken verunstaltet gewesen, und sie hatte zugesehen, wie die Tränen sich ihren Weg an den aufgeworfenen Wundnähten vorbei bahnten. Colin gegenüber hatte sie es heruntergespielt, aber sie war abgrundtief entsetzt gewesen und hatte die ganze Heimfahrt im Zug weinen müssen. Der heutige Besuch war weniger grauenvoll gewesen. Die Schwellungen waren zurückgegangen und die Verfärbungen um seine Augen verblasst. Diesmal hatte Sebastian ihre Hand gehalten und geflüstert: »Ich bin so dumm gewesen, dich gehen zu lassen.« Er hatte versucht zu lächeln, was sie noch stärker gerührt hatte als seine Tränen.
Vielleicht hatte ihn diese Erfahrung verändert. Letitia hatte ihm nichts von Colin erzählt. Das wäre grausam, dachte sie, wo Sebastian doch fast gestorben wäre. Es bedeutete ja nicht, dass sie auch nur im Entferntesten daran dachte, zu ihm zurückzukehren!
Colin dagegen, der sie nach der Probe freudig in die Arme schloss, wirkte auf fast herzlose Weise gesund. »Hallo,

Schatz, wie war es? Tut mir leid, dass ich deine Nachrichten nicht beantwortet habe – ich hatte das Handy ausgeschaltet.«

Daisy Trounce legte ihm eine Hand auf den Arm. »Hallo, waren wir nicht brillant?«

»Elektrifizierend.« Er küsste sie auf die Wange.

»Hach, bist du reizend!«

»Hast du gehört? Ich bin mittlerweile in die Wirtschaft gegangen.«

»O ja, das habe ich gehört. Ich finde es phantastisch!«

»Meine Mutter nicht. Sie ist am Boden zerstört. Sie denkt, ich wäre auf meiner Karriereleiter gleich zwei Stufen hinabgestiegen und Leute wie du würden kein Wort mehr mit mir reden.«

»Ich rede noch mit dir.«

»Vielen Dank, Verehrteste – dann kann ich Sie vielleicht für unsere Serie bequemer Damenunterhosen begeistern?«

Daisy kicherte. »Und wie geht es sonst so?«

»Tja, wir haben jetzt einen festen Auszugstermin. Meine Mutter hat etwas gefunden, und mein Vater geht auch bald auf ein Angebot ein, glaube ich.«

»Was ist mit dir und Sarah? Wo werdet ihr wohnen?«

»Sarah zieht nach London. Ich habe keine Ahnung, was ich machen soll. Der Flügel wird wohl eingelagert werden müssen – und ich auch, wie ich das sehe.«

»Ach, da wirst du ihn aber sehr vermissen!« Daisy bekam feuchte Augen. Dann schien ihr etwas einzufallen. »Hör zu, wenn du nur vorübergehend etwas brauchst … Ich suche immer noch einen zweiten Untermieter – und für den Bechstein habe ich Platz genug.«

»Im Ernst?«

»Und ich bin sehr liberal und habe nichts dagegen, wenn

Letitia über Nacht bleibt.« Sie schenkte Letitia ein zuckersüßes Lächeln.
Ach, Frauen, dachte Letitia, was sind wir doch verschlagen! Die arme Daisy war so vernarrt in Colin, dass sie nicht nur seinen Flügel in ihr Haus aufnehmen will, sondern auch noch seine Freundin.
»Daisy, altes Haus ... meinst du das wirklich ernst?«
»Aber ja.«
»Das wäre meine letzte Rettung. Ich rufe dich morgen mal an wegen der Termine und so weiter, ja?«
»Ja, tu das. Der andere Untermieter ist übrigens Richie Turnmill.«
»Wer? Ach, einer der Turnmills aus Moat House?«
»Ja, der Mittlere.«
Innerlich äffte Letitia das an Wiehern erinnernde High-Society-Getue nach. Wie typisch, dass sie sich alle kannten!
»Seid ihr ... äh ... du und Dingsbums Turnmill ... seid ihr zusammen?«
(Letitia konnte nicht fassen, dass Colin da noch fragen musste.)
Eine leichte Röte überzog Daisys Gesicht. »O nein! Ich meine, er ist sehr ... Er ist einfach ein guter Freund.«
»Gut, denn ich will euch auf keinen Fall stören.«
(Oh, blinder, taktloser Colin! Sieht nicht, wie sehr er das Mädchen verletzt, das lieber ungestört mit ihm allein wäre!)
Es war ideal. Colin war so froh, dass er den ganzen Abend von nichts anderem sprach und vollkommen vergaß, nach Sebastian zu fragen.

Kapitel 16

Barbara lehnte im Türrahmen des weiten, vor Leere hallenden Raumes, der einst ihr perfekter Salon gewesen war. Es war das erste Mal an diesem schrecklichen und unwirklichen Tag, dass sie innehielt, um zu verschnaufen, und sie spürte eine große Traurigkeit. Ihr Leben war auseinandergenommen, in Kisten verpackt und weggekarrt worden, als wäre das letzte Vierteljahrhundert nur ein Traum gewesen. Hugh war gefahren, kurz nachdem sich die Lastwagen in Bewegung gesetzt hatten. Den ganzen Tag hatte er an Barbaras Seite geschuftet, und das sehr effektiv. Sie hatten schon immer gut zusammengearbeitet. Es war nur ein einziges Mal zu einer prekären Situation gekommen, als er und Barbara in der Eingangshalle standen und es sich anfühlte, als müsse jetzt einer von ihnen etwas sagen. Doch was gab es noch zu sagen? Für einen Abgesang war es zu spät. »Ruf mich an, falls es irgendwelche Probleme gibt«, hatte er gemurmelt und war verschwunden.

Sie fühlte sich heimatlos und hatte plötzlich Angst vor dem gemieteten Wohnwagen, der an der Mühle auf sie wartete. Die Firma hatte ihn am Tag zuvor geliefert, und Barbara war nur einmal kurz darin gewesen, um die Kisten und Tüten zu deponieren, die nicht ins Lager gehen sollten. Es war ein beeindruckendes, glänzendes Ungetüm, etwa fünfmal so groß wie Jeffs einstiger und unbeweinter Wohnwagen, mit zwei kleinen Schlafzimmern und einer Duschkabine. Hugh hatte laut gestöhnt, als er die Mietkosten sah. Aber Barbara konnte kein Chaos mehr ertragen, und sie wollte auch nicht mehr tapfer sein. Sie hatte ein gebrochenes Herz.

Sarah trug eine schwarze Mülltüte in die mit Abfall vollgestellte Halle. »Ich hätte nicht gedacht, dass alles so viel kleiner aussieht.«

»Und ich habe gerade gedacht, wie groß die Räume wirken, wenn sie leer sind. Ganz schrecklich finde ich die Ränder, wo die Bilder hingen – ich war überzeugt, alles wäre makellos. Aber das ist wohl wie mit meiner Ehe, nehme ich an.« Ihre Stimme hatte einen komischen Nachhall.

»Mum«, sagte Sarah zärtlich.

»Oh, es geht mir gut.«

»Das muss furchtbar für dich sein.«

»Ich werde es überleben.«

Colin kam aus der Küche. »Die Hintertür ist abgeschlossen.«

»Dann lasst uns jetzt einen Tee trinken«, sagte Sarah.

»Der Wasserkessel ist schon im Wohnwagen.« Barbara fühlte sich verloren. »Die Tassen sind auf dem Boden irgendeiner Kiste, und ich hatte keine Zeit, Milch zu besorgen.« Ihre Stimme brach.

»Mum …« Colin legte den Arm um ihre Schultern.

»Was soll ich jetzt nur tun? Ich will nach Hause gehen, mich aufs Sofa setzen, den Fernseher einschalten und Gartensendungen anschauen, aber ich habe kein Zuhause mehr!«

»Doch, das hast du.« Colin sah auf die Uhr. »Sarah, du fährst jetzt mit Mum zum Wohnwagen, und ich hole Jock.«

»Ich habe seinen Korb noch gar nicht ausgepackt …«

»Darum haben wir uns gekümmert«, sagte Sarah. »Delphine und Daisy sind schon vorgefahren, um alles für dich einzurichten. Gerade habe ich eine SMS bekommen, dass sie Teewasser aufgesetzt haben.«

»Oh … das ist ja so lieb von euch …« Barbara musste sich ihre Tränen verdrücken. Die Kinder waren eine große Hilfe gewesen, und es rührte sie, dass Delphine und Daisy sich wie Familienmitglieder hatten einspannen lassen. Daisy war ein wunderbares Mädchen, und Barbara hatte sich sehr gefreut, als Colin mit seinem Bechstein bei ihr eingezogen war. Letitia war natürlich auch sehr charmant, doch Daisy war eine Trounce. Ihr Vater würde eines Tages Baronet sein – niederer Adel zwar, aber immerhin! Barbara hatte nie eingesehen, warum man sich dafür schämen sollte, solche Dinge für wichtig zu halten. Und was Delphine anging … Wenn man sie erst einmal kennenlernte, wusste man ihren guten Geschmack und ihren Unternehmungsgeist zu schätzen. Vorige Woche hatte sie sich einen Schutzhelm ausgeliehen, war in die Mühle geklettert und hatte ein paar faszinierende Fotos geschossen (Sarah hatte sich wegen der Gefahr schreckliche Sorgen gemacht, und Barbara hatte Delphine zustimmen müssen, dass sie ein alter Angsthase war).

»Hier sind wir fertig«, sagte Sarah. »Es hat keinen Sinn mehr, länger zu bleiben.« Sie nahm ihre Mutter bei der Hand.

»Ich habe das Gefühl, ich sollte noch etwas tun … mich richtig verabschieden …«

»Es war ein tolles Haus«, sagte Colin. »Aber es war auch nur ein Haus. Niemand ist gestorben.«

Die Kinder ließen sie nichts mehr anrühren und schoben sie sanft ein letztes Mal durch die Tür. Barbara schluchzte dreimal laut auf und fühlte sich danach erschöpft. Colin nahm ihr den Schlüsselbund aus der Hand. Sarah schaltete

die Taschenlampe ein und führte sie über die Abkürzung durch die Felder.
Barbara fixierte den Lichtstrahl und stolperte hinter ihr her. Sie war bestürzt, dass alles so schnell und ohne großartige Zeremonie vorbei war. Ohne das Herrenhaus kam sie sich klein und hilflos vor. Sie gehörte nirgends mehr hin.
»Da wären wir! Willkommen zu Hause!«
Willig ließ sich Barbara durch das vernachlässigte Tor der Mühle von Chackley Wood führen. Vor dem Wohnwagen blieb sie stehen. »Oh …«
Sie hatte ihn als große Keksdose in Erinnerung gehabt. Doch mit dem Licht, das durch die feinen Gardinen schien, wirkte das glänzende Monster in Creme und Chrom fest und behaglich in die wild wuchernde Vegetation eingebettet.
Daisy öffnete die Tür. »Da sind Sie ja – ich habe gerade eine Kanne Tee gekocht, und in einer halben Stunde hat Delphine das Essen fertig.«
»Essen? Ich bin am Verhungern – heute Mittag habe ich es ganz vergessen.« Im gemütlich beleuchteten Wohnwagen war es warm und duftete köstlich. Musik war zu hören – eine Violinsonate von Mendelssohn. Die hässlichen Röhrenleuchten waren ausgeschaltet und stattdessen zwei kleine Lampen angeschlossen worden. Um eines der Fenster hatte jemand eine Lichterkette dekoriert. Delphine bückte sich und sah nach ihrem Essen im Ofen.
Daisy nahm die gute alte Teekanne von zu Hause und schenkte allen ein. »Die Lampen sind schön, oder? Es sieht aus wie in der Ersten Klasse des Eurostar. Delphine hat alles dekoriert und dann gekocht, und ich habe mich hauptsächlich ums Auspacken gekümmert.«
»Das ist eine wunderbare Überraschung – ich danke euch

allen! Ich kann gar nicht sagen, wie sehr ich mich schon vor der Arbeit hier gefürchtet habe.«
»Tja, dann setzen Sie sich mal hin, denn Sie haben hier nichts mehr zu tun.« Daisy schob Barbara auf einen Stuhl und reichte ihr einen Teebecher. Es war verlockend, sich der angenehmen Phantasie hinzugeben, sie wäre Colins feste Freundin.
Barbara lächelte Delphine zu. »Ich mag Lichterketten.«
»Sarah meinte, Sie würden sie verabscheuen.«
»Sie wirken sehr festlich. Und wer ist auf die Idee gekommen, meine Kissen aus Toile-de-Jouy herzubringen? Sie machen sich hervorragend.«
Sarah strahlte. »Das war ich! Ich habe sie wieder aus der Kiste geholt, nachdem du sie eingepackt hattest.«
»Ach, Schätzchen, das war wirklich lieb von dir.« Man musste Sarah nur den kleinsten Brocken Lob hinwerfen, schon war sie glücklich. Barbara fiel plötzlich ein, dass Dr. Price sie damals gefragt hatte: »Warum tun Sie immer so, als würde Ihre Anerkennung etwas kosten?« Nun fügte sie hinzu: »Ich weiß nicht, was ich heute ohne dich gemacht hätte.«
»Duftet das Essen nicht lecker? Es ist Coq au vin. Delphine kann phantastisch kochen!«
»Mein Magen fängt direkt an zu knurren.«
Draußen waren Schritte und fröhliches Bellen zu hören. Einen Moment später legte Jock seine schlammigen Pfoten in Barbaras Schoß, und sie überhäufte ihn mit Küssen. Helen hatte sich den ganzen Tag um ihn gekümmert und war jetzt auch mit Colin hergekommen. Mit einem Mal war der Wohnwagen proppevoll.
»Helen, ich danke dir vielmals! Ich hoffe, er ist brav gewesen.«
»Lammfromm! Und nachmittags bin ich stundenlang mit

ihm herumgelaufen, damit er müde wird. Wie war es bei dir?«

»Entsetzlich, aber jetzt ist es ja vorbei.«

Sarah und Delphine deckten den kleinen Tisch. Er war für die sechs Personen gerade groß genug, und Delphine musste die Kasserolle auf der Küchentheke abstellen. Aber der Coq au vin war hervorragend, und Colin zauberte eine Flasche Champagner hervor. Barbara fand, dass sie es sehr gemütlich hatten. Tief in ihrem Inneren spürte sie ein paar Funken Hoffnung in den Ruinen ihres Lebens. Dieser bisher so unerträgliche Tag mündete in ein überraschend erträgliches Ende.

»Dies ist ein bedeutungsvoller Moment – wir sollten darauf anstoßen«, meinte Helen.

»Auf deine erste Nacht als Zigeunerin«, schlug Colin vor.

»Hör auf!« Sarah sah ihn strafend an. Sie hob ihr Glas und lächelte Barbara zu. »Auf dein neues Leben.«

»Auf mein neues Leben«, wiederholte Barbara. »Hiermit seid ihr jetzt schon als die ersten Gäste eingeladen, sobald meine Mühle fertig ist.«

Im Geiste wiederholte sie die magischen Worte »meine Mühle«. Was auch immer geschehen mochte – die Mühle gehörte jetzt ihr.

»Guten Morgen, Barbara. Hast du einen Kaffee für mich?« Wie so oft in letzter Zeit kam Jeff wieder einmal vorbei. Während er auf Haussuche war, hatte er sich im Pub eingemietet. »Sheila muss staubsaugen und will mich aus dem Weg haben.« Er hielt Barbara einen Strauß zarter Schneeglöckchen entgegen. »Die habe ich hinter der großen Eiche am Tor gefunden.«

»Sie sind wunderschön.« Vorsichtig nahm Barbara die empfindlichen Blumen entgegen und beeilte sich, sie am Waschbecken in ein Glas Wasser zu stellen. »Ja, ich glaube, du kannst reinkommen, und ich glaube, du kannst auch einen Kaffee haben.«

Barbara war in unkompliziert guter Stimmung erwacht. Die Sonne schien, die Vögel sangen, und bislang war der Tag ohne Reibereien verlaufen. Sie hatte alles unter Kontrolle, keine Hindernisse lagen im Weg.

Jeff setzte sich an den Tisch. Jock trottete zu ihm und nahm gesellig zu seinen Füßen Platz – zum Glück erduldete der Gute den Wohnwagen wie ein Gentleman. »Es ist schön gemütlich hier. Warum kaufst du das Ding nicht einfach und lässt die Mühle zusammenfallen?«

Barbara lachte. »Sei nicht albern – was soll ich dann bloß mit meinen ganzen Möbeln machen?«

»Ach, scheiß Möbel! Sind doch nur lästig. Gott weiß, was ich mit meinen anstellen soll!«

Barbara horchte interessiert auf. »Du hast immer noch Möbel, ja?«

»Natürlich – das Zeug, das ich in der Mühle hatte, ist ja nicht einfach verpufft. Es steht im Lager, zusammen mit anderen Sachen aus dem Haus in London. Der Plan war, alles herbringen zu lassen, sobald die Mühle fertig ist.« Er seufzte und versank in Schweigen.

Barbara hatte sich geschworen, ihre Ansprüche im Wohnwagen so wenig wie möglich zurückschrauben. Sie kochte Kaffee in ihrer Cafetiere, servierte ihn in passenden Tassen und Untertassen und legte ein paar Ingwerkekse auf einen Teller. »Was für Möbel hast du denn?«

»Weiß nich«, erwiderte Jeff mit vollem Mund. »Seit Olivias Tod habe ich nicht mehr daran gedacht. Soweit ich mich erinnern kann, war einiges aus den Achtzigern dabei.«

»Du musst doch auch ein paar gute Stücke haben.«
»Muss ich das? Wer weiß, vielleicht wurde ich gerade wegen meiner billigen Möbel aus dem Auswärtigen Amt entlassen?«
»Ich weiß, dass du nur Spaß machst, Jeff.«
»Also gut. Es sind ein paar imposante Stücke dabei – die üblichen Dinge, die gutbürgerliche Eltern hinterlassen, gewaltige Teile aus Mahagoni, riesige Standuhren und Esszimmerstühle. Und eine große Kiste mit fürchterlichem Silberbesteck. Ich wollte es mal verkaufen und war ganz entsetzt, als man mir sagte, es sei keinen Pfifferling wert. Mit Tafelsilber aus dem 18. Jahrhundert ist der Markt offenbar überschwemmt.«
»Das Tafelsilber der Purvis ist auch aus dem 18. Jahrhundert«, fiel Barbara ein. »Ich habe es Hugh gelassen – denn ich habe noch das Besteck meiner Mutter, und das ist von Anfang 1900.«
»Puh, na dann ist ja alles in Ordnung.«
»Es gibt keinen Grund, sarkastisch zu werden. Ich denke nicht im Traum daran, es zu verkaufen, aber ich bin sicher, dass es weit mehr wert ist als einen Pfifferling. Dann sind alle deine Möbel also eingelagert?«
»Ja, und das ist ganz schön teuer.«
Barbara betrachtete ihn genauer. Bildete sie sich das ein, oder hatte sein Aussehen sich leicht verbessert? Ja – er hatte seinen abgewetzten Mantel ausgezogen, und der dunkelblaue Pullover darunter war weder schmutzig noch zerlöchert. Er trug eine neue Cordhose sowie feste Schuhe anstatt der Gummistiefel. Am auffälligsten war, dass man beim Anblick des Bartes keine Augenschmerzen mehr bekam: Er hatte sich den grässlichen, an Schamhaar erinnernden Wildwuchs an Hals und Nacken abrasiert.

»Jeff, ich muss sagen, du siehst … na ja, nicht unbedingt elegant aus, da wollen wir mal nicht übertreiben. Aber du wirkst fast wie ein richtiger Mensch.«

»Das ist Sheilas guter Einfluss. Sie hat den Großteil meiner Kleidung weggeworfen und mich praktisch gezwungen, neue zu kaufen. Ich habe Angst vor ihr.«

»Gut für Sheila. Du musst wenigstens halbwegs anständig rumlaufen, wenn du auf Haussuche gehst. Hast du schon irgendwas gehört?«

»Nein. Ich habe keine Eile. Es gefällt mir im Pub.«

»O ja, ich hatte schon befürchtet, dass du dich da zu sehr wohl fühlst. Du darfst nicht aufgeben, hörst du? Du beginnst ein neues Leben, genau wie ich.«

»Erinnere mich nicht daran. Allein der Gedanke daran macht mich schon fertig. Wo nimmst du nur all die Energie her?«

»Ich halte mich fit. Ich strenge mich an.«

»Nein, nein, nein.« Jeff lachte in seinen gestutzten Bart. »Du hast all diese furchterregende Energie, weil du keinen Sex magst. Du musst deine Leidenschaft umleiten.«

»Wenn du nicht aufhörst, über Sex zu reden«, drohte Barbara, »dann bist du in meinen Augen ein alter Lustmolch.« Sie fand, das hatte nachdrücklich und überzeugend geklungen. »Und nun hoffe ich, dass es dir nichts ausmacht zu gehen, denn ich kann dich nicht den ganzen Tag hier herumhängen lassen. Ich erwarte jemanden.«

»Tja, dass das kein Liebhaber ist, haben wir ja gerade geklärt.«

»Zu deiner Information: Er ist Architekt. Er arbeitet bei einem Bauunternehmen, das sich auf das Restaurieren alter Gebäude spezialisiert hat.«

»Wofür die ein Heidengeld verlangen, möchte ich wetten.«

»Nein, billig sind sie nicht.« (Hugh hatte erneut gestöhnt,

als er den Namen der Firma hörte.) »Aber alles wird nach höchsten Anforderungen erledigt.« Sie war hocherfreut gewesen, als das begehrte Unternehmen eingeräumt hatte, man könne die Renovierung der Mühle möglicherweise in den Terminplan einschieben. Barbara stand auf, um die Cafetiere auszuwaschen und die Kekse aufzufüllen. Es nervte sie ein wenig, dass Jeff noch in Ruhe austrinken wollte, und so saß er immer noch am Tisch, als es klopfte.
Barbara öffnete die Tür. Draußen stand ein Mann, ungefähr in ihrem Alter, mit schütter werdendem, kurzgeschnittenem, dunklem Haar und geraden, weißen Zähnen. Barbara achtete bei Leuten immer auf die Zähne, und sobald sie diese begutachtet hatte, stellte sie fest, dass auch der Rest des Mannes recht passabel war.
»Mrs. Purvis?« Er hielt einen blauen Schutzhelm in der Hand. »Ich bin Sam Tallen, von ›C and T‹.«
»Hallo, bitte nennen Sie mich doch Barbara. Kommen Sie herein und trinken Sie einen Kaffee.«
»Danke, sehr gern.«
Sam Tallen stieg in den Wohnwagen und erblickte Jeff.
»Das ist Jeff Pemberton«, sagte Barbara. »Ihm gehörte die Mühle noch vor etwa einer Woche.«
Die Männer starrten einander schweigend an.
Dann sagte Sam: »Wir kennen uns. Hallo, Jeff.«
»Tallen.«
»Na … wie geht es Ihnen?«
»So wie immer. Sie haben sich auch nicht verändert.« Jeff erhob sich. »Danke für den Kaffee, Barbara.« Er verließ den Wohnwagen, ohne sich noch einmal umzusehen. Jock wollte hinter ihm herrennen, doch Sam hielt ihn sanft fest.
»Tja, wenn Sie Jeff schon kennen, dann kennen Sie auch seine schrecklich schlechten Manieren.«

»Stimmt, soziale Gewandtheit kann man nicht erwarten.« Sam hatte sich wieder gefangen. Er setzte sich. »Aber lassen Sie uns jetzt über Ihre Mühle sprechen. Ich habe bisher ja nur die Fotos gesehen, die Sie geschickt haben, aber das ist wirklich ein hübsches Anwesen. Ich denke, es birgt Potential für ein ganz besonderes Haus.«

Barbara strahlte. Der Architekt hatte treue braune Augen, fast wie Jock. »O ja, ich möchte auch, dass es etwas ganz Besonderes wird. Es ist das erste Haus, das mir ganz allein gehört.« Dann fügte sie hinzu: »Wie Sie sich vermutlich denken können, ist es ein Teil meiner Scheidungsabfindung.«

»Daran hatte ich nicht gedacht, aber es tut mir leid, das zu hören. Ich habe selbst eine Scheidung hinter mir, und es war die Hölle – vom Regen in die Single-Traufe.«

Barbara merkte, dass er zu verstehen geben wollte, dass die Trennung nicht von ihm ausgegangen war, und beide lächelten wehmütig. »Mein Exmann ist alles andere als Single. Zucker?«

»Nein danke.« Sam griff nach dem Kaffeebecher. »Hm, der riecht aber gut. Ich bin in aller Eile aufgebrochen und hatte keine Gelegenheit mehr, mich auf der Autobahn mit Koffein vollzutanken. Ich lebe in London.«

»Mein letztes Haus war das Herrenhaus hier, am anderen Ende des Ortes, und es war mein ganzer Stolz. Dieses Haus muss noch schöner werden. Und ich bin froh, dass Sie den Helm mitgebracht haben, denn im Moment ist es da sehr gefährlich.«

»Ich wette, ich habe schon Schlimmeres gesehen.«

»Kennen Sie Jeff aus seiner Zeit in London?«

»Oh.« Jeff starrte in seinen Kaffee. »Ja, das ist jetzt eine ganze Weile her.«

»Dann kannten Sie auch die arme Olivia.«

»Tatsächlich«, sagte Sam, »hatten Olivia und ich einmal eine Beziehung.«
»Oh.« Barbara war verblüfft und extrem neugierig. War Sam Tallen der Liebhaber, der Olivia vor ihrem Umzug in die Mühle abserviert hatte?
»Und dies war ihre Mühle«, fuhr Sam fort. »Ich hatte den Namen vergessen und bin auch nie hiergewesen. Was für eine Ironie, dass ich jetzt daran arbeiten soll.«
»Das muss ja recht unangenehm für Sie sein.«
»Ach, das ist alles lange her.« Er trank seinen Kaffee aus und stand abrupt auf. »Sollen wir es uns ansehen?«
Barbara nahm Jock an die Leine. Sie war dankbar für den Themawechsel, auch wenn ihre Neugier längst nicht gestillt war. Ihr fiel auf, dass Sam das ruhige, freundliche Verhalten eines Hundeliebhabers zeigte. Als Jock ungeduldig dem Geruch des Flusses entgegenstrebte, lachte er.
»Ich habe den Weg von drei Baumchirurgen freischneiden lassen«, sagte Barbara.
Sams Reaktion auf die Mühle war perfekt. Er sah sofort, worauf es ankam, und beeindruckte Barbara, indem er ein Clipboard, eine Digitalkamera und ein Maßband hervorzog. Der Gutachter hatte erklärt, mit Stiefeln und Schutzhelm sei die Mühle gefahrlos zu betreten, und Barbara konnte Sam sowohl den niedrigen verdreckten Anbau als auch die verfallene, mit Spinnweben durchzogene Mühle vorführen. Bis auf ein paar geborstene Bütten und einen mindestens hundert Jahre alten verrosteten Pflug war alles leer. Als sie wieder draußen standen, machte Sam sich schweigend Notizen und entwarf ein paar grobe Skizzen. Barbara gab Jocks Leine etwas nach, damit er am Flussufer herumschnüffeln konnte.
»Es wäre nicht die erste Wassermühle, die wir restaurieren«,

sagte Sam. »Vor kurzem haben wir eine in Norfolk bearbeitet – ich schicke gern die Fotos, um Ihnen einen Eindruck zu vermitteln.« Er deutete mit dem Stift auf den überkragenden Kasten, der wie eine Kuckucksuhr an der Vorderseite der Mühle hing. »Dieser Vorbau sollte so schnell wie möglich abgerissen werden, bevor er herunterbricht.«
»Das ganze Haus bricht bald zusammen! Ich weiß, es ist ein riesiges Vorhaben, und ich mache mir etwas Sorgen über die Baugenehmigung.«
»Das brauchen Sie nicht, das werden wir übernehmen. Mir ist wohl bewusst, von wie viel Geld wir hier sprechen.« Er sah sie ernst an. »Ich will nicht, dass Sie glauben, ich würde leichtfertig damit umgehen. Es ist nur so, dass wir uns höchster Qualität und Perfektion verschrieben haben.«
»Nein, das verstehe ich vollkommen. Deshalb ist es mir ja auch so wichtig, dass Ihre Firma den Umbau übernimmt – manchmal habe ich das Gefühl, ich hätte mein ganzes Leben auf der Suche nach Perfektion verbracht, und eins kann ich Ihnen sagen: Es ist ein einsamer Weg. Viel zu viele Menschen glauben, Kurven seien nur da, um geschnitten zu werden.«
»Ich sehe schon, wir verstehen uns«, entgegnete Sam.
»Heißt das, Sie werden das Projekt übernehmen?«
»O ja.« Er lächelte. »Definitiv. Es ist genau die Art von Projekt, die uns gefällt. Ich werde noch einmal gemeinsam mit meinem Partner herkommen, der Bauingenieur ist, und dann werden wir mit den Vermessungen und Zeichnungen beginnen.«
Barbara gefiel Sams akkurate, selbstsichere Art. Ihr gefielen seine Ernsthaftigkeit und seine guten Manieren. Sie dachte an Olivia und war keineswegs überrascht, dass sie diesen Mann dem alten Jeff vorgezogen hatte.

Beißender Nieselregen setzte ein. »Kommen Sie wieder mit in den Wohnwagen, dann trinken wir noch den Rest Kaffee«, bot sie ihm an.
»Danke, sehr gern. Das war schon ein seltsamer Zufall heute.«
»Was? Dass Sie Jeff begegnet sind? Ich hoffe, das wird für Sie nicht allzu unangenehm.«
»Von meiner Seite aus nicht«, erwiderte Sam. »Für ihn kann ich natürlich nicht sprechen. Ich weiß, dass er gern den bösen Frauenverführer aus mir macht, aber die Wahrheit ist viel langweiliger.«
Weiter sagte er nichts, obwohl Barbara die Wahrheit nur zu gern erfahren hätte.
Als sie Jeff am Nachmittag vor dem Postamt begegnete, raunte er ihr im Vorbeigehen zu: »Er ist ein Arschloch – fang bloß nichts mit ihm an.«

Kapitel 17

»Kann sein, dass ich zum Abendessen nicht zu Hause bin«, sagte Laura. »Ich werde dir etwas vorbereiten, das du in die Mikrowelle stellen kannst, falls du nichts dagegen hast.«
Hugh brummte verdrießlich in seine zweite Tasse Kaffee.
Sie lachte. »Du hast etwas dagegen. Du hängst an deiner gewohnten Bequemlichkeit.«
»Wo willst du überhaupt hin?«
»Marcel ist gerade in London, wir treffen uns zum Lunch.«
»Du hättest ihn doch hierher einladen können – oder wir wären mit ihnen hier irgendwo ausgegangen.«
»Er ist auf Geschäftsreise hier, ohne Soizic. Wir haben uns erst gestern verabredet.«
»Und natürlich hast du ganz vergessen, es zu erwähnen.« Hugh plante gern alles sehr genau und ärgerte sich manchmal über Lauras unklare oder spontane Arrangements.
»Liebling, es tut mir leid. Ich weiß, wie sehr du es hasst, wenn deine Routine durchbrochen wird. Dafür werde ich mich morgen besonders anstrengen.«
»Ich erwarte keine besondere Anstrengung – oder ist es das für dich, wenn du eine normale Mahlzeit kochst?«
»Das kommt darauf an, was du unter einer normalen Mahlzeit verstehst.«

»Na ja, ich weiß nicht … Einen Lammfleisch-Kartoffel-Auflauf?«
»Ach, Liebling, so ein Auflauf ist die allergrößte Anstrengung. Mit all dem Einkaufen und Kleinschneiden braucht man praktisch einen ganzen Tag.«
Hugh unterdrückte den Impuls sie zu erinnern, dass sie ja den ganzen verdammten Tag Zeit hatte. Was sie damit anstellte, war ihm immer noch ein Rätsel. Wenn er abends in ihr gemeinsames Häuschen zurückkehrte, fiel ihm meist derselbe Schmutzfleck wieder auf, der ihn schon am Morgen gestört hatte.
»Es ist wirklich erstaunlich, dass du nach all den Jahren in Frankreich keine Gourmet-Köchin geworden bist.«
»Ja, das ist es«, stimmte Laura ihm fröhlich zu. »Dafür bin ich auch keine raffgierige Zynikerin geworden wie die meisten französischen Frauen.«
»Ist Marcels Frau eine …?«
»Überhaupt nicht.« Laura strich Stachelbeermarmelade auf ihren Toast. Ein Tropfen kleckerte auf den polierten Esstisch, was sie nicht zu bemerken schien. »Soizic ist hübsch und unglaublich nett. Und sie ist eine phantastische Köchin. Als die Kinder klein waren, hat sie immer große Mahlzeiten für beide Familien gekocht – was die Unterstützung bei Michel anging, war sie ein richtiger Engel.«
Hugh kratzte den Marmeladenklecks mit der Messerspitze vom Tisch. Und was hast du den ganzen Tag gemacht, wollte er fragen, während deine Schwägerin sich ums Essen gekümmert hat?
Als hätte sie seine Gedanken gelesen, fuhr Laura fort: »Ich habe mich dafür mehr um die Kinder gekümmert, um das auszugleichen – Delphine und ihre Cousins waren ganz schön anstrengend, das kann ich dir sagen. Und später

hat mich der arme Michel dann ja den ganzen Tag beansprucht.«
Hier war er wieder, der beiläufige Schlag mit dem Holzhammer, der alles andere übertrumpfte und Hugh zutiefst beschämte. Laura hatte Michel und seiner Krankheit viele Jahre ihres Lebens geopfert. Sie war die Sklavin eines Mannes gewesen, der sie mit Freuden schikaniert hatte – daher war sie auch so geübt darin, jeglichen Konflikt zu vermeiden. Als ihr liebender Partner hatte Hugh die Pflicht, diese schlimme Zeit wettzumachen. Ihm fiel ein alter Kinderreim ein, den Barbara den Kindern immer vorgetragen hatte: »Lockenkopf, Lockenkopf, bald bist du mein – dann sollst du nicht putzen, noch füttern die Schwein'.« Warum machte er sich so viele Gedanken ums Kochen und Staubwischen, wo er doch endlich mit Laura zusammen war? Sie musste nicht putzen. Er machte sich in Gedanken eine Notiz, in und um Moxon nach Putzhilfen zu fragen.
»Tja, dann grüß Marcel bitte von mir«, sagte er. »Tut mir leid, dass ich ihn diesmal nicht treffen kann.«
Er gab ihr einen Abschiedskuss, nahm seine Aktentasche und machte sich auf den Weg ins Geschäft. Während er sich durch den zähfließenden Verkehr auf der Trumpington Road schob, quälte ihn das unbestimmte Gefühl, dass irgendetwas Wichtiges fehlte und sein Glück nicht vollständig war.

»Ich wäre gern wieder mit dir zusammen«, sagte Sebastian. »Falls das je geschehen sollte, wäre alles vollkommen anders.«
»Ich bin jetzt mit jemand anderem zusammen, das habe ich dir doch gesagt.«
»Hör zu, es tut mir leid. Es tut mir leid, dass ich so ein

Arschloch war. Ich hatte viel Zeit, darüber nachzudenken, wie … na ja … wie wir uns getrennt haben.«

»Wir haben uns nicht getrennt. Du hast mich abserviert.«

»Ja.«

Zum ersten Mal in diesem Jahr war es warm genug, um draußen zu sitzen. Letitia und Sebastian saßen auf der Gartenterrasse eines bekannten Landgasthofs einige Meilen außerhalb von Cambridge. Sebastian war aus dem Krankenhaus entlassen und schon wieder gesund genug, um zu schnell über die schmalen Landstraßen zu fahren. Seine Krücken standen gegen die Wand gelehnt hinter ihm. Er hatte eine gezackte Narbe auf der Stirn und eine gerade über einem Wangenknochen wie ein Duellant eines preußischen Offizierscorps. Seine Augen wirkten in dem schmalen blassen Gesicht fast schwarz, und sein Blick brannte wie in alten Zeiten.

»Du hast dich damals mit einer anderen getroffen.«

Er verzog das Gesicht. »Ich war ein Idiot.«

»Und deine Mutter konnte mich nicht leiden. Ich war entweder zu gewöhnlich oder zu schwarz oder beides.«

Wiederum verzog Sebastian das Gesicht. »Sie hat ihre Meinung geändert. Ich dachte, das sei offensichtlich. Sie weiß, wie viel du mir bedeutest.«

»Ich bin mit einem anderen zusammen.«

»Colin Purvis.«

»Ja.«

»Ich dachte, der bumst mit Daisy Trounce.«

»Tja, tut er nicht. Sie sind nur alte Schulfreunde.«

»Aha.«

»Er gehört nicht zu den Menschen, die bei solchen Dingen lügen«, entgegnete Letitia.

»Aber ich.«

»Offenkundig ja. Du hast das Blaue vom Himmel heruntergelogen, als du mit mir zusammen warst. Colin sagt niemals Dinge, die er nicht so meint.«
»Und seine Familie besitzt ein tolles Kaufhaus.«
»Ja, du kennst mich eben«, sagte Letitia, »ich bin immer nur auf Geld aus.«
Sebastian lächelte. »Entschuldige. Ich freue mich, dass du glücklich bist. Ich werde mal loshumpeln und zur Toilette gehen – magst du uns noch was zu trinken holen? Du kannst es auf meine Clubkarte anschreiben lassen.« Er hievte sich auf die Füße.
»Darfst du denn noch was trinken? Das verträgt sich doch bestimmt nicht mit deinen ganzen Schmerzmitteln.«
»Hör auf, mich zu bemuttern. Das untergräbt meine Männlichkeit.«
»Na schön, dann fahre ich mit dem Bus nach Hause.«
Er lachte und schwang an seinen Krücken davon. Letitia ging zur Bar und bestellte zweimal starken Kaffee. Ihr Tisch lag an einer windgeschützten Stelle. Sie zog den Mantel aus.
Was tue ich hier?
Hält dieser Mann mich immer noch in seinem Bann?
Warum will ich ihm glauben?
Sebastian tat, als wäre er wieder vollkommen gesund, aber das stimmte nicht. Er musste jede Menge Pillen schlucken und sich auf mindestens zwei weitere Operationen seines Beins einstellen. Seine Mutter hatte ihr unter Tränen anvertraut, dass er vielleicht zeitlebens am Stock gehen müsse. Er wirkte so zerbrechlich, dass die Leute ihm automatisch Türen aufhielten und an Treppen halfen. Ein so hübscher, gebrochener junger Mann hatte prinzipiell etwas Herzzerreißendes an sich. Als er wieder an den Tisch kam, sprangen drei Gäste auf, um ihn zu stützen.

»Die Freundlichkeit von Fremden.« Er lächelte schief. »Ich verbringe viel Zeit damit, danke zu sagen.«
»Tut das weh?«
»Ha, ha.«
Eine Bedienung brachte ihren Kaffee.
»Ich dachte, wir würden mit dem Kaffee bis nach dem Essen warten.«
»Essen wir denn noch?«
»Ich bin nicht den ganzen Weg hierhergefahren, nur um ein Glas Wein zu trinken. Ist das ein Problem?«
»Na ja …« Letitia war hungrig. Die Luft duftete nach Frühling, und auf den unbearbeiteten Feldern lag ein Hauch von Grün. An ihren Schreibtisch mochte sie gar nicht denken. »Nein, eigentlich nicht, aber ich habe Colin nichts gesagt.«
»Du musst ihn wohl über alle deine Schritte unterrichten, wie?«
»Ja. So was nennt man Beziehung.«
»Der ist doch bestimmt den ganzen Nachmittag bei der Arbeit und viel zu beschäftigt mit den nächsten Sonderangeboten, um dich zu vermissen.«
»Wenn du weiter so herumfrotzelst, werde ich nicht mit dir essen.«
»Ich bin eifersüchtig«, erwiderte Sebastian. »Ich hätte dich nicht gehen lassen sollen.«
»Aber das hast du.«
»Ich bin weggelaufen, weil es mir zu ernst wurde. Ich hatte Angst vor meinen Gefühlen.«
Er sah jung und unglücklich aus, und Letitia wurde weich, auch wenn sie sich selbst dafür schalt, auf den ältesten Trick der Welt hereinzufallen – »Ich habe mit dir Schluss gemacht, weil ich dich zu sehr liebte.« Warum, warum nur machten die Hormone Frauen so dumm? In diesem Augenblick, in

dem jede Zelle ihres Körpers sich nach seiner Berührung sehnte, war sie ein ebenso dummes Huhn wie die arme Daisy Trounce.

Sebastian seufzte. »Ich bin das alles ganz falsch angegangen. Als du ins Krankenhaus kamst, sahst du aus wie ein Engel, und ich erkannte ... Gott, du bist die heißeste Frau, die ich je gesehen habe, und ich war ein gottverdammter Feigling, dass ich dich habe gehen lassen. Ich will eine zweite Chance.«

»Das meinst du doch nicht ernst.«

»Lass mich es dir beweisen.«

»Wie – indem ich gleich wieder mit dir ins Bett hüpfe?«

»Du weißt, dass du es willst.«

»Halt die Klappe.«

»Es geht hier nicht um Sex. Ich versuche, dir zu sagen, dass ich dich liebe.«

»Na, dann leg mal los.«

»Du weißt, dass ich mich schwertue, meine Gefühle in Worte zu fassen. Ich liebe dich – hast du verstanden? Ich kann nicht aufhören, an dich zu denken. Und du musst nicht meinen, ich wäre nur ein elender Verführer.« Er schnitt eine klägliche Grimasse. »Meine Ausrüstung zum Verführen ist ganz schön ramponiert.«

Er ließ einen Zuckerwürfel in seinen Kaffee fallen. »Offen gesagt, bin ich nicht einmal sicher, ob sie je wieder funktioniert. In dieser Hinsicht bin ich momentan also keine Gefahr.«

»O Gott, das tut mir leid.«

»Der Arzt meint, es könne eine Nebenwirkung der Medikamente sein. Aber was auch immer der Grund ist – Tatsache ist, dass ich ihn nicht hochbekomme.« In seiner Stimme schwang Bitterkeit, und er konnte ihr nicht mehr in die Augen sehen.

Sie wusste, dass er kein Mitleid wollte, und bemühte sich, so leichthin wie möglich zu sprechen. »Mach dir keine Gedanken, ich werde trotzdem mit dir essen.«
»Bitte sag es niemandem – ich hoffe, es ist nichts Endgültiges.«
»Ich werde kein Sterbenswörtchen sagen.«
»Vor allem nicht Colin. Sonst lacht er sich noch ins Fäustchen.«
Widerstrebend musste Letitia lachen. »Hör auf.«
»Lass uns etwas zu essen bestellen. Die Speisekarte steht an der Bar auf einer Tafel geschrieben, und ich habe mich schon für Steak mit Pommes frites entschieden. Und dann hätte ich gern noch einen Orangensaft – du hattest ganz recht, mir das Trinken zu verbieten. Ich war nur trotzig. Ich hasse es, verdammt nochmal, so hilflos zu sein.«
Irgendwie hatte sich die Stimmung zwischen ihnen zu einer Art Waffenstillstand gewandelt. Letitia spürte, wie viel Überwindung es ihn gekostet haben musste zuzugeben, dass er keine Erektion mehr bekommen konnte. Es machte ihm tatsächlich Angst. Nur ein gehässiger Mensch hätte nicht versucht, ihn zu trösten.
Er hatte gesagt, er habe Hunger, doch er aß nur wenig. Lieber hätte er sich auf die Zunge gebissen als zuzugeben, dass der kleine Ausflug ihn stark ermüdete. Er wirkte verletzlich. Wehmütig befragte er sie zu Leuten, die ihn vor seinem Unfall nicht im mindesten interessiert hatten. Einige Male während des Essens und danach machte er eine Pause, um seine Tabletten zu schlucken.
»Lass mich zurückfahren«, bat Letitia, als sie bemerkte, dass ihm beim Zahlen der Rechnung die Hände zitterten.
»Ach, das geht schon, und du bist nicht als Fahrer des Wagens versichert.«

»Das riskiere ich – bitte, Sebastian. Ich will heil wieder in Cambridge ankommen.«

»Ach, verdammt … dann fahr! Ich habe keine Kraft mehr zu widersprechen.«

»Bist du in Ordnung? Du siehst schrecklich aus.«

»Wirklich, es geht mir gut. Ich werde mich zu Hause hinlegen.«

Er wartete am Eingang, während Letitia seinen neuen Golf (aus dem alten hatte man ihn herausschneiden müssen) das kurze Stück vom Parkplatz dorthin fuhr. Einer der Kellner führte Sebastian am Arm und trug seine Krücken. Im Auto schlief er sofort ein. Letitia war überwältigt, wie deutlich sie die Nähe seines geschundenen Körpers neben sich spürte.

Sebastian lebte zusammen mit einem Mitbewohner in einem kleinen Haus im Vorort Trumpington. Letitia parkte den Wagen am Straßenrand und weckte Sebastian vorsichtig auf. Hingebungsvoll half sie ihm aus dem Auto und den kurzen Weg zur Haustür hinauf. Während er nach seinem Schlüssel suchte, blickte sie verstohlen auf die Uhr. Es war noch nicht einmal vier. Vielleicht musste sie Colin ja doch nicht erzählen, wo sie den ganzen Tag gewesen war.

Er bemerkte ihren Blick. »Wenn du willst, kannst du jetzt gehen.«

»Ich lasse dich nur ungern allein – ich dachte, Jeremy wäre da.«

»Ich komme auch allein zurecht.« Endlich schloss er die Tür auf. Letitia hatte den Impuls unterdrückt, ihm den Schlüssel aus der Hand zu nehmen. Das Haus war still und dunkel. Sie schaltete das Licht im Flur und in der kleinen Küche ein – sie wusste, wo die Schalter waren, da sie Sebastian in ihrer gemeinsamen Zeit einige Male hier besucht hatte.

Er ließ sich auf einen Küchenstuhl fallen. »Ich sollte dir Tee anbieten, aber ich bin vollkommen erledigt.«
»Ich mache dir noch einen, bevor ich gehe, ja?«
»Nicht«, sagte er leise. »Ich will nicht, dass du gehst.« Seine dunklen Augen wurden feucht. Er legte den Kopf auf die Arme. »Es ist nicht der Sex, den ich vermisse, sondern dass du mich festhältst.«
»Sebastian … Liebling …« Es war kaum zu ertragen. Sie kniete sich neben den Stuhl und schlang die Arme um seinen Körper. Er machte Anstalten, sie abzuschütteln, doch sie hielt ihn nur fester. Er legte seinen Kopf schwer auf ihre Schulter. Sie spürte zwar, dass ihre Knie auf dem harten Fußboden schmerzten, trotzdem konnte sie ihn nicht loslassen. Es schockierte sie, wie vertraut ihr sein Körper noch war – als hätte sie ihn niemals losgelassen. »Du solltest dich hinlegen. Ich helfe dir nach oben.«
»Nein … Ich habe es satt, dass man mir hilft …«
»Nun komm schon, wehr dich nicht.«
Er ließ sich von ihr die Treppe hinaufhelfen und in das große Zimmer auf der Vorderseite des Hauses bringen. Letitia knipste die Lampe neben dem Bett an und zog die Vorhänge zu.
»Geh bitte noch nicht, ja?«
»Ich warte, bis du eingeschlafen bist.«
Sebastian zog sich aus. Letitia nahm ein Kleidungsstück nach dem anderen entgegen und machte sich auf alles gefasst, als sie verstohlen seine Beine betrachtete. Doch dann war sie erleichtert und schämte sich zugleich für ihre Erleichterung. Beide Beine hatten lange, dicke Narben von den Operationen und waren ein wenig geschwächt, aber das war auch schon alles.
Er legte sich ins Bett und sah auf seinen schlaffen Penis.

»Siehst du, was ich meine? Ich bin mit der heißesten Frau der Welt allein in meinem Schlafzimmer, und nun guck dir das an!«
»Du bist müde. Du kannst doch auch nichts von ihm erwarten, wenn du so müde bist.« Liebevoll deckte sie seinen nackten Körper zu.
Er nahm ihre Hand und zog sie neben sich aufs Bett. »Leg dich neben mich.«
»Ich halte das für keine gute Idee.« Es war eine dumme Antwort, aber die einzige, die ihr einfiel.
»Bitte. Ich muss deine Haut spüren, ich muss dich festhalten. Etwas anderes kann ich ja nicht tun.«
Letitia brachte es nicht fertig, ihm den Wunsch auszuschlagen. Sie zog sich ebenfalls aus, krabbelte unter die Decke, und er schmiegte sich an sie. Sie streichelte seinen Kopf, bis sie das Gefühl hatte, dass er kurz vor dem Einschlafen war.
Ich sollte gehen, dachte sie.
Das Bett war warm und duftete vertraut. Sie lag selbst schon im Halbschlaf und wunderte sich, wie seltsam das alles war. Hätte irgendjemand heute Morgen gesagt, ihr unschuldiges Mittagessen mit Sebastian würde in seinem Bett enden, wäre sie entrüstet gewesen! Aber es ging ja nicht um Sex – ein sehr viel tieferes Gefühl hatte sie bis zu diesem Punkt gebracht.
Sebastian rührte sich. »O Gott … Ich kann's nicht glauben …«
»Hmmm?«
»Ich glaube es einfach nicht …«
Er nahm ihre Hand und legte sie auf seinen harten Schwanz.

Es war 19 Uhr, als Letitia in ihre Wohnung zurückkehrte. Ihre Mitbewohnerin Alice saß mit einem Becher Tee auf dem Sofa und sah eine Zeichentrickserie.
»Hallo, Letitia.«
»Hallo.«
»Bist du heute Abend da oder nicht? Wenn du hierbleibst, könnten wir uns was beim Inder bestellen.«
»Ich bleibe hier.« Sie hatte Colin eine SMS geschickt, dass sie zu müde zum Ausgehen sei. »Kann ich eben noch kurz duschen?«
»Na klar. Ich bestelle das Übliche.«
Letitia beeilte sich, in ihr Zimmer zu kommen und die nach Sex riechenden Kleider auszuziehen. Ihr Körper war von unsichtbaren Schneckenspuren aus Tränen, Schweiß und Sperma überzogen. Sie fühlte sich wie ausgehöhlt vom Vögeln und Weinen. Sie duschte lange und ausgiebig und kuschelte sich dann zu Hühnercurry neben Alice auf die Couch.
Im Fernsehen lief »Tom und Jerry«. Aufmerksam verfolgte Letitia, wie die freche Maus Jerry den Kater Tom zum Idioten machte. Tom merkte nicht, dass er veräppelt wurde, bis er in den Spiegel sah – und dort sein Gesicht mit Eselsohren entdeckte.

Kapitel 18

»Ich lerne meine Klienten gern kennen«, sagte Sam und schenkte Barbara Wein nach. »Bei einem Projekt wie diesem ist gute Kommunikation unerlässlich.« Er lächelte. »Und bei einer Klientin wie Ihnen ist es dazu ein wahres Vergnügen.«

Barbara fühlte sich sehr wohl; es tat gut, wenn die eigenen Qualitäten erkannt wurden. Zur Feier ihrer ersten Zahlung – eine Unmenge Geld für den Umbau der Wassermühle – hatte Sam sie in ein hübsches kleines Restaurant im Zentrum von Cambridge eingeladen.

»Es ist schön, mal aus dem Wohnwagen rauszukommen«, erwiderte sie fröhlich. »Ich hätte nie gedacht, dass ich es als etwas Besonderes empfinden würde, normale Schuhe anstatt Gummistiefel zu tragen.« Sams Gesicht war angenehm ebenmäßig, dachte sie, nicht unbedingt hübsch, aber alles war vernünftig angeordnet, und es gab keine haarigen Nasenlöcher oder schiefen Ohren, die sie ablenkten. Die glatte Haut und die guten Zähne zeigten, dass er sich zu pflegen wusste. Die meisten Menschen auf dieser Welt ließen sich viel zu leicht gehen.

»Ich hoffe, Sie kommen dort gut zurecht«, sagte Sam. »Es muss ein recht krasser Gegensatz zum Herrenhaus sein.«

»Eigentlich ist es fast unverschämt gemütlich.«
»Sind Sie nicht einsam?«
»Himmel, nein! Es wimmelt nur so von Leuten. Zunächst einmal ist Jock da, und dann kommt fast jeden Tag meine gute Freundin Helen vorbei. Und meine Tochter und ihre Lebensgefährtin bleiben das ganze Wochenende zu Besuch. Es gefiel Barbara, »meine Tochter und ihre Lebensgefährtin« zu sagen, es klang gediegen und modern. »Um Einsamkeit mache ich mir wirklich die wenigsten Sorgen.«
»Als meine Ehe zerbrach, war ich sehr einsam«, sagte Sam. »Ich fühlte mich wie amputiert. Ich fand es unglaublich schwer, nicht mehr die Hälfte eines Paares zu sein.«
»Tja, eigentlich vermisse ich Hugh gar nicht«, sagte Barbara. »Es ist fast erfrischend, ihn aus dem Weg zu haben. Er saß einfach immer nur da und seufzte. Er klang wie unser Aga-Herd.«
Sam lachte leise – er machte beim Lachen immer ein erstauntes Gesicht, als wäre er es nicht gewohnt. »Ich wünschte, ich hätte Ihre Einstellung gehabt.«
»Ich glaube an positives Denken«, erwiderte Barbara ernst. »Ich hoffe, es macht Ihnen nichts aus, über diese Dinge zu reden.«
»Natürlich nicht.« Sie war neugierig und beschloss, ihm die Informationen zu entlocken. »Wie lange sind Sie geschieden?«
»Offiziell seit sechs Monaten, aber wir haben uns schon vor Jahren getrennt. Meine Exfrau hatte sich in einen anderen verliebt. Wir sind vierzehn Jahre zusammen gewesen – mit kleinen Unterbrechungen.«
»Eine Unterbrechung war Olivia?«
»Ja, ich war verheiratet, als wir unsere Affäre hatten. Sie ebenfalls.«

»Oh.«
»Was hat Jeff Ihnen erzählt? Kommen Sie, ich halte das aus.«
»Laut Jeff haben Sie Olivia abserviert, als sie im Sterben lag.«
Sam sog scharf die Luft ein. »Gott. O Gott!«
»Das heißt nicht, dass ich ihm glaube – man darf nicht alles, was er sagt, für bare Münze nehmen, weil er recht sarkastisch ist. Zum Beispiel hat er mir erzählt, die Trounces seien Satanisten.«
»Du meine Güte – was müssen Sie nur von mir denken! Das ist wirklich eine himmelschreiende Lüge.« Sam verfiel in langes Schweigen. Dann sagte er: »Darf ich Ihnen meine Version der Geschichte erzählen? Olivia hat mich verlassen. Ich flehte sie an zu bleiben, aber sie wollte zu ihrem Ehemann zurückkehren. Und um offen zu sprechen, war Jeff nicht gerade erfreut darüber.«
»Er hat seine Arbeit aufgegeben, um sich um sie zu kümmern, und ist mit ihr in die Mühle gezogen.«
»Ha! Das hat er Ihnen erzählt?«
»Stimmt das etwa auch nicht?«
»Jeff gab seine Arbeit auf, weil er musste, und er ist hierhergezogen, weil jemand von oben ihm zu verstehen gab, dass er sich nicht mehr blicken lassen solle.«
Barbara hatte keine Ahnung, was er meinte. »Jemand von oben? Meinen Sie Gott?«
»Gott?« Tom war einen Moment lang irritiert. »Nein, nein … sein Vorgesetzter im Auswärtigen Amt. Da war etwas Seltsames im Gange, und plötzlich tauchte Jeff in den Ruhestand ab. Wäre das mit Olivia nicht gewesen, hätten die Leute bestimmt mehr Fragen gestellt.«
»Ich glaube aber, er hat sie geliebt«, sagte Barbara, die plötz-

lich an seine Warnung vor dem Postamt denken musste. »Wahrscheinlich hat er all diese Lügen über Sie erzählt, weil er eifersüchtig war. Ehrlich gesagt, bin ich erstaunt, dass sie damals ihn wählte.«

Sam lächelte. »Danke.«

»Oh, das ist kein großes Kompliment ... Jeff ist ein solcher Schandfleck. Ich bin sicher, ich wäre lieber mit jemandem gestorben, der so fesch und sauber ist wie Sie.«

Sam war wiederum verblüfft. »Sie sind sehr verständnisvoll. Ich dachte, wir räumen das lieber aus dem Weg. Und ich dachte auch, dass es gut wäre, wenn wir Freunde sind – Sie und ich.«

»Ja, das wäre schön.« Barbara war froh, dass Sam nicht das Arschloch war, als das Jeff ihn bezeichnet hatte.

»Wir scheinen vieles gemeinsam zu haben.«

»Ja, so sieht es aus.« Sie steckte ein Stück Brot in den Mund und beschloss, für das Abendessen Fisch zu kaufen – sie freute sich schon auf Sarah und Delphine. Sie fand es bemerkenswert, wie schnell sie sich mit der Tatsache abgefunden hatte, dass sie lesbisch waren, und beglückwünschte sich selbst zu ihrer Aufgeschlossenheit.

»Sie scheinen als Single wirklich gut zurechtzukommen«, meinte Sam.

»Finden Sie? Ich glaube, im Moment habe ich für eine andere Art von Leben gar keine Zeit. Die Lebensgefährtin meiner Tochter findet, ich solle mir einen Liebhaber suchen, aber offen gesagt, bin ich über solche Sachen hinweg. Das wäre jetzt nur eine Last.«

»Ich beneide Sie. Mein Leben ist zu leer.«

»Sie hatten doch sicher Zeit, jemand Neues kennenzulernen. Ich dachte immer, Männer in Ihrem Alter sind niemals Singles.«

»Ich habe sehr wohl Frauen kennengelernt, aber die Richtige war nicht dabei. Wie Sie sich vorstellen können, bin ich sehr wählerisch.«
Der Hauptgang wurde serviert, und Barbara widmete ihre Aufmerksamkeit der gebratenen Ente. Sie hatte Hunger, und wo sie schon einmal hier war, wollte sie noch alles Mögliche in Cambridge erledigen. Die Mädchen sollten etwas Anständiges zu essen bekommen, und das Einkaufen war viel zeitaufwändiger, seit sie ihr Konto bei Purvis aufgegeben hatte. Sie vermisste es sehr, nicht einfach in die Feinkostabteilung gehen und sich bedienen zu können.
»Ich bin beeindruckt, dass Sie ein so großes Anwesen für sich ausgesucht haben«, sagte Sam. »Was haben Sie dort alles vor?«
»Ich werde weiterhin Gesellschaften geben, so wie früher. Auch die Chorproben fanden immer bei mir statt. Ich sehe nicht ein, warum das aufhören soll, nur weil mein Mann mit einer anderen davongelaufen ist.«
»Gute Einstellung. Würde ich hier in der Gegend wohnen, würde ich Ihrem Chor liebend gern beitreten. In London habe ich auch mal in einem gesungen.«
»Wirklich? Seien Sie ehrlich: Singen Sie gut?«
»Recht gut, ja, und vor allem bin ich sehr zuverlässig. Bassbariton.«
»Oh, genau wie mein Mann – es ist also gerade ein Platz frei, falls Sie Interesse haben.«
Er lachte. »Ich habe tatsächlich schon darüber nachgedacht, in diese Gegend zu ziehen, da ich die meiste Arbeit zwischen Cambridge und Norwich erledigen muss. Bestimmt bekomme ich hier mehr für mein Geld als in London – meine Wohnung dort ist ganz in Ordnung, aber eigentlich zu klein.«

»Sie sollten einfach wieder heiraten«, sagte Barbara.
»Ja«, erwiderte Sam, »genau das habe ich vor.«

Regen prasselte gegen die Scheiben. Hugh zog die Vorhänge zu. Im Fernsehen lief »Così fan tutte« – eine berühmte Inszenierung aus Glyndebourne, die er und Barbara letzten Sommer wegen Sarahs Nervenzusammenbruch verpasst hatten. Er setzte sich wieder aufs Sofa und zog Lauras schmalen, geschmeidigen Körper in seine Arme.
Mitten im herrlichen Terzett gegen Ende des ersten Akts klingelte es an der Tür.
»Merde«, fluchte Laura leise, ohne sich zu bewegen. »Wer, zum Teufel, ist das denn?«
Es klingelte erneut, drängender dieses Mal. Hugh rappelte sich aus seinem warmen Kissennest auf und ging, das Glas Wein noch in der Hand, zur Tür.
Der Mann, der draußen stand, war groß und dunkelhaarig, trug einen Geschäftsanzug mit Krawatte und schien zu frieren. Hinter ihm stand schief geparkt ein BMW am Straßenrand.
»Hughie.«
»Es tut mir leid, ich … O mein Gott … Marcel?«
Laura schaltete das Licht im Flur ein. »Was machst du denn hier? Was ist passiert?«
Marcel Amaury hatte graue Schläfen, und sein Gesicht wirkte leicht zerknittert. Doch er hatte noch alle Haare und die schlanke, elegante Figur von früher und sah aus wie eine mildere Version von Michel: der Anti-Michel, aufmerksam und höflich.
»Nichts ist passiert«, erwiderte er nun, »ich bringe keine schlechten Nachrichten. Aber es gibt etwas, worüber wir sprechen müssen.«

»Um diese Zeit?«
»Wir können ihn nicht wieder wegschicken, Liebling … Schön, dich zu sehen, Marcel. Komm rein.«
»Danke.« Marcel betrat das Haus. Er wirkte angespannt und bedrückt.
Es muss schwer für ihn sein, dachte Hugh, die Frau seines Bruders mit einem anderen Mann zu sehen. »Wir trinken gerade ein Glas Wein. Möchtest du auch eins?«
»Er muss noch fahren«, sagte Laura. »Und er kann nicht lange bleiben.«
»Dann eine Tasse Tee?«
»Danke«, sagte Marcel und blickte zu Laura. »Ein Tee wäre sehr nett.«
Hugh wartete darauf, dass Laura losging, um einen zu kochen, doch sie blieb mit verschränkten Armen stehen und rührte sich nicht.
»Bring Marcel doch ins Wohnzimmer, Liebling. Ich mache den Tee.« Er ging in die kleine Küche, und sobald er die Tür geschlossen hatte, hörte er Marcel einen Wortschwall auf Französisch ausstoßen. Während er wartete, dass das Wasser kochte, dachte er über das seltsame Geschehen nach. Was hatte Marcel hier in England zu suchen? War es nicht sehr merkwürdig, abends einfach unangekündigt aufzutauchen? Und warum war Laura kaum überrascht gewesen?
Als Hugh die Tür zum Wohnzimmer öffnete, brach das Gespräch abrupt ab. Marcel stand vor dem Kamin, unter dem Porträt seines verstorbenen Bruders, und Laura, immer noch mit fest verschränkten Armen, auf der anderen Seite des Raumes. Hugh kam sich wie ein Eindringling vor.
»Danke«, sagte Marcel ausdruckslos.
Da er keine Anstalten machte, den Tee entgegenzunehmen,

stellte Hugh den Becher auf dem Couchtisch ab. »Tja, schön dich zu sehen. Du siehst gut aus.«

»Du auch. Ich hätte dich überall erkannt.« Marcels Englisch war perfekt – präzise und ein wenig altmodisch. »Wie lange ist es her?«

»Lass uns lieber nicht rechnen, das ist zu deprimierend.« Hugh nahm auf dem Sofa Platz. »Setz dich doch.«

»Ich hätte euch vorwarnen sollen, aber ich hatte keine Zeit. Es gibt etwas sehr Wichtiges, das ich mit Laura besprechen muss.«

»Da ist nichts zu besprechen!«, herrschte Laura ihn an.

Hugh war verwirrt. Er fühlte sich unwohl, aber niemand erklärte etwas. »Soll ich gehen?«

»Nein, Liebling. Bleib, wo du bist.« Laura strich ihm sanft über die Schulter. »Wir gehen in die Küche, damit wir dich nicht stören. Es dauert nicht länger als ein paar Minuten, und du kannst die Oper weiter ansehen.«

»Ich erzähle dir dann, was passiert«, sagte Hugh.

Ohne sich umzusehen, verließ Laura das Zimmer. Marcel warf Hugh den verzweifelten Blick eines Ertrinkenden zu und folgte ihr. Ihre Stimmen drangen wieder durch den Flur – Marcel sprach besonders laut und schnell.

Dann ging ein Glas zu Bruch.

Laura rief: »Ich habe NEIN gesagt!«

Hugh sprang auf – er hatte genug davon, wie ein Idiot behandelt zu werden – und eilte in die Küche. Marcel hatte Laura gegen die Küchentheke gedrängt und eine Hand unter ihren Pullover geschoben. Er küsste ihren Hals. Hugh nahm dieses Bild in sich auf, bevor sie sich in Sekundenschnelle voneinander lösten. Zu seinem Entsetzen sah er, dass Marcel weinte. Fassungslos starrte er Laura an und wartete auf eine Erklärung.

»Ach, du Scheiße«, stöhnte sie.
Marcel murmelte irgendetwas auf Französisch, schnell und schluchzend.
Laura sagte: »Es tut mir leid.«
Marcel starrte sie eine Weile schweigend an. Dann wandte er sich ab und ging mit gesenktem Blick an Hugh vorbei aus der Küche. Die Eingangstür wurde zugeschlagen. Dann hörten sie seinen Wagen anspringen und mit erhöhtem Tempo davonfahren.
Laura bückte sich, um die Glasscherben aufzuheben. Sie warf sie in den Mülleimer und fegte die restlichen Splitter mit dem Kehrbesen aufs Blech. Hugh beobachtete sie in dumpfer Verwunderung. Noch vor einer halben Stunde hatten sie zusammen auf dem Sofa gesessen und ferngesehen. Er war zu verblüfft, um zu begreifen, was gerade geschehen war.
Zögernd sah Laura ihm in die Augen. Wie eine gefallene Göttin kam sie ihm vor. »Ich habe ihn nicht eingeladen. Ich habe ihm nicht einmal unsere Adresse gegeben. Es tut mir leid.«
»Es war also nicht Edouard Ferrand.«
»Nein.«
»Es war Marcel.«
»Ja.«
»Du hattest ein Verhältnis mit Marcel.«
»Ja«, wiederholte sie gereizt. »Ich habe es dir nicht gesagt, weil es nicht nur mein Geheimnis war. Und es ist Ewigkeiten her – lange bevor ich dich wiedergefunden habe.«
Hugh fiel ein, was Delphine gesagt hatte – »Sie hat dir längst nicht alles erzählt« –, und ihm wurde fast übel.
»Erzähl es mir«, forderte er.
»Da gibt es nicht viel zu erzählen.«
»Oh, doch«, entgegnete Hugh mit einer Vehemenz, die sie

beide überraschte. »Ich will alle Hintergründe … Ich will bis ins Kleinste wissen, was du mir vorenthalten hast!«
»Ich habe nicht …«
»Ach, komm schon, Laura! Wann hast du beschlossen, den Bruder deines Ehemanns zu vögeln?«
»Wenn du es so sagst, klingt es furchtbar.«
»Es ist furchtbar!«
»Nein … Ich meine, so einfach ist das nicht.«
»Ich habe die ganze Nacht Zeit. Sprich langsam und deutlich.« Er packte sie am Handgelenk, zog sie mit sich ins Wohnzimmer und drückte sie aufs Sofa. Sie sagte keinen Ton und sah ihn wie aus großer Entfernung an.
Er schenkte sich Wein nach. »Fang an! Ich will jedes noch so schmutzige Detail wissen. Und lass bitte nichts mehr aus. Ich will keine weiteren Schocks erleben.«
»Also gut, wenn du darauf bestehst. Zunächst einmal habe ich nicht ›beschlossen‹, Marcel zu vögeln. Es war seine Idee.«
»Was hat er getan? Dir einen Brief geschrieben? Dich vergewaltigt?«
»Na ja, was tut man normalerweise? Er hat mich geküsst.«
»Und du hast dich gewehrt.«
»Ich fürchte, nein.«
Hugh wusste, dass er barsch klang, doch es war ihm egal. »Obwohl du seine Frau so gern mochtest und sie immer für alle gekocht hat.«
»Natürlich hatte ich ein schlechtes Gewissen, als ich Zeit hatte, darüber nachzudenken«, erwiderte Laura kühl. »Aber da du ja alles genau wissen willst … in dem Moment, als ich seine enorme Erektion spürte, konnte ich an nichts anderes mehr denken.«
»Aber … aber …« Hugh erkannte seine wunderbare, melancholische Laura nicht wieder und hatte Mühe, nicht an

Marcel und seine enorme Erektion zu denken (was sich wie eine obszöne Varieté-Nummer anhörte). Hatte er die eben in der Küche auch gehabt, als er an Laura herumgegrapscht hatte? Nein, nein, nein.

»Es ist nicht so schwarzweiß, wie du denkst. Wir hatten eine Vorgeschichte.«

»Eine Vorgeschichte?«

»Ich meine, Marcel habe ich zuerst kennengelernt. Er war der französische Austauschschüler unseres Nachbarjungen. Wir haben miteinander unsere Unschuld verloren.«

Und wieder brach für Hugh eine Welt zusammen. »Warst du in ihn verliebt?«

»Damals dachte ich das, aber ich war noch jung. Was Liebe heißt, habe ich erst erfahren, als Michel zu Besuch kam.« Sie seufzte in seliger Erinnerung, wie es schien, und merkte nicht, dass jede neue Enthüllung Hugh neue Qual bescherte. »Der glanzvolle Künstler, voll Intensität und Leidenschaft … Ich habe mich sofort in ihn verliebt, und der Sex mit ihm war überwältigend. Was dann passiert ist, weißt du.«

»Eigentlich nicht«, erwiderte Hugh. »Du hast dir nie die Mühe gemacht, es zu erzählen.«

»Hughie, Liebling … Willst du wirklich alle Details wissen?«

»Ja!«

»Also gut. Aber es sind ganz gewöhnliche Details, wie aus einem kitschigen Liebesroman. Michel verliebte sich in mich – Gott weiß, warum, ich war erst achtzehn und ein dummes Schaf –, und zwei Monate später heirateten wir.«

»Dann hast du vor mir also schon Marcel das Herz gebrochen.«

Endlich hatte er sie erwischt. Er konnte erkennen, dass sie sich selbst nie in diesem Licht betrachtet hatte. Sie war überrascht. »So könnte man es ausdrücken. Doch ich hatte auch ein Herz. Und das ist die vollständige Geschichte meines Sexlebens – ich schreibe es dir auf, wenn du möchtest: In meinem ganzen Leben hatte ich drei Liebhaber, und zwar in dieser Reihenfolge: Marcel, Michel und dich. Du bist mir der liebste, was du mittlerweile wissen solltest.«

Hugh wusste gar nichts mehr. Laura hüllte sich in dieses gewisse Schweigen, das er gleichzeitig liebte und hasste – ein Schweigen, das zeigte, wie sehr sie in sich selbst ruhte – ganz und gar außerhalb seiner Reichweite.

Er wollte sie verletzen. »Nachdem ich weg war – wie lange hat es gedauert, bis du das mit Marcel angefangen hast?«

Laura ließ sich nicht angreifen. »Sehr lange – tatsächlich waren es Jahre. Delphine und die Jungen waren schon auf dem College.«

»Hast du da auch noch mit Marcel geschlafen? Sag es mir!«

»Schon gut, ich erzähle dir alles.« Sie setzte sich aufrecht. »Nein, Michel hatte mich schon seit Jahren nicht mehr angerührt, obwohl ihn das nicht davon abhielt, alle anderen Frauen in der Nachbarschaft zu vögeln – oder es zumindest zu versuchen. Das war die Situation, als ich die Sache mit Marcel anfing. Um ganz genau zu sein, stand ich damals im Wirtschaftsraum und wusch gerade die zweite Garnitur Kleidung durch, die Michel an jenem Morgen vollgepisst hatte. Und ich hatte ein blaues Auge. Marcel kam wie jeden Tag vorbei, um nach uns zu sehen, und fand mich weinend in der Waschküche. Am Anfang hat er mich nur getröstet, und plötzlich knutschten wir wie die Wilden. Reicht das?«

Hugh war sauer. Ihr derber Ton stieß ihn ab, und er wollte am liebsten davonlaufen, doch gleichzeitig spürte er, dass ihre Worte ihn auf eine schmutzige, drängende und verlockende Art erregten. »Wo habt ihr es getrieben?«

»Genau da.«

»In welcher Stellung?«
»Ach, Hughie, um Himmels willen!« Sie lachte, doch es klang bitter. »Ich habe mich über den Trockner gebeugt, und er hat mich von hinten genommen. Es war weder raffiniert noch zärtlich, noch romantisch. Wir haben gefickt wie die Tiere, und die Vibrationen des Trockners bescherten mir mehrere Orgasmen. Reichen dir die Details?«
Es reichte ihm nicht. Er war wütend und eifersüchtig, und in seinem ganzen Leben war er noch nie so erregt gewesen.
»Ich nehme an, er ist heute Abend hergekommen, um es wieder mit dir zu treiben.«
»Er sagt, er sei immer noch in mich verliebt. Deshalb ist er letzte Woche nach London gereist – das hatte nichts mit dem Weingut zu tun.«
Hugh erinnerte sich, dass sie an jenem Tag erst spät am Nachmittag nach Hause gekommen und direkt in die Dusche gegangen war. Ein schrecklicher Gedanke durchfuhr ihn wie ein Blitzschlag. Doch statt weiter darüber nachzudenken, packte er Laura und zog sie ins Schlafzimmer. Sie vögelten voller Wut und Inbrunst, wie zwei Ringkämpfer. Hugh hatte so etwas noch nie erlebt. Er kümmerte sich nicht um ihr Vergnügen oder darum, was sie wollte; er raunte schmutzige Worte, presste ihr Becken in den Boden und kam mit beschämender Heftigkeit.
Danach, während der Schweiß an seinem Rücken langsam trocknete und er sich noch keuchend fragte, ob er sein Herz untersuchen lassen müsse, rollte er von ihr herunter. Er begriff nicht, welcher Dämon von ihm Besitz ergriffen hatte. Die Wut war verflogen, aber etwas hatte sich verändert. Die Laura seiner Träume hatte sich als ein menschliches Wesen entpuppt, aus demselben fehlerhaften Lehm erschaffen wie alle anderen auch.

Kapitel 19

Letitia weinte. Erneut beteuerte sie: »Es ist nicht so, dass ich dich nicht liebe.«
Seltsamerweise machte Colin das noch wütender als ein offenes Geständnis, dass sie ihn hassen würde. »Du liebst mich, aber nicht genug.«
»Es war noch nicht vorbei, als wir uns kennenlernten.«
»Du dachtest aber, es wäre vorbei.«
»Colin, es tut mir leid ... Es tut mir ja so leid ... Aber er braucht mich so sehr. Was für ein Mensch wäre ich, ihn zurückzuweisen, nur weil er krank ist?«
»Er ist nicht krank. Er ist ein jammernder Simulant, und er spielt seine Krankheitskarte aus, damit er dich ins Bett kriegt. Es ist unfassbar, dass du darauf hereingefallen bist. Ich dachte, Frauen, die in Cambridge Jura studieren, sind schlauer.«
»Er braucht mich!«
»Ich brauche dich.«
»Colin, bitte ...«
»Würde es helfen, wenn ich dich mehr bräuchte? Wenn ich hinginge und mir ein Bein bräche? Wessen Bein käme dann zuerst? Oder lässt sich alles darauf reduzieren, wer von uns beiden den größeren Schwanz hat?«

»Ich kann nicht mit dir reden, wenn du so bist!«, rief Letitia verzweifelt.
Dieses Miststück, diese Schlampe sah sogar noch schön aus, wenn ihre Augen vom Weinen geschwollen waren. Colin hasste sich dafür, dass er sie zum Weinen gebracht hatte, doch er litt schreckliche Qualen.
»Was hast du erwartet, wie ich reagiere, verdammt nochmal? Ich liebe dich, und du servierst mich ab wegen so eines Wichsers, der dich wie Dreck behandelt hat! Hätte ich dich wie Dreck behandeln sollen? Fährst du darauf ab?«
Ein Schlüssel wurde ins Schloss der Wohnungstür geschoben und brachte sie zum Schweigen. Alice kam herein, und als sie die beiden sah, erstarrte ihr Lächeln: Letitia voller Tränen, Colin voller Wut, und die Atmosphäre so dick, dass man sie man mit dem Messer hätte schneiden können.
Plötzlich schien die Wohnung so klein wie ein Kaninchenstall. Colin hatte den panischen Drang nach frischer Luft. Da er ohnehin nicht mehr in der Lage war, vernünftig mit Letitia zu reden, stürmte er ungelenk an ihrer Mitbewohnerin vorbei und stürzte die unzähligen Treppenstufen zur Straße hinunter.
Er war taub vor Schmerz. Gut, Letitia war in letzter Zeit oft seltsam distanziert gewesen und seltener verfügbar, und auf Sex hatte sie auch nicht immer Lust gehabt. Aber er hatte es auf die Anforderungen seiner neuen Stellung und ihre Examenskurse geschoben. Es war umso schmerzhafter, da er wusste, dass sie eigentlich keine Schlampe war – der blöde Wichser hatte nur schamlos ihr gutes Herz ausgenutzt.
Es war früh am Abend, und die Dämmerung senkte sich bereits herab. Colin fuhr zurück in Daisys Dorf. Als er bei Bar Hill von der A14 abbog, war es dunkle Nacht. Das quadratische graue Haus, das um 1800 für irgendeinen wohl-

habenden Anwalt erbaut worden war, stand kurz vor der Ortschaft Boxworth einsam in seinem quadratisch ummauerten Garten. Aus den großen, rechteckigen Fenstern schien Licht, was bedeutete, dass Daisy zu Hause war. Colin hatte keine Lust, sie zu sehen.

Zum Glück saß sie in ihrem Arbeitszimmer (sie machte gerade ihren Doktor in Philosophie), und der andere Untermieter, der trübselige, bärtige Richie Turnmill, war außer Haus. Colin ging ins Wohnzimmer, setzte sich an seinen Bechstein und spielte das Erste, was ihm in den Sinn kam – Beethovens »Appassionata«, voll von Sehnsucht und Traurigkeit und so schwierig, dass er seinen Schmerz und seine Wut ausblenden konnte. Als die Schlussakkorde verklungen waren, fuhr er sogleich mit Schuberts »Wanderer« fort, danach mit Tschaikowskys »Nur wer die Sehnsucht kennt«, und bald war der Raum von Selbstmitleid geradezu geschwängert.

Als die Tür aufging, brach er ab.

»Hallo«, sagte Daisy. »Hör nicht auf, das ist wunderschön. Ich dachte, du könntest vielleicht ein Glas Wein gebrauchen.«

»Es geht mir gut, ehrlich.«

»Ach, komm. Als ich den Wanderer hörte, dachte ich mir schon, dass es ziemlich schlimm sein muss, aber als du mit dem Tschaikowsky anfingst, war alles klar.«

Trotz allem musste er lächeln. Daisy war lieb und freundlich, wie ein menschlicher Fieberwickel. »Entschuldige. Es muss geklungen haben wie einer dieser Sampler – Musik für Abservierte.«

»Abserviert?«

»Letitia hat gerade mit mir Schluss gemacht.«

»O Colin, das tut mir ja so leid!«

»Sie geht wieder zu Sebastian zurück, weil er einen Autounfall hatte und sie jetzt braucht. Der Wichser.«
»O Colin … du Ärmster! Wie geht es dir?«
»Ich dachte, ich muss mich umbringen, aber jetzt bin ich zu hungrig. Ist irgendwas zu essen da?«
Daisy lächelte, nein, sie strahlte regelrecht. »Ich habe einen Lammfleischauflauf gemacht, falls du den magst.«
Der Duft drang durch die offene Tür und versprach Trost, Mitgefühl und Hausmannskost. »Liebend gern.«
»So ist es richtig! Man sollte sich nicht mit leerem Magen umbringen.«
Auf dem Weg zur Küche legte Colin ihr freundschaftlich den Arm um und drückte ihr einen Kuss auf die Wange. Daisy war als Schwester viel besser als die reizbare, depressive Sarah. »Danke, dass du so normal bist. Lass du dich bloß nicht auf so einen Wichser ein, sonst verliere ich den Glauben an alle Frauen. Was trinken wir?«
»Ich wollte den Rioja aufmachen.«
»Ach, Quatsch, lass uns eine Flasche Burgunder von Purvis trinken.«
»Oh, ich vergaß – du bist ja jetzt professioneller Weinsnob. Dann mach du den Wein auf, und ich kümmere mich ums Essen.«
»Daisy? Bist du jemals abserviert worden?«
Sie stand mit dem Rücken zu ihm. »Nein, kann man nicht sagen.«
»Aber du warst doch bestimmt mal unglücklich verliebt.«
»Eigentlich nicht.«
»Hast du ein Glück! Ich fühle mich, als hätte man mich erschossen …« Er wusste, dass er Daisy solche Sachen sagen konnte, ohne als Antwort fürchten zu müssen, er solle sich zusammenreißen.

»Ach, du Armer! Bist du denn sicher, dass zwischen euch wirklich alles aus ist?«
Natürlich hoffte Colin inständig, dass es mit Letitia noch nicht aus war. »Es ist aus. Sie vögelt einen anderen, und ich werde nicht herumsitzen und warten, dass sie ihre Meinung ändert. Ich hätte es ahnen müssen, aber ich dachte ernsthaft, wir wären glücklich.«
»Nun schreib die Sache mal nicht vorschnell ab, du weißt, dass du das gerne tust. Denk an das Schwartz-Stipendium – da warst du auch absolut überzeugt, dass du es nicht bekommen würdest.«
Er entkorkte die Flasche des sehr guten Burgunders der mittleren Preisklasse und fühlte sich trotz seiner schlechten Stimmung ermutigt. Daisy hatte recht, er erlaubte sich nie, auf etwas zu hoffen – und nicht zu hoffen bedeutete auch, um nichts ernsthaft zu kämpfen. Daisy tat ihm gut. »Das hier ist aber anders … Das Problem ist, dass Letitia sich gefühlsmäßig nie von diesem Blödmann gelöst hat. Also, manchmal verstehe ich die Frauen einfach nicht.«
»Wir können bemerkenswert dumm sein.« Ihre Wangen waren gerötet, obwohl es in der Küche nicht übermäßig warm war. Colin schenkte ihnen Wein ein, während Daisy den Auflauf und einen grünen Salat auf den Tisch stellte.
Der Auflauf war köstlich. Die gute Daisy war eine phantastische Köchin, was es äußerst vorteilhaft machte, ihr Untermieter zu sein. Am Anfang war die Idee gewesen, dass jeder sich selbst um sein Essen kümmerte, aber dann hatte Daisy angefangen, große Portionen Suppe oder Eintopf zu kochen, insbesondere an Abenden wie heute, wenn Richie bei seiner Freundin in Cambridge übernachtete. Colin war froh, sie als Freundin zu haben – es war so bequem und angenehm wie bei seiner Mutter, nur ohne die psychische Belastung.

Während des Essens erzählte Colin die ganze Geschichte von Letitias Betrug.

»Das ist wirklich komisch«, meinte Daisy. »Da wiederholt sich ja fast die Geschichte deines Vaters mit Laura.«

»Ja, aber nur fast – Lauras Ehemann war schwer krank, und soweit ich das sehen kann, geht es Sebastian verdammt gut.«

»Hast du ihn kennengelernt?«

»Nein, aber ich habe ihn gesehen. Er humpelt ein bisschen und geht mit einer Krücke, das ist alles. Nur ist das natürlich viel aufregender als ein gesunder Typ, der in einem langweiligen Kaufhaus arbeitet.«

»Du arbeitest gern im Kaufhaus«, betonte Daisy.

»Ja, das stimmt – und das ist ein Teil des Problems. Ich hätte mehr leiden sollen, als ich meine Musikerkarriere aufgab.«

»Du bist aber immer noch ein guter Musiker – im Moment spielst du ganz toll.«

Colin freute sich. Er hatte selbst das Gefühl gehabt, ganz ordentlich zu spielen, und es tat gut, die Bestätigung zu hören.

»Mache ich dich nicht verrückt?«

Sie lächelte. »Nein! Wie ich schon sagte: Ich höre dich wahnsinnig gern spielen. Ich lasse meine Tür immer extra offen.«

»Du bist viel zu nett zu mir.«

»Sei nicht albern. Die kostenlose Musik ist ein Luxus.«

»Es ist eine gute Methode, um nach der Arbeit runterzufahren.« (Und nun auch eine gute Methode, um sich von Letitia abzulenken.) »Heute zum Beispiel, bevor ich von der Frau, die ich liebe, brutal abserviert wurde, habe ich zweieinhalb Stunden in einer Sitzung über Senf verbracht – und das Schlimmste daran ist, dass ich es sogar interessant fand. Wenn ich die Musik nicht hätte, würde ich wahrscheinlich auch außerhalb der Arbeitszeit nur an lauter Senf denken. Ich muss den Kopf frei kriegen.«

»Ach, es ist doch nicht schlimm, über Senf nachzudenken«, meinte Daisy lachend. »Ich hoffe, ihr behaltet den groben mit dem Sherry. Sollen wir ins Wohnzimmer gehen? Ich koche uns einen Tee, und wir könnten Feuer anmachen.«

»Ja, aber lass mich das Feuer anzünden, ich habe da eine spezielle Technik. Und ich möchte keinen Tee.« Colin nahm den Wein mit ins Wohnzimmer und verbrachte eine vergnügliche Viertelstunde damit, die Holzscheite im Kamin aufzustapeln. Seine Schwester und seine Mutter hatten die besondere Technik nie begriffen, aber Colin hatte seinem Vater, dem Feuermeister, immer zu Füßen gesessen und ganz genau zugeschaut. Daisy brachte den Tee in einer richtigen, guten Teekanne mit einem Teller Schokoladenkekse. Colin hatte plötzlich das Bild vor Augen, wie Letitia nach ihrem leidenschaftlichen Liebesspiel mit zwei angeschlagenen Bechern Tee ins Bett zurückkam. Er leerte die Hälfte seines Weinglases in einem Zug.

Daisy legte Kissen auf den Kaminvorleger. Sie zog die Vorhänge zu, schaltete einige Lampen ein und andere aus und tat damit genau die Dinge, die Frauen wie seine Mutter taten, um einem Raum eine besonders gemütliche Atmosphäre zu verleihen. Colin trank seinen Wein aus und schenkte sich nach. Sie kuschelten sich auf dem Vorleger aneinander. Colin lehnte sich gegen Daisys Beine und beobachtete die Flammen, die an den Holzscheiten leckten und sich ihrer bemächtigten. Draußen, irgendwo hinter den schwarzen, stillen Feldern, bellte ein Fuchs.

»Sie fehlt mir«, sagte er. »Ich begehre sie. Aber ich bin nicht gut genug.«

Seine Tränen tropften auf ihren Rock. Daisy legte die Arme

um ihn, und er rutschte höher, um an ihrer weichen Schulter zu weinen. Noch während er dachte, dass sie es nicht tun sollten – dass es unglaublich dumm wäre, es zu tun –, wusste er, dass sie es tun würden, und fing wie von selbst damit an. Zuerst das wie beiläufige Streifen der Lippen, die sich darauf wie zufällig zum Kuss öffneten … dann das Gefummel mit Strumpfhosen und Reißverschlüssen und ein grobes, tränenreiches, ungelenkes Kopulieren.

Als er später in Daisys Armen lag und ihre streichelnde Hand auf seinem Haar spürte, ahnte er trotz seiner Trunkenheit und Trauer, dass er nun wirklich etwas unglaublich Dummes getan hatte.

»Jeff! Du meine Güte – der letzte Mensch, den ich hier erwartet hätte! Was machst du denn hier in London?«

Sie standen an einem klaren, windigen Nachmittag mitten auf der Bond Street.

»Hallo, Barbara«, erwiderte Jeff. »Was meinst du? Wie sehe ich aus?« Er trug einen dunkelblauen Anzug mit blauem Hemd und roter Krawatte und sah (von seinem Zottelbart einmal abgesehen) recht passabel aus. Tatsächlich hatte Barbara einige Sekunden gebraucht, bis sie diesen sympathischen Fremden erkannt hatte.

»Ich kann es kaum glauben! Seit wann besitzt du einen Anzug?«

»Seit letzter Woche.«

»War das wieder eine von Sheilas Drohungen?«

»Nein, den habe ich freiwillig gekauft. Ich hatte hier in London ein paar offizielle Termine – Anwälte, Bankleute, solche Sachen – und dachte, ich tauche da lieber nicht wie ein Landstreicher auf.«

Barbara horchte interessiert auf – Jeff schien enger mit der

normalen Welt in Kontakt zu stehen, als er den Anschein gab. Der Verkauf der Mühle hatte wohl ein Wunder bewirkt.
»Ich kaufe auch gerade Kleidung ein«, sagte sie und hielt zwei Packen steifer, glänzender Tüten hoch. »Ich gehe heute Abend essen und habe gemerkt, dass ich nichts Vernünftiges zum Anziehen habe – alle meine Ausgehkleider sind eingelagert. Und ich muss sagen, dass es großen Spaß gemacht hat! Ich habe ja seit Jahren nirgendwo anders als bei Purvis eingekauft.« Ihre Gedanken kreisten wie ein fetter, nektarsatter Schmetterling um ihre neuen Errungenschaften – insbesondere um die himmlische Tasche von Mulberry, aber auch um das außerordentlich schmeichelhafte Wickelkleid, das sie bei Brown's gefunden hatte, sowie die Schuhe, die bequem und elegant und für alle erdenklichen Gelegenheiten passend waren. Sich für Sam Tallen zurechtzumachen war ganz anders als bei Hugh, für den sie sich seit Jahren schon nicht mehr aufgehübscht hatte.
»Da wir uns nun über den Weg gelaufen sind«, meinte Jeff, »würde ich dich gern zu einem Kaffee oder etwas anderem einladen.«
»Eine gute Idee – ich möchte mich liebend gern hinsetzen und einen Tee trinken.«
Sie stießen auf die Filiale einer großen Kaffeehauskette, in der Sofas standen. Barbara ließ sich glücklich ins Polster sinken, und Jeff ging an den Tresen, um zwei Tassen Tee und amerikanische Muffins zu holen. Barbara beobachtete ihn, ganz hingerissen von seiner Normalität.
»Danke, Jeff. Sag, was ich dir schulde.«
»Gar nichts. Im Gegenteil, ich schulde dir noch eine Menge Gastfreundschaft.« Er setzte sich in den Sessel gegenüber. »Wie läuft es mit der Mühle?«

»Die ist ganz mit Gerüsten vollgestellt, wie ein Haufen großer Mikadostäbe. Bist du eigentlich länger weggewesen?« Barbara fiel ein, dass sie Jeff seit mehr als einer Woche nicht im Dorf herumschlurfen gesehen hatte.

»Ich bin schon seit letzter Woche in London, in einem sehr deprimierenden Hotel in Bloomsbury.« Er musterte sie eingehend. Seine Augen waren anders als die von Sam, nicht wie weicher brauner Sherry, sondern dunkler und undurchdringlicher. »Hast du abgenommen?«

»Ja, das habe ich tatsächlich ... Wie komisch, dass dir das auffällt!«

»Werd bloß nicht zu dünn. Einer Frau wie dir steht das nicht.«

»Soll das ein Kompliment sein?«

»Ich glaube schon. Du siehst sehr hübsch aus.«

»Ja, also ... danke.« Sie war ganz verblüfft, was für absonderliche Dinge Jeff da von sich gab.

»Was ist denn heute Abend Besonderes? Hat Hugh seinen Irrtum eingesehen?«

»Natürlich nicht ... und ich würde ihn auch nicht zurückhaben wollen. Nein, Hugh ist immer noch ganz verzückt von dieser Frau, und er hat gerade dieses alberne Haus in Moxon gekauft, das aussieht wie zwei Pfefferstreuer. Ich gehe mit Sam Tallen essen – und bevor du irgendetwas sagst, Jeff, sag bitte nichts. Ich weiß sehr wohl, dass du ihn für ein Schwein hältst.«

Jeff machte ein entsetztes Gesicht. »Ach, natürlich! Deshalb siehst du so gut aus ... Du bumst mit ihm.«

»Nein, tue ich nicht!«, erwiderte Barbara entrüstet. »Du musst wohl immer alles auf das niedrigste Niveau ziehen, was? Zu deiner Information: Sam und ich sind gute Freunde, das ist alles. Wir haben viel gemeinsam.«

»Ha! Was denn?«

»Wir leben beide getrennt. Wir beide lieben Musik.« Sie versuchte, nicht allzu abwehrend zu klingen, aber sie musste zugeben (zumindest vor sich selbst), dass zwischen ihnen doch mehr war als Freundschaft. Auch wenn bislang noch keine deutlich erotische Stimmung aufgekommen war, so hatte Barbara doch ein oder zwei Mal ein leichtes, verstörendes Kribbeln verspürt, zum Beispiel gestern Morgen, als Sam sie am Arm gefasst hatte, um sie zu stützen, und dann länger festgehalten hatte, als nötig gewesen wäre.

»Pass auf, Barbara, mehr sage ich nicht. Er ist hinter dir her.«

»Ach, sei nicht albern!«

»Du bist eine attraktive Frau, du hast jede Menge Geld, du bist alleinstehend – und hatte ich schon erwähnt, dass du einen Haufen Geld hast?«

»Ich bin nicht dumm«, wehrte Barbara ab. »Ich kann sehr wohl erkennen, wenn jemand nur auf Geld aus ist, vielen Dank.«

Er lächelte. »Bei dir war das ja wohl auch so, wie?«

»Wie bitte?«

»Du musst ein hübsches, kleines Ding gewesen sein, als du deine Sekretärinnenstelle bei Purvis angetreten hast.«

Was für ein abscheulicher, ungezogener, ordinärer Mensch!

»Du meine Güte, worauf willst du hinaus? Ich bin damals zu Purvis gegangen, weil ich es leid war, als Klavierlehrerin zu arbeiten.«

»Und weil allgemein bekannt war, dass der Inhaber einen Sohn hat, und dass die Söhne der Purvis sich ihre Frauen immer aus dem Büro nehmen. Die Schlange für diese Stelle muss ja etliche Meilen lang gewesen sein. Hast du zum Vorstellungsgespräch einen Bikini angezogen?«

»Tatsächlich«, erklärte Barbara, »war die Stelle gar nicht offiziell ausgeschrieben. Hughs Mutter und meine Mutter kannten sich aus dem Frauenverein, und Mrs. Purvis erwähnte es ihr gegenüber. Ich ging zu einem Vorstellungsgespräch bei Hughs Vater, und er schmunzelte und sagte, ja, das sollte passen.« Sie lächelte wehmütig. »Und das war's.«

Jeff stieß einen seiner knarrenden Lacher aus. »Dann hat er dich also als Schwiegertochter engagiert, und Hugh hat sich gehorsam in dich verliebt.«

»In Wirklichkeit war es ganz anders – aber ich weiß genau, dass du das nur sagst, um mich zu ärgern.«

»Ich versuche lediglich, die Wahrheit zu sagen – ohne irrwitzige Interpretationen oder Ausschmückungen. Mir gefällt deine Reinheit in Geist und Absicht. Du bist ein extrem praktisch veranlagter Mensch.«

»Hm. Danke.« Sie war sicher, dass er sie immer noch aufzog, aber sie wollte es gern als Kompliment werten. Auf ihre praktische Veranlagung war sie schon immer stolz gewesen. »Irgendjemand muss das ja sein.«

»Ich hoffe, Tallen führt dich in ein anständiges Lokal aus.«

»Weißt du«, meinte Barbara und stellte ihre Teetasse auf dem niedrigen Tisch ab, »was Sam betrifft, solltest du dich allmählich von deinen Vorurteilen verabschieden.«

»Oh.«

»Ich sage nicht, dass du alles vergessen und vergeben sollst, aber Sam gibt sich wirklich große Mühe, die Vergangenheit hinter sich zu lassen.«

»O ja«, knurrte Jeff, »das möchte ich wetten.«

»Jede Geschichte hat immer zwei Seiten, weißt du?«

»Ach, hat er dich mit einem Haufen Lügen vollgesülzt?«

»Hören wir lieber auf, über Sam zu reden, da du das ja anscheinend nicht vernünftig kannst.«

»Soll mir recht sein«, entgegnete Jeff. »Aber hör auf die Warnung der weisen Wahrsagerin: Seine Exfrau hat ihn ohne einen Penny rausgeworfen, und er tut sich schwer, auf Annehmlichkeiten zu verzichten.«

»Ich habe keine Ahnung, wovon du sprichst. Welche weise Wahrsagerin?«

Er kicherte in sich hinein. »Egal. Bei dir leuchtet das rote Lämpchen, was bedeutet, dass dein Gehirn voll ist. Ich warte ab, bis der Zwergpudel, der an den Schalthebeln sitzt, den Rückstau aufgearbeitet hat.«

»Jetzt redest du aber völligen Schwachsinn.«

»Isst du den Muffin noch?«

»Nein … wenn es dir nichts ausmacht.« Barbara konnte nicht viel Interesse für einen Muffin aufbringen, den sie nicht selbst gebacken hatte.

»Dann werde ich ihn essen, ich bin am Verhungern.«

Er griff nach dem Blaubeermuffin, und Barbara war über den ungewohnten Anblick seiner Hand verblüfft – makellos sauber, mit akkurat geschnittenen Fingernägeln –, die aus einem gestärkten Hemdärmel mit einem goldenen Manschettenknopf ragte. Sie ahnte, dass er einmal ein ganz anderes Leben geführt hatte, und fand das geheimnisvoll und faszinierend.

»Ich muss sagen, du siehst ganz schön schick aus. Was hast du sonst noch in London unternommen? Es kann nicht zehn Tage gedauert haben, einen Anwalt und einen Arzt aufzusuchen.«

»Da waren ein paar Termine, die mit meiner alten Arbeit zu tun hatten. Ich darf dir nichts weiter darüber erzählen, außer, dass ich vor einer Kommission aussagen musste. In meiner normalen Kleidung wäre ich nicht an den Sicherheitsleuten vorbeigekommen.«

Barbara war beeindruckt, wie wichtig das klang. »Das zeigt, was du alles kannst, wenn du dich nur anstrengst.«

»Ich muss sagen, es war ganz angenehm, mal wieder als Gentleman behandelt zu werden«, erklärte Jeff. »Auch wenn ich nicht weiß, wie lange ich das durchhalte.«

»Du siehst tausendmal besser aus.«

»Wirklich?«

Sie kniff die Augen zusammen und versuchte, hinter all dem Bart sein Gesicht zu erkennen. Selbst sauber und getrimmt waren Haare im Gesicht für sie grundsätzlich unappetitlich. »Vielleicht solltest du den letzten Schritt auch noch tun und deinen Bart abrasieren.«

Das war frech, doch er war nicht beleidigt. »Das ist theoretisch eine gute Idee. Leider sehe ich ohne Bart wie ein Kamel aus.«

»Das ist doch albern.«

»Nein, ist es nicht. Ich habe einen langen Hals, kaum Kinn und eine lange Oberlippe.«

»Was hat das denn damit zu tun? Stell dir bloß mal vor, wie viel schlimmer so ein Kamel mit einem dichten grauen Bart aussähe!«

Diesmal klang sein Lachen ehrlich erheitert. »Und wie immer schlägst du mich mit unwiderlegbaren Argumenten.«

»Und eigentlich haben Kamele recht hübsche Gesichter. Sie sehen immer aus, als würden sie lächeln.«

»Barbara, du bist eine Philosophin – du erinnerst mich an meine Mutter. Sie war recht einfältig, Gott hab sie selig, aber hin und wieder ließ sie eine Bemerkung los, die meinen klugen Vater wie einen Idioten dastehen ließ.«

»Ich weiß, dass du mich für dumm hältst, Jeff, aber ich bin nicht beleidigt, weil ich glaube, dass du sie sehr lieb hattest.«

Sein Gesicht, soweit sie das unter dem schrecklichen Gezottel ausmachen konnte, nahm einen liebevollen Ausdruck an. »Ja, ich hatte sie wirklich sehr lieb, und ich wünschte, du hättest sie gekannt. Von ihr habe ich meine Schwäche für einfältige Frauen.«
»Ach, Jeff, so langsam wird das aber lästig! Ich weiß, dass das nicht stimmt. Ich bin sicher, du wirst Olivia nicht als einfältig bezeichnen wollen.«
»Doch, das will ich. Wie sonst soll man eine Frau bezeichnen, die auf Sam Tallen reinfällt?«
»Fang nicht schon wieder damit an.«
»Ich werde erst damit aufhören, wenn du mir endlich zuhörst – dieser Mann ist ein Mistkerl.«
»Also gut, dann ist er eben ein Mistkerl. Ich fürchte, ich werde trotzdem mit ihm essen gehen.«
Jeff sah sie einen Moment lang nur an. Dann sagte er: »In diesem Fall – und da ich nicht genug Zeit habe, dich zu überzeugen – gebe ich dir einen guten Rat: Lass deine Kreditkarte zu Hause.«
»Wie bitte?«
»Oder tu zumindest so, als hättest du sie vergessen. Sonst wird er nämlich so tun, als hätte er seine vergessen, und du bleibst auf der Rechnung sitzen.«
»Jeff, das ist doch lächerlich … Ich will kein Wort mehr hören!«
Barbara war umso mehr verärgert, da Sam letzte Woche bei einem ihrer Mittagessen tatsächlich seine Kreditkarte vergessen hatte – was allerdings jedem einmal passieren konnte. Und seine Verlegenheit war echt gewesen. Jeff wollte ihn nur schlecht machen, und sie weigerte sich, auch nur ein Wort davon zu glauben.

Kapitel 20

Der grüne, lederne Bürosessel stand mitten auf dem Rasen wie ein Thron, umgeben von einem Dutzend hölzerner Umzugskisten. Hugh setzte sich einen Augenblick lang hinein und überlegte, was er als Nächstes tun musste. Er hatte drei tüchtige junge Männer mit braunen Overalls und weißen Arbeitshandschuhen angeheuert, um die sperrigeren Möbel aufzustellen, und alles stand mehr oder weniger am richtigen Platz, doch bis zum Abend waren immer noch etliche Kisten auszupacken und Zimmer einzurichten. Hugh hasste Chaos. Er sehnte sich danach, Ordnung zu schaffen.

Er drehte sich im Sessel herum und betrachtete das Haus, das nun ihm gehörte. Es war ein warmer Aprilnachmittag, nur wenige Monate nach der eisigen Nacht, in der er Laura wiedergefunden hatte, und sein Lebenstraum hatte sich erfüllt – zumindest theoretisch. Er bezog gerade das Haus, das er mit der Liebe seines Lebens teilen würde. Warum fühlte er sich trotzdem nicht rundum glücklich?

Seine Liebe zu Laura war so stark wie eh und je – stärker sogar, falls ihr Liebesleben irgendetwas aussagte. Die Eifersucht auf Marcel brodelte in seinem Innern und machte ihn unglaublich liebeshungrig. Es war unlogisch, sich betrogen zu fühlen, aber er tat es trotzdem. Außerdem war er irritiert, dass Laura darauf bestanden hatte, die Hälfte des Hauses zu bezahlen. Im Grunde könnte er sich freuen, denn die Geldsumme, die er Barbara überschrieben hatte, verursachte ihm schlaflose Nächte. Und es war absurd, sich durch ihre Gleichberechtigung geschwächt zu fühlen.

»Hallo, Dad.« Colin kam mit zwei Bechern aus der Eingangstür. »Ich habe dir Tee mitgebracht.«

»Prima – danke.«

»Und Daisy sagt, in einer halben Stunde gibt es Essen. Sie kocht Nudeln.«

Hugh nahm seinen Becher. »Das ist sehr nett von ihr.«

»Sie sagt, die Küche sei so gut wie fertig.« Colin setzte sich auf eine der Kisten. »Was ist mit den ganzen Kisten hier? Sollen die noch rein?«

»Nein, das ist hauptsächlich irgendwelcher Kram, der in einem der Anbauten gelagert werden kann.« Hugh fiel auf, dass es eine Weile her war, seit er seinen Sohn in Jeans und T-Shirt gesehen hatte anstelle des Anzugs, den er zur Arbeit trug. Nachdem er und Letitia sich getrennt hatten, war er deutlich trauriger und stiller geworden. Hugh fühlte sich vom Gespenst seines jüngeren, schmachtenden Selbst verfolgt. Colin hatte nichts gesagt, aber seit kurzem war diese Daisy ständig an seiner Seite. Das war nicht weiter schlimm, solange der gute Junge nicht den Fehler beging und mit ihr schlief. »Ihr wart beide eine große Hilfe.«

»Ich glaube, die Typen von dieser Firma sind fast fertig, sogar die Bilder hängen schon an der Wand. Du solltest reingehen und es dir ansehen.«

»Das werde ich. Und ich werde ihnen ein gutes Trinkgeld geben – sie waren jeden Penny wert.«

»Tja, das hast du jetzt also hinter dir. Jetzt kannst du hier Fuß fassen.«

»Ja. Gerade habe ich noch gedacht, wie schnell das alles ging – auch wenn es sich nicht schnell anfühlte.« Hugh konnte seinen Sohn nicht fragen, wie es ihm ging; auf diese Art redeten sie nicht miteinander. »Ich musste gerade daran denken, wie anders alles noch vor einem Jahr war.«
»Du bereust es doch nicht, oder?«
»Nein, natürlich nicht. Ich staune nur. Ich hätte nicht gedacht, dass ich zu so was fähig bin.«
»Offensichtlich geht es dir sehr gut damit.«
Hugh hätte gern gewusst, was daran so offensichtlich war. »Danke. Ich hoffe nur, dass es für dich und Sarah nicht zu anstrengend gewesen ist – diese ganzen Veränderungen.«
»Nein, Dad – zum hundertsten Mal! Du bist es, den Veränderungen anstrengen, weil du schon etwas älter bist.«
»Bin ich das? Nur etwas älter? Ich fühle mich so alt wie Methusalem. Das ist wirklich das letzte Mal, das ich umgezogen bin.«
»Es ist ein schönes Haus«, sagte Colin.
»Laura ist ganz begeistert, und das ist die Hauptsache. Wir brauchten einen Ort, wo sie nicht durchdreht, solange sie nicht Auto fahren kann.« Hugh hatte seinen Kindern in klaren Worten von der Trunkenheit am Steuer erzählt, damit sie wussten, dass es kein Geheimnis war und er damit klarkam. »Sie plant einen prächtigen Garten.«
Die drei jungen Männer mit den Overalls kamen aus dem Haus. Unter Hughs sachlichen Anweisungen trugen sie die restlichen Kisten in den Anbau hinter den Bäumen. Colin brachte den Bürosessel ins Haus, dann war das breite, weitläufige Rasenstück wieder leer. Sie waren eingezogen. Hugh bezahlte die jungen Männern per Kreditkarte und gab ein gutes Trinkgeld, dann waren sie verschwunden.
Er lauschte, wie sich nach dem Verklingen des Motoren-

geräuschs wieder Stille ausbreitete. Die ländliche Stille beruhigte ihn, und er musste an das Herrenhaus denken. In den Sommermonaten war er nach der Arbeit immer sofort in den Garten gegangen, um sich an der Stille zu laben. Barbara hatte diesen heiligen Moment natürlich oft durch ihr Geplapper zunichtegemacht, aber Hugh hatte schnell gelernt, die Aufmerksamkeit auf anderes zu lenken.
Laura trat aus der Haustür. Sie hielt ein Glas Rotwein in der Hand.
Hugh rief: »Hängst du etwa wieder an der Flasche?« Das sollte ein Witz sein, kam aber nicht so heraus.
»Der ist eigentlich für dich.« Wie immer ließ Laura sich auf keine Beleidigung ein, die nicht tatsächlich ausgesprochen wurde. »Daisy will gleich ein frühes Abendessen servieren, da wir ja kein Mittag hatten.«
Er ging zu ihr, nahm ihr das Glas ab und legte seinen Arm um sie. »Danke, Liebling. Ich bin wie ausgedörrt. Glaubst du, es besteht die Chance auf einen ruhigen Abend?«
»Entspann dich. Das Essen ist fast fertig, und die Betten sind auch schon bezogen. Wir sind endlich zu Hause.«
Hand in Hand gingen sie hinein. Hugh hatte den Großteil des Tages auf dem Rasen verbracht und Anweisungen gegeben. Im Haus sah es besser aus, als er befürchtet hatte. Die Möbel standen mehr oder weniger an ihrem Platz, die meisten Kisten waren aus dem Weg geräumt. Man konnte sich bereits vorstellen, wie es einmal aussehen würde.
»Daisy ist ein nettes Mädchen«, sagte Laura leise. »Schade, dass Colin nicht in sie verliebt ist.«
»Ich dachte, sie hätten vielleicht … du weißt schon …«
»Oh, ich bin sicher, dass er mit ihr schläft.«
»Du hast doch gerade gesagt, er sei nicht in sie verliebt.«
»Das wird ihn nicht davon abhalten, Sex mit ihr zu haben.«

Hugh war ein wenig verstimmt. Was Romantik betraf, war Laura immer so zynisch. Die verhängnisvolle Verbindung zu den beiden Amaury-Brüdern hatte sie wohl verdorben. Hatte Colin Sex mit Daisy? Hugh betrachtete die beiden in der Küche: Colin saß majestätisch im Lehnstuhl am Kopf des Tisches, und Daisy stand erwartungsvoll daneben, um ihm behilflich zu sein. Manchmal war es ein Schock, wenn man sich vergegenwärtigte, wie unterschiedlich Jugend und Alter waren. Junge Männer dachten sich nichts dabei, Mädchen zu vögeln, aus denen sie sich nichts machten. Er hatte es selbst getan, einen Monat nach seiner trübseligen Heimkehr aus Frankreich, mit einer angehenden Krankenschwester aus dem Addenbrooke's. Er hatte die ganze Sache verabscheut (jede Sekunde, um genau zu sein), doch das hatte dem Akt keinen Abbruch getan.

»In gewisser Weise liebt er sie schon«, überlegte Laura laut, nachdem Colin und Daisy gegangen waren. »Ich glaube, er wünscht sogar, er könnte sich in sie verlieben. Ach, wenn wir uns manchmal doch nur zwingen könnten, uns in jemanden zu verlieben, der zu uns passt!«

Hugh fragte sich, an welchen der Brüder sie dabei wohl dachte. Sie sah umwerfend aus. Im Schein der Lampen wirkte ihre Haut wie Alabaster, und ihre Augen leuchteten tiefschwarz. Er war bei seinem dritten Glas Wein. Laura hatte nur Wasser getrunken. Trank sie wirklich nicht mehr oder nur, wenn er es nicht sah? Hatte sie mit Marcel Wein getrunken, als sie in London essen gewesen waren?

Sie stand auf, streckte sich und ging durch die Verbindungstür ins Wohnzimmer. Hugh folgte ihr. Sie schob einen Stapel Schallplatten ans Sofaende und setzte sich auf den freien Platz.

»Warte mal«, sagte er plötzlich. »Was macht Michel denn

hier?« Das Porträt hing über dem Kamin, wo zuvor der zerschlagene Spiegel gehangen hatte. Er hatte die jungen Männer ausdrücklich gebeten, dort sein Aquarell von Cotman aufzuhängen – ein wunderbares Landschaftsbild, das er Barbara nur hatte abschwatzen können, weil sie zu unkundig war, die feinen Schattierungen zu würdigen, und weil sie nicht wusste, wie wertvoll es war.
»Michel? Sollte er etwa nicht hier hängen?«
»Ich dachte, mein Aquarell … der Cotman … Ich habe es dir doch gezeigt!«
»Das haben sie im Arbeitszimmer aufgehängt.«
»Oh. Dort habe ich noch nicht nachgesehen. Ich schätze, das geht in Ordnung. Aber du hättest das … mit mir besprechen können?«
»Du hattest doch auch nicht vor, es mit mir zu besprechen.«
Das war umso schmerzlicher, als sie recht hatte. Er war davon ausgegangen, dass er das letzte Wort haben würde – aus Gründen, die vollkommen unfair waren.
»Hör zu, es ist nicht so, dass ich Michel nicht mag. Das weißt du. Aber ich sehe nicht ein, dass mein Wohnzimmer eine Galerie deiner ehemaligen Liebhaber zeigt.«
Das schien sie zu amüsieren. »Michel ist wohl kaum eine Galerie. Dazu bräuchte es mindestens zwei weitere Bilder.«
»Mindestens? Gibt es noch jemanden, von dem ich wissen sollte?«
»Ach, Hughie! Das war ein Scherz!«
»Und es ist wohl lustig, Scherze mit mir zu machen, weil ich so eifersüchtig bin.«
Wie die meisten ihrer kleinen Rangeleien führte auch dieser zum Sex. Er schob ihre Jeans nach unten, drückte sie über die Sofalehne und drang von hinten in sie ein.

Plötzlich klingelte es an der Tür, gefolgt von lautem Klopfen.

»Himmel!«, keuchte Hugh. Sein Herz hämmerte ihm in der Brust. Er war zu alt für diese Art von Sex.

Laura gewann als Erste wieder Fassung und ging zur Tür. Er hörte sie etwas sagen wie: »Natürlich ist er da …«

Und dann kam Sarah ins Zimmer gestürzt und warf sich ihm in die Arme. Es war eigentümlich, nach Laura nun seine Tochter im Arm zu spüren. Er hielt sie ein wenig auf Abstand, da er fürchtete, sie könnte seine Erektion bemerken.

»Sarah, Liebling … Was ist passiert?«

»Ich weiß, was passiert ist«, sagte Laura vom Türstock aus. »Es geht um Delphine, stimmt's?«

Sarah stieß Hugh von sich. Ihr Gesicht war tiefrot und vom Weinen verquollen. Genau wie Barbara hatte sie die Angewohnheit, in rasender Wut einfach ins Auto zu springen und davonzufahren. Hugh schauderte es bei der Vorstellung, dass sie in diesem Zustand über die Autobahn gedüst war.

»Diese Schlampe!«, spuckte sie ihnen entgegen. »Ich habe sie erwischt – und sie hatte geschworen, dass es aus ist! Sie ist eine elende Lügnerin, und ich hoffe, sie stirbt und verrottet in der Hölle.«

»Liebling …«, protestierte Hugh schwach.

Laura seufzte nur und sagte: »Ich gehe Teewasser aufsetzen.«

»So, da wären wir.« Sam parkte seinen Wagen vor dem Tor zur Mühle. »Ich bringe dich lieber noch zu deinem Wohnwagen.«

»Das musst du nicht«, sagte Barbara. »Ich habe meine Taschenlampe dabei. Aber du könntest noch auf eine Tasse Kaffee mitkommen.«

»Danke, sehr gern. Ich weiß, wie gut dein Kaffee ist, und bis London ist es noch eine lange Fahrt.«
Barbara war nervös. Zum ersten Mal seit Hugh dachte sie an Sex. Das Essen war reichhaltig und köstlich gewesen, das Gespräch anregend. Sie und Sam schienen so viel gemeinsam zu haben – und er hatte an seine Kreditkarte gedacht und darauf bestanden, die hohe Rechnung allein zu bezahlen, was bewies, wie wenig Jeff ihn doch kannte.
Es war beunruhigend, so etwas erneut zu spüren – einen trockenen Mund, flatternden Puls, ein köstlich erotisches Sehnen. Barbara hatte zwar entschieden, nie mehr Sex zu wollen, aber nur, weil sie keinen Sex mehr mit ihrem Ehemann gewollt hatte. Irgendwann beim Essen hatte sie gemerkt, dass sie Sex mit Sam Tallen wollte. In gewisser Hinsicht fürchtete sie sich davor (war es möglich, dass man vergaß, wie es funktionierte?), aber ihre Haut sehnte sich nach seiner Berührung. Wie sein Schwanz wohl aussah? Bei diesem Gedanken wurde ihr ganz heiß, und sie hätte am liebsten laut losgekichert. Wie gut, dass sie so vorausschauend gewesen war, Jock bei Helen unterzubringen.
Sie löste ihren Sitzgurt. Sam umklammerte ihr Handgelenk.
»Warte.«
Seine Augen glänzten in der Dunkelheit. Der Wagen war von seinem Duft erfüllt: eine betörende Mischung aus teurem Rasierwasser, Moschus und Eigengeruch. Barbara rührte sich nicht. Sein Gesicht kam langsam näher, und sie küssten sich. Sam schien ihren Ekel vor Schlabberküssen zu ahnen. Seine Lippen waren trocken, und er erstickte sie auch nicht mit seiner Zunge. Dann zog er sich zurück, und sie saßen eine Weile in atemloser Stille.
Sam sagte. »Ich habe den ganzen Abend darauf gewartet, das zu tun.«

»Lass uns reingehen.«
»Ja.«
Sie stiegen aus dem Auto. Barbara holte die Taschenlampe aus der Handtasche und richtete den Strahl fest auf den Pfad vor ihren neuen Schuhen. Der Weg war voller Schlamm und Reifenspuren, und sie wollte nicht alles verderben, indem sie ausrutschte und sich langlegte.
»Da ist jemand«, sagte Sam auf einmal.
»Was?«
»Da, vor dem Wohnwagen! Erwartest du jemanden?«
»Nein …«
Er nahm ihr die Taschenlampe ab und leuchtete zum Wohnwagen. Eine dunkle Gestalt hockte am Fuß der Stufen.
»Delphine?«, fragte Barbara.
Die Gestalt erhob sich. »Ja, ich bin es. Tut mir leid, wenn ich Sie erschreckt habe.«
»Was machen Sie denn hier? Wo ist Sarah?«
»Bei Hugh.«
»Oh … Dann kommen Sie wohl besser rein.« Barbara konnte kaum erwarten zu hören, was passiert war. Sie schloss den Wohnwagen auf und schaltete das Licht ein. Delphine folgte ihr. Als sie im Hellen standen, sah Barbara, dass sie geweint hatte, und auf ihrer Wange zeigte sich eine dunkelrote, strichförmige Wunde. »Du meine Güte … Ihr Gesicht … Was ist passiert?«
»Wir haben uns getrennt.«
»Oh …« Barbara war verwirrt. Eigentlich sollte sie sich freuen, doch seltsamerweise war sie enttäuscht und verärgert. Sie hatte sich solche Mühe gegeben, die beiden als Paar zu akzeptieren!
»Ich musste einfach raus und mit jemandem reden. Zu mei-

ner Mutter konnte ich nicht, weil Sarah dort ist. Also kam ich hierher.«

Barbara fühlte sich geschmeichelt. Arme Delphine – das war der Preis, den man zu zahlen hatte, wenn die Mutter mit dem Vater der eigenen Freundin ein ehebrecherisches Verhältnis hatte! »Tja, ich bin froh, dass Sie hier sind. Sie sind herzlich willkommen. Ich wollte gerade Wasser aufsetzen … Komm doch rein, Sam.«

Sam drückte sich am Eingang herum. Er wirkte ein wenig verärgert. »Eigentlich möchte ich jetzt lieber fahren.«

Es würde keinen Sex mehr geben. Barbara versuchte, ihm Blicke des Bedauerns zuzuwerfen, obwohl sie im Grunde erleichtert war. »Noch einmal vielen Dank für das wunderbare Essen.«

»Können wir das wiederholen? Bald?«

»Sehr gern.«

Sie tauschten förmliche, harmlose Küsschen aus, und Sam ging.

»Er wollte mit Ihnen schlafen«, sagte Delphine.

Barbara war ihre unverblümte Redeweise bereits gewöhnt. »Wir waren zusammen essen, das ist alles. Er wollte nur noch einen Kaffee trinken.«

»Und Sex.«

Barbara musste schmunzeln. »Nun ja, warum nicht?«

»Er ist nicht gut genug für Sie.«

»Herzlichen Dank, aber ich denke, das ist er … Und ich möchte Sie darauf hinweisen, dass alleinstehende Männer nicht auf Bäumen wachsen.«

»Er ist ein Schleimer.«

»Machen Sie sich darüber jetzt keine Gedanken … Was ist mit Ihnen passiert?«

»Ach, das ist nichts.«

Barbara wühlte in der Küchenschublade, in der sie allen möglichen Kleinkram wie Pflaster, Nadeln und Garnrollen aufbewahrte, und fand eine Tube Desinfektionscreme. Sie legte sie vor Delphine auf den Tisch und füllte den Wasserkessel. Es dauerte eine ganze Weile – der Wasserdruck im Wohnwagen war nervenaufreibend niedrig. »Das sieht aber nicht aus wie nichts.«
»An einem gewissen Punkt gerieten die Dinge etwas außer Kontrolle.«
Sie starrten einander eine Weile an, bis Barbara die Bedeutung ihrer Worte nicht länger ignorieren konnte. »Sie meinen doch nicht … o Gott! Wollen Sie etwa sagen, dass Sarah Ihnen das angetan hat?«
»Es war eigentlich nicht ihre Schuld«, entgegnete Delphine dumpf. »Sie stand unter Schock.«
»Das ist keine Entschuldigung!« Barbara war entsetzt. »Was ist passiert? Hat sie … Sie geschlagen?«
»Sie kam früh nach Hause und hat mich mit jemandem erwischt. Beim Sex.«
»Oh.« Jetzt war Barbara verwirrt. Wer war im Unrecht? Wenn es Delphine war, wie seltsam dann, dass sie hier war und eine gemütliche Tasse Tee mit der Mutter ihres Opfers trinken wollte.
»Also war es meine Schuld«, fuhr Delphine fort. »Ich habe Sarah betrogen … und es verdient, dass sie mit dem Bügeleisen nach mir warf.«
»Mit dem Bügeleisen! Sie hätten ernsthaft verletzt werden können.«
»Ihr Schmerz ist größer als meiner.«
Eine unschöne Erinnerung keimte plötzlich auf – die Aussage des französischen Arztes, dass Sarah versucht habe, jemanden aus dem Fenster zu stoßen. Barbara hatte die Sache

ignoriert. Wusste Hugh eigentlich davon? »Sie hätte Sie umbringen können – hat sie das schon mal gemacht?«
Delphine zuckte mit den Schultern. »Bisher hat sie nie getroffen.«
»Ich verstehe nicht, wie Sie so ruhig darüber sprechen können. Ich hatte keine Ahnung, dass sie gewalttätig ist.«
»Sie hatten auch keine Ahnung, dass sie lesbisch ist«, bemerkte Delphine. »Und es wäre wirklich nicht fair, sie deswegen zu verurteilen. Es war meine eigene Schuld. Ich hätte wissen müssen, dass ich ein Risiko eingehe.«
»Was meinen Sie? Was ist passiert?«
»Es war meine letzte Freundin. Wir haben uns in London getroffen, während Sarah meiner Mutter und Hugh in Cambridge beim Einpacken für den Umzug geholfen hat. Ich habe sie mit zu mir genommen und … eins führte zum anderen.«
»Aber ich dachte, Sie hätten sich getrennt!«
»Das dachte ich auch. Aber Sie wissen ja, wie das ist.«
Barbara stellte mit energischen Bewegungen die Tee-Utensilien zusammen. »Tatsächlich weiß ich das nicht.«
»Haben Sie Ihren Mann nie betrogen oder sich versucht gefühlt?«
»Nein!«
Delphine schüttelte den Kopf und seufzte. »Natürlich nicht. Sie sind so unschuldig wie eine Jungfrau. Sie wissen nicht, wie es sich anfühlt, vor Leidenschaft zu brennen.«
»Ganz gewiss nicht.« Barbara stellte die Teebecher auf den Tisch.
»Ich meine, wenn alles auf der Welt unwichtig wird, weil man sich so sehr nach Sex sehnt.«
»Natürlich nicht – und ganz ehrlich, Delphine: Wenn das Ihre Entschuldigung sein soll, dann finde ich sie sehr dürftig.«

»Das ist keine Entschuldigung. Ich versuche nur zu erklären, wie es passiert ist.«

Die junge Französin sprühte vor Energie, selbst wenn sie stillsaß – wie ein Auto bei Rot, dessen Motor ungeduldig aufheulte.

Barbara bekam plötzlich eine Ahnung davon, wie ihr Vater gewesen sein musste. Sie nahm an, sie sollte auf die untreue Geliebte ihrer Tochter böse sein, doch Delphine wäre fast von einem geworfenen Bügeleisen getötet worden und sah so leidend und so jung aus, dass sie es nicht übers Herz brachte. »Aber … warum?«

»Ich weiß wirklich nicht, warum. Es war nicht, weil ich Sarah nicht liebe. Ich habe noch niemanden so sehr geliebt wie sie.«

»Tja, Sie haben eine seltsame Art, das zu zeigen.« Barbara hielt ein zusammengerolltes Küchenhandtuch unter den Wasserhahn und reichte es Delphine. »Legen Sie das auf Ihre Wange. Wenn es so wunderbar war, warum wollten Sie es dann zerstören?«

»Eine gute Frage.« Delphine drückte das nasse Handtuch auf die dunkelrote Schwellung. »Wenn etwas zu gut ist, habe ich manchmal den Drang, es zu verderben.«

»Das klingt mir sehr nach einem psychologischen Ding«, erwiderte Barbara ernst. »Wenn Sie ein Mann wären, würden Sie wohl zu denen gehören, die meine Mutter ›Rockteufel‹ nannte.«

»›Rockteufel‹?« Delphine sah sie verständnislos an. »Springen die aus so einer Schachtel?«

»O … nein, das wäre ein Schachtelteufel – in Frankreich nennen Sie das wahrscheinlich anders … Ich meine Schürzenjäger … einen Weiberhelden.«

»Ach so.«

»Wenn ich Sie richtig verstanden habe, wollen Sie sagen, dass Sie so besessen von Sex sind, dass Sie dafür bedenkenlos Ihr ganzes Leben auf den Kopf stellen.«

»Es ist aber mehr als das.«

»Liebe, meinen Sie? Das war auch Hughs Entschuldigung dafür, sich schlecht zu benehmen.« Barbara stellte ihre Tasse entschieden ab. »Bei wahrer Liebe geht es darum, sich *nicht* schlecht zu benehmen.«

»Mein Gott«, sagte Delphine, »Sarah hatte recht – Sie haben niemals wirklich geliebt.«

Kapitel 21

»Wenn sie gleich in die andere Richtung gucken, schleichen wir uns nach oben«, raunte Sebastian ihr zu, »und wiederholen unsere phantastische Nummer.«
Letitia wurde es allmählich zu viel. »Zum letzten Mal: Ich kann nicht. Ich muss zurück zur Kirche.«
»Schon wieder?« Er hörte auf, an ihrem Ohr zu knabbern, und setzte sich aufrecht. »Du hast den halben Nachmittag in der Kirche verbracht!«
»Ja, weil Karfreitag ist. Ich muss in allen Gottesdiensten singen.«
»Und was, zum Henker, soll ich so lange tun?«
»Du könntest mitkommen und zuhören. Wir singen die großen Choräle aus der Matthäus-Passion.«
Sebastian hievte sich aus dem zerschlissenen Sofa im Wohnzimmer des Pfarrhauses. Er griff nach seiner Gehhilfe und humpelte sichtlich gereizt zum Erkerfenster. »Ich komme nicht mit zur Kirche. Ich dachte, wir könnten etwas trinken gehen.«
Er hatte behauptet, er könne es nicht ertragen, von ihr getrennt zu sein, und gebeten, sie über Ostern begleiten zu dürfen. Doch den Großteil der Karwoche hatte er schmollend oder schimpfend dagesessen, weil Letitia darauf be-

standen hatte, zur Kirche zu gehen. Am Mittwoch hatte sie in einer Aufführung des Oratoriums »Die Kreuzigung« von John Stainer gesungen und am Gründonnerstag in einem sehr langen und anstrengenden Gottesdienst. Heute Morgen war sie früh aufgestanden, um in ein paar Pflegeheimen zu singen (Kurzandachten, einige Strophen von »Es liegt ein Hügel in der Fern«), und dann für die Karfreitagsandacht erneut zur Kirche gegangen.

»Es tut mir leid«, sagte sie. »Du weißt, dass ich das nicht kann.«

»Das ist doch lächerlich.«

»Hör mal, das ist ein hoher christlicher Feiertag, und mein Großvater ist sogar berufsmäßiger Christ – natürlich verbringen wir da viel Zeit in der Kirche.«

»Du bist aber kein Pastor. Ich sehe nicht ein, warum du bei allen Gottesdiensten dabei sein musst.«

Letitia hatte diese Klagen schon so oft gehört, dass es sie inzwischen langweilte. Sie hatte zu erklären versucht, dass sie trotz vieler Zweifel in der Kirche war, weil sie es wollte. Dort zu singen war nicht nur eine familiäre Verpflichtung. Sebastian konnte nicht verstehen, dass die österliche Musik sie mit tiefer Freude erfüllte. Colin hätte es genau verstanden.

Ihre Mutter und ihr Großvater hatten aus ihrer Enttäuschung kein Hehl gemacht, als Sebastian zurückkehrte. Sie waren ihm gegenüber höflich und gastfreundlich, aber das wären sie auch gegenüber einem betrunkenen Obdachlosen gewesen. Sebastian merkte nicht, dass sie ihn nicht mochten. Er hatte sein ganzes Leben im Glanz bedingungsloser Bewunderung verbracht und ging nun wie selbstverständlich davon aus, dass er bewundernswert war.

»Also gut«, sagte er. »Wann ist dein erster kirchenfreier Tag?«

»Montag.«
»Was? Machst du Witze?«
»Dann erkläre ich es noch einmal: Von morgen auf Sonntag ist die Osternachtwache, wo der ganze Chor die Mozartmesse singt, danach gibt es eine Feier im Gemeindehaus. Sonntag ist Ostersonntag …«
»Okay, okay.« Er beugte sich von hinten über die Sofalehne. Sein schmales, blasses Gesicht sah verdrossen aus. »Ich verbringe nicht genug Zeit allein mit dir. Ich bin eifersüchtig auf Gott und Bach und Mozart und all diese Typen.«
»Du hast gesagt, du würdest die Zeit, die ich in der Kirche bin, dazu nutzen, deine Arbeit aufzuholen.«
»Dazu bin ich nicht in der Lage. Durch die Medikamente kommt mir mein Hirn wie Wackelpudding vor.«
Letitia war genervt. Er hatte die Leidenskarte schon so oft ausgespielt, dass ihr Effekt sich allmählich abnutzte. Ihre Mutter hatte gesagt: »Hör auf, ihn von vorn bis hinten zu bedienen, das kann ich nicht mitansehen.« Und Letitias Protest, dass er doch Schmerzen habe, wurde immer schwächer. Es war schwer, ihn nicht mit Colin zu vergleichen, der sich an Weihnachten so fabelhaft ins Pfarrhausleben eingefügt hatte.
Colin fehlte ihr. Es war idiotisch gewesen, ihn gehen zu lassen.
»Ich komme hier nicht zur Ruhe«, sagte Sebastian, »und habe überlegt, dass ich vielleicht ein paar Tage früher nach Hause fahren sollte, als ich es gesagt habe.« Seine Eltern lebten in der Nähe von Cheltenham, und er hatte vorher kaum einen Gedanken an sie verschwendet.
»Tja, wenn du meinst.«
»Du wärst mir nicht böse?«
»Natürlich nicht.« Sie wäre froh, ihn los zu sein.

Sebastian beugte sich zu ihr und drückte einen langen, feuchten Kuss auf ihren Nacken. »Ich wusste, du würdest mich verstehen.«
»Wirst du heute Abend schon fahren? Nicht, dass ich dich loswerden will, aber ich habe ein wenig Bedenken, weil du die ganze Strecke allein fahren musst.«
»Ach, das wird schon gehen. Die Straßen sind bestimmt frei – eigentlich ist es die beste Zeit, um zu fahren.«
»Letitia …?« Pip steckte seinen Kopf durch die Tür. »Da bist du ja. Ich schließe gleich die Kirche auf.«
»Ich bin in einer Minute da. Sebastian verabschiedet sich gerade.«
»Oh.« Pip sah so froh aus, dass Letitia befürchtete, Sebastian könnte es merken. »Wie schade. Tja, es war nett, Sie … na ja … auf Wiedersehen.«
»Ja, es war wirklich nett. Vielen Dank, dass ich hier sein durfte. Ich gehe mal meine Sachen packen.«
Er humpelte aus dem Zimmer. Pip machte Platz, um ihn vorbeizulassen, und sah ihm nach, wie er die Treppe hinaufhinkte. Dann ging er zu Letitia ins Wohnzimmer.
»Es ist doch alles in Ordnung, oder?«
»Ach … na ja.« Sie stand auf. »Lass uns gehen.«
»Ich muss sagen, mein Schatz, den anderen mit dem Kaufhaus mochte ich lieber.«
Letitia zuckte zusammen. »Schsch, das hört er doch.«
»Ich nehme an, er reist ab, weil ich ihn nicht mit dir schlafen lasse.«
»Pip!« Sie und Sebastian hatten in getrennten Räumen übernachten müssen, was sie allerdings nicht davon abgehalten hatte, Sex zu haben. Vor einer halben Stunde erst hatten sie es getan.
»Ich konnte ihm wohl nicht begreiflich machen, dass ich

nichts gegen Sex an sich habe – gerade weil ich den sexuellen Akt als etwas so Wunderbares und Heiliges erachte …«
»Nun mach schon, sonst kommen wir zu spät.« Letitia konnte die alte Leier nicht mehr hören – nicht jetzt, wo sie mit Sicherheit noch nach Sperma roch, obwohl sie heiß geduscht hatte.
Sie verabschiedete sich hastig von Sebastian, ging zur Kirche hinüber und nahm ihren Platz im Chorgestühl ein. Es würde schön sein, nach dem Gottesdienst einfach gemütlich nach Hause zu gehen und vielleicht mit ihrer Mutter einen kitschigen Film anzusehen – anstatt als Sebastians Geliebte und Krankenschwester andauernd um ihn herumzuwuseln, Kissen und warme Getränke zu holen und tröstenden Sex zu schenken.
Sie liebte ihn – sie liebte ihn wirklich – natürlich liebte sie ihn. Aber sie vermisste Colin ganz schrecklich, und als sie beten sollte, hob sie die Hände vors Gesicht und weinte.

Der Raum war groß und weiß und voller Licht. Barbara stand auf der Mitte des mit Pfützen bedeckten, rohen Betonbodens und blickte auf die Bäume und den Fluss hinaus. Die Bauarbeiter hatten ein großes Loch in die Rückwand des alten Mahlraums der Mühle geschlagen.
»Und?«, fragte Sam.
Es war das erste Mal, dass Barbara diesen Ausblick ohne die Rückwand mit ihrer alten verfallenen Treppe genießen konnte. Sie hatte sich mittlerweile an die relative Enge ihres gemieteten Wohnwagens gewöhnt, und die Ausmaße dieses Raumes ließen ihr fast den Atem stocken. »O Sam … das ist wunderbar!«
»Jetzt siehst du mal, was wir hier vorhaben. Da du ja wohl keinen Weizen mehr vermahlen wirst, brauchst du all diese

Maschinen nicht. Später werden wir da vorn eine Glasfront einziehen und eine schöne Terrasse pflastern – wir haben alte Yorker Pflastersteine aufgetrieben.«

»Ja, ja, ich sehe es vor mir …« Ein wunderschönes Bild stieg vor ihrem geistigen Auge auf: wie sie an einem schwülen Tag durch offene Türen auf eine Terrasse hinaustrat, auf der massenweise bunte Blumenkübel standen. Man musste allerdings viel Phantasie aufbringen, denn heute war es kühl mit dauerndem Nieselregen.

»Es freut mich, dass es dir gefällt.« Sam legte den Arm um ihre Taille. »Darf ich dich küssen?«

»Jetzt?«

»Warum nicht? Warum soll ich bis nach dem Essen warten?«

Über ihren Köpfen waren stampfende Schritte zu hören, und feiner Putzstaub rieselte auf sie herab.

Sam blickte ungeduldig nach oben. »Was macht die denn da schon wieder?«

»Sie macht Fotos, bevor die Mauersteine verputzt werden.«

»Warum denn nur, um Himmels willen?« Er zog seinen Arm wieder zurück.

»Das habe ich dir doch gesagt. Sie bereitet eine Art Installation über die Mühle vor – für eine Kunstausstellung.«

»Und das kommt dir nicht irgendwie komisch vor?«

»Nein«, entgegnete Barbara. »Ich halte es für eine tolle Idee.«

»Ich meine die Situation. Ich finde es merkwürdig, dass die Geliebte deiner Tochter die ganze Zeit hier ist, und nicht deine Tochter.«

»Ach ja, das ist alles sehr mühsam. Sarah weigert sich herzukommen, solange ich immer noch mit Delphine spreche. Und ich weigere mich, Partei zu ergreifen, weil beide etwas falsch gemacht haben – ist es nicht immer so?«

»Ich hoffe, sie wird heute Abend nicht da sein.«
»Keine Sorge, sie will vorher abreisen. Diesmal kannst du noch auf einen Kaffee mit reinkommen.«
Sie sahen sich tief in die Augen und warfen einander ein, wie Barbara fand, von Sex beseeltes Lächeln zu. Es war erstaunlich, aber seit ihrem letzten Essen hatte sie ständig an Sex denken müssen. Sie konnte nicht ständig auf der Baustelle der Mühle herumstehen, und den übrigen Tag über gab es Stunden um Stunden, in denen sie in ihrem Wohnwagen saß, ins Leere starrte und sich fragte, wie Sam wohl ohne Kleider aussah. Wie lange war es her, dass sie einen erigierten Penis gesehen hatte? Der Gedanke ließ sie heftig erröten.
»Also um Viertel vor acht?«, flüsterte Sam.
»Viertel vor acht.«
Vor sich hin summend kehrte Barbara in ihren Wohnwagen zurück. Sam hatte recht, es war tatsächlich seltsam, dass Delphine hier in der Mühle herumhing, wo sie doch Sarah das Herz gebrochen hatte. Doch wann immer Barbara darüber nachdachte, war sie selbst erstaunt, dass sie instinktiv Delphine in Schutz nahm.
Gut, sie war untreu gewesen. Aber Sarah war gewalttätig geworden – und jetzt war sie einfach nur stur. Delphine hatte ihr ewige Liebe geschworen und um Verzeihung gebeten, und Barbara war sicher, dass sie es ernst meinte. Sie konnte jetzt auch verstehen (zumindest theoretisch), warum Sarah sich zu Delphine hingezogen gefühlt hatte. Sie war sehr unterhaltsam, eine hervorragende Köchin, und die geplante Installation klang faszinierend – sie hatten ein paar lustige Abende damit verbracht, gemeinsam Olivias Kiste durchzustöbern. Delphine war, wie Barbara zugeben musste, eine viel angenehmere Gesellschaft als Sarah – die mittlerweile offenbar dauerhaft bei Hugh im neuem Haus in Moxon

wohnte. Es lag schon eine seltsame Ironie darin, dass sie und die sexbesessene Hexe ihre Töchter getauscht hatten. Delphine mochte Sam nicht. Barbara hatte den Verdacht, dass sie eifersüchtig auf ihn war. Sie hatte Barbara allerdings genaue Anweisungen gegeben, was sie diesen Abend tragen sollte, »wenn du wirklich Sex haben willst«. Später, als Delphine ihre Kamerautensilien zusammenpackte, wiederholte sie sie noch einmal.

»Nicht das Kleid – solche Kleider sind nur was für Dicke, und du hast eine gute Figur. Rock und Pullover sind da viel schmeichelhafter und weniger unnahbar. Und nimm roten Lippenstift – so einen glänzenden, nicht diesen stumpfen, den du sonst trägst. Und keine Ohrringe mit Anhänger. Hör auf mich, Barbara. Ich bin lesbisch und außerdem Französin, ich weiß also, wovon ich rede. Wenn du dich zu förmlich kleidest, macht das die Verführung zunichte.« Schon halb aus der Tür, fügte sie hinzu: »Ich ruf dich morgen an, um zu fragen, wie es war.«

Bevor sie duschen ging, beschloss Barbara, schnell noch Sarah anzurufen – wie um ihr die Chance zu geben, eine bessere Tochter zu sein als ihre treulose Geliebte. Doch ihr Handy war immer noch ausgeschaltet, um Anrufe von Delphine abzuwehren. Auf der Festnetzleitung ging Hugh ans Telefon.

»Ach, hallo«, sagte Barbara. »Du bist ja früh zurück.«

»Hallo, Barbara. Ja, ich arbeite diesen Nachmittag zu Hause.«

Noch vor wenigen Monaten war dieser Mann ihr Ehemann gewesen. Es war immer noch ein seltsames Gefühl, dass sie nicht mehr zusammengehörten. Manchmal kam es ihr vor, als würde sie mit einem Toten sprechen, oder mit jemandem aus dem Weltall. »Und? Wie geht es dir?«

»Gut, danke.«
»Ist Sarah da?«
»Ja, warte mal …«
Barbara hatte Hughs neues Haus nie betreten. Sie lauschte den Geräuschen von Schritten und Rufen und fragte sich, wie es dort wohl aussah. Und sie beneidete Hugh darum, dass er bereits fertig eingerichtet war.
Dann kam Sarah ans Telefon. »Hallo, Mum.«
»Hallo, meine Süße, wie geht es dir?«
»Ich habe nicht wieder aufgehört zu üben – das meinst du doch, oder? Ich habe mich durch Delphine nicht von meiner Arbeit abbringen lassen. Ich schätze, das ist ein Fortschritt.«
Barbara unterdrückte ein Seufzen und schnitt eine Grimasse. »Wie schön! Woran arbeitest du denn im Moment?«
Sarah schwieg. Dann sagte sie: »Es besteht die Möglichkeit, dass sie mich wieder ins Quartett aufnehmen.«
»Sarah!« Das waren wunderbare und vor allem erstaunliche Neuigkeiten, wenn man bedachte, dass sie versucht hatte, die Cellistin aus dem Fenster zu stoßen. »Im Ernst? Das wäre ja fabelhaft.«
»Bevor du fragst … sie ist weg«, fuhr Sarah fort. »Sie bekommt ein Baby. Ihr Nachfolger ist ein Mann. Und ich denke, ich habe alle überzeugen können, dass ich über mein … meine Probleme hinweg bin.«
»Gut gemacht, Schätzchen. Ich würde dich gern sehen – wann können wir uns treffen?«
»Das kommt darauf an.« Sarahs Stimme klang kühl. »Ich habe dir doch gesagt, dass ich nicht zur Mühle komme, solange du diese Schlampe immer noch einlädst.«
»Sarah, sei nicht kindisch. Kannst du nicht einfach kommen, wenn sie mal nicht da ist?«

»Nein! Und ich kann nicht fassen, dass du Partei für sie ergreifst!«
»Ich ergreife niemandes Partei.«
»Sie hat mich betrogen!«
»Ja, Sarah, und du hast sie mit dem Bügeleisen verletzt. Zufällig finde ich das viel schlimmer.«
»Du findest das schlimmer? Schlimmer als das Betrügen?«
»Ehrlich gesagt, ja. Dein Vater hat mich auch betrogen, und ich habe ihn deswegen nicht körperlich angegriffen.«
»Das glaube ich einfach nicht!«, schrie Sarah.
»Sarah …«
Sie hatte das Telefon einfach fallen lassen. Barbara hörte, wie sie Hugh etwas zurief, dann knallte eine Tür.
»Barbara? Bist du noch dran?«
»Ja. Ist sie wieder davongestürmt?«
Hugh senkte seine Stimme. »Hör mal, du machst es nicht gerade einfacher.«
»Was soll das denn bedeuten?«
»Plötzlich entschließt du dich, Delphines beste Freundin zu sein.«
»Jemand muss doch für sie da sein – wenn ihre eigene Mutter nicht verfügbar ist.«
»Delphine hat sich abscheulich benommen, wo sie doch wusste, dass Sarah sehr verletzlich ist.«
»Sarah hat Delphine verletzt, Hugh – hat sie das erzählt? Sie hat mit dem Bügeleisen nach ihr geworfen.«
»Entschuldige, sie hat … was?«
»Oh, dann hat sie es dir also nicht erzählt. Tja, ich schätze, du wirst mir zustimmen, dass dies ein ganz anderes Licht auf die Sache wirft, oder?«
»Ja … vermutlich …«
Barbara beendete das Gespräch relativ gut gelaunt. Hatte sie

jetzt in Moxon eventuell eine große Szene ausgelöst? Es war ihr egal – Hugh könnte das nicht schaden. Während ihrer Ehe hatten Szenen jedweder Art ihn stets veranlasst, schnell in sein Arbeitszimmer zu verschwinden und Barbara die Schlacht allein schlagen zu lassen. Jetzt konnte er sich nicht mehr verstecken.

Sie nahm eine heiße Dusche. Hinterher, in ihrem winzig kleinen Schlafzimmer, versuchte sie, im unzureichenden Spiegel einen Blick auf ihren gesamten Körper zu erhaschen.

Seien wir realistisch, dachte sie, keiner wird mich mehr engagieren, um aus einer Torte zu springen, aber es könnte schlimmer sein.

Sie hatte seit Weihnachten abgenommen, und der Nachteil dabei war, dass ihre Brüste und der Hintern schlaffer herunterhingen. Aber sie war ebenmäßig und sauber und wohlriechend und beschloss, auf Delphines Rat zu hören. Sobald sie sich angezogen hatte, sah sie ein, dass die Französin recht gehabt hatte – beim letzten Essen war sie zu formell gekleidet gewesen und hatte dadurch zu alt gewirkt. Der Rock und der Pullover waren gefälliger und ließen sie lockerer erscheinen.

Jock lag in einem warmen Lichtkegel auf seinem Kissen. Sie war am Nachmittag extra lange mit ihm draußen gewesen, um ihn müde zu machen, und üppig gefressen hatte er auch. Jetzt konnte er gut allein gelassen werden.

»Bis später, mein Bester.« Sie bückte sich, um seinen schläfrigen Kopf zu streicheln. Der gute alte Schatz! Er war kein kleines Hündchen mehr und musste schon Lebertran für die Gelenke einnehmen.

An der Straße hupte es, und sie ging zu Sam hinaus. Er gab ihr einen langen, behutsamen Kuss (mit wenig Zunge), und sie spürte ein angenehmes Kribbeln der Vorfreude. Dieses Mal besuchten sie ein anderes Lokal, ein sehr hübsch eingerichtetes japanisches Restaurant, das erst kürzlich im Zentrum von Cambridge eröffnet hatte. Sie saßen an einem staksigen Tisch am Fenster mit Ausblick auf die Straße. Die Lichter und Geräusche der Stadt waren nach zu vielen Nächten zwischen Fuchs und Eule im vermaledeiten Wohnwagen sehr angenehm.

»Ist deine französische Freundin wieder abgereist?«, erkundigte sich Sam.

»Ja.«

»Gut, denn ich bin in der Stimmung, da weiterzumachen, wo wir aufgehört haben.« Seine Stimme klang tief und verführerisch. »Du siehst umwerfend aus.«

»Danke sehr.«

»Das meine ich ernst, Barbara. Noch nie hatte ich eine so gute Beziehung zu einer Klientin – wir haben erstaunlich viel gemeinsam. Mir scheint, dass wir uns gut verstehen.«

»Für mich ist es auch schön. Hugh ist nie japanisch essen gegangen – er sagte immer, es bekomme ihm nicht.«

Wie beim letzten Mal redeten sie über allgemeine Themen – Opern, die sie gut gefunden, Konzerte, die sie besucht, bekannte Gebäude, die sie besichtigt hatten. Es war ein gutes Gefühl, dass ihr Geschmack so gut harmonierte.

Als sie das Essen beendet hatten und der Gedanke an Sex immer mehr zu knistern begann, brachte der Ober die Rechnung.

»O nein … Gott, ist das peinlich …« Sam wühlte in den Taschen seiner Jacke. »Ich hätte schwören können, dass ich sie eingesteckt habe … Barbara, es tut mir furchtbar leid, aber ich habe es schon wieder geschafft, meine Brieftasche zu Hause zu vergessen.«

Barbara wurde mit einem Schlag nüchtern.
Und plötzlich – während seine Warnung wieder in ihren Ohren klingelte – stand Jeff zwischen ihnen, wenn auch auf der anderen Seite der Glasscheibe. Er stand draußen auf dem Bürgersteig und drückte seine Stirn gegen die Scheibe. Barbara schrie vor Schreck laut auf. »Da ist Jeff!«
Sam runzelte mürrisch die Stirn. »Er hat sich den Bart abrasiert … und sieht aus wie ein blödes Kamel.«
Ohne den Bart wirkte Jeffs Gesicht glatt und nackt, mit einer langen Nase, leicht fliehendem Kinn und großen, glühend schwarzen Augen. »Was macht er hier nur? Sollen wir ihn dazubitten?« Er sah tatsächlich wie ein Kamel aus.
»Gott, nein! Ignorieren wir ihn einfach. Ich werde nicht zulassen, dass er uns den Abend verdirbt. Übrigens habe ich meine Brieftasche gefunden.« Sam legte eine Kreditkarte auf das Tablett mit der Rechnung. »Ich hatte sie nur in eine andere Tasche gesteckt.«
Auf der anderen Seite der Scheibe begann Jeff zu lachen. Durch seinen Atem beschlug die Scheibe. Zu Barbara gewandt, formte er die Worte »Gute Nacht!« und verschwand die Straße hinunter.
»Du hast recht«, sagte Barbara, »wir ignorieren ihn einfach. Danke für das wunderbare Essen.« Die kleine trübe Wolke des Zweifels war vorbeigezogen. Sie lächelte Sam an und versuchte, die erotische Atmosphäre erneut heraufzubeschwören – was mit Jeffs langsam schwindenden Atemspuren auf der Scheibe nicht leicht war.
In Sams Wagen jedoch, auf der Fahrt über dunkle Landstraßen und durch schlafende Dörfer, merkte sie, dass sie es kaum erwarten konnte, die Sache hinter sich zu bringen – in erster Linie wohl, um sich zu beweisen, dass sie es überhaupt noch konnte.

Sam stellte den Wagen bei der Mühle ab, und sie saßen einige Minuten in erwartungsvoller Stille.
»Tja«, sagte Barbara dann. »Möchtest du noch … einen Kaffee?«
Sie lachten leise. Sam lehnte sich zu ihr, um sie zu küssen. Sie küssten sich eine lange Zeit. Sam ließ seine Hände behutsam über ihre Taille nach oben gleiten und streichelte ihre Brüste.
»Du musst Geduld mit mir haben«, flüsterte er in ihr Haar. »Es ist ewig her, seit ich so was getan habe.«
»Du scheinst aber genau zu wissen, was du tust.«
»Ich weiß genau, was ich mit dir tun will.«
Mit wunderbar weichen Knien stieg Barbara aus dem Wagen. Sie zog ihre Taschenlampe heraus, die Sam ihr mit männlicher Geste abnahm. Er fasste ihre Hand und führte sie durch das Tor auf den Weg.
Jock bellte. Er bellte, weil – schon wieder – jemand vor dem Wohnwagen wartete.
»Verdammt!«, entfuhr es Sam. Er ließ Barbaras Hand los.
Eine große, leicht gebeugte Gestalt kam auf sie zu. Es war Jeff.
»Was machst du denn hier, um alles in der Welt?« Barbara war verwirrt und sehr verärgert. Sie hasste es, wenn ihre Pläne in letzter Minute durchkreuzt wurden. »Spionierst du uns etwa nach?«
»Natürlich spioniert er«, sagte Sam. »Schließlich war das sein Beruf.«
»Tja, du bist aber nicht besonders diskret«, herrschte Barbara Jeff an. »Du kannst kein guter Spion gewesen sein.«
Im Wohnwagen ließ Jock eine weitere Salve Gebell los.
»Ich habe ihn aufgeschreckt«, sagte Jeff. »Das tut mir leid. Du hast einen guten Wachhund.«

Barbara beeilte sich, die Tür aufzuschließen. Jock sprang auf sie zu, und sie kniete sich hin und streichelte ihn und sprach beruhigend auf ihn ein. Ihr Kaschmirpullover war bald voller Haare. »Ja, du bist ein braver Hund! Jetzt bin ich wieder da, ja …«

»Es ist mir egal, was du hier willst«, sagte Sam, »aber du kannst dich jetzt verpissen. Das ist Hausfriedensbruch.«

»Ich kann dir genau sagen, was ich will.« Jeff hob die Stimme. »Hör gut zu, Barbara: Ich bin hergekommen, weil ich verhindern will, dass du dich mit diesem Mann einlässt.«

»Das ist doch absurd«, sagte Sam. »Ich sollte die Polizei rufen.«

»Das kannst du gerne tun … wenn du die vierzig Minuten Wartezeit aushältst. Du bist hier nicht in Stoke Newington.«

Barbara hielt Jock am Halsband fest und streckte ihren Kopf aus der Tür des Wohnwagens. »Jeff, nun geh endlich weg. Ich habe deinen dummen Streit mit Sam gründlich satt!«

»Du magst ihn satt haben, Barbara, aber ich fange gerade an, ihn zu genießen. Dieser Mann ist ein Schwein.« Im Licht, das aus dem Wohnwagen fiel, wirkten die Augen in seinem nackten Gesicht wie riesige Knopfaugen. »Er ist nur hinter deiner Abfindung her.«

»Sei nicht albern!«

»Er hat Olivias Leben ruiniert – ich werde nicht danebenstehen, während er auch deins ruiniert.«

»Das ist erbärmlich«, sagte Sam. »Ich nehme an, ich sollte dich bemitleiden, weil du davon besessen bist, mich für ihren Tod verantwortlich zu machen. Ich hoffe, du fühlst dich besser damit.«

Die zwei Männer standen etwa zwei Meter auseinander und starrten sich kampfeslustig an.

»Du wolltest ihr Geld … Du hast sie verstoßen, weil sie dich nicht heiraten wollte.«

»Um Himmels willen, das ist doch lächerlich. Und eine unglaubliche Beleidigung.«

»Ja, als solche war es auch gemeint! Du hast meiner Frau das Herz gebrochen – und erzähl mir nicht, dass es ihre Idee war, dich zu verlassen.«

»Ich habe sie nicht ›verstoßen‹!«

»Du hast damals unmissverständlich klargemacht, dass es dir nicht die Mühe wert wäre, dich um sie zu kümmern. Es ist nur allzu offensichtlich, warum du um Barbara herumscharwenzelst.«

»Du bist derjenige, der hier herumscharwenzelt«, protestierte Sam.

»Sie hat weitaus Besseres verdient als jeden von uns, du kaltherziger Mistsack. Ich hätte mir denken können, dass du dich irgendwann wieder an eine arme, nichtsahnende Frau heranmachst, um ihr Konto leerzusaugen. Und weiß sie von dieser anderen Frau? Die, an der ich dich draußen vor Liberty's habe herumgrapschen sehen? Du siehst, Barbara: Ich kann sehr wohl ein guter Spion sein, wenn ich nur will.«

»Ich werde jetzt reingehen«, sagte Barbara laut. Sie ärgerte sich über beide Männer – über Jeff, weil er alles kaputtgemacht hatte, und über Sam, weil er nicht sofort geleugnet hatte, dass es eine andere Frau gab. All ihre Vorbereitungen auf Sex waren ihr schrecklich peinlich. »Zu eurer beider Information: Ich bin viel zu schlau, als dass irgendjemand Hand an mein Geld legen könnte. Gute Nacht – und wenn ihr weiter streiten wollt, tut das bitte leise.«

Sie zog sich in den Wohnwagen zurück und schloss energisch die Tür.

Kapitel 22

Das Treffen bei der Londoner Wein-Importfirma hatte früher geendet als erwartet. Colin war immer noch überrascht, wie gut es gelaufen und wie leicht es ihm gefallen war, das Richtige zu sagen. Jetzt war es halb sieben; er beschloss, sich nicht extra zu beeilen. Auf den Gehsteigen drängten sich Menschen, die nach Hause wollten, und er hatte keine Lust, in einem überfüllten Nahverkehrszug nach Cambridge zurückzufahren.

Und wenn er ganz ehrlich war, hatte er keine Eile, Daisy zu sehen. Ihre tägliche Routine wurde ihm langsam unheimlich: Er kam mit der Aktentasche nach Hause, löste die Krawatte und jammerte über seinen Tag, während Daisy in der Küche werkelte. Er kam sich vor wie in einer deprimierenden Parodie seiner Eltern. Heute Abend würde sie einen ihrer Aufläufe gekocht haben, und wenn sie gegessen hätten, würde sie Sex erwarten. Und sosehr er sie auch mochte, liebte er sie doch nicht genug, um sie die ganze Zeit zu vögeln. Um ehrlich zu sein, war es harte Arbeit, eine Erektion zu kriegen – sie war nicht Letitia, bei der er schon steif geworden war, wenn sie nur eine Augenbraue gehoben hatte. Gleichzeitig schämte er sich ein wenig, dass er einfach so weitermachte mit Daisy, obwohl er doch spürte, wie er immer tiefer in eine unhaltbare Lage hineinrutschte.

Er kaufte einen *Evening Standard,* kehrte in die nächstgelegene Weinstube ein und setzte sich ans Ende der langen Theke. Der ebenso lange Spiegel hinter der Bar reflektierte die Gesichter der Gäste. Colin trank ein Bier und starrte auf sein Spiegelbild. Er fand es immer noch aufregend, sich selbst im Geschäftsanzug zu sehen, wie ein richtiger Erwachsener.

Jemand drängte sich hinter ihm vorbei und streifte dabei seinen Rücken. Im Spiegel meinte Colin, Sebastian zu erkennen. Er drehte sich schnell herum – nein, das konnte nicht sein! Dieser Typ humpelte nicht und benutzte auch keine Gehhilfe. Er neigte sich zu einer jungen Frau, die weiter vorn an der Bar saß, und küsste sie. Dabei konnte Colin sein Profil erkennen.

Es war doch Sebastian – ohne Humpeln, ohne Krücke und mit der Zunge im Mund einer Frau, die nicht Letitia war.

So, so.

Colin beugte sich über seine Zeitung, damit Sebastian ihn nicht bemerkte. Doch Sebastians Aufmerksamkeit galt ohnehin nur dem Mädchen (sehr hübsch, mit langen blonden Haaren und einem sicher teuren goldroséfarbenen Teint) und der Flasche Wein vor ihnen. Colin hob den Kopf, um die beiden unverhohlen zu beobachten – was wäre schon, wenn der Dreckskerl ihn sähe?

Sebastian legte den Arm um das Mädchen und bekam fast ihre Brust zu fassen. Er flüsterte ihr etwas ins Ohr, und sie kicherte hysterisch – oh, das war perfekt! Colin holte sein Handy heraus und drehte einen kurzen, aber prägnanten Independent-Film. Er sah ihn sich einige Male mit wachsender Begeisterung an, und Sebastian hatte immer noch keine Ahnung, dass er gerade die Hauptrolle für die Schlusssequenz seiner sogenannten Beziehung mit Letitia gespielt hatte.

Colin trank sein Glas langsam leer und überlegte, wie er die Information am besten nutzen konnte. Um Viertel nach sieben, als er allmählich mit einem bequemen Sitzplatz im Zug rechnen konnte, nahm er seine Aktentasche und glitt vom Barhocker. Beim Hinausgehen kam er an Sebastian vorbei und konnte sich ein »Hallo« nicht verkneifen.

Sebastian sah ihn an.

»Colin Purvis«, stellte er sich höflich vor. »Ich bin sicher, du hast von mir gehört … Ich bin mal mit Letitia zusammen gewesen. Wenn du sie behalten willst, musst du dir schon eine gute Geschichte ausdenken.«

Sebastians Blick war unbezahlbar. Fröhlich pfeifend ging Colin die Leadenhall Street hinunter – so gut hatte er sich schon lange nicht mehr gefühlt!

»Ich hoffe nur, er hält sich von mir fern«, sagte Sebastian. »Wie grauenvoll, dass wir auf ein und derselben Party sein müssen – aber zumindest kann er einen Krüppel nicht schlagen.«

»Colin wird dich niemals schlagen«, sagte Letitia. »Sein Vater ist auch hier, und Daisy Trounce.«

»Ich habe dir doch gesagt, dass er mich in der Bar bedroht hat. Es würde mich nicht wundern, wenn er dir erzählt, ich hätte mit Julia geschlafen. Ich glaube, der Typ spioniert mir nach.«

Wie immer nach ihrem jährlichen Sommerkonzert fand die Party im großen Haus und Garten des Chorleiters statt. Sebastian hatte sich das Konzert nur widerwillig angehört, da er für Alte Musik nichts übrig hatte. Dann hatte er sich

beschwert, dass alle anderen Gäste »greise Grinsbacken« seien. Es stimmte: Keines der vornehmlich mittelalten Chormitglieder hätte bei der Auswahl für eine Londoner West-End-Revue eine Chance gehabt. Sie standen harmlos und schlecht gekleidet in geordneten Grüppchen auf dem Rasen herum. Sebastians Taktlosigkeit ging Letitia langsam auf die Nerven. Warum konnte er nicht mehr wie Colin sein, der am anderen Ende des Gartens stand und offenbar ganz charmant mit der Frau des Chorleiters plauderte?
Sebastian blieb stehen und stützte sich auf seine Gehhilfe. »Wann können wir uns verdrücken und zusammen ins Bett gehen?«
»Du kannst dich verdrücken, wann immer du willst, aber ich muss noch die Ansprache abwarten.«
»Eine Ansprache – Scheiße.« Er ging ein paar Schritte bis zur nächsten Gartenbank und ließ sich mit schmerzvollem Stöhnen darauf nieder. In den Bäumen hingen Papierlaternen; die Laterne direkt über seinem Kopf warf tiefe Schatten unter seine Wangenknochen. »Wärst du wohl so lieb und würdest mir mehr Alkohol bringen?«
»Geht es dir gut?«
»Wenn es zu viel wird, verdrücke ich mich einfach. Rotwein, bitte – auf jeden Fall etwas anderes als die Bowle.«
»Ich bin gleich zurück.« Letitia ging über den Rasen Richtung Haus und durch die geöffneten Terrassentüren ins Wohnzimmer. Es war ein milder Abend, die meisten Leute hielten sich im Garten auf. Auf dem Tisch mitten im Wohnzimmer stand eine große gläserne Bowle-Schüssel, die mit einem labbrigen, schaumigen Gebräu gefüllt war, das Sebastian als »homöopathisches Pimm's« bezeichnet hatte, weil sich nur wenige Alkoholmoleküle darin zu tummeln schienen.
»Hallo, Letitia.« Colin stand plötzlich neben ihr.

»Hallo.«
»Tolles Konzert.«
»Ja, es ist gut gelaufen.« Das hinterhältige Funkeln in seinen Augen gefiel ihr gar nicht. War der Abend nicht so schon schlimm genug?
»Lauf nicht gleich weg, ich will mit dir reden.«
Sie seufzte. »Willst du mir einen Witz über zwei Männer in einer Bar erzählen?«
Er lachte – dreckig, wie sie fand. »Ach, du hast es schon gehört?«
»Ich weiß, dass du in London zufällig Sebastian gesehen hast – mit Julia Trimble. Und nun wirst du mir erzählen wollen, dass sie eine Affäre haben.«
»Hat er es denn geleugnet?«
»Colin, bitte – das ist peinlich. Er ist mit Julia zur Schule gegangen, und sie sind nur gute Freunde.«
»Und er lutscht guten Freundinnen gern am Ohrläppchen herum, oder wie?«
»Hör auf damit!« Sie war sauer. Vermutlich stimmte das, was er sagte, aber sie wollte ihm nicht die Genugtuung geben, sie als betrogene Gans dastehen zu lassen.
»Vielleicht irre ich mich ja auch, und es hatte sie eine Schlange gebissen, so dass er das Gift aussaugen musste. Bis zu ihrem Mund hatte es sich ausgebreitet!«
»Hau ab!« Letitia hatte das unpassende Bedürfnis, zu lachen – Colin wusste immer, wie er sie zum Lachen bringen konnte, und es war nicht fair. Er versuchte, ihre Abwehr zu durchdringen.
»Ich kann nicht abhauen, ich bin mit Daisy hier.«
»Dann hör auf, mich zu belästigen.«
»Gut, aber erst, wenn du das hier gesehen hast.« Er hielt ihr sein Handy entgegen.

Letitia sah auf den kleinen Bildschirm und erkannte Sebastian, der am Ohr von Julia Trimble herumknabberte – genau so, wie er es bei ihr immer machte. Sie war nicht überrascht. Es überraschte sie nur, wie sehr es wehtat. Ein paar Sekunden lang wollte sie in Tränen ausbrechen, aber sie war zu wütend auf Colin, um ihm diese Genugtuung zu geben. Warum musste er überhaupt so grinsen?

»Beachte übrigens die Abwesenheit der Krücke – irgendwie hat er wohl eine Wallfahrt nach Lourdes geschafft, ohne dass du es gemerkt hast.«

»Danke sehr«, fauchte sie, »und jetzt verpiss dich.«

Sie ließ Colin einfach stehen und glitt pfeilschnell über den Rasen. Ihre Wut schäumte wie Gischt.

»Du hast dir aber Zeit gelassen«, klagte Sebastian. »Ich dachte, du wolltest mir etwas zu trinken holen?«

Er lümmelte sich auf der Bank, den Arm lässig auf die Krücke gestützt, und eine widerspenstige Locke seines dunklen Haares hing ihm romantisch in die Stirn.

»Hol's dir doch selbst«, fauchte Letitia.

»Was meinst du damit?«

»Julia Trimble ist nur deine gute alte Schulfreundin, wie? Machst du das etwa mit all deinen alten Schulfreundinnen?«

»Oh, ich verstehe – du hast deinen erbärmlichen Exfreund getroffen.«

»Er hat dich gefilmt.«

»Was?«

»Es ist auf seinem Handy«, zischte Letitia, »also gib dir keine Mühe, dir weitere ausgefeilte Geschichten auszudenken. Du bist ein Arsch und ich ein Idiot, und mehr ist dazu nicht zu sagen.«

»Letitia …«

»Nein! Das war's! Es ist ein für alle Mal aus zwischen uns, und ich will dich nie wiedersehen!«
»Warte doch … Sollen wir nicht wenigstens darüber reden?«
»Nein!« Letitia drehte sich um und ging, doch dann blieb sie stehen. Sie kehrte zurück, nahm seine Krücke und warf sie über den Zaun in den Nachbarsgarten. Dann lief sie vom Grundstück und begann erst zu weinen, als sie die Straße erreicht hatte.

Kapitel 23

Irgendein Lastwagen hatte sich im Tor einer Bauernhofeinfahrt verkeilt. Hugh steckte hinter vier anderen Wagen in der ländlichen Version eines Verkehrsstaus fest. Er stellte den Motor ab. Schon wieder Stress – wo Stress doch jetzt der Vergangenheit angehören sollte! Er hatte seine wahre Liebe wiedergefunden, sie lebten idyllisch in ihrem eigenen Liebesnest, und trotzdem musste er immer wieder darüber nachdenken, warum er nicht rundum glücklich war.

Heute Morgen hatte seine Assistentin ihm gesagt, ein Mr. Amaury sei am Telefon, und voller Panik hatte er sofort Magenschmerzen bekommen. Bedeutete das etwa, dass er Laura wieder verlieren würde – und mit ihr auch den neuen Sinn, den sein Leben bekommen hatte?

Die beiden Männer waren peinlich auf Höflichkeit bedacht gewesen.

»Marcel … Wie nett, von dir zu hören. Was kann ich für dich tun?«

»Ich wollte mich für unsere letzte Begegnung entschuldigen.«

»Oh! Ja … Du brauchst dich nicht zu entschuldigen.«

»Ich hatte kein Recht, in dein Haus zu stürmen und solch eine Szene zu machen. Ich würde mich gern noch einmal richtig mit dir treffen – ohne Laura, meine ich. Ich möchte es dir erklären.«

»Das ist wirklich nicht nötig.« Hugh wollte keine weiteren Erklärungen.

»Ende nächsten Monats bin ich wieder in London. Können wir uns da treffen?« Marcel sprach ruhig, aber eindringlich. »Bitte, Hughie. Ich verspreche, ich will sie dir nicht ausspannen. Sie will nicht weg von dir.«

Hugh hoffte sehr, dass die letzte Behauptung stimmte. Wenn er über Lauras Beziehung zu den Amaurys nachdachte, war er immer noch schockiert. Doch er brachte es nicht fertig, Marcel abzuweisen, und trug einen Termin zum Mittagessen in seinen Terminkalender ein.

Endlich, nach vielem Hin- und Herrangieren, hatte sich der Lastwagen schrammend durch das Hoftor gezwängt. Hugh ließ den Motor wieder an und setzte die malerische und gleichzeitig quälende Heimfahrt fort. Sprühregen vernebelte die Windschutzscheibe. All die Monate hatte ihn ein wunderschöner Traum aufrechtgehalten – wie er im warmen Sonnenschein von der Arbeit nach Hause fuhr und Laura dort inmitten von Blumen auf ihn wartete –, aber das Wetter war ständig gegen ihn gewesen.

Außerdem war, wenn er nach Hause kam, Laura nicht allein. Sarah war ebenfalls dort, spielte Geige oder weinte Delphine hinterher. Hugh hatte das Gefühl, seine Tochter jetzt ausreichend unterstützt zu haben. Er ärgerte sich zutiefst über Barbara, weil sie sich so offensichtlich auf Delphines Seite schlug, und hatte sich redlich bemüht, diese Geschichte mit dem geworfenen Bügeleisen zu ignorieren. Trotzdem war er beunruhigt.

Ich hätte sie doch über dieses andere Mädchen mit dem Hotelfenster reden lassen sollen, dachte er. Wie konnte ich

mich nur daran klammern, dass es nichts zu bedeuten gehabt hatte?
Er würde dieses Thema ansprechen und sich auf eine Szene einstellen müssen – vielleicht nicht gerade heute Abend, wo er vollkommen erledigt war und das erste Konzert der »Night of the Proms« im Fernsehen übertragen wurde. Was für ein Irrtum war es nur gewesen zu denken, er wäre nicht weiter für seine Kinder verantwortlich, sobald sie die einundzwanzig überschritten hatten! Man musste sich noch erstaunlich viel um sie kümmern, und das betraf nicht nur Sarah. Colin wohnte zwar nicht bei ihnen, aber man konnte deutlich sehen, dass er furchtbar litt. Er verzehrte sich nach Letitia, so wie der junge Hugh sich nach Laura verzehrt hatte. Wie konnte man ihm nur helfen?
Das Licht war trüb geworden; aus den Fenstern ihres Hauses schien Licht. Als er eintrat, roch es nach Essen – Laura hatte endlich begriffen, dass sich bei Hugh kein Wohlgefühl einstellte, wenn ihm bei seiner Heimkehr kein Essensduft entgegenschlug. In der Küche hörte er Stimmen.
»Hallo«, rief Laura.
»Hallo, Liebling.« Hugh ging in die Küche, wo Laura am Aga stand. Er umarmte sie und küsste sie aufs Haar.
»Hallo«, sagte Sarah vom Tisch aus. Ihre Stimme klang angespannt, woran Hugh erkannte (da Laura es ihm einmal erklärt hatte), dass sie fand, er hätte sie als Erste küssen müssen.
Tja, Pech, sie war nun mal keine sechs mehr. »Kann mir wohl jemand ein Glas Wein geben?«, bat er. »Ich hatte einen anstrengenden Tag.«
Sarah erhob sich mit Märtyrermiene, doch Hugh gab vor, es nicht zu bemerken. »Danke, mein Schatz – wie läuft's denn so?«

Er setzte sich in den Lehnstuhl am Kopf des Tisches, ohne die Antwort wirklich hören zu wollen.
Sarah hatte auch für sich ein Glas Wein eingeschenkt, jedoch nicht für Laura. Sie setzte sich Hugh gegenüber. »Die Probe lief ganz gut, doch die Rückfahrt war furchtbar ermüdend. Ich brauche in London dringend eine Wohnung.« Sie probte wieder mit ihrem alten Streichquartett.
Schweigen.
»Ich habe mich mal nach Mietwohnungen umgesehen, aber die sind unglaublich teuer.«
Hugh trank einen Schluck. »Wie schade, dass du nicht mehr bei Delphine wohnen kannst.«
»Natürlich kann ich das nicht! Du weißt genau, warum.«
»Ich habe ja nur gesagt, dass es schade ist.«
»Ich weiß, dass ich euch hier im Weg bin«, konterte Sarah. »Aber ich fürchte, ihr werdet euch mit mir abfinden müssen, bis die Mühle endlich fertig ist.«
»Du bist uns nicht im Weg«, sagte Laura.
Ich hätte das sagen müssen, dachte Hugh. Sie warten beide darauf, dass ich es sage. Er sagte es nicht.
»Es ist doch so: Wenn du dich nicht verliebt hättest, müsste ich nicht hier herumhängen.«
Hugh zuckte zusammen. »Ich weiß nicht, wie du darauf kommst. Es ist wohl kaum unsere Schuld, dass Delphine das weibliche Gegenstück zu einem Schürzenjäger ist.«
»Und du hast natürlich praktischerweise all unsere früheren Gespräche vergessen – darüber, dass du mir eine eigene Wohnung kaufen wolltest.«
»Ach, Schätzchen, was für eine unpassende Zeit, dieses Thema anzuschneiden, wo du genau weißt, dass ich finanziell im Moment sehr unter Druck stehe.«
»O ja«, entgegnete Sarah. »Du hast alles für deinen Ehe-

bruch ausgegeben, und für deine Kinder ist jetzt nichts mehr übrig.«
»Hat das nicht Zeit, bis ich tot bin?« Hugh erlaubte sich nicht oft, böse auf Sarah zu sein, da er fand, dass Barbara es schon genug für sie beide war. Aber ihre Abneigung gegenüber Laura schwelte nun schon seit Wochen, und er war zu verärgert, um jetzt den Mund zu halten. »Bin ich denn nur dazu da, um deinen Bruder und dich mit Geld zu versorgen?«
»Du kannst deine Verantwortung nicht einfach vergessen und uns mittellos zurücklassen.«
»So furchtbar mittellos kommst du mir nicht gerade vor. Du wohnst mietfrei in einem schönen Haus, Essen und Wäsche inklusive, mit großer Unterstützung bei den Benzinkosten …«
»Ich bin deine TOCHTER!«, rief Sarah. »Aber das ist dir wohl egal, wie? Es ist dir egal, dass ich jeden Tag etliche Meilen fahren muss!«
»Natürlich ist mir das nicht egal.«
»Doch, das ist es! Du bist genau wie Mum … du bist auf Delphines Seite!«
»Du hättest sie nicht angreifen dürfen«, sagte Hugh.
»Du weißt doch, was sie getan hat«, erwiderte Sarah.
»Ja, sie hat mit einer anderen geschlafen. Du hast jedes Recht, verletzt zu sein, aber das gibt dir keine Lizenz zu töten.«
»Lass es gut sein«, meinte Laura leise.
Hugh beachtete sie nicht; er kam gerade in Fahrt. »Ist es wahr, dass du mit dem Bügeleisen nach ihr geworfen hast?«
»Könnte sein … Ich stand unter Schock.«
»Dies ist mindestens das zweite Mal, dass du versucht hast, eine deiner Geliebten umzubringen, Sarah. Du solltest mal über Aggressionsbewältigung nachdenken, bevor du noch im Gefängnis landest.«

Sarah wurde puterrot und stürmte plump aus dem Zimmer.
»Oh, verdammt«, sagte Hugh. Er löste seine Krawatte. »Was für ein Abend!«
Laura beugte sich über ihn und gab ihm einen Kuss auf den Scheitel. »Du weißt doch, wie sie ist, sie wird sich schon beruhigen, wenn sie darüber nachgedacht hat.«
»Ich verstehe nicht, wie du ihre Partei ergreifen kannst, nachdem, was sie deiner Tochter angetan hat.«
»Ich ergreife niemandes Partei, aber ich bin überzeugt, Delphine wusste ganz genau, was sie tat. Sie ist wie Michel – süchtig nach dem Kitzel der Gefahr. Manchmal glaube ich, es gibt ihr einen Kick, andere zu verletzen.«
»Aber Sarah ist so ... so ... Sie benimmt sich schrecklich dir gegenüber. Sie behandelt dich wie ein Dienstmädchen. Diese kindische Ablehnung geht mir gehörig auf den Geist.«
Laura trank einen Schluck Tee aus ihrem Becher. Sie setzte sich zu Hugh an den Tisch. »Natürlich lehnt sie mich ab, und sie hat ganz und gar erwachsene Gründe dafür. Wenn du ihre Mutter nicht verlassen hättest, würde sie jetzt in ihrer eigenen Wohnung leben. Deshalb war es mir auch so wichtig, die Hälfte dieses Hauses mitzubezahlen. Ich will deine Kinder nicht berauben.«
Das war vernünftig und klug und mitfühlend und (wie Hugh unweigerlich dachte) auch ein wenig kalt. Laura hatte die Art, sich von allen starken Gefühlen zu distanzieren, die um sie herum aufloderten.
»Aber ich will sie doch nicht um ihr Erbe betrügen oder so etwas ... Ach, Laura, warum ist es nur so verdammt schwer für uns, einfach nur zusammen glücklich zu sein?«
»Weil du erwartest, dass unsere Kinder sich augenblicklich

in Menschen mittleren Alters verwandeln, die uns nicht mehr brauchen.«

Er musste zugeben, dass etwas Wahres daran war, und schämte sich. Es war nun mal eine Tatsache, dass man die Zeit nicht wie einen Teppich aufrollen und er und Laura wieder die jungen Liebenden sein konnten, die sie einmal gewesen waren.

Er versuchte zu lachen. »Ich nehme an, eines Tages werden sie erwachsen sein.«

»Ach je«, meinte Laura, »ich glaube nicht.«

Der letzte Akkord von Listzs »Liebestraum« verklang in der Stille, und Colin merkte, dass Daisy in ihrem blassgelben Morgenmantel im Türrahmen stand.

»Oh … hallo. Habe ich dich geweckt?«

»Es ist halb drei Uhr morgens.«

»Ach ja? Mist, ich muss ganz früh zu einer Konferenz – Dad wird denken, dass ich einen Kater habe.« Die Musik hallte noch in ihm nach, ebenso wie seine Sehnsucht nach Letitia, und es war ein Schock zu erkennen, wie wenig er sich zu Daisy hingezogen fühlte, vor allem in diesem gelben Morgendings. »Entschuldige, du weißt, dass ich manchmal die Zeit vergesse.«

»Tee?«

»Gute Idee.« Colin hatte sich gegen elf ans Klavier gesetzt, als Daisy die Spätnachrichten im Fernsehen gesehen hatte. Die Musik war aus ihm heraus- und über ihn hinweggeflossen, und es war schwer gewesen, an etwas anderes zu denken. Es war eine Möglichkeit, mit Letitia in Verbindung zu treten, wenn auch mit großer Entfernung. Es war natürlich auch eine Möglichkeit, Sex mit Daisy zu vermeiden. Wusste oder ahnte sie, wie viele seiner Gedanken um eine andere kreisten? Letitia hatte Sebastian in die Wüste geschickt und war frei, doch ihm stand nun Daisy Trounce als hartnäckiges Hindernis im Weg. Ach, hätte er nur gewartet, anstatt mit der Nächstbesten ins Bett zu hüpfen! Er war wirklich ein Idiot.

»Lass uns die Schokoladenkekse aufmachen«, schlug Daisy vor. »Wenn ich um diese Zeit aufwache, habe ich immer Hunger.«

Colin nahm drei Kekse und setzte sich an den Küchentisch. Richie war in Cambridge, und er war mit Daisy auf weiter, dunkler Flur allein. »Du kannst es mir immer sagen, wenn ich aufhören soll.«

»Wie ich dir schon gesagt habe, höre ich es gern, wenn du so gefühlvolle und romantische Musik spielst. Ich weiß genau, wie sehr du das brauchst.«

Was für nette Gesellschaft sie doch wäre, wenn er sie nie dazu gebracht hätte, Sex zu erwarten. Nicht, dass Daisy ausdrücklich etwas erwartete oder forderte. Sie wünschte und hoffte und war dankbar für jeden Brosamen, und irgendwie war das sogar noch schlimmer. Seine Mutter wünschte sich inständig, er möge Daisy heiraten – bei jedem ihrer Gespräche winkte sie diesbezüglich mit Zaunpfählen. Colin wusste, dass er sich mit nur wenigen Worten ein Leben in Bequemlichkeit und Wohlstand verschaffen konnte. Das beunruhigte ihn, und er begann zu fürchten, dass er die Worte aus Versehen aussprechen könnte.

Daisy stellte ihm einen Becher Tee hin – wie eine Dienerin, dachte Colin plötzlich, die Lieblingsfrau des Sultans oder wie immer man das nannte. Später, wenn sie mit dem Tee, den Keksen und ihrem nächtlichen Geplauder fertig wären, würden sie nach oben und in Daisys großes Bett gehen, und dann würde das unbeholfene nächtliche Drama ablaufen, bei dem Daisy auf Sex hoffte, es jedoch nicht anzusprechen

wagte. Warum war sie nur so – so genügsam? Colin fühlte sich unbehaglich.
Er wollte ihr bedeuten, dass es schon zu spät sei – was bedeutete, dass er jetzt mit seiner »Ich bin ja so müde«-Tour beginnen müsste.
»Daisy?«
»Hmm?«
Aber warum es noch weiter hinauszögern? So konnte es nicht weitergehen. Und es war auch nicht fair – weder ihr noch Letitia gegenüber. Colin holte tief Luft und nahm allen Mut zusammen, um in ihre blassen, unschuldigen Augen zu sehen. »Das läuft alles falsch.«
»Was meinst du?« Sie war nicht dumm. Sie wusste, was er sagen wollte. Ihr Blick flehte ihn an, sie nicht zu verletzen.
Colin suchte nach Worten. »Du und ich. Es funktioniert nicht.«
»Bist du nicht glücklich?« O weh! Sie würde ihm nicht auf halbem Weg entgegenkommen.
»Bist du es denn? Sei ehrlich.«
»Ja«, sagte Daisy.
Das klang nicht ermutigend, aber nun, da er den ersten Schritt getan hatte, fühlte Colin sich stärker – er wollte nicht gemein zu ihr sein, aber wo er nun mal gesagt hatte, dass es vorbei sei, war es das auch. Man konnte beinahe hören, wie zischend die Luft aus ihrer Beziehung wich. »Ach, komm … Unsere Beziehung … Affäre … funktioniert nicht, und das weißt du genauso gut wie ich. Es ist nicht deine Schuld … Wirklich … Es hat nichts mit dir zu tun … Es liegt einzig und allein an mir. Ich habe dich ausgenutzt.«
»Aber es gefällt mir.«
»Ist es dir egal, dass ich mich nur von einer Enttäuschung erholen wollte?«

»Ja.«
Ihre Weigerung, sich als Opfer zu fühlen, irritierte ihn. »Das sollte es aber nicht. Du hast jemand deutlich Besseren verdient.«
Daisys Augen glänzten vor Tränen. »Ich will niemand Besseren. Ich liebe dich. Ich habe dich schon immer geliebt, seit dem ersten Moment, wo ich dich gesehen habe.«
In dem Moment, da sie es aussprach, begriff Colin, dass sie die Wahrheit sagte. Warum hatte er das nicht längst gemerkt? Er kam sich so dumm und ungeschickt vor. Sie war nicht deshalb seine beste Freundin, weil sie auf wundersame Weise so verständnisvoll und vernünftig war, sondern weil sie ihn vergötterte.
»Es war in der Kapelle unserer Schule.« Die Tränen liefen ihr über das blasse Gesicht. »Die Sonne schien genau auf dein Haar, und ich dachte, du bist der hübscheste Junge, den ich je gesehen habe. Ganz schön kitschig, was? Dann hast du in der Aula Klavier gespielt, und ich habe mich unsterblich in dich verliebt. Ich teile mein Leben noch immer in ein ›Vor‹ und ›Nach‹ diesem Moment ein.«
»Verdammt! Ich war ein Idiot.« Jetzt fühlte sich Colin wirklich unbehaglich.
»Nein, in diesem Szenario gibt es nur einen Idioten, und das bin ich.« Sie wischte sich mit dem Ärmel ihres Morgenmantels die Tränen ab. »Eine Freundin meinte, ich würde dich lieben, weil du unerreichbar bist, und es sei ein Zeichen meiner sexuellen Unreife – so wie man einen Filmstar anhimmelt. Aber damit klingt es so unbedeutend, und es fühlt sich überhaupt nicht unbedeutend an. Als du bei mir eingezogen bist, konnte ich mein Glück kaum fassen. Ich hätte wissen müssen, dass es zu schön ist, um wahr zu sein.«
»Ich kann mich nur bei dir entschuldigen.« Er hätte lieber

nichts von ihrem Geheimnis der unerwiderten Liebe gewusst. Wäre er nicht mit ihr ins Bett gestiegen, hätte er nie davon erfahren.

»Entschuldige dich nicht, dazu gibt es keinen Grund. Lass uns so anständig wie möglich Schluss machen und so tun, als hätten wir nie aufgehört, einfach nur gute Freunde zu sein. Wir hätten es nicht als Liebespaar versuchen sollen.«

»Ach, Daisy. Jetzt verachte ich mich selbst. Ich fühle mich wie der unsensibelste Mann auf Erden.«

»Nun hör schon auf, dich dauernd zu entschuldigen. Man kann sich leider nicht aussuchen, in wen man sich verliebt, und du liebst Letitia. Und was noch schlimmer ist: das hast du die ganze Zeit getan, und ich habe es die ganze Zeit gewusst.«

»Wirklich?«

Sie nickte traurig. »Auf der Chorparty war es ganz offensichtlich – so, wie du sie angestarrt hast. Ich weiß, dass irgendetwas vorgefallen ist. Ihr habt euch gestritten.«

»Ja, weil ich Sebastian mit einer anderen per Handy gefilmt und sie gezwungen habe, es sich anzusehen.«

»Kein Wunder, dass sie so wütend aussah. Ich nehme an, dass ihr wieder zusammenkommt.«

»Ich weiß nicht. Sie reagiert nicht auf meine Nachrichten.«

»Sie ist noch wütend, aber sie wird dir vergeben.« Daisy wirkte wie eine Kassandra, die dem Ungläubigen sein Schicksal voraussagte. »Und dann werdet ihr bestimmt heiraten.«

»Nun warte mal …«

»Und ich muss damit leben.« Daisys Schultern sanken nach vorn.

»Ich habe dir das Herz gebrochen.«

Daisys Augen glänzten schon wieder verdächtig. Aber sie

sagte mit fester Stimme: »Ach, Blödsinn, kein Grund, dramatisch zu werden. Mädchen wie ich kriegen Jungen wie dich nur in romantischen Komödien. Es wird Zeit, dass ich meine Wünsche der Realität anpasse.«
»Jetzt wirst du aber dramatisch. Ich bin nicht der letzte Mann auf Erden – du wirst einen anderen finden.«
»Vielleicht. Ich kann es mir nur im Moment nicht vorstellen.«
»Hör zu, ich werde heute Nacht auf dem Sofa schlafen und morgen früh ausziehen.« Jetzt, wo er alles wusste, konnte er unmöglich hierbleiben.
»Wo willst du hin?«
»Ich werde erst einmal bei meinem Dad wohnen – bei meiner Mutter im Wohnwagen ist nicht genug Platz. Und dann werde ich mir eine eigene Wohnung suchen.«
»Du kannst den Bechstein gern so lange hierlassen.«
»Ach, Daisy, hör auf, so nett zu mir zu sein. Ich würde mich besser fühlen, wenn du mir einen Fußtritt verpasst.«
»Wenn dein Flügel hier ist, weiß ich, dass ich dich hin und wieder sehen werde.« Daisy versuchte, entspannt zu sprechen, und Colin lächelte, um ihre Anstrengung zu würdigen. Aber du meine Güte – wie unfair! All die vergeudete Liebe! Er bezweifelte, dass irgendein Mann die Bewunderung verdiente, die er von Daisy bekommen hatte.

Kapitel 24

Linda, Barbaras Scheidungsanwältin, war eine nette Frau, aber leider sehr ungeduldig. Entnervt versuchte sie Barbara immer wieder zu erklären, warum sie nicht mehr Geld ausgeben dürfe, und das war ärgerlich und ermüdend, weil Sam sagte, er würde bei der Restauration der Mühle zusätzliches Geld brauchen. Das Gebäude war immer noch eingerüstet, und nach neuester Auskunft waren die Dachbalken angefault. Hugh würde ihr eben noch ein wenig extra zahlen müssen.

»Ja, aber er kann es sich doch leisten.«

»Wie ich Ihnen ständig zu erklären versuche, Barbara, ist es völlig irrelevant, was Hugh sich leisten kann. Nur das Geld, das Sie als Abfindung bei der Scheidung erhalten haben, ist Ihr Geld«, sagte Linda.

»Das weiß ich.«

»Und wenn Sie es ausgegeben haben, gibt es keins mehr.«

»Natürlich gibt es noch etwas – das habe ich Ihnen doch gesagt. Hugh kann es sich locker leisten.«

»Barbara, hören Sie mir zu!« Sie lehnte sich über ihren Tisch nach vorn. »Ihr Exmann wird Ihnen kein Geld mehr geben.«

Das klang schrecklich. »Aber … warum nicht?«

»Weil er nicht mehr Ihr Ehemann ist und das nicht muss. Ich fürchte, Sie werden sich keine zusätzlichen Arbeiten an der Mühle mehr leisten können.«
»Er kann mich doch nicht einfach auf dem Trockenen sitzen lassen!«
»Ich fürchte«, erwiderte Linda, sichtlich um Fassung bemüht, »dass Sie endlich aufhören müssen, Ihren Mann als talerspuckenden Goldesel zu betrachten.«
Bedrückt und ungläubig verließ Barbara das Anwaltsbüro. Es stimmte: Sie betrachtete Hugh tatsächlich als Goldesel. Was das Finanzielle betraf, hatte er sich immer um alles gekümmert und ihr auch immer so viel Geld gegeben, wie sie erbeten hatte. Sie hätte sich viel mehr gegen die Scheidung gewehrt, wenn sie gewusst hätte, dass dieser Zustand sich ändern würde. Es war unglaublich unfair, dass ihre Finanzkraft plötzlich begrenzt sein sollte, und sie war sich nicht ganz sicher, ob Linda wirklich recht hatte. Wenn das Gesetz so gemein war, einer betrogenen Frau den Zugang zum Geld ihres ehebrecherischen Exmannes zu verwehren, dann war das Gesetz bescheuert, und sie hatte große Lust, ihrem Abgeordneten einen gepfefferten Brief zu schreiben.
Ihr Handy fiepte. Es war eine SMS von Sam, der ihr mitteilte, er werde gegen fünf an der Mühle sein. Er wollte mit ihr über das Dach reden, und sie müsste ihm sagen, dass sie es sich offenbar nicht leisten konnte. Die Aussicht auf dieses Gespräch war umso peinlicher, als die Stimmung zwischen ihr und Sam nach dieser lächerlichen Szene mit Jeff am Wohnwagen recht eigenartig geworden war. Sie sprachen nur förmlich miteinander und stets nur in Anwesenheit anderer. Barbara hätte nicht gewusst, was sie sagen sollte, wenn sie mit ihm allein wäre.
Es war ein warmer, sonniger Tag. Vor einem Jahr noch, in

den idyllischen Tagen vor Sarahs Nervenzusammenbruch (Barbara sah dies noch immer als Beginn allen familiären Unglücks an), war sie eifrig damit beschäftigt gewesen, bei Purvis Essen und Wein für ihre alljährliche Gartenparty zu bestellen. (Sie war an einem wunderbar warmen Tag des ansonsten verregneten Sommers ein großer Erfolg gewesen.) Und wie war es jetzt, nur ein Jahr später, um sie bestellt? Mit dem Gefühl schmerzender Ungerechtigkeit kehrte sie nach Chackley zurück.

Sobald sie aus dem Wagen stieg, hörte sie Jock bellen – kluger Junge! Er hatte gelernt, das Geräusch ihres Motors zu erkennen, und wusste, dass jetzt Zeit für einen Spaziergang war. Barbara schloss den Wohnwagen auf (dessen Anblick sie allmählich verabscheute), und der Hund sprang ihr in die Arme. Sie zog bequeme Schuhe an, klipste die Leine an Jocks Halsband und marschierte forschen Schritts zur Mühle, um mit Sam zu sprechen.

Mindestens fünf Männer schoben Schubkarren durch die Gegend oder hingen am Gerüst wie Fliegen im Spinnennetz, wobei nicht ersichtlich war, womit genau sie dort beschäftigt waren. Allmählich sollte doch ein Fortschritt zu erkennen sein, oder?

»Barbara!« Sam lehnte sich aus der Verladeluke oben in der Außenwand. »Warte, ich komme runter.«

Jock kläffte und wollte davonpreschen, weil er wohl etwas Interessantes gewittert hatte. Barbara schlang die Leine fest um die Hand und zog ihn neben sich, während sie auf Sam wartete.

Er gab ihr einen Kuss – freundschaftlich und ohne jeden Anflug von Intimität. »Wie gut, dass ich dich erwische – das sind schlechte Neuigkeiten wegen des Dachs, oder? Wir haben es erst gesehen, als wir die Ziegel abdeckten.«

Barbara war plötzlich fest entschlossen, nicht aufzugeben. »Ich kann dir jetzt noch nicht fest zusagen, ob alles neu gemacht werden kann – ich muss erst mit meinem Exmann sprechen.«
Ungehalten kniff Sam die Augen zusammen. »Tja, dann warte damit aber nicht allzu lange. Wir müssen wissen, was wir tun sollen. Wenn es kein Geld für das Dach gibt, müssen wir überlegen, wo wir Abstriche machen können.«
Das Wort »Abstriche« verursachte Barbara leichte Übelkeit. In ihrem ganzen Leben hatte sie noch niemals Abstriche machen müssen. »Ich werde dir morgen oder übermorgen Bescheid geben.«
»Es tut mir leid – solche Sachen passieren bei alten Gebäuden andauernd. Und um das endlich aus dem Weg zu schaffen: Es tut mir auch leid wegen dieses lächerlichen Zwischenfalls mit Jeff. Du weißt schon, nach unserem Abendessen.«
»Ach, mach dir darüber keine Gedanken.« Barbara war jetzt froh, dass sie nicht mit Sam geschlafen hatte.
»Ich wünschte, ich wäre ruhiger geblieben. Ich wusste nicht, dass du ihm so am Herzen liegst.«
»Wem, Jeff?« Wäre sie nicht so angespannt gewesen, hätte sie darüber gelacht. »Ach, sei nicht albern!«
»Komm schon, es war doch offensichtlich, warum er dir hinterherspioniert. Aber lass uns die Sache vergessen. Mir ist übrigens eine Idee gekommen für den Fall, dass du das Dach nicht mehr zahlen kannst: Du könntest im Wohnhaus der Mühle wohnen, mit zwei Schlafzimmern und einem Bad, und die Mühle erst einmal so lassen und später fertig renovieren. Ich kann die Pläne gerne ändern.«
Das war eine so schreckliche Vorstellung, dass Barbara ihr nicht eine Sekunde lang nachgehen wollte. »Ich bin sicher, derart drastische Maßnahmen werden wir nicht ergreifen

müssen. Ich werde mit meinem Exmann sprechen. Komm mit, Jockie.«
Später, zurück im beklemmend engen Wohnwagen, rief sie Hugh an.
»Oh, hallo«, sagte er.
»Passt es dir gerade?«
»Ja, ich bin noch im Büro. Geht es um Sarah?«
»Sarah? Warum?«
»Sie ist sauer auf mich«, antwortete Hugh.
»Sie ist sauer auf alles und jeden. Was hast du getan?«
»Wir hatten eine kleine Auseinandersetzung. Ich habe ihr gesagt, sie solle Aggressionsbewältigungskurse nehmen, bevor sie im Gefängnis landet. Ich habe versucht, über ihre Neigung zu Gewalt zu sprechen.«
»Sag ihr, sie soll zu mir kommen – Delphine ist in Frankreich.«
»Ich wünschte, das ginge«, sagte Hugh. »Sie hat eine ihrer riesigen Schmollattacken. Ich hätte das Gefängnis nicht erwähnen sollen.«
»Nein, du hattest ganz recht – sie kann von Glück reden, dass Delphine sich selbst die Schuld gibt und sie nicht anzeigt. Grüß sie auf jeden Fall von mir.«
»Das werde ich. Danke. Barbara.«
»Warte, ich habe dir noch nicht gesagt, weshalb ich anrufe.«
»Na, wenn es nicht um Sarah geht, dann wohl um Colin.«
Barbara überlief ein Schauer böser Vorahnung. »Colin? Geht es ihm gut? Warum weiß ich nichts davon? Warum redet er nicht mit mir?«
»Barbs, beruhige dich. Er hat sich von Daisy getrennt, das ist alles.«
»O nein!«, entfuhr es Barbara. Das Bild von der Hochzeit

im stattlichen Herrenhaus der Trounces, das sie vor ihrem geistigen Auge bereits entworfen hatte, war zwar noch verschwommen, jedoch mit hübschen Details bestückt gewesen. »Was ist passiert?«

»Ich weiß nichts Genaues, aber er zieht bei ihr aus, und jetzt muss ich Platz für diesen verdammten Bechstein schaffen.«

»Wo will er denn wohnen? Er kann bei mir einziehen, im Wohnwagen ist noch Platz. Jedes Mal, wenn ich ihn anrufe, geht nur die Mailbox dran. Sag ihm, er soll sich bei mir melden.«

»Das werde ich«, sagte Hugh. »Doch ich glaube, er hat schon etwas gefunden.«

»Dabei ist sie so ein nettes Mädchen!«

»Ja, aber das geht uns nichts an.«

»Wie kannst du das sagen?« Barbara war schockiert. »Ist dir sein Glück denn egal?«

»Nein, natürlich nicht.«

»Jemand sollte ihn warnen – er wird es bestimmt bereuen.«

»Das überlasse ich dir«, entgegnete Hugh. »Und wenn es dir nichts ausmacht, würde ich jetzt gern losfahren, um den Feierabendverkehr zu umgehen.«

»Aber … ich habe nicht wegen der Kinder angerufen! Es geht um die Mühle, Hugh. Sie haben ein Problem bei den Dachbalken entdeckt, und ich brauche mehr Geld.« Sie teilte ihm die Summe mit, die Sam ihr genannt hatte.

Hugh gab einen erstickten Laut von sich. »Lieber Gott im Himmel!«

»Ich weiß, das ist viel, aber wir wussten gleich, dass es nicht billig wird.«

»Und du erwartest, dass ich dir das Geld gebe?«

»Natürlich … Soweit ich mich erinnere, war ein anständiges Haus für mich Teil unserer Abmachung.«

»Ich habe dir genug Geld für mehrere anständige Häuser gegeben – und du willst allen Ernstes noch mehr von mir?«
»Es tut mir leid, Hugh – so ist das nun mal bei alten Gebäuden.«
»Hörst du mir zu, Barbara? Hörst du mir gut zu? Du musst aufhören, mich um Geld zu bitten, ich gebe dir nichts mehr. Du hättest dir etwas Vernünftiges kaufen sollen.«
»Aber …«
»Dann hast du eben ein paar Ballsäle und Gartenlauben weniger. Ich freue mich, sagen zu können, dass das nicht mehr mein Problem ist. Auf Wiederhören.«
Barbara blieb nichts anderes übrig, als mit offenem Mund auf den Hörer zu starren. Zum ersten Mal wurde ihr bewusst, dass sie nicht mehr reich war. Sie war nicht arm – aber sie war auch nicht reich. Sofern ihr nicht irgendetwas einfiele, wie sie das Dach bezahlen könnte, würde sie in einem gewöhnlichen Häuschen mit zwei Schlafzimmern wohnen, das an eine leere Halle angebaut war.
Das Bild dieser Zukunft war ebenso hässlich wie eine dieser modernen Skulpturen – eine beengte Küche mit minimaler Ausstattung, ein Schlafzimmer, so klein wie das im Wohnwagen, ein briefmarkengroßes Badezimmer, ein Garten, der nicht angemessen gestaltet war …
Vor Schock war sie wie erstarrt. Sie brauchte jemanden, mit dem sie reden konnte.
»Komm mit, Jockie, wir gehen zu Helen.« Ihre Stimme klang belegt und ängstlich. Jock sprang freudig auf, weil er gern noch einmal hinausging. Barbara nahm ihn an die Leine und floh aus dem blöden Wohnwagen, der ihr mittlerweile als Symbol dafür galt, wie tief sie gesunken war.
Das alles kam vom Sex, dachte sie. Wäre Hugh aufgrund

seiner neu aufsprudelnden Hormone nicht völlig durchgedreht, würde sie immer noch im Herrenhaus wohnen.

Sie hatte den hinteren Teil des Dorfes bislang gemieden. Die neuen Bewohner hatten ausgiebige (und, wie Barbara fand, unnötige) Renovierungsarbeiten an dem alten Haus vornehmen und – man stelle sich vor! – die Glyzinien zurückschneiden lassen, was ihren kompletten Mangel an Geschmack und Vernunft bewies. Sie waren noch nicht eingezogen, aber Barbara konnte sich auch nicht vorstellen, dass solche Banausen eine Bereicherung für die Nachbarschaft darstellten.

Es war Abend geworden, und das Licht weich und milchig. Barbara scheuchte Jock über den kurzen Weg zum Cobb Cottage. Sie hatte es immer für winzig gehalten, aber gegen das Wohnhaus der Mühle war es definitiv geräumig. Tränen stiegen ihr in die Augen und schnürten ihr die Kehle zu. Sie klopfte an die Tür.

Normalerweise hätte Helen »Herein!« gerufen, jetzt aber war es still. Doch Helen musste zu Hause sein, sie ging niemals irgendwohin. Barbara klopfte erneut; sie fühlte sich abgewiesen. Vielleicht war Helen im Schuppen und hörte über Kopfhörer laut Wagner, wie sie es manchmal tat. Das Haus war wie immer unverschlossen, also öffnete Barbara die Tür und trat ein.

»Helen! Helen!«

Jock bellte laut, riss sich plötzlich los und sprang die schmale Treppe hinauf.

Die nächsten Minuten waren unglaublich verwirrend. Barbara wollte Jock folgen, da kam Helen die Treppe herunter, und von oben rief eine Männerstimme: »Raus hier!«

Dann erschien der Mann selbst, mit einem knappen Bademantel bekleidet, unter dem er offensichtlich nackt war,

und griff nach Jocks Halsband. Es war Paul, der kleine Arzt mit Bauch und Glatze, der für den Chor die Orgel spielte.
»O Gott!« Helen wurde dunkelrot. Sie trug ebenfalls nur einen Morgenmantel.
Barbara brauchte einen Moment, bis sie begriff, was los war. Es war einfach zu befremdend, um es auf den ersten Blick zu begreifen: Ausgerechnet Helen hatte Sex mit einem verheirateten Mann! Es wäre Barbara nie in den Sinn gekommen, dass Frauen mit gelben Zähnen und ungepflegten Haaren überhaupt Sex haben konnten. Nun war die Welt endgültig auf den Kopf gestellt.
Sie riss Paul (der aussah, als müsse er ein Lachen unterdrücken) die Leine aus der Hand und hastete davon.

Das Semester war zu Ende, aber Letitia blieb aus zwei wichtigen Gründen weiterhin in Cambridge. Erstens wollte sie die lange Ferienzeit nicht als Pips unbezahlte Sekretärin verbringen, was unweigerlich geschehen würde, wenn sie nach Finchley zurückkehrte. Zweitens wollte sie in Colins Nähe bleiben – auch wenn sie ihm noch nicht ganz verziehen hatte, dass sie sich seinetwegen auf der Chorparty wie eine Idiotin vorgekommen war. Sie hatte ihr Handy ausgeschaltet gelassen, und er hatte mittlerweile aufgegeben, SMS zu schreiben und Nachrichten zu hinterlassen, und jetzt hatte sie keinen Vorwand mehr, mit ihm zu sprechen. Sie nahm zum Sommerschlussverkauf wieder eine Aushilfsstelle bei Purvis an. Ein guter Grund dafür war, dass sie sich Geld für eine Reise nach Italien verdienen wollte, der wahre Grund bestand jedoch darin, dass sie hoffte, Colin zu sehen.
Sie war diesmal der Wäscheabteilung zugewiesen worden, die sich im ersten Stock neben der exklusiven Damenoberbekleidung befand. Nach den ersten hektischen Schluss-

verkaufstagen nahm die Kundenzahl stetig ab, und Letitia verbrachte warme, schläfrige Nachmittage zwischen teuren BHs in unpopulären Farben und herabgesetzten Slips. Und sie brauchte sich keine Gedanken darüber zu machen, was sie Colin sagen wollte, weil sie ihn überhaupt nicht sah. Allerdings lief sie in ihrer zweiten Woche abends nach Geschäftsschluss Hugh über den Weg.

»Letitia! Wie schön, Sie zu sehen. Ihre Frisur gefällt mir.«

»Danke.« Letitia hatte sich von den geflochtenen Zöpfen getrennt und trug ihr Haar in natürlichen, dichten Locken.

»Ich wusste, dass Sie wieder hier arbeiten. Wo hat man Sie hingesteckt?«

»Dessous.«

»Ich hoffe, das ist nicht zu langweilig.« Sie lachten, und Hugh fügte hinzu: »Natürlich ist es langweilig.« Er sah um Jahre jünger aus als zu Weihnachten, schlank, dynamisch und offen. »Haben Sie von Colin und Daisy gehört?«

»Ja, ich habe es gehört.« Es war im ganzen Laden immer noch Gesprächsthema.

»Er wohnt jetzt in der Stadt, und ich muss den Bechstein beaufsichtigen.« Er wechselte die Aktentasche in die andere Hand. »Ich mache Ihnen einen Vorschlag: Warum gehen wir nicht ein Glas Wein trinken? Ich weiß, man geht mit dem Chef nichts trinken, aber die bloße Tatsache, dass ich mit Ihnen rede, hat bestimmt schon Gerüchte in Gang gesetzt. Da können wir auch gleich aufs Ganze gehen. Sie haben doch nichts vor, wie ich hoffe?«

»O nein, habe ich nicht.« Sie hatte für diesen Abend tatsächlich nichts geplant, außer den Fernseher einzuschalten.

»Gut, ich auch nicht.«

Es fühlte sich ein wenig seltsam an, neben dem Mann herzulaufen, der sowohl ihr Chef als auch der Vater des Mannes war, den sie liebte, aber Hugh war ihr sehr sympathisch. Sie war sicher, dass selbst ihre antikapitalistische Mutter sich für ihn erwärmen könnte.

»Früher habe ich den Sommerschlussverkauf gehasst«, erzählte er munter. »Mein Vater steckte mich immer hinter die Käsetheke, und all meine Freunde hatten großen Spaß daran, mich zu besuchen und wegen meiner Mütze und der Schürze auszulachen.«

»Ist das der Grund, warum Colin nicht am Tresen stehen muss?«

»Tja, so ist es wohl. Ehrlich gesagt, wäre er dort auch nicht von großem Nutzen. Ich selbst hatte nie das Gefühl, dass es mir außer der Peinlichkeit etwas gebracht hatte. Wenn man der Sohn vom Chef ist, liegt das Potential für Peinlichkeit sehr hoch.«

Er führte sie in ein beliebtes Weinlokal mit einer langen Liste guter Weine auf der Wandtafel. Es war voll, aber Hugh bewegte sich mit der blinden Gewissheit wichtiger Persönlichkeiten, dass die Menge sich für sie teilte wie das Rote Meer. Letitia setzte sich an einen Tisch in der Ecke, während er an der Bar eine Flasche Wein bestellte. Es erschien ihr etwas viel für zwei Personen, vor allem, da eine von ihnen noch Auto fahren musste.

»Ich freue mich wirklich, Sie zu sehen«, sagte er. »Es hat mir sehr leidgetan, als Colin und Sie nicht mehr zusammen waren.«

Damit hatte sie nicht gerechnet. »Es lag nicht an ihm.«

»Oh, ich kenne die Hintergründe. Und ich habe gehört, dass Sie die Krücke dieses anderen Kerls über eine Gartenhecke geworfen haben.«

»O Gott … Alle müssen das gesehen haben! Ich weiß nicht, was in mich gefahren war.« Beim Gedanken an jenen Abend bekam sie immer noch heiße Ohren. Doch zum ersten Mal war sie in der Lage, auch das Lustige an der Sache zu sehen, selbst wenn ihr Lachen ein wenig angestrengt klang. »Ich kam mir vor wie der letzte Blödmann.«

»Wir alle machen uns der Liebe wegen zu Idioten. Das gehört zum Menschsein dazu.«

Die Kellnerin brachte eine Flasche Weißwein in einem Eiskübel. Normalerweise wurde hier nicht an den Tischen bedient. Letitia war beeindruckt und amüsiert zugleich, dass Hugh als lokale Berühmtheit solchen Einfluss hatte. Er probierte den Wein und schenkte großzügig in ihre zwei Gläser ein.

»Das ist eine interessante Sichtweise«, erwiderte sie. Der Wein war kühl und köstlich. »Ich komme mir dumm vor, weil ich mir eingeredet hatte, das Richtige zu tun – Sie wissen schon … wie Sie und Laura damals. Der Unterschied ist nur, dass ihr Mann wirklich krank war und sie auch wirklich brauchte, während ich nur herumkommandiert wurde.«

»Machen Sie sich nichts daraus – Sie haben getan, was Ihr Herz Ihnen gesagt hat.«

Sie wollte das Thema wechseln – die Erniedrigung schmerzte noch immer. Nach der Szene auf der Party hatte Sebastian sich nicht einmal die Mühe gemacht, sie um Verzeihung zu bitten, sondern war sofort bei dieser Trimble-Schlampe eingezogen. »Wie gefällt Ihnen Ihr neues Haus?«

»Großartig! Es sind noch ein, zwei Dinge zu erledigen, aber so langsam fühlt es sich wie ein richtiges Zuhause an. Sie müssen uns einmal zum Essen besuchen. Laura hat endlich herausbekommen, wie man per Telefon bei unserer Feinkostabteilung bestellt.« Plötzlich hob er den Kopf, blickte über Lauras Schulter und lachte erfreut auf. »Colin – hallo! Sieh mal, wen ich getroffen habe!«

Und da war Colin. Er sah ausgesprochen gut aus in seinem gestärkten Hemd und schien sichtlich erfreut, sie zu sehen. Stumm beäugten sie einander.
»Ich werde mal nach Hause fahren.« Hugh stand auf und schmunzelte selbstgefällig in sich hinein. »Colin, setz dich und übernimm meinen Wein. Letitia, es war schön, Sie zu sehen.«
»Dad?«
»Tschüs, ihr zwei.«
Letitia wurde rot. Jetzt waren sie allein und versuchten, die passenden Worte zu finden.
»Tja«, meinte Colin, »man ist wohl nie zu alt, um von seinem Vater in Verlegenheit gebracht zu werden. Bitte nimm ihm seine Bemühungen, als gute Fee zu wirken, nicht übel.«
»Ich finde es sehr nett von ihm. Und der Wein schmeckt hervorragend. Wie geht es dir?«
»Gut.« Er trank aus dem noch vollen Glas seines Vaters. »Ich bin nicht mehr mit Daisy zusammen.«
»Ja, das habe ich gehört.«
»Es tut mir leid wegen der Party. Ich habe mich aufgeführt wie ein Trottel – sogar Daisy hat das gesagt.«
»Ich werde nicht widersprechen – du hast dich echt unmöglich benommen. Ich war so klein mit Hut.«
»Es tut mir leid …«
»Aber wahrscheinlich hast du mir einen Gefallen getan. Als du mir erzählt hast, dass Sebastian sein Humpeln nur vorspielt, wusste ich, dass ich verarscht worden war – seltsamerweise war das noch schlimmer für mich als dein Beweis-Filmchen. Es hat mir gezeigt, dass meine Mutter recht hatte, als sie sagte, Sebastian würde mich manipulieren, und es hat mir die Kraft gegeben, ihn in den Wind zu schießen.«
»Er hat dich nicht glücklich gemacht.«

»Nein.«
»Ich war mit Daisy auch nicht glücklich. Man sollte nicht versuchen, sich in die beste Freundin zu verlieben.«
Ihr Gespräch war in entspannte Bahnen geraten. »Wo wohnst du jetzt?«
»Ich habe eine Wohnung gemietet, nicht weit von hier entfernt – was bedeutet, dass ich nicht fahren muss, was wiederum bedeutet, dass ich mehr Wein trinken darf. Hat mein Vater den bezahlt?«
»Ja, ich habe es gesehen.«
»Cupido mit Kreditkarte.«
»Du musst zugeben, dass das ganz süß von ihm war.«
»Er weiß, dass ich dich immer noch liebe. Ist das in Ordnung für dich?«
»Ja«, entgegnete Letitia. »Ich glaube, ich liebe dich auch immer noch.«
»Du glaubst?«
»Ich muss mit dir schlafen, um ganz sicher zu sein.«
Sie lachten, und irgendetwas machte Klick, und sie waren wieder zusammen. Letitia blinzelte ihre Tränen weg und versuchte, nicht dümmlich zu grinsen.
»Du hast mir gefehlt«, sagte Colin.
»Du mir auch.«
»Das hatte ich gehofft.«
»Arme Daisy.« Sie tat Letitia ehrlich leid.
»Ich glaube, es war auch eine Erleichterung für sie. Wir haben beide früh gemerkt, dass es nicht funktioniert.«
Letitia bezweifelte das, zumindest, was Daisy anbelangte.
»Mit Sebastian war es dasselbe. Mit jedem Tag, den wir zusammen waren, fiel mir etwas Neues ein, das ich nicht an ihm mochte.«
»Ich habe Daisy weiterhin gern gemocht, wie eine gute

Freundin, aber jedes Mal, wenn ich ihren Hintern sah, war er irgendwie noch größer geworden.«
»Colin!« Sie lachte und hatte, ohne es zu merken, ihr zweites Glas Wein fast ausgetrunken. »O Gott, ich bin betrunken.«
»Du weißt, dass du nicht auf leeren Magen trinken darfst. Lass uns was essen gehen.«
»Gern.«
»Der Japaner ist gut. Oder wir gehen zu mir und lassen uns etwas kommen.«
»Wo wohnst du denn?«
»Nicht weit – trink aus.«
»Du musst mich nicht betrunken machen, ich komme auch so mit.« Sie hätte am liebsten laut losgekichert und dachte, wie gut es doch war, dass sie ihn nicht mit zu sich nehmen musste, wo all die leeren Pizzakartons neben ihrem Bett lagen und es rundherum aussah wie im Schweinestall. Sie war neugierig auf seine Wohnung.
Der Abend war grau und feucht. Letitia atmete die frische Luft tief ein, und in ihrem Kopf drehte sich alles. Angenehm beschwipst spazierte sie neben Colin durch die Straßen, die auf einmal bunt und bedeutungsvoll waren. Im Schatten einer Mauer des College blieb er kurz stehen, um sie zu küssen, und nahm danach ihre Hand. Es war kein langer Weg. Colins Wohnung lag in einer hübschen Straße mit kleinen, ehemaligen Arbeiterhäuschen.
Letitia wusste nicht, was sie erwartet hatte, aber die Wohnung überraschte sie. Es war keine Studentenbude und kein elterliches Zuhause, es war der Wohnraum eines Erwachsenen mit ordentlichen Möbeln, Teppichen und Gardinen. Colin hatte eine Spülmaschine und in einer separaten Abseite auch eine Waschmaschine. Hinter der Küche lag ein kleiner, sauberer, wenn auch recht kahler Garten. Das ganze

Umfeld ließ Colin älter, gesetzter und weniger jungenhaft erscheinen.
»Nette Wohnung.«
»Ja, sehr nett – fürs Erste. Ich werde bald ein Haus kaufen.«
»Oh.«
»Ich wohne gern in der Stadt. Auf dem Dorf ist es ganz nett, aber ich habe schon mein halbes Leben im Auto verbracht.«
»O ja, ich erinnere mich.«
»Du könntest von hier aus zu Fuß zum College laufen.«
»Ja, das könnte ich wohl.« Sie ließ sich von ihm aufs Sofa hinunterziehen.
»Es ist nicht so langweilig, wie es aussieht.«
»Von langweilig habe ich nichts gesagt.«
»Es hat dir nicht gefallen, als ich anfing, einen Anzug zu tragen.« Sein Ton war nicht im Geringsten anklagend.
»Das war dumm von mir. Sogar meine Mutter hat das gesagt. Es tut mir aufrichtig leid, bitte glaub mir. Ich habe dich vom ersten Tag an vermisst.«
Während sie noch sprachen, knöpfte Colin ihr die weiße Bluse auf. Sie vögelten kurz, stürmisch und erfüllt von Hochgefühl. Danach lag Letitia in seinen Armen und weinte ein bisschen. Das Leben war herrlich.

Kapitel 25

Helen zu vergeben kam nicht in Frage. Barbara konnte zwar nicht länger vermeiden, mit ihr zu reden – da sie beide Mitglieder in mindestens drei örtlichen Ausschüssen waren, war das schlichtweg unmöglich –, aber sie würde dafür sorgen, dass sie heute Morgen nur über Dinge sprächen, die den Chor betrafen. Diese Frau war eine Heuchlerin – gab sich, was Hugh betraf, mitfühlend und frönte dabei selbst einer schamlosen Affäre! Barbara konnte Pauls dröge Frau zwar nicht sonderlich leiden, aber darum ging es hier nicht.

Der Regen trommelte aufs Dach des Wohnwagens. Barbara zog ihre Gummistiefel an und befestigte Jocks Leine am Halsband. Wenn sie von ihren Spaziergängen zurückkamen, trug er den Dreck in jede Ecke, egal, wie viele Zeitungen sie ausbreitete. Es war der dritte Tag Dauerregen und viel zu nass, als dass an der Mühle gearbeitet werden konnte. Sie lag verlassen da, doch das passte Barbara ganz gut. So hatte sie noch etwas Zeit, bevor sie Sam ihre endgültige Entscheidung wegen des Daches mitteilen musste.

Sie nahm ihren größten Regenschirm, den vom vorletzten Glyndebourne-Festival, und trat hinaus in die Sintflut. Du liebe Zeit – so etwas hatte es schon seit Jahren nicht mehr gegeben! Neben dem Prasseln des Regens hörte Barbara auch fließendes Wasser rauschen. Sie stapfte durch den Morast zum nächstgelegenen Ufer. Normalerweise rieselte dort ein etwa zehn Zentimeter tiefer, friedlicher Bach vor sich hin, und sie erschrak, als sie sah, dass er schon fast über das Ufer schwappte – eine braune Brühe voll Blätter und Zweigen, wie verdrecktes Teewasser.

Vor Helens Häuschen parkte ein großer, neuer Range Rover an der Straße. Er gehörte Tiggy Venables aus dem alten Pfarrhaus – eine Frau, die sich immer angestrengt hatte, Barbaras Status zu erreichen, es jedoch nie geschafft hatte, weil ihr Haus und ihre Kinder die Anforderungen einfach nicht erfüllten.

Helen öffnete die Tür. Sie errötete schuldbewusst. »Barbara, hallo! Du meine Güte, komm schnell rein, ist das nicht furchtbar? Tiggy ist schon da, und Becca hat gerade angerufen, dass sie nicht kommen kann, weil ihr Keller überflutet ist.«

»Hallo, Barbara, anscheinend ist das halbe Land überflutet«, rief Tiggy vom Tisch aus. »Bei meiner Freundin in Adleston sind es zehn Zentimeter, und ihr Teppich war ganz neu.« Tiggy war groß und dünn, mit gefärbten blonden Haaren und nachlässig teurer Kleidung. »Ich hoffe, dir geht es gut in deinem Wohnwagen.«

»Oh, alles prima«, erwiderte Barbara betont fröhlich, da sie auf keinen Fall bemitleidet werden wollte. »Und ich glaube nicht, dass das Wasser noch höher steigt – alle Wetterberichte sagen, dass es morgen vorbei ist.«

»Das hoffe ich sehr – am Samstag ist doch Reiterfest.«

»Möchtest du Tee?«, erkundigte sich Helen.

»Nein, danke, Helen«, antwortete Barbara von oben herab, »ich hatte gerade welchen.«

Die sittenlose Frau hatte immerhin den Anstand, unbehaglich dreinzublicken. Sie setzte sich an den Tisch und nahm ihren Kalender. »Tja, sollen wir dann anfangen?« Helen war Schriftführerin des Chors, auch wenn sie selbst keinen sauberen Ton herausbrachte.

Barbara war Vorsitzende, und sie bemühte sich, die wenigen Punkte der Tagesordnung so schnell wie möglich abzuhandeln. Als Letztes ging es um »Finanzen«. Mit Beginn der neuen Probezeit ab Ende September, so konstatierte sie, hätten sie ein Guthaben von 342,35 Pfund.

»Wein und Tee und so weiter als Erfrischung für hinterher werde ich besorgen«, sagte Tiggy. »Dann können wir das ganze Geld für die Weihnachtsfeier aufheben.«

Letztes Jahr um diese Zeit hatte der Chor noch im Salon des Herrenhauses geprobt. Nach seinem Verkauf waren sie zum Proben in die Kirche umgezogen.

Barbara seufzte. »Ich bezweifle, dass wir das mit den Erfrischungen in der Kirche hinbekommen.«

»Oh, wir werden das nächste Mal nicht in der Kirche proben«, sagte Tiggy leichthin. »Ich dachte, das einzig Logische wäre doch, wenn wir jetzt bei mir singen – wir müssen nur das Klavier umstellen. Unser Wohnzimmer ist groß genug.«

Irgendwie war das nicht richtig. Barbara spürte eine dunkle Vorahnung. »Ja … Nun … das ist schrecklich nett von dir, Tiggy – und du wirst uns auch nicht lange aushalten müssen. In ein paar Monaten ist die Mühle bestimmt fertig.«

Schweigen.

Dann sagte Tiggy: »Natürlich … wenn die Mühle fertig ist … wenn du da diesen wunderbaren großen Raum hast …«

»Aber bis dahin ist dein Haus ganz prima, ehrlich, vielen Dank.« Barbara war ein wenig übel, so als hätte ihr jemand in den Magen geschlagen. Ihr »wunderbarer großer Raum«

war genau der Raum, den sie würde opfern müssen, wenn sie das Geld für das verdammte Dach nicht aufbringen konnte. Sie fühlte sich von der Mühle betrogen wie von einem untreuen Geliebten, aber sie würde Tiggy Venables ihre Stellung im Dorf nicht einfach kampflos überlassen. »Es ist ganz lieb von dir, vorübergehend einzuspringen. Ich finde, wir sollten das so ins Protokoll aufnehmen.«

»Oh … ja«, sagte Helen.

Es donnerte verhalten, und der Regen prasselte weiter. Als alles besprochen war, sauste Tiggy zu ihrem Wagen. Barbara und die Ehebrecherin waren allein.

»Ich hatte noch keine Gelegenheit … Ich wollte sagen …«

»Bitte, Helen. Belassen wir es einfach dabei. Ich hätte ohne deine Einladung nicht einfach reinkommen dürfen. Beim nächsten Mal weiß ich Bescheid.«

»Es tut mir leid, dass es so … peinlich war.«

»Ist dir denn egal, dass Paul verheiratet ist?«

»So einfach ist das nicht. Er wird Moira nie verlassen, aber sie haben schon seit Jahren keinen Sex mehr zusammen.«

Barbara hatte plötzlich das unwillkommene Bild im Kopf, wie Paul und seine dröge Frau es in der Missionarsstellung miteinander trieben. »Sex! Immer geht alles nur um Sex!«

»Sex gehört eben zur Liebe dazu, und ich liebe ihn wirklich, weißt du!« Helen sagte es freundlich und mit einer gewissen Würde. »Es würde nicht funktionieren, wenn wir zusammenlebten. Wir sind beide in unserer Lebensweise sehr eingefahren, und wir wollen den anderen auch nicht ständig um uns haben.«

»Willst du mir damit sagen, dass es tatsächlich nur um Sex geht? In deinem Alter?«

»Du kennst doch das Sprichwort … die Jugend weiß nicht wirklich etwas damit anzufangen …«

»Ich will nichts mehr dazu hören! Ich dachte, wenn man älter wird, wird man auch vernünftiger – aber wo ich auch hinschaue, sehe ich Leute mittleren Alters, die es eigentlich besser wissen müssten, als in Unterwäsche herumzulaufen und sich wie aufgeregte Teenager zu benehmen.«

Helens Mundwinkel zuckten. »Ja, aber was ist so schlimm daran? Paul und ich, wir mögen Sex. Seine Frau will nicht mehr – zumindest nicht mit ihm –, und mein Mann hat mich verlassen. Wir tun doch niemandem weh.«

»Was meinst du damit: nicht mit ihm? Du willst doch nicht etwa sagen …«

»Moira trifft jemanden in Drayton.«

»Gütiger Gott!« Diese weitere Enthüllung über unansehnliche ältere Menschen, die Sex haben, war zu viel! »Komm mit, Jockie, wir müssen los!«

»Willst du nicht doch einen Tee trinken?«

»Danke, aber ich fürchte, ich habe zu viel zu tun.« Stolz trat Barbara hinaus in den Regen.

Helen hatte sie enttäuscht. Sie war nicht die Frau, für die Barbara sie gehalten hatte. Diese schmutzige Affäre mit Paul, dem musikalischen Arzt, schien Helens gesamtes Leben in Frage zu stellen. Sie hatte sich wegen Hugh so mitfühlend gegeben und war selbst die ganze Zeit nicht besser gewesen als ihre Cousine Laura! Barbara fand das unglaublich verletzend. Sexbesessen zu sein lag dort wohl in der Familie.

Barbara stapfte durch Matsch und Pfützen und wich vorbeifahrenden Autos an den Straßenrand aus, so gut es ging, um nicht von oben bis unten nassgespritzt zu werden. Endlich gelangte sie zur Mühle. Sie fühlte sich erneut betrogen von diesem Ort, der ihr sein hässlichstes Gesicht zeigte. Der holprige Weg hatte sich in eine sumpfige Brühe verwandelt; im Hintergrund brodelte der angeschwollene Fluss. Sie stol-

perte in den Schutz des Wohnwagens, setzte sich hin und lauschte dem Regen.
Sie hatte nichts zu tun. Für die nächsten Gott-weiß-wie-viel Stunden war sie dazu verdammt, mitten in diesem morastigen Meer herumzusitzen – mit einem gelangweilten Labrador als einzigem Gefährten. Normalerweise würde sie jetzt die Bauarbeiten begutachten oder mit Jock durchs Dorf spazieren, das Gemeindeblatt unter dem Arm, oder in Cambridge (manchmal auch London, da Purvis der einzige vernünftige Laden in Cambridge war und sie dort nicht mehr hingehen konnte) nach interessanten Stoffen oder ausgefallen Küchenutensilien Ausschau halten. Oder sie würde mit Helen plaudern – in letzter Zeit hatte sie sich von Helen ziemlich abhängig gemacht.
Warum hat sie mir nichts von Paul erzählt? Dachte sie, ich würde es nicht verstehen? Tja, da hatte sie recht, ich verstehe es auch nicht.
Ich verstehe gar nichts mehr.

In ihrem Traum bellte Jock, und jemand hämmerte gegen die Tür. Schläfrig öffnete Barbara die Augen. Im Wohnwagen war es stockdunkel. Draußen heulte der Wind und prasselte der Regen. Sie war Mrs. Noah in der schwimmenden Arche (und sie hätte sich dieser Herausforderung durchaus gestellt; sie hatte schon immer ein Händchen für Tiere gehabt).
Jock bellte. Sie wurde etwas wacher und streckte die Hand aus, um die Lampe einzuschalten.
»Barbara!« Jemand rief über dem Lärm des Unwetters hinweg ihren Namen. »Barbara! Kannst du mich hören?«
Das war Jeff. Wie spät war es nur? War es Tag? In ihrem Kopf drehte sich alles. Sie wusste nicht mehr genau, wie man aufstand. »Einen Moment!«, rief sie.

Ihre Beine waren schwach, funktionierten aber noch. Sie stolperte zur Tür, um sie zu öffnen, und wurde von einem heftigen Windstoß beinahe umgeworfen.

Jeff sprang in den Wohnwagen und stemmte sich von innen gegen die Tür, um sie zu schließen. Er war triefnass. Das Wasser rann von seiner Wachstuchjacke und den dicken Gummistiefeln hinab und durchweichte die Zeitungen, die Barbara auf dem Boden ausgebreitet hatte. »Himmel nochmal, was für eine Nacht! Ist bei dir alles in Ordnung?«

»Ja, es geht mir gut. Was ist los?«

»Der Fluss ist noch weiter gestiegen. Ich musste hindurchwaten, um zu dir zu kommen. Das Wasser steht schon bis zu deiner Treppe. Ich habe mir Sorgen um dich gemacht.«

»Das ist schrecklich nett von dir.« Barbara setzte sich, und die Welt hörte auf zu schlingern. »Aber wie du sehen kannst, gibt es keinen Grund, sich Sorgen zu machen.«

»Und was, zum Teufel, ist das hier?« Er hob die Weinflasche an.

»Das ist ein sehr leckerer Rotwein vom Gut der Amaurys, Delphine hat ihn mir geschenkt. Möchtest du etwas?«

»Barbara, meine Güte! Hast du das alles allein getrunken?«

Sie dachte nach und erinnerte sich daran, die Flasche geöffnet zu haben. »Ja.«

»Verbringst du jeden Abend auf diese Weise?«

»Natürlich nicht!« Die Beleidigung ernüchterte sie etwas. Blinzelnd sah sie auf ihre Uhr. »Halb eins! Ich muss eingenickt sein.«

»Wahrscheinlich eher umgekippt.«

»Ach, nun übertreib mal nicht. Es ging mir nicht besonders, das war alles.«

»Wo ich schon mal da bin, kann ich dir ja einen Tee kochen.« Jeff klang jetzt bedeutend freundlicher.

»O danke, sehr gern.« Barbara nahm eines der hübschen Kissen aus ihrem alten Schlafzimmer und klemmte es sich hinter den Rücken. Ihr Mund fühlte sich an wie Sandpapier. Plötzlich merkte sie, wie sehr sie sich freute, Jeff zu sehen. Sie freute sich außerordentlich. Auch Jock schien sich zu freuen; dankbar leckte er Jeffs Hand.
Jeff kochte zwei Becher Tee und setze sich zu Barbara an den Tisch. Im schwachen Schein der Lampe lauschten sie dem Sturm.
»Als nun ein Platzregen fiel und die Wasser kamen«, deklamierte Jeff, »und die Winde wehten und stießen an das Haus an, da fiel es ein, weil es auf Sand gebaut war.«
»Bitte?«
»Das steht in der Bibel.«
»O ja. Wir haben immer ein Lied darüber gesungen, im Kindergottesdienst.« Ihr Körper sog den Tee auf wie ein Schwamm; ihr Mund wurde kaum feucht davon.
»Warum ging es dir nicht besonders?«
»Hm?« Sie hatte das Gefühl, Jeff einholen zu müssen wie einen Fisch an der Angel.
»Was war der Grund, weshalb du so viel getrunken hast?«
»Alles ist beschissen, das war der Grund.« Vor Jeff musste sie die Wahrheit nicht beschönigen. »Die Dachbalken sind morsch, und es wird ein Vermögen kosten, sie zu ersetzen, und Hugh will mir kein Geld mehr geben. Das bedeutet, dass ich mir nur die Renovierung des winzigen Wohnhauses leisten kann. Und das bedeutet, dass ich keinen Platz für die Chorproben habe und meinen Stand im Chor verlieren werde! Wenn ich daran denke, dass ich es war, die diesen blöden Chor aus dem Nichts aufgebaut hat …! Tja, das ist alles Hughs Schuld. Sex! Am Ende geht es immer nur um Sex … Lachst du mich etwa aus?«

»Keineswegs, ich bin voller Mitgefühl. Möchtest du mehr Tee?«

»O Gott, ja! Ich bin ganz ausgetrocknet. Ich weiß, ich hätte nicht den ganzen Wein trinken sollen. Er hat mir nicht mal geschmeckt. Ich war so sauer, weil … na ja, ich will nicht ins Detail gehen, aber ich hatte einen kleinen Streit mit Helen. Ehrlich gesagt, hat sie mich schwer enttäuscht.«

»Was hat sie getan?«

Es stand ihr nicht zu, jedermann Helens schamloses Geheimnis zu offenbaren. »Sagen wir einfach, sie hat es versäumt, mir etwas Wichtiges mitzuteilen. Ich dachte, wir wären gleicher Meinung zu … zu einem bestimmten Thema.«

»Oh, ich verstehe«, sagte Jeff. »Du hast das mit Paul erfahren.«

Damit hatte sie nicht gerechnet. »Du wusstest davon?«

»Ich nahm an, du wüsstest es auch. Es ist kein wirkliches Geheimnis.«

»Ist es nicht? Warum hat sie es mir dann nicht gesagt?«

»Weil du das mit dem Sex nicht verstehst.«

»Was soll das heißen? Natürlich verstehe ich das. Ich habe zwei Kinder.«

»Delphine sagt, dein Problem sei, dass du dich und deine Gefühle immer voll unter Kontrolle haben musst.«

Barbara war höchst verärgert und immer noch benebelt vom Wein, und sie brauchte ein paar Sekunden, um diese Aussage zu verarbeiten. »Delphine?«

»Sie kam letzte Woche ins Pub, als sie hier die Fotos gemacht hatte, und wir haben etwas zusammen getrunken.«

»Aber … das hat sie mir gar nicht erzählt!«

»Ich fand, dass sie das gut beobachtet hat. Du bist immer sehr schnell darin, Leute zu verurteilen, die ihren Impulsen nachgeben … ihren fleischlichen Gelüsten folgen, wenn du es so ausdrücken willst. Und ich kann es mir nur so erklären, dass du es einfach nicht verstehst. Ich wette, du hast nie mal etwas auch nur annähernd Abartiges gemacht.«

»Abartig?«

»Guck nicht so entsetzt! Ich spreche nur von geringfügig Abartigem. Oralsex, zum Beispiel.«

Barbara wand sich. »Nein, das habe ich noch nie gemacht.«

»Tja, das tut mir sehr leid für dich, denn es macht höllischen Spaß. Hast du eigentlich irgendwas gegessen?«

»Ja. Nein.« Sie hatte vorgehabt, einen Thunfischsalat zu essen, aber der Wein hatte sie ganz davon abgelenkt.

»Das ist deine Keksdose, oder? Hier, nimm einen Keks oder so etwas. Und werd um Himmels willen nicht zur Alkoholikerin!« Er stellte ihr die Keksdose und einen weiteren Becher Tee hin. »Das ist nicht dein Stil.«

In Barbaras Kopf schwammen alle möglichen Argumente und Fragen herum, aber sie bekam sie nicht zu fassen. Sie aß einen Ingwerkeks. Ihre Gedanken blieben am Oralsex hängen, und eine Erinnerung trieb an die Oberfläche. »Er wollte das mit dem Oralsex machen«, sagte sie. »Hugh – als wir frisch verheiratet waren. Er schlug es mir vor, und ich war entsetzt. Ich war furchtbar durcheinander, ich dachte, er müsse pervers sein. Es war mir viel zu peinlich, als dass ich mit meiner Mutter hätte darüber reden können, also vertraute ich mich der Pfarrersfrau an.«

»Hat sie gesagt, du würdest in der Hölle schmoren?«

»Nein, überhaupt nicht, sie war sehr freundlich. Sie hielt einen Vortrag über Treue und das gegenseitige Achten des Körpers und versicherte mir, dass Oralsex für Verheiratete völlig normal sei – und das machte es nur noch schlimmer, weil ich dann das schreckliche Bild vor Augen hatte, wie sie dem Pfarrer sein Ding lutscht.«

Jeff lachte lauthals los. »Barbara, du bist phantastisch!«
»Ich weiß, dass du mich für dumm hältst, aber das ist mir egal. Wie hast du das von Helen und Paul erfahren?«
»Paul hat es mir gesagt.«
»Es verletzt mich, dass Helen mir nichts gesagt hat.«
»Was hättest du erwidert?«
»Na ja … Ich hätte ihr vermutlich geraten, damit aufzuhören.«
»Da hast du's – sie wollte nicht aufhören. Und du hast nichts gemerkt, weil du zu sehr damit beschäftigt warst, sie von oben herab zu behandeln.«
»Du findest, dass ich Helen von oben herab behandle? Das ist absoluter Blödsinn, ich gebe mir riesige Mühe, nett zu ihr zu sein. Sie war am Boden zerstört, als Tony sie verließ.«
»Ja, und jetzt ist sie glücklich. Sie und Paul wollen nicht als Paar zusammenleben – das war nie ein vorrangiges Ziel für sie, so wie bei dir.«
»Das stimmt, ich vermisse es, Teil eines Paars zu sein«, sagte Barbara. »Hugh selbst vermisse ich eigentlich überhaupt nicht – aber den Status, der damit einherging, dass ich seine Frau war. Als Mrs. Hugh Purvis war ich einfach jemand.«
»Du bist immer noch jemand, du Dummerchen.«
Es war eine freundliche Beleidigung, die man leicht ignorieren konnte. »Es schien heute alles auf einmal über mich hereinzubrechen … der Regen und dass Tiggy die Chorproben in ihrem Haus abhalten will … das verdammte Dach … dieser blöde Wohnwagen. Ich dachte, ich würde alles richtig machen – wie konnte das jetzt nur so enden?« Wegen alledem hatte sie schon geweint, während sie auf ihrem furchtbar verschwommenen Fernseher einen Krimi angeschaut hatte; sie hatte keine Tränen mehr. Jetzt war sie nur noch ratlos. »Das mit dem Wein schien einfach eine gute Idee.«

»Es hat sehr wehgetan, oder?«
»Ich habe so viel Energie in dieses Dorf gesteckt. Und jetzt scheine ich nicht mehr zu zählen.«
»Natürlich tust du das – und was soll dieses ganze Gerede über das Dach?«
Barbara erzählte ihm von den kaputten Dachbalken und den ganzen Kosten, und Jeff hörte aufmerksam zu und aß ein paar Kekse, während sie all die Opfer auflistete, die sie bringen müsste, um es sich leisten zu können. Voller Verzweiflung klagte sie über das kleine Wohnhaus der Mühle. »Es ist kaum größer als dieser Wohnwagen! Ich habe dann nur eine Mini-Küche, ein winziges Wohnzimmer, und was soll ich mit meinen ganzen Möbeln machen? Aber ich höre lieber auf, sonst denkst du noch, ich bin verwöhnt.«
»Nein, das denke ich nicht. Es tut mir leid, dass ich dir eine solche Bruchbude verkauft habe.«
»Ach, das ist doch nicht deine Schuld. Ich habe, Gott weiß, genug Gutachter bezahlt, die vorher überall herumgekrochen sind.«
»Trotzdem«, meinte Jeff. »Trotzdem … Aber das Häuschen ist gar nicht so schlecht, weißt du. Wir haben uns damals sehr wohl darin gefühlt.«
Bevor Olivia schwer krank geworden war, hatten draußen überall Blumenkästen gestanden. Barbara erinnerte sich an ihren ersten neugierigen Besuch, bei dem sie den Gemeindebrief verteilt hatte. Es war unaufgeräumt und provisorisch gewesen, hatte jedoch einen gewissen unkonventionellen Charme verbreitet. »Fehlt es dir?«
»Ich weiß nicht. So, wie es damals war, vielleicht. Hast du versucht, Tallen herunterzuhandeln?«
»Nein … Ich will nicht, dass er an allen Ecken und Enden Einsparungen vornehmen muss …«

»Ach, du liebe Zeit ... Warum gibst du ihm nicht gleich deine Kreditkarte? Er knöpft dir sicher viel zu viel ab ... Ich werde mit ihm reden.«
»Ich glaube nicht, dass das etwas bringen wird. Ich muss einfach akzeptieren, dass ich das Haus, das ich wollte, nicht haben kann. Es haben sowieso alle gesagt, es sei viel zu groß für mich.«
Sie schwiegen eine Weile. Der Regen trommelte auf das dünne Dach.
Dann sagte Jeff: »Verkauf mir das Häuschen.«
»Was?«
»Wenn ich das Häuschen kaufe, kannst du dir dein Traumhaus in der Mühle leisten ... Das ist eine sehr gute Idee, Barbara.« Er lehnte sich über den Tisch. »Ich hoffe, du bist nüchtern genug, um mein Angebot schätzen zu können.«
»Sei nicht albern.«
»Nein, tu das bitte nicht gleich ab. Teil das Grundstück einfach in zwei Bereiche auf – du müsstest dich nur damit abfinden, dass ich neben dir wohne ...«
»Wie schrecklich ... nein, das wäre dumm.«
»Barbara, das ist kein Scherz.« Er war geschäftsmäßig ernst. »Es wäre auch in meinem Interesse. Ich muss irgendwo unterkommen.«
Barbara betrachtete seinen Vorschlag von allen Seiten. Der alte Wirtschaftsbereich der Mühle war groß genug, um ein grandioses Haus daraus zu bauen, selbst ohne das Wohnhäuschen. Wenn sie das Häuschen verkaufte, könnte sie ihren großen Salon haben und dazu geräumige Schlafzimmer und Badezimmer. Andererseits würde sie mit Jeff Wand an Wand wohnen. »Ich dachte, du hasst es dort.«
»Ganz so ist es nicht. Ich habe das gehasst, was daraus geworden war. Gleichzeitig hatte ich aber keine Lust, ohne

Olivia etwas daraus zu machen, und ich konnte mich nicht dazu durchringen, das Haus in Pimlico zu verkaufen.«

»Hast du das denn immer noch?«

»Ich hatte es an einen ehemaligen Kollegen vermietet, der es jetzt aber gekauft hat. Eine Zeitlang wusste ich nicht, ob ich wieder in meine alte Stellung zurückkehre. Ich musste eine bestimmte ziemlich delikate Situation aussitzen. Darum hatte ich mich gerade gekümmert, als wir uns in London trafen. Mein Ruf im Amt wurde wiederhergestellt, was meinen Wünschen entsprach. Und ich habe vorzeitigen Ruhestand genommen, was ihren Wünschen entsprach.«

»Wessen? Meinst du das Außenministerium?«

»Ich darf nicht mehr sagen, ohne meine Schweigepflicht zu brechen.«

»Du meine Güte, das ist ja wie bei James Bond.«

Er lächelte. »Der Punkt ist, dass meine Lebensumstände sich jetzt geändert haben. Ich bin offiziell in Pension, ich habe mein Haus verkauft, ich bin obdachlos. Verkauf mir das Wohnhaus der Mühle.«

Barbara ließ sich die Sache durch den Kopf gehen. »Du willst doch sicher nicht so dicht bei mir wohnen.«

»Wie kommst du denn darauf? Du bist so ungefähr der einzige Mensch auf der Welt, den ich als Nachbarn ertragen könnte. Denk einfach darüber nach – ich kann nicht ewig im Pub wohnen bleiben.«

»Ich weiß nicht …«

»Ich werde dich auch nicht daran hindern, Sex zu haben – außer mit Sam Tallen.«

»Ach, damit kannst du aufhören! Seit eurem dummen Showdown hat er mir kaum mehr guten Tag gesagt. Der hatte echt Nerven, sich gleichzeitig mit dieser anderen Frau zu treffen – er hat es nie geleugnet, weißt du?«

»Hat es dich verletzt?«
»Nein. Ich weiß auch gar nicht mehr, warum ich ihn so toll fand. Er ist kein bisschen mehr nett, seit mir das Geld ausgegangen ist.«
»Was redest du nur immer von Geldproblemen, Barbara? Ich denke, du hast das halbe Herrenhaus ausbezahlt bekommen und erhältst großzügigen Unterhalt?«
Sie seufzte. Sie fühlte sich müde, aber erstaunlich gelassen, als ob ein Kampf geendet hätte. Jeff wirkte stark, und neben ihm fühlte sie sich sicher. »Du wirst sagen, dass ich dumm bin.«
»Tja, nun … vielleicht. Hast du die einzige Kuh der Familie für eine Handvoll Zauberbohnen verkauft?«
»Mir war nicht klar, wie ungerecht das Gesetz ist. Offenbar begünstigt es Leute, die Ehebruch begehen. Ich hatte angenommen, ich würde automatisch die Hälfte von Hughs Geld bekommen.«
»Aha. Tja, das war wirklich sehr dumm.«
»Und Hugh ist steinreich – auf dem Papier jedenfalls.«
»All die teuren Büchsen mit Stilton«, sagte Jeff, »all die Dosen Früchtebrot und die kleinen Gläser scheißteurer Orangenmarmelade – was wären Flughafenshops nur ohne sie? Matthew Purvis und Söhne, Lieferanten extravaganter Nahrungsmittel an feine Pinkel, seit der erste Mensch aus dem Urschleim kroch … Ja, Hugh muss einige Batzen Geld beiseitegeschafft haben.«
»Ich dachte, unsere Vereinbarungen waren nur eine Art Kompensation dafür, was er mir angetan hat. Ich hätte nie gedacht, dass ich vom ganzen Rest nichts mehr bekomme.«
»Tja, so funktioniert das leider nicht.«
»Das sollte es aber.«
»Mach dir keine Gedanken«, sagte Jeff. »Wenn du mir das

Häuschen verkaufst, kannst du deine Machtposition im Chor zurückerobern. Diese Tiggy Venables kann dann nicht mehr mithalten.«

»Das stimmt, Tiggys Wohnzimmer ist nämlich nicht groß genug, egal, was sie sagt. Und ihr Klavier ist ein grässliches Pianino.«

»Du siehst also … die Versuchung ist da!«

Barbara sah ihn an. Sie versuchte, richtig zu fokussieren. Er hatte hübsche Augen. »Du siehst gar nicht aus wie ein Kamel.«

»Danke.«

»Ich weiß, dass du mich insgeheim auslachst.«

Er schmunzelte. »Ich kann nicht anders. Du hast wirklich Seltenheitswert, Barbara. Hugh war verrückt, dich gehen zu lassen – Frauen wie dich gibt es nicht mehr. Du bist eine der letzten feinen kleinen Frauen, Bewahrerinnen von Heim und Herd. Frauen wie du sind dafür gemacht, ein wunderbares Zuhause zu schaffen und dem Mann den Feierabend zu versüßen. Es ist nicht fair, wenn ihr für euch selbst sorgen müsst.«

»War Olivia auch so?«

»Ach, die arme Olivia … Sie war jemand, der ganz darin aufging.«

»Manchmal redest du ein bisschen gemein von ihr, aber ich glaube, du hast sie aufrichtig geliebt.«

»Wenn du die Menschen besser einschätzen könntest, wüsstest du, dass ich sie vergöttert habe.«

Ein Donnerschlag krachte genau über ihnen. Jock bellte und schob sich zwischen Barbaras Beine hindurch unter den Tisch.

»Ich glaube, das habe ich gewusst. Du warst so … Es war furchtbar, als sie starb.«

»Es war kaum zu ertragen … Sie war gerade erst zurückgekommen. Unser neues Leben. Es war wie ein schlechter Scherz. Und du hast mir Essen gebracht.«

»Es war das mindeste, das ich tun konnte.«

»Du hast dich nicht abschrecken lassen. Du bist ein gütiger Mensch, Barbara, und das ist heutzutage sehr selten.«

»Ich konnte dich doch nicht verhungern lassen.« Sie versuchte, normal zu sprechen, aber nach seinem Kompliment wäre sie am liebsten in Tränen ausgebrochen. Es war das erste wirklich Nette, das ihr seit urlanger Zeit jemand gesagt hatte. Hugh, die Kinder, ihre Anwältin und Sam Tallen hatten sie wie eine Idiotin behandelt. »Nachbarn sollten einander helfen.«

»Du hast mir jedenfalls geholfen, auch wenn ich das nie gesagt habe.«

»Da bin ich froh.«

»Und heute bin ich gekommen, weil auch ich nachbarschaftliche Hilfe anbieten wollte. Im Ernst, der Fluss ist mächtig angestiegen – die halbe Straße steht schon unter Wasser.«

Barbara zuckte mit den Schultern. »Ich bezweifle, dass wir davontreiben werden.«

»Ich sollte dich jetzt schlafen lassen, aber ich lasse dich hier nicht gern allein. Komm doch mit mir – Sheila hat genug Platz für dich und Jock. Oder wir wecken Helen auf.«

»Ach, das geht schon. Und Helen will ich auf keinen Fall stören. Du findest, dass ich gemein zu ihr war, oder?«

»Du hast sie schon ein wenig verurteilt. Man kann nicht allen dieselbe Moral aufdrücken.« Er stand auf, zog die nasse Jacke wieder an und nahm seine Taschenlampe. »Geh morgen früh nicht allein raus. Ich komme und hole dich.«

»Ach, nein, das musst du nicht.«

Jeff öffnete die Tür, und der Wind riss sie ihm aus der Hand.

Plötzlich begriff Barbara, wovon er gesprochen hatte. Im Licht, das aus dem Wohnwagen nach draußen fiel, sah sie braune Wellen an ihre Treppe schlagen.
Ein weiterer Donnerschlag krachte. Sie schrie auf und klammerte sich an Jeff fest. Noch während er die Tür von innen zuzog, schlang er den anderen Arm um Barbara und küsste sie.

Kapitel 26

Letitia spazierte ans Ende des Gartens mit seinem herrlichen Ausblick auf Wälder, Hecken und Felder. Als Londonerin konnte sie gar nicht genug davon bekommen – wie schön, wenn man das jeden Tag hatte! Es war ein träger, golden glänzender Sonntagnachmittag im Sommer, ruhig und still. Colin und sie waren zum Mittagessen nach Moxon Lodge gefahren – Hugh hatte Roastbeef gekocht und Laura alles andere aus Paketen von Purvis ausgepackt. Letitia fühlte sich satt und vom Wein leicht benommen und war froh, nicht selbst nach Hause fahren zu müssen.

Auf dem leicht feuchten Rasen vor dem Haus tollten Colin und Hugh mit Fanny herum. Amüsiert beobachtete Letitia die beiden; sie waren sich so ähnlich. Hugh war stolz darauf, wie er die jungen Liebenden wieder zusammengebracht hatte – als hätte er das Ende von Romeo und Julia neu geschrieben. Letitia war sehr gerührt, auch wenn es ihr hier ein wenig peinlich war. Dies war das erste Mal, dass sie Hugh und Laura als etabliertes Paar erlebte. Sie wirkten sehr glücklich, und das war seltsam, weil die meisten Paare ihres Alters nicht mehr verliebt waren. Hugh und Laura waren mit ihren Liebesbekundungen sehr diskret, dennoch war das ganze Haus von ihrer Liebe durchtränkt. Man musste sich zwangsläufig fragen, wie es wohl auf ihre Kinder wirkte.

Sarah kam mit zwei Bechern Tee aus dem Haus und ging zu Letitia. »Kein Zucker, oder?«

»Ja, danke.« Letitia fühlte sich in Gegenwart von Colins Schwester etwas unwohl. Sie hatten sich nie richtig unterhalten, und Colin hatte selbst zugegeben, dass er sie nicht so gut kannte wie er sollte. »Ist das nicht ein toller Ausblick?«

»Herrlich! Dad sagt, wenn er nicht schlafen kann, geht er raus und beobachtet den Sonnenaufgang.«

»Wunderbar.« Letitia fragte sich, was Hugh wohl vom Schlaf abhielt. »Das ist ein außergewöhnlicher Ort.«

»Ja, die beiden sind sehr zufrieden.« In ihrer Stimme lag ein säuerlicher Unterton. »Ich bin das Einzige, was das perfekte Bild stört. Das weiß ich genau, obwohl sie viel zu höflich sind, es laut zu sagen.«

»Hugh scheint aber froh zu sein, dass du hier bist.«

»Familiengeschichtlich betrachtet bin ich sein Liebling«, erwiderte Sarah, »so wie Fanny sein Lieblingshund ist. Aber das heißt nicht, dass er es toll findet, wenn ich in seinem Liebesnest herumhänge.«

Sie spielte auf Intimitäten zwischen den beiden an, was Letitia in Verlegenheit brachte. »Das ist sicher nicht leicht für dich. Sogar Colin sieht das ein.« Colin hatte zugegeben, dass er sich anstrengen musste, um Sarah gegenüber fair zu sein.

»Bei einem Elternteil zu leben macht mich irgendwie zum Kind – ich glaube, deswegen habe ich auch so lange gebraucht, um mich wegen Delphine zu beruhigen. Dass ich wieder arbeite, hilft mir sehr, aber die Fahrerei macht mich noch verrückt – du glaubst nicht, was da für ein Verkehr ist!«

»Wie läuft es denn? Die Arbeit, meine ich.«
»Sehr gut, wie ich finde.« Über Sarahs rundes, ernstes Gesicht huschte ein Lächeln. »Wir klingen toll zusammen. Teil dieses Klangs zu sein ist manchmal besser als Sex.«
»Oh, das kenne ich … Wenn ich im Chor singe, geht es mir genauso.«
»Aber du willst Anwältin werden, oder?«
»Ja, das ist der Plan.«
»Hast du nie daran gedacht, professionell zu singen?«
»Nein. Ich meine, ich habe nie darüber nachgedacht.«
»Gut genug wärst du«, meinte Sarah. »Du hast eine schöne Stimme.«
»Danke.«
»Und das sage ich nicht aus Höflichkeit – eine Musikerkarriere mag ich eigentlich niemandem wünschen. Ich glaube nicht, dass Colin sie sehr vermisst.«
»Er sagt, er spielt lieber für sich allein«, entgegnete Letitia. »Er genießt es, nicht mehr auftreten zu müssen.«
»Das geschieht Mum ganz recht – all die Jahre, die sie mit ihrem genialen Sohn geprahlt hat! Hast du sie in letzter Zeit gesehen?«
Letitia hatte alles über das Drama gehört, warum Sarah nicht mit ihrer Mutter sprach. »Ja, sie war letztes Wochenende abends mal zum Essen bei uns.«
»Hat sie dir verziehen, dass du nicht Daisy Trounce bist?«
»Ich glaube schon. Sie war sehr nett.«
»Sie war wegen Daisy schwer enttäuscht, musst du wissen. Sie hatte sich schon ausgemalt, wie Colin im stattlichen Trounce Park heiratet.«
»Sie sagt, dass sie dich vermisst.«
»Ich weiß, Colin hat das auch schon gesagt.« Sarah trank einen Schluck Tee. Sie schien plötzlich düsterer Stimmung

zu sein. Wie Colin sagte, musste sie bei allem immer den schwersten Weg wählen. »Ich vermisse sie auch. Kaum zu glauben, oder? Sie hat mich in den Wahnsinn getrieben – im wahrsten Sinne des Wortes! Ich habe sie permanent enttäuscht, und sie hat sich nie die Mühe gemacht, es zu verbergen. Ich war zu ungeschickt fürs Ballett und zu dick für mein Pony – meine Musik war das Einzige, was sie an mir mochte, und selbst da dachte sie immer, ich sei nichts gegen ihr Wunderkind Colin. Wegen ihr bin ich zur Neurotikerin geworden, mit Tendenz zu Gewalt und dem Selbstwertgefühl einer Amöbe. Und trotzdem merke ich, dass ich sie wiedersehen will. Hat sie was über Delphine gesagt?«

»Sie fände es wunderbar, wenn du dich wieder mit Delphine versöhnen würdest – sie mag sie sehr gern.« Letitia fand Barbaras Vorliebe für Delphine, offen gesagt, befremdend – als hätten sie und Laura die Töchter getauscht.

»Ich weiß, das ist eine verrückte Situation. Und es ist hauptsächlich mein Fehler. Ich kann nicht weiter hier wohnen und Delphine davon abhalten, ihre eigene Mutter zu besuchen. Ich liebe sie immer noch – die Trennung hat mich nicht von ihr geheilt. Aber das kennst du ja vermutlich. Du musst Colin auch vermisst haben, als ihr getrennt wart. Ist es denn jetzt so, wie du erwartet hast?«

Die Frage war indiskret und schwer zu beantworten, aber Letitia merkte, dass es Sarah ernsthaft interessierte. »O ja. Diesmal ist es sogar noch besser. Als ich wieder mit Sebastian zusammenkam … na ja, wir hatten nie wirklich Spaß zusammen. Colin kann mich zum Lachen bringen. Und eine Million anderer Sachen.« Sie hatten ihre alte Vertrautheit mit wunderbarer Leichtigkeit wieder aufgenommen. Neben Colin aufzuwachen, an jenem ersten Morgen, hatte sich ganz und gar richtig angefühlt. Warum dagegen ankämpfen? Zwei Tage später war sie bei ihm eingezogen. Wenn sie heute Abend nach Hause kämen, würde sie ein paar Stunden arbeiten, während Colin seine Hemden für die Woche bügelte und Spaghetti bolognese für das Abendessen kochte (das einzige Gericht, das er konnte, dafür aber sehr gut). In ihrem ganzen Leben war sie nie glücklicher gewesen.

»An Delphine vermisse ich auch eine Million Sachen.«

»Laut Barbara will sie wieder zu dir zurück.«

»Ja«, bestätigte Sarah, »sie hat eine Rückgewinnungskampagne eröffnet. Sie lungert vor den Proberäumen herum. Letzte Woche hat sie mir einen Strauß Rosen geschickt.«

»Oh – und wirst du nachgeben?«

»Wahrscheinlich. Ich bin zwar sicher, dass sie mich wieder betrügen wird – Laura sagt, in dieser Beziehung sei sie wie ihr Vater –, aber ich glaube, ich liebe sie genug, um das auszuhalten. Ich will mit ihr zusammen sein, und ich nehme alles, was dazugehört. Ich meine, ich werde wütend sein, wenn sie es wieder tut, aber ich werde mich bemühen, nichts nach ihr zu werfen.«

Du meine Güte, dachte Letitia, was für eine Art zu leben! Fremdgehen auf der einen Seite und Bügeleisenwerfen auf der anderen. Manche Paare schienen Katastrophen geradezu zu lieben!

Nachdem Sarah sich umgedreht und wieder ins Haus gegangen war, kam Colin zu Letitia gelaufen.

Er legte ihr den Arm um die Taille. »Geht es dir gut?«

»Ja, danke.«

»Sie hat dir doch keine Angst gemacht, oder?«

»Nein. Sie hat sich nur nach Barbara erkundigt, und ich glaube, sie will sich wieder mit ihr versöhnen.«

»Heiliger Pisspott, dann können wir ja endlich alle mit un-

serem Leben weitermachen. Willst du jetzt flüchten, oder können wir noch ein bisschen länger bleiben?«
Letitia strich über sein Haar, das nach dem Stoppelschnitt, den Colin für das Geschäft als angemessen erachtet hatte, allmählich wieder länger und ansehnlicher wurde. Sie hatte ihm verboten, es erneut ohne ihre Erlaubnis zu schneiden.
»Du willst wohl noch zu deinem Bechstein.«
»Würde es dir etwas ausmachen? Bleibt noch genug Zeit zum Arbeiten, wenn wir erst in einer Stunde fahren?«
»Du weißt ganz genau, wie gern ich dich spielen höre. Dann bin ich wie Wachs in deinen Händen. Bis ans Ende der Welt würde ich gehen und durch loderndes Feuer.«
»Habe ich dir in letzter Zeit mal gesagt, dass ich dich wirklich gern mag?«
»Du hast heute Morgen so etwas erwähnt, als du aus der Dusche kamst und ein Handtuch über deine Erektion gehängt hattest.«
»Ja, auf Partys kommt das immer gut an.« Er nahm ihr den Becher ab und umschlang sie mit beiden Armen. »Ich liebe dich.«
»Colin! Letitia!«, rief Sarah von der Tür aus.
»Na, toll«, murmelte Colin. »Perfektes Timing, wie immer. Wo ich gerade einen Anfall von Romantik habe!«
»Colin, ich brauche dich als Begleitung zum Spielen.«
Colin nahm Letitias Hand, während sie über den Rasen gingen.
»Ich habe die Noten der Frühlingssonate gefunden«, sagte Sarah, »und Dad hat uns Weihnachten doch nicht gehört.«
»Es wäre dann der perfekte Zeitpunkt, ihn wegen Italien zu fragen«, meinte Letitia, »wenn er gerührt ist.« Sie war entschlossen, noch vor Ende des Sommers mit Colin zusammen nach Italien zu reisen.

»Keine Sorge, er wird uns schon fahren lassen.«
Sarah hatte ihre Geige unter den Arm geklemmt. »Hör auf, sie abzuschlecken, Colin.«
»Tu ich doch gar nicht – sei nicht eklig.«
»Das passt übrigens sehr gut zu euch. Dad und Laura erleben eine Herbstsonate, aber ihr zwei genießt definitiv den Frühling.«

»Wundervoll ist dieser Morgen«, sang Barbara in ihrem hellen, klaren Sopran das Eröffnungslied aus »Oklahoma!«, »wenn sich die Sonne erhebt.« Draußen vor dem Fenster glitzerte das Sonnenlicht auf den nassen Blättern. »Frei fühlt das Herz sich von Sorgen ...«
Wenige Meter entfernt, aus der kleinen Schuhschachtel von Schlafzimmer, setzte jemand mit brummiger Bassstimme fort: »... alles ist glücklich, was lebt!«
Die Erinnerung an letzte Nacht kehrte zurück und ließ Barbara erröten. Etwas Derartiges hatte sie in ihrem ganzen Leben noch nicht getan! Sie hatten gerauft und gerungen, während der Platzregen fiel und die Wasser kamen, und hatten es am Ende nur halb ausgezogen gemacht – nicht »Liebe«, sondern etwas viel Verruchteres, Hungrigeres, Wilderes und Besseres.
»Ich habe das schon seit Monaten vorgehabt«, hatte er ihr ins Ohr geflüstert. »Leg dich hin und denk an die Mühle.«
Barbara hatte sich selbst obszöne Dinge sagen hören, die bei Hugh einen Herzinfarkt ausgelöst hätten. Sie hatte das Gefühl, als wäre jede einzelne Zelle ihres Körpers gereinigt und poliert worden. Ihr Blut kam ihr dünn und blubbernd vor, als würde es durch ihre Adern strömen wie Champagner.
»Du bist wach«, sagte sie.
»Es scheint so.«

»Ich koche Tee.«
Der Wohnwagen war so klein, dass sie deutlich spürte, wie Jeff aus dem Bett stieg. Er kam in den Wohnbereich und zog sich die Hose an. Barbara wartete auf einen Anflug von Verlegenheit, doch dann merkte sie, dass es ihr in keiner Weise peinlich war. Sie freute sich, dass er da war, und beobachtete, wie er sein Hemd über der haarlosen, muskulösen Brust zuknöpfte.
Er küsste ihr die Wange. »Guten Morgen. Du siehst unglaublich hübsch aus.«
»Und du siehst aus, als hättest du die Nacht im Gestrüpp verbracht. Ich möchte, dass du losgehst und mehr Milch und die Zeitung holst, aber ich wünschte, du könntest dich vorher rasieren.«
»Ich glaube nicht, dass ich einen Rasierer eingesteckt habe, als ich losging, um dir das Leben zu retten.« Er lehnte sich über ihre Schulter und blickte aus dem Fenster. »Oh, gut! Das Wasser ist ein bisschen zurückgegangen. Es sieht fast aus wie am ersten Tag der Schöpfung.«
»Jeff, hast du immer noch die Absicht, das Häuschen zu kaufen?«
»Ja. Alles, was ich gestern gesagt habe, war absolut ernst gemeint. Einschließlich …« Er neigte den Kopf, flüsterte ihr etwas ins Ohr, und sie kicherte. Dann zog er seine Stiefel und die noch feuchte Jacke an. »Verdammt, wie spät ist es? Ich gehe jetzt. Sag nichts … fettarme Milch und der *Daily Telegraph*?«
»Ja, bitte.«
»Und ich nehme Jock mit, soll ich?«
»Das ist lieb von dir.« Sie beugte sich vor und drückte dem erfreut hechelnden Hund einen Kuss auf den Kopf. »Wenn du zurückkommst, wird er völlig durchgeweicht sein – wir

müssen dafür sorgen, dass er sich hier drin nicht schüttelt.« Als sie den Kopf nach draußen streckte und das braune Wasser ringsherum sah, kicherte sie wieder. »Und tu du das bitte auch nicht – meine Tage in dieser Keksdose sind ein fortwährender Kampf gegen den Dreck.«

Jeff befestigte Jocks Leine, blieb noch einmal stehen, um Barbara zu küssen und um sie liebevoll in den Po zu kneifen, was sie einst als unvorstellbar impertinent erachtet hätte, jetzt aber romantisch fand. Ihr war dieses Konzept vorher nur nicht klargewesen.

Sie lauschte, wie er durch das Wasser watete, und hörte Jock aufgeregt kläffen. Mit leisem Summen stellte sie die Gläser und Becher vom gestrigen Abend in die Spüle und polierte den Tisch, bis er glänzte. Eine große Elster keckelte laut auf einem Ast vor dem geöffneten Fenster.

»Guten Morgen«, sagte Barbara. Man musste einer Elster »Guten Morgen« sagen, sonst brachte es Unglück.

Der Morgen um sie herum glänzte, und sie war beschwingt vor Glück. Siehe, ich mache alles neu.

Ich bin neu gemacht worden, dachte sie. Ich bin sicher, so habe ich mich nach Sex mit Hugh nie gefühlt.

Sie wühlte sich in ihrem notdürftigen Vorratsschrank bis nach hinten durch, um die Kaffeebohnen zu finden, die Delphine bei ihrem letzten Besuch mitgebracht hatte (sie war ausgesprochen gut darin, kleine Aufmerksamkeiten zu verschenken), und kramte hinter dem Gerümpel unter der Spüle die Kaffeemühle hervor, die noch in ihrer Schachtel steckte. Während sie den Kaffee mahlte, klopfte es an die Tür.

»Es ist offen. Das ging aber schnell ... Oh!«

Helen stand im Türrahmen. »Barbara ... Ich wollte nur nachsehen, ob nach dem Sturm bei dir alles in Ordnung ist.«

Sie starrten einander eine Weile schweigend an, bis Barbara schlagartig einfiel, dass sie hier um 11 Uhr morgens nur mit Slip und T-Shirt bekleidet dasaß. O Gott, sie sah jetzt alles in neuem Licht.

»Helen, komm doch rein und trink einen Kaffee mit. Wie du siehst, bin ich nicht weggespült worden.«

»Bevor ich kam, war mir gar nicht bewusst, dass das Wasser so hoch gestiegen ist, sonst wäre ich schon früher gekommen.«

»Gut, dass du es nicht getan hast. Zieh deine Stiefel aus und setz dich hin.«

Helen zog die Gummistiefel aus. »Wo ist Jock?«

»Der ist mit Jeff unterwegs. Sie werden gleich zurück sein.«

»Oh ...«

»Hör zu, Helen, ich muss mich bei dir entschuldigen ... Nein, lass mich ausreden! Ich hätte die Sache mit dir und Paul nicht so verurteilen sollen.«

Helen war verblüfft. »Du brauchst dich wirklich nicht ...«

»Weißt du, ich habe Sex nie richtig verstanden. Offen gesagt, wusste ich nicht, wie toll man sich danach fühlen kann. Wie lange läuft das schon mit euch?«

»Na ja ... ich denke, so etwa zwei Jahre.«

»Zwei Jahre! Und ich hatte nicht die geringste Ahnung!«

»Wir mussten ja auch diskret sein.«

»Aber Jeff scheint davon gewusst zu haben.«

»Er hat es erraten – er ist ganz schön clever.«

»Wie ist es passiert? Hat Paul plötzlich einen Annäherungsversuch gestartet?«

»Barbara!« Helen tat entrüstet, musste jedoch schmunzeln. »Interessieren dich wirklich alle Details? Also, wenn du es genau wissen willst: Es fing beim vorletzten Sommerfest an.«

»Nein!« Es war faszinierend. »Ich hätte euch wohl nicht zusammen für den Bücherstand einteilen sollen.«
»Ich glaube, es wäre auch sonst so gekommen … Aber tatsächlich ist es an genau dem Tag passiert. Ich bin froh, dass du es jetzt weißt. Paul ist ein wundervoller Mann.«
»Da bin ich sicher, und ich hoffe, du verzeihst mir, dass ich so … Ich hätte nicht so gemein sein dürfen.«
»Ich bin für Paul allerdings keine Laura. Unsere Beziehung ist eher freundschaftlich – wir würden nicht sterben, wenn wir uns trennen müssten. Er kommt zwei- oder dreimal die Woche vorbei.«
»Es tut mir trotzdem leid. Und über den Schock, ihn ohne Kleider gesehen zu haben, bin ich auch hinweg.«
Beide lächelten.
»An dem Tag war ich in schlechter Verfassung«, sagte Barbara, »aber jetzt ist alles gut. Alles Mögliche hat sich geändert.«
Draußen hörte man Wasserspritzer und Gebell. Barbara ging, um die Tür zu öffnen. »Warte, ich gebe dir sein Handtuch, sonst schüttelt er das überall hin.« Sie nahm das Hundehandtuch vom Haken und reichte es Jeff.
»Gut, ich habe ihn.« Jeff klemmte das durchnässte Tier zwischen den Beinen fest und rubbelte sein Fell trocken. »Zieh dir was an, Weib. Deine nackte Anmut könnte mich von meinem Vorhaben ablenken – ich habe Tallen gerade auf dem Weg hierher gesehen.«
»Du wirst ihm sagen, dass die Situation sich geändert hat, ja?«
»Ja, ich werde ihm alles bis ins kleinste, pornographischste Detail beschreiben.« Er schob Jock in den Wohnwagen. »Oh … Hallo, Helen.«
Sie war überrascht, aber nicht so sehr, wie Barbara gehofft hatte. »Jeff – alle Achtung!«

»Ich hab dir doch gesagt, dass ich sie kriege! Sie wird mich einiges kosten, doch der Sex macht alles wieder wett.«

Barbara blickte verwirrt drein. »Was? Wovon sprecht ihr?«

»Tallen wird gleich hier sein. Ich habe ihn mit seinen Anglerwatstiefeln an der Straße gesehen … sieht ganz schön dämlich aus. Um Himmels willen, zieh dich an! Dann kannst du uns allen einen Kaffee kochen und das Reden mir überlassen.«

»Aber du wirst es nicht richtig erklären.«

»O doch, das werde ich«, entgegnete Jeff. »Ich werde damit anfangen, eine genaue Kostenaufstellung der Pläne zu verlangen, und ich werde klarstellen, dass er uns nicht mit halb erledigten Arbeiten abspeisen kann.«

»Er wird denken, wir hätten ein Verhältnis.«

»Wir haben ein Verhältnis, du Dummerchen. Du liebst mich, und ich liebe dich schon seit Urzeiten. Verstanden? Und jetzt zieh dich an.«

Kapitel 27

Hugh hatte keine Lust, Marcel zu treffen. Er hatte das Gefühl, sich allmählich mit Lauras Vergangenheit zu arrangieren, auch wenn die Vorstellung ihn immer noch quälte, und er versuchte, so wenig wie möglich darüber nachzudenken. Das war ganz in Lauras Sinne, die es vorzog, in der Gegenwart zu leben. Er hatte ihr nicht gesagt, dass seine Verabredung zum Mittagessen in London ihren ehemaligen Schwager und Liebhaber betraf. Offenbar hatte Marcel ihm etwas Wichtiges zu sagen, und Hugh hatte Angst, es zu hören.

Sie trafen sich in einem teuren, wenig bekannten Restaurant in Knightsbridge und begannen das Gespräch wie zwei Geschäftsleute mittleren Alters, indem sich jeder nach den Geschäften des anderen erkundigte. Marcel führte ausgiebige Gespräche auf Französisch mit den Kellnern und dem Sommelier, dann wurden ihre beiden Seezungen mit Limettenbutter serviert.

»Ich möchte mich noch einmal für neulich Abend entschuldigen«, sagte Marcel dann. »Ich war nicht ganz bei mir.«

»Ist schon in Ordnung. Mach dir keine Gedanken.«

»Du wusstest nichts von meinem Verhältnis mit Laura, stimmt's?«

»Na ja, damals noch nicht«, erwiderte Hugh. »Sie war noch nicht dazu gekommen, es mir zu erzählen.«

»Du warst schockiert.«

»Tja … also … sagen wir einfach, ich konnte verstehen, warum sie es hatte verschweigen wollen.«

»Delphine hat es mir erzählt. Sie war vor ein paar Wochen in Frankreich.«

Schon wieder dieses verdammte Mädchen! Hugh trank hastig einen großen Schluck Wein, obwohl er sich vorgenommen hatte, vorsichtig zu trinken, weil er fahren musste. »Sie ist eifersüchtig auf mich, fürchte ich. Sie denkt, ich hätte ihr die Mutter weggenommen.«

»Tatsächlich hat sie mit Laura selbst ein größeres Problem. Sie sagt, Laura hätte dir nicht alles erzählt.«

»Ja, ich weiß, danke.«

»Ich möchte sichergehen, dass du es verstehst«, fuhr Marcel fort. »Lauras Art, mit der Vergangenheit umzugehen, ist, sie zu ignorieren. Es gibt vieles, was sie vergessen will.«

Zum Beispiel, eine Alkoholikerin zu sein und mit dem Bruder ihres kranken Ehemannes zu schlafen? »Ich glaube, ich verstehe das schon, danke.« Hugh wappnete sich innerlich gegen die nächste Enthüllung – eine weitere Affäre, vielleicht. In all den Jahren ihres Getrenntseins hatte er treu und stumpfsinnig neben Barbara hergelebt, während Laura sich anscheinend aufgeführt hatte wie die zügellose Kaiserin Messalina. Kein Wunder, dass sie vergessen wollte; es waren schon Menschen in die Fremdenlegion eingetreten, um weniger zu vergessen.

»Spricht sie von Michel?«

»Natürlich.«

»Ich meine«, ergänzte Marcel, »spricht sie von seiner Krankheit?«

»Nicht viel.« Hugh hatte genug damit zu tun, die wenigen Dinge, die Laura erwähnt hatte, zu verdrängen, wie etwa den schrecklichen Tag, an dem Michel beim Aufwachen festgestellt hatte, dass er blind war. »Sie redet nicht gern darüber. Sie will sich lieber an die Zeit erinnern, als es ihm gutging.«

»Wie schlimm stand es um ihn, als du ihn noch kanntest?«

Die Frage überraschte Hugh. »Na ja ... seine Augen waren schlecht. Und er ist oft gestolpert. Hat viel Geschirr zerbrochen. Und er hatte aufgehört, Auto zu fahren.« Plötzlich hatte er sehr lebhaft das Bild von Michel vor Augen, wie er in jenem Sommer ausgesehen hatte. Er hatte alt und verbittert gewirkt, obwohl er nicht älter gewesen sein konnte als dreißig. »Ich weiß noch, dass er aufgehört hatte, zu malen. Ich musste mir ein paarmal sein Gejammer darüber anhören, als er betrunken war.«

Marcel seufzte. »Er hat sehr unter dieser Ungerechtigkeit gelitten. Er war es gewohnt, dass die Dinge so liefen, wie er es wollte. Er gehörte zu den Menschen, die immer gewinnen. So wie er Laura gewonnen hatte.«

»Ich weiß jetzt, dass du als Erster mit ihr zusammen warst. Ich hatte keine Ahnung.«

»Er hat mir auch immer das Spielzeug weggenommen«, fuhr Marcel fort. »So eine Art Bruder war er.«

»Aber ihr standet euch doch recht nahe, wie ich mich erinnern kann.«

»Ja, sehr nahe. Es hat mich schwer getroffen, als er krank wurde. Vielleicht erinnerst du dich.«

Hugh erinnerte sich nicht. Alles, woran er sich bei Marcel erinnerte, waren seine Bescheidenheit und Höflichkeit.

»Es begann, als Michel und Laura in Paris lebten«, erzählte

Marcel. »Eines Tages hatte er einen grauen Schleier im Auge, der ihm die halbe Sicht verdeckte. Er musste ein Auge zudecken, bevor er die Farben richtig sehen konnte. Dann bekam er das Gefühl von Nadelstichen in Armen und Händen und fing an, auf der Straße hinzufallen. Er ist wieder auf das Weingut gezogen, weil er die Demütigung nicht ertragen konnte.«

»Er hat Laura die Schuld gegeben. Das fand ich furchtbar.«

»Sie war gesund, und er war eifersüchtig auf ihre Gesundheit.«

»War er auch auf dich eifersüchtig?«

»Ja, natürlich … auf mich und sie und dich. Eigentlich auf jeden. Er hatte sich in den Kopf gesetzt, dass unsere Mutter schuld war, weil sie in der Schwangerschaft nicht genug Zink eingenommen hatte.«

»O Gott, der arme Michel.«

»Er wusste, dass Laura dich liebte, und als die Diagnose kam, war er sicher, dass sie ihn verlassen würde. Aber so ist sie nicht, wie du ja weißt. Sie liebte ihn noch immer, und sie war entschlossen, das Richtige zu tun. Sie ist ein guter Mensch.«

Marcel schien ein gutes Wort für sie einlegen zu wollen, so als wäre Hugh ihr gegenüber unfair gewesen, und das ärgerte ihn. »Ich weiß das … Ich wusste es auch damals. Ich habe immer versucht, ihr zu vermitteln, dass sie sich deswegen keine Vorwürfe machen muss.«

»Am Ende – in den letzten paar Jahren – war es wirklich nicht leicht, musst du wissen.«

»Natürlich weiß ich das.«

»Was hat sie dir darüber erzählt?«

»Ich weiß, dass er ziemlich abgebaut hat …«

»Er konnte sich nicht mehr bewegen. Er konnte nicht schlu-

cken. Er war komplett inkontinent. Einmal sagte sie, ihr Leben bestände nur noch aus Scheiße und Pisse.«
Hugh sog hörbar die Luft ein. Die groben Worte passten nicht zu Marcels sanfter Stimme, und er musste sich sehr anstrengen, nicht über die Scheiße und Pisse nachzudenken, die zu Lauras täglichen Qualen gehört haben mussten. Er begriff allerdings nicht, was Marcel ihm damit sagen wollte.
»Einmal«, fuhr Marcel fort, »gestand mir meine Frau, dass sie für mich nicht dasselbe hätte tun können.«
Hugh fühlte sich unwohl bei dem Gedanken, dass er seine eigene Mutter in ein Pflegeheim gesteckt hatte – hauptsächlich deshalb, damit man sich dort um so widerliche Dinge wie Scheiße und Pisse kümmerte. Was hätte er getan, wenn Barbara diejenige gewesen wäre, die von MS aufgezehrt worden wäre? Hätte er zu ihr gehalten, oder hätte er sich alle möglichen Rechtfertigungen überlegt, um sie – genau wie seine Mutter – wegschicken zu können?
»Ihr Alkoholkonsum geriet erst außer Kontrolle, nachdem wir uns entschieden hatten, unsere Affäre zu beenden. Man kann es ihr wirklich nicht vorwerfen, wenn man den Hintergrund kennt.«
»Ich werfe ihr nichts vor!«, entgegnete Hugh gereizt. Aber im Inneren traf ihn die Erkenntnis wie ein Schlag. Er hatte sie deswegen tatsächlich geringer geachtet. Ihm war es so vorgekommen, als beruhten ihre Trinkerei und Ehebrecherei auf einem grundlegenden Mangel an Selbstkontrolle.
»Ich wollte nur sichergehen, dass du es verstehst«, sagte Marcel.
Zum ersten Mal schwang die Kamera herum und zeigte die Geschichte der unglücklichen Liebenden aus einem anderen Blickwinkel. Hughs dramatisiertes Selbstmitleid musste damals eine weitere Bürde für Laura gewesen sein. Welch ein

Gewicht auf ihren Schultern gelastet hatte! Doch sie hatte ihre Wahl getroffen und dann konsequent dazu gestanden. Was für ein guter Mensch sie war, dachte Hugh zerknirscht. Sie hatte sich dabei so verausgabt, dass die Trinkerei und die Affären im Grunde Kleinigkeiten waren.
Voller Scham erkannte er die feiste Selbstgefälligkeit seines Lebens. Laura hatte einmal gesagt, er habe keine Ahnung, was Menschen tun, wenn sie unglücklich sind – einer ihrer wenigen Versuche, sich zu rechtfertigen. Er erkannte, dass er einen Teil seiner Liebe zurückgehalten, ja, sich manchmal sogar dafür verabscheut hatte, jemanden zu lieben, der so fehlerhaft war. Welche Eitelkeit hatte ihn da erfüllt!
Sie aßen einige Minuten lang schweigend weiter. Marcel wechselte das Thema, indem er nach dem neuen Haus fragte. Hugh, ganz benommen von der Erkenntnis, dass er kein so anständiger Mensch war, wie er gedacht hatte, trank drei Gläser Weißwein. Danach bestellte er vier Tassen Kaffee, um den Alkohol zu vertreiben, und musste auf dem Nachhauseweg zweimal anhalten, um zu pinkeln – einmal an einer Tankstelle und später an einer Hecke zehn Minuten vor Moxon, wo ihn ein paar Kühe beobachteten, deren höflicher Gesichtsausdruck ihn an Marcel erinnerte.
Der Abend war warm und angenehm. Hugh blickte auf die Felder hinaus, die im goldenen Licht glänzten. Insekten brummten in der Stille. Hugh fuhr langsam und mit geöffneten Fenstern nach Hause, um den Duft des Sommers im Auto wahrzunehmen. Gleich wäre er bei Laura, bei seiner wunderbaren Laura! Vor Moxon Lodge parkte ein Wagen. Hugh knurrte. Delphine war da! Sarah musste ihr erlaubt haben, ihre Mutter zu besuchen. Von allen Menschen, die er nicht gerne sah, ausgerechnet Delphine!
Fanny bellte und lief Hugh entgegen, als er ins Haus trat.

Sofort bemerkte er im Flur die Koffer. Während Fanny ihm um die Füße sprang, durchquerte er die wabenartig angeordneten Räume im Erdgeschoss. Laura und Delphine standen hinten im Garten zwischen den Beeten mit Wicken und Lavendel. Sie hielten einander locker um die Taillen gefasst und steckten die Köpfe zusammen. Hugh fragte sich, warum er vorher nie gesehen hatte, dass Delphine ihrer Mutter mindestens ebenso ähnlich sah wie Michel. Die Wangenknochen und das Profil hatte sie von Laura. Sie war Lauras Kind und damit ein großer Teil ihres Lebens – das hatte er sich nie richtig klargemacht.

Ich dachte, unser Vorleben sei kein Problem, weil ich nicht wollte, dass es existiert.

»Dad.« Sarah kam in die Küche.

»Hallo, Schatz – was ist los?«

»Entschuldige Delphines plötzlichen Überfall – ich weiß, wie sehr du das hasst. Aber wir sind wieder zusammen.«

»Das ist ja toll.« Hugh sagte es so liebevoll, wie er konnte. Er war beschämt durch die Andeutung, ein kleinlicher Despot zu sein, der Störungen verabscheute.

»Danke, dass du so viel Geduld mit mir hast. Ich bin auch schon bei Laura zu Kreuze gekrochen.« Sie lächelte auf alte, unbekümmerte Weise. »Sie ist wirklich nett. Delphine hat darauf hingewiesen, wie eigenartig es war, dass wir quasi die Mütter getauscht hatten.«

»Verlässt du uns?«

»Ja, ich fahre zurück nach Camden Town. Jetzt habt ihr euer Liebesnest endlich für euch allein.«

»Oh.« Hugh erschrak fast über das plötzliche Hochgefühl, das ihn ergriff. »Jetzt gleich?«

»Ich wollte warten, bis du wiederkommst. Aber ja, wir fahren gleich.«

»Tja dann … Werdet ihr am Sonntag zum Mittagessen kommen?«

Sarah nahm ihn in die Arme und drückte ihn fest. »Natürlich. Du hast mich nicht ganz verloren.«

»Das ist gut.«

Laura und ihre Tochter kamen durch den Garten auf ihn zu. Laura lächelte. Sie wirkte jung und hübsch, wie die Persephone, die an jenem Tag durch die Weinreben auf ihn zugeschritten war. Doch er würde diese Frau nie ganz zurückgewinnen können, wenn er nicht auch ihre Tochter annahm.

»Delphine.« Hugh gab dem schwierigen Mädchen einen Kuss. »Schön, dich wieder bei uns zu haben!«

»Danke.« Sie schien sich darüber zu freuen. »Ich werde mich diesmal mehr anstrengen. Ich werde versuchen, meine Flirtsucht, wie Barbara es nennt, zu unterdrücken.«

Sarah wurde rot und lächelte. »Und ich werde versuchen, mein Temperament zu zügeln. Ich arbeite daran.«

Hugh bereute, die Bemerkung über das Gefängnis gemacht zu haben. »Ach, mein Schatz, es ist schön, dich so glücklich zu sehen.«

»Ich wünschte, ihr würdet wenigstens noch zum Abendessen bleiben«, sagte Laura.

Doch Delphine erwiderte, sie wolle zurück sein, bevor ihre Lieblingskneipe schloss. Sarah meinte, sie werde nicht in dieses schreckliche Pub gehen – schon stritten sie wieder, aber sie taten es lachend und mit scherzhaftem Geplänkel.

Hugh hätte singen und tanzen mögen. Endlich waren alle Generationen wieder dort, wo sie hingehörten. Er stand neben Laura in der Haustür, und sie winkten den Mädchen hinterher wie ein altes Elternpaar. Sobald der Wagen um die nächste Ecke verschwunden war, zog er Laura in die Arme. »Wir haben es geschafft! Wir sind allein!«

Sie küssten sich, während Fanny ihnen kläffend um die Beine sprang.

»Ich fürchte, ich hatte keine Zeit, etwas zu essen vorzubereiten«, sagte Laura. »Entschuldige, aber die Versöhnung verlief recht dramatisch – Delphine hat uns ohne Vorwarnung einfach überfallen.«

»Sie bleibt wohl unberechenbar.«

»Ja, so ist sie eben. Übrigens werden wir nächste Woche gemeinsam ihre Ausstellung besuchen.«

Hugh hielt Laura fest umschlungen. »Sie hat eine Ausstellung? Wo?«

»Eigentlich ist es eher der Teil einer Ausstellung eines Kunstkollektivs in Hackney. Sie hat eine Installation über die Wassermühle deiner Exfrau ausgearbeitet.«

»Du machst wohl Witze – diese verdammte Geldvernichtungsstätte?«

»Ich habe gesagt, dass wir kommen und sie hinterher zum Essen einladen. Es macht dir doch nichts aus, oder? Mir ist bewusst, dass es ein Wochentag ist.«

Hugh umfasste ihr Gesicht mit beiden Händen. »Ich werde mich anstrengen, nicht mehr so ein alter Langweiler zu sein. Es tut mir leid, dass ich einer geworden bin, aber ich hoffe, ich kann es wieder rückgängig machen. Du musst mich öfter darauf hinweisen.«

»Ach, Hughie«, sagte Laura und lächelte. »Du hattest schon immer etwas von einem alten Langweiler. Aber das ist eines der vielen Dinge, die ich an dir liebe.«

Nachspiel

»Das ist absolut perfekt. Was für eine bewundernswerte Organisation!«, lobte Hugh.

»Wir hatten Glück mit dem Wetter«, erwiderte Barbara bescheiden, aber das Lob rührte sie sehr. Dieser perfekte Tag war das Ergebnis monatelangen Listenschreibens. Kein einziges Detail hatte sie übersehen. Das klägliche Unkraut vor der Wassermühle hatte sie entfernen und eine großzügige Fläche mit Rollrasen bepflanzen lassen, wo nun die Markise stand. Die Mühle selbst mit ihren hübschen Ziegeln und neuen Holzlatten entsprach genau dem Bild, das sie vor all den Monaten an jenem kalten Nachmittag vor Augen gehabt hatte, als sie beschloss, die Mühle zu kaufen. Die Hochzeitsgäste in ihren Sommerkleidern und Hüten und Cutaways standen in Grüppchen in der warmen Sonne. »Und mit dem Champagner hatte ich auch recht, stimmt's?«

»Ja, er wird sicher reichen.« Er lächelte. »Keine Katastrophe wie bei der Hochzeit zu Kana. Die Blumen sind auch wunderschön. Das ganze Fest ist ein Gedicht!«

»Wart ab, bis du die Rechnungen bekommst.«

»Ich ahne das Schlimmste, aber im Moment genieße ich das alles nur. Und Colin hat eine schöne Feier verdient – sieht er nicht rundum zufrieden aus?«

In Barbaras Augen standen plötzlich Tränen. Zum Glück war sie so vorausschauend gewesen, heute wasserfeste Wimperntusche zu nehmen. Ihr kleiner Junge war verheiratet! Sie empfand eine Mischung aus Stolz und Trauer. Colin sah blendend aus in seinem grauen Cutaway. In seiner Rede hatte er der harten Arbeit seiner Mutter gebührend Anerkennung gezollt und Applaus erbeten. »Er ist so glücklich.«

Unweigerlich musste sie an ihre eigene Hochzeit denken und fragte sich, ob es Hugh ebenso erging. Der Empfang hatte in Suffolk, auf dem Bauernhof ihrer Eltern, stattgefunden, und Barbara hatte eines der ersten großen Baiser-Brautkleider der frühen Achtziger getragen. Ihre Frisur war die typische, formlose Afro-Dauerwelle der damaligen Zeit gewesen, und der Schleier war von einem weißen tellerförmigen Hütchen gehalten worden. Es war, als würde sie sich an das Leben einer anderen erinnern.

»Er sollte auch glücklich sein«, sagte Hugh. »Letitia ist eine wunderbare Frau – und sie sieht absolut umwerfend aus.«

»Ja, das tut sie. Ich bin froh, dass ich beim Kleid das letzte Wort haben durfte.« Barbara hatte darauf bestanden, das Kleid zu bezahlen, da sie meinte, dann auch das Recht des Einspruchs zu besitzen. »Du wirst nicht glauben, was sie eigentlich anziehen wollte – irgend so ein langweiliges Kostüm, das man später auch noch tragen kann. Ich finde, eine Braut soll wie eine richtige Braut aussehen, vor allem, wenn sie so hübsch ist.« Letitia hatte Barbara erlaubt, eine aberwitzige Summe für ein weißes Seidenkleid mit Schleppe auszugeben, zu dem sie einen altmodischen Schleier mit einem Kranz aus weißen Seidenröschen trug. Als Jeff die Rechnung gesehen hatte, hatte er gerufen: »Verdammt, das

ist ja das Bruttoinlandsprodukt eines afrikanischen Landes!« und einen Herzinfarkt vorgetäuscht, was wieder einmal völlig daneben gewesen war.
Doch er konnte Barbara aufziehen, so sehr er wollte – Letitia sah bezaubernd aus. Dass Colin mit Daisy Schluss gemacht hatte, war eine Enttäuschung gewesen, aber es war unbestreitbar, dass die arme Daisy im Hinblick aufs Äußere mit Letitia einfach nicht mithalten konnte. Heute trug sie ein geblümtes Teil, das aussah wie ein Duschvorhang und besondere Aufmerksamkeit auf den typischen breiten Trounce-Hintern lenkte.
»Ich bin froh, dass du sie überredet hast, nicht in Finchley zu feiern«, sagte Hugh. »Ich weiß, es ist die Kirche ihres Großvaters, aber hier ist es wirklich wunderschön. Das hätte ich nicht gedacht.«
»Habe ich es dir nicht gesagt? Du musst unbedingt wiederkommen. Mit Laura, natürlich.« Auch wenn sie Laura nicht gerade inniglich liebte, war sie mittlerweile in der Lage, sie als Teil der Familie anzuerkennen. Durch Sarah und Delphine hatten sie unweigerlich immer wieder Kontakt. »Kümmere dich nicht um Jeff. Er genießt meine Partys, auch wenn er so tut, als täte er es nicht.«
»Du bist glücklich«, stellte Hugh fest. Er lächelte. »Du hast an diesem Mann wahre Wunder gewirkt.«
»Das Projekt läuft immer noch – ich bringe ihn nach und nach wieder der Zivilisation nahe.«
»Es ist eigenartig, oder?«
»Was meinst du? An dieser Hochzeit ist überhaupt nichts Eigenartiges, vielen Dank!«
»Ich meinte dich und mich, Mutter und Vater des Bräutigams. Ich fühle mich auf einmal schrecklich alt und bin überrascht, dass wir diesen feierlichen Punkt im Leben ir-

gendwie erreicht haben. Wir sollten uns gegenseitig gratulieren, einen so ordentlichen, vernünftigen Menschen herangezogen zu haben. Ich glaube, ich will so etwas sagen wie: Danke, dass du Colin bekommen hast. Und Sarah natürlich. Du hast verdammt gute Arbeit geleistet.«

Und wieder hatte sie Tränen in den Augen. »Sie haben sich gut gemacht, oder nicht?«

»Sehr gut sogar, trotz all des Kuddelmuddels im letzten Jahr. Ehrlich gesagt, habe ich deswegen kein schlechtes Gewissen mehr.«

»Ich bin sicher, du solltest eins haben, aber es ist mir egal. Die Mühle ist wunderschön, und Sex mit Jeff ist viel besser als mit dir.«

Hugh stieß ein schnaubendes Lachen aus. »Dann ist es ja gut, dass du mich los bist!«

Sie dachte kurz darüber nach. Obwohl sie Hughs Verhalten von damals immer noch unmöglich fand, stimmte es tatsächlich, dass die Scheidung auch für sie ein guter Schritt gewesen war. Die Mühle sah hinreißend aus und hatte ihre Erwartungen sogar noch übertroffen. Die Akustik im großen Salon war perfekt für die Chorproben geeignet. Jeff konnte man zwar nicht als hinreißend bezeichnen, aber es wäre seltsam, sich ein Leben ohne ihn vorzustellen. Es ging nicht so sehr darum, dass sie ihn liebte, auch wenn sie das tat. Sie hätte nie gedacht, dass sie ihn so nett finden würde. Er beleidigte sie ununterbrochen – sie lebte in einem wahren Unwetter aus Beleidigungen –, aber er war wie ein Fels in der Brandung. Er mochte ihre Kinder und deren Partnerinnen und kümmerte sich liebevoll um Jock. Alles in allem war sie vermutlich glücklicher, als sie es in ihrem alten Leben im Herrenhaus gewesen war.

»Wir haben uns beide weiterentwickelt«, sagte sie.

»Ja, das haben wir. Es ist gut, dass wir so vernünftig damit umgehen können.«
»Ich bin immer vernünftig gewesen.«
Hugh lächelte. »Jedenfalls danke für all das hier. Es muss ganz schön anstrengend gewesen sein.«
Er meinte es ernst. Sie erlaubte sich, ein wenig zu entspannen. »Du weißt, dass ich das liebe. Und um ehrlich zu sein: Wo Sarah sich nun als lesbisch geoutet hat, war dies vermutlich meine einzige Chance, eine traditionelle Hochzeit auszurichten. Ach, bist du wohl so lieb und rettest Colin aus den Klauen von Letitias Großvater? Ich muss mich schnell um Tee und Gebäck kümmern.«
Barbara marschierte in Richtung Küche davon. Pfarrer Pip war ein lieber alter Schatz, aber er schwadronierte andauernd über Sex, und Colin hatte einmal gestanden, dass er das schrecklich peinlich fand. Er sollte sich an seinem Hochzeitstag nicht damit herumplagen müssen.
Daisy lief ihr über den Weg, eine wogende Masse aus unglücklich gewähltem Gelb und Grün. Wie so viele der jungen Frauen trug sie anstelle eines Hutes so ein schreckliches Federding auf dem Kopf, das seitlich an ihren Haaren klebte wie eine überdimensionale Tarantel.
»Barbara, kann ich dir irgendwie helfen?«
»Auf keinen Fall, du bist Gast hier.« Barbara tätschelte freundschaftlich ihren Arm. »Und ich habe eine ganze Armee an Hilfskräften eingestellt.«
»Es ist absolut phantastisch hier. Waren die Reden nicht toll? Ich hätte nie gedacht, dass Colin so wortgewandt ist.«
Barbara meinte, eine gewisse Traurigkeit herauszuhören. »Wie geht es dir denn?«
»Ach, ganz gut«, erwiderte Daisy. »Ja, wirklich. Ich bin quasi mit jemandem zusammen.«

»Aber das ist ja wunderbar! Kenne ich ihn?«

»Es ist Richie Turnmill, mein anderer Untermieter. Nicht gerade sehr einfallsreich, wie?« Daisy seufzte entschuldigend.

»Einer der Turnmills aus dem Moat House, nehme ich an.« Die Turnmills waren keine besonders attraktive Familie, aber sie waren entfernt mit einem Titel verwandt, so dass eine Verbindung äußerst passend war. »Wie wundervoll! Ich werde Letitia sagen, dass sie den Brautstrauß in deine Richtung werfen soll.« Irritiert bemerkte Barbara Daisys melancholischen Blick, dann hob sie ein paar krümelbedeckte Teller vom Rasen auf und ging in die Küche.

Es hatte keine dummen Diskussionen darüber gegeben, die Mühle in getrennte Häuser aufzuteilen. Jeff hatte sie überredet, an ihrem ursprünglichen Plan festzuhalten. Die Küche nahm das gesamte Erdgeschoss des Wohnhäuschens ein und war groß genug für einen Esstisch und einen großen Aga. Es war einer der Hauptgründe gewesen, warum Barbara zugestimmt hatte, mit Jeff das Bett zu teilen. Offizielle »Lebenspartner« zu sein, wie er es immer wieder betonte, bedeutete, ein viel schöneres Haus zu haben.

Eine der Servierhilfen, ein Mädchen aus Australien, stellte gerade Tassen und Untertassen auf ein Tablett. Jeff saß am Tisch, den geliehenen Zylinder neben sich, und las Zeitung.

»Was machst du hier? Du solltest draußen herumgehen.«

»Ich bin herumgegangen«, entgegnete Jeff. »Und dann bin ich hergekommen, weil ich mir vorkam wie in einem Kreis der Hölle. Ich muss meine Lächelmuskeln ausruhen.«

»Das ist dein Haus. Die Leute erwarten, dass du dich blicken lässt.«

»Das ist nicht mein Haus. Jemand hat es übernommen und in einen Freizeitpark verwandelt.«

»Sei nicht albern, es ist ein wundervoller Nachmittag, und alle amüsieren sich prächtig.«
Die Servierhilfe verließ die Küche mit einem der Tabletts.
»In meiner Jugend«, sagte Jeff, »sind die Leute nach dem Kaffee nach Hause gegangen. Heutzutage erwarten alle, dass die Feier drei Tage andauert. Ich schiebe es auf die Hindus.«
»Ach, hör auf zu jammern. Und geh raus, sonst verpasst du dein Stück Hochzeitstorte.«
»Das soll man sich unters Kopfkissen schieben, oder?«
»Nur die jungen Mädchen«, sagte Barbara. »Wenn ein Mädchen ein Stück Hochzeitstorte unter ihr Kissen legt, dann träumt sie von ihrem zukünftigen Ehemann.«
»Hast du das je versucht?«
»Ganz bestimmt nicht, denk doch nur an das Gematsche!«
»Wenn du es heute Nacht tust, träumst du vielleicht von mir.«
»Igitt«, meinte Barbara. »Als ob es nicht schon schlimm genug wäre, mit dir zusammenzuleben.«
Jeff lachte widerstrebend und legte die Zeitung beiseite. »Weißt du, Barbara … wir sollten es tun. Du und ich. Wir sollten heiraten.«
Sie hatten das Thema schon einmal angeschnitten und es dabei belassen, dass Barbara darüber nachdenken wollte.
»Na ja … vielleicht. Aber ich erwarte einen besseren Antrag als den eben. Ich werde dich nicht erhören, bevor du nicht auf die Knie gehst.«
»Mit diesen Knien? Da werde ich nie wieder hochkommen!«
»Unsinn. Wenn du Lebertran nehmen würdest, hättest du keine Probleme mehr mit deinen Gelenken. Sieh dir Jock an, bei ihm hat es gewirkt.«
»Von allem anderen einmal abgesehen: Was, wenn ich plötzlich tot umfalle? Ich will sicher sein, dass du die Mühle behältst.«

»Lebertran halbiert auch die Gefahr eines Herzinfarkts.«
»Barbara«, sagte Jeff geduldig, »sei still und hör mir zu, ja? Wir sollten Weihnachten heiraten und irgendwo in die Flitterwochen fahren, wo es heiß und obszön ist.«
»Vielleicht«, erwiderte Barbara lachend. Sie beugte sich über ihn und gab ihm einen Kuss auf den Scheitel. »Ich denke darüber nach.«

»Der Tag war wie ein Traum.« Colin hatte seinen Arm um Letitia gelegt. »Du bist so wunderschön.«
»Hey, lass mich los.«
»Nein. Was hast du da drunter – eine Corsage? Du kleines Luder!«
»Ich muss gleich den Brautstrauß werfen. Barbara will, dass ich auf Daisy ziele, aber ich finde, ich könnte auch zu Laura werfen – sie ist schließlich die Nächste.«
Sie standen in der Dämmerung auf dem Rasen. Viele der Gäste waren bereits gegangen, und der Partyservice hatte angefangen, die Tische unter der Markise abzuräumen.
»Sieh sie dir an«, sagte Colin und nickte in Richtung Hugh und Laura, die am anderen Ende des Gartens neben dem Tor standen, Händchen hielten und sich ansahen. »Liebesträume im Alter.«
»Mach dich nicht darüber lustig, ich finde das schön! Er hat Laura die ganze Zeit geliebt, und jetzt machen sie da weiter, wo sie aufgehört hatten – ich hoffe, wir sind später auch mal so!«
»Oh, ganz sicher.« Er hauchte ihr sanft einen Kuss auf den Nacken. »Wir lassen einfach die Trennung zwischendrin aus. Manche Lieben sind dazu bestimmt, ewig zu halten.«